古典詩歌研究彙刊

第十八輯

龔鵬程 主編

第 3 冊

唐詩比較論

房 日 晰 著

國家圖書館出版品預行編目資料

唐詩比較論／房日晰 著 -- 初版 -- 新北市：花木蘭文化出版社，
2015〔民 104〕

序 8+ 目 2+304 面；17×24 公分

（古典詩歌研究彙刊 第十八輯；第 3 冊）

ISBN 978-986-404-295-1（精裝）

1. 唐詩 2. 詩評

820.91   104014039

ISBN- 978-986-404-295-1

9 789864 042951

古典詩歌研究彙刊
第十八輯　第三冊   ISBN：978-986-404-295-1

唐詩比較論

作　　　者　房日晰
主　　　編　龔鵬程
總 編 輯　杜潔祥
副總編輯　楊嘉樂
編　　　輯　許郁翎
出　　　版　花木蘭文化出版社
社　　　長　高小娟
聯絡地址　235 新北市中和區中安街七二號十三樓
　　　　　　電話：02-2923-1455／傳真：02-2923-1452
網　　　址　http://www.huamulan.tw 信箱 hml 810518@gmail.com
印　　　刷　普羅文化出版廣告事業
初　　　版　2015 年 9 月
全書字數　223827 字
定　　　價　第十八輯 13 冊（精裝）新台幣 20,000 元　　版權所有‧請勿翻印

唐詩比較論

房日晰　著

作者簡介

房日晰（1940.1～），陝西省栒邑縣人，西北大學文學院教授，著有《李白詩歌藝術論》、《宋詞比較研究》、《論詩說稗》、《李白全集編年注釋》（合著）等，現已退休。

提　　要

　　《唐詩比較論》，通過對唐代 26 位著名詩人詩歌的比較研究，充分揭示了他們的藝術個性及其在中國詩歌史上的貢獻與地位，展示了唐詩創作的歷史風貌。其中對王維、李白、杜甫、韓愈、孟郊、李賀、李商隱等人的詩歌，都作了多角度、多側面的論析，使其藝術特色得到全面地展示。全書分上下兩編：上編以史爲經，以同代並稱的詩人爲緯，在對諸多並稱詩人詩歌藝術的細緻比較中，揭示其詩歌創作的藝術特色。下編以豎切爲主，通過在詩史上有著重大影響的詩人對前代詩人的繼承與對歷代詩人的影響，探索不同詩風、不同流派詩歌之演變與承傳。在寫法上，著者試圖把史的時序延展與專題的深度探索相結合，注重對詩歌創作的不同題材、體裁、風格、流派特質的揭示；在對詩歌分析時，不乏精采的鑒賞；在對美學範疇的運用上，注意傳統詩學概念與現代詩學概念的對接與融合；行文力求深入淺出，做到雅俗共賞。本書可以說是一部與時下通行模式異趣的唐詩史，希望讀者讀完後對唐詩風貌有一個整體而清晰地把握。此書是學習傳統文化案頭必備的書，可供初學中國文學史與唐詩愛好者的閱讀與參考。

唐詩史論述的深化與詩人創作個性的彰顯（代序）

李芳民

　　在唐代文學研究領域，長期堅持運用比較的方法，對唐代或齊名並稱、或題材風格相類、或相互之間有關聯的詩人及其作品進行比較研究並且取得顯著成績者，房日晰教授是爲當代學術界所熟知的一位學人，他關於唐代詩人比較研究的系列成果，曾以《唐詩比較論》爲書名兩次印行（後一次爲增訂本），受到了學界同仁的關注。現在呈現於讀者面前的《唐詩比較論》一書，則可說是作者三十餘年潛心於唐代詩歌比較研究的一個帶有總結性的成果。全書的內容，除「敘論」之外，主體部分分爲上下兩編，計五章，25.6萬言。其中上編四章，下編一章。上編四章，作者按照爲學界多數學人認可的關於唐詩發展階段的描述，依其比較研究對象的時代先後，分爲初唐、盛唐、中唐、晚唐四段進行論列，段各一章，每章選擇不同時段中有相互關聯的詩人進行比較分析。上編四章中，涉及的詩人共26人（不同章節中重覆論列者不計），計有沈宋、四傑、陳（子昂）張（九齡）、王孟、高岑、李杜、韋柳、韓孟、郊島、小李杜以及李賀、劉言史、莊南傑等。可以說，文學史上在創作上有某種關聯且成就較突出、影響較大的詩人，基本上都涉及到了。下編一章，題爲「承前與啓後」，主要是對不同時代，或同時代不同階段的詩人在創作上的前後影響與承繼關係

進行探討，大致涉及了屈原、李白、杜甫、李賀、韓愈、李商隱、郭祥正等作家。

從本書的章節安排看，其主體部分採用初、盛、中、晚唐詩發展演變的時段劃分作爲全書的整體框架，並在此種框架下展開對不同時段的詩人及其創作的分析，使全書在某種意義上具備了「唐詩史」的描述特徵。不過，從總體看，它又是一種獨特的唐詩史，因爲它並沒有對整個唐詩的演變進行面面俱到的描述，而是從「比較」這一種獨特的視角與手段出發，選擇了不同時段中有重要影響的作家來進行點上的深入分析，因此它實際上就成爲一種把史的時序延展與專著的深度探索相結合的著作。這樣一種結構安排與論述方式，一方面能夠使作者最大程度地將其對具體作家的深入研究呈現出來，另一方面又能使讀者對具體作家的認識不失「史」的坐標。而由於結構安排與論述方式的這種獨特性，作者對其具體研究對象的論述也就獲得了向深度開掘的自由。所謂文學史，實際上就是文學史家按照其思考與理解對特定時段的作家及其創作所構成的「亮點」在時空維度的描述與把握，但就具體的「點」而言，在「史」的長河裏它們的意義與價值又是各不相同的，文學史家當然要從歷時性的對比中把握其最具史的價值的方面並做出反映，但這也往往會造成對作家創作的不同層面進行全面描述的限制。即便是對於最具史的價值與意義部分的描述，也常會因爲論述結構的考慮而不便展開深細的開掘。這自然是由一般文學史的體例與敘述方式所決定的。《唐詩比較論》在這一點上顯然顯示了它的優長。全書既具體了史的背景框架，但其在深、細方面的開掘又顯然不受文學史的敘述方式、體例結構、篇幅平衡的限制，從而大大地深化了文學史上相關作家及其創作的研究。書中圍繞沈佺期與宋之問的敘述，即是一例（見第一章第一節）。沈、宋創作的文學史價值，最突出的表現在對律詩定型所做出的貢獻上，但也正由於文學史家對此的關注與強調，沈、宋創作的其他方面也就在文學史描述的特定視野中未能得到有效彰顯。《唐詩比較論》恰在這一點上超越了一

一般文學史的局限。它把視點放在整體觀照沈、宋的詩歌創作上，從他們創作的題材、藝術以及其在唐詩演進中的地位幾個方面，全面地論述了其創作的特徵與價值。比如，關於沈、宋對初唐詩歌題材的開拓，一般的文學史均未及深論。作者則指出，「沈、宋在四傑開拓題材的基礎上進一步將詩的題材擴大，他們對田園詩派與以高、岑為代表的邊塞詩派，開闢了一條廣闊的創作道路」。宋之問的田園詩，「意境的諧和、詩意的完美、詩格的淡遠，以及語言的自然與本色，都達到了很高的水準，差可與王維比肩」。因此，作者認為「宋之問的田園詩，在詩歌發展演進中有其突出的地位，這應引起文學史家的高度重視」。同時，對於沈、宋的邊塞詩創作，也從史的角度給予了肯定，認為宋之問「送人赴邊塞的詩，可以看做是高、岑邊塞詩的前奏」。沈佺期「則寫了數量較多、質量較高的邊塞詩……他的邊塞詩，啟高、岑邊塞詩之先河，在文學史上的功績不可淹沒」。即如沈、宋的應制之作，作者也採取了分析的態度予以評價，指出作為御用文人，其應制之作確有感情虛假、人格卑下、文詞華貴等弊病，但不能一概而論，其中也有個別寫得比較好的。有的不僅意境好，而且也有較真實的思想感情，雖旨在阿頌皇風，然也在某種程度上反映了當時的社會風貌。此外如對沈、宋詩歌藝術特徵的分析、因五律的定型所帶來的中國古代詩歌藝術的一系列變化等的論述，都使人們對沈、宋的認識大大地深入了。關於中唐詩人李賀，文學史家或將其劃歸韓孟一派，或以其藝術個性獨特非韓孟詩風所能範圍而將其自韓孟詩派抽出而單獨論列，但作者卻認為在中唐因詩風相近而存在一個以李賀、劉言史、莊南傑構成的一個獨立的詩的流派（見第三章第五節）。作者指出，「雖然他們沒有像韓孟之間那樣的互相服膺與推敲，也沒有像元、白那樣書簡往來，對詩歌創作互相探討，卻可想見他們在詩歌創作上的推賞與默契，表現出創作思想的相近或一致」。在對這一詩派的成員做出辨析後，作者對他們創作的共同特點、詩派形成的歷史淵源以及詩派的影響做了全面的論述。關於中唐存在李賀詩派一說，雖有文

學史著作曾約略提及，但對之做出全面的論證與深入的分析，作者卻應該說是第一人。因此，作者關於李賀詩派的論述，不僅深化了中唐文學研究，而且顯示了新的開拓與創新。從上述兩例即可看出《唐詩比較論》對文學史上相關作家研究的開掘深度。

《唐詩比較論》除從詩史的維度對一些作家或作家群的意義進行深入的探討分析外，其貫穿全書最為重要的特色，還是其比較視角與方法的運用。眾所周知，在唐詩發展史上，或由於創作成就的相侔，或由於創作題材、體裁、風格、趣味的相近，形成了不少齊名並稱的詩人。這些齊名並稱詩人所構成的文學現象，也常是文學史家所關注的對象。但是，在一般的文學史著作中，對於這些齊名作家創作異同的細微處以及產生其異同的深層原因，則也常因文學史著作體例等的限制，往往不便展開更深入的分析說明，因而讀者從一般的文學史上也就難以獲得這些齊名作家個性特徵的更為鮮明深刻的印象。《唐詩比較論》則從比較的角度出發，把唐詩史上大部分齊名並稱詩人創作的相似、相異的幽微處以及相互學習借鑒的關捩處，通過作品的對比分析、相互映襯而彰顯了出來。在具體分析中，作者又能隨對象的不同採取不同的視點，或論其同，或析其異，或著眼於題材體裁，或關注其影響借鑒，這樣，不僅對文學史上相關詩人的描述更為清晰，同時也進一步加深了讀者對這些詩人的個性特點的認識。可以說，《唐詩比較論》的獨特之處在此，其所取得的創獲也在此。比如，對於七言絕句這種體裁詩歌的創作，李白與王昌齡俱稱聖手，後來的詩人鮮有出其右者，歷代的評論者也多將之相提並論，屢作月旦，其中抉微之論，同異之較，雖不乏中肯之言，但畢竟因為缺乏完整系統性，讀者終難以獲得更為深入的理解與認識。作者則從選材、創作方法、藝術風格三個方面入手，把對李、王二人七絕藝術個性差異的把握從古代詩評家的印象式點評轉變為富有現代學理性的分析，不僅深化了對李白、王昌齡七絕藝術的研究，而且也使二人的個性在對比中更加鮮明清晰（第二章第三節）。而全書隨研究對象的不同而採取不同的比

較視點，則不僅使其內容十分豐富，而且也有利於讀者從不同側面認識詩人的創作。如書中對韓愈、孟郊的比較（第三章第二節），著眼點在辨異，主要揭示他們詩歌在取材、反映社會生活的方式與深廣程度、藝術風貌的差異以及創作心理機制帶來的創作慾望與情緒構思之特點、藝術想像、語言的組合與錘煉等的不同，而對於孟郊、賈島的比較（第三章第三節），則是既論其同，又辨其異。指出「在藝術上苦心孤詣地銳意追求，是孟郊、賈島寫詩時的共同特點」，但二人在創作個性與創作特色上又有很大差異。賈「有著較瀟灑的性格，有著不太執著世情的閑逸情懷」，孟「則是一位執著世情的詩人」，「是一位典型的寒士」；賈「極力追求超然物外的飄逸的藝術境界」，「其詩給人的印象較為輕靈與超逸」，孟則「追求奇峭，其詩構思奇特，語言精警」；賈創作多近體，「尤擅長於五律」，孟則在詩歌創作上趨於復古，「寫了許多五言樂府與五言古詩」；賈「善寫卑瑣之景，幽僻之境，給人以瑣細平淡的感覺」，孟則「善寫壯闊之景、怪奇之境」；等等。書中對於文學史上一些跨時代作家的比較研究，尤其見出作者視野的宏闊與思致的深細。比如關於李白與陶淵明的繼承關係的比較研究（第五章第一節）。對於李白與陶淵明之間是否存在繼承是關係，有的詩評家是持否定態度的，作者則認為，「儘管在李白詩集中，沒有一首以擬陶效陶為題的詩篇，其詩的主體風格豪放飄逸與陶詩的自然淡雅大異其趣，然李白詩歌的成就是多方面的，非主體風格的詩也是多種多樣的，其中自然真淳者，也為數不少。細檢李白全集，也不乏近陶或受陶詩的影響者，這是鐵的事實」。因此作者從李白《古風》的創作與陶淵明《飲酒》之間的承繼關係、李白部分閑適隱逸詩、五律及短小樂府等風格淡遠之作對陶詩的接受方面，論述了陶詩對李白的影響。作者也指出，「雖然這些詩篇對現存近千首詩的李白來說，確實是少數」，但其「畢竟是李白詩歌的組成部分，甚至可以說是較重要的不可或缺的一部分……因此，陶詩對李詩的良好影響，是絕對不能抹殺的」。此外，如屈原與李賀的比較、李白與郭祥正的比較等，

大都顯示出作者貫通文學史不同時段的開闊的視野與向深細處開掘的探索精神。

在對詩人及其創作的比較中，還明顯地可以看出作者對詩歌藝術分析的重視。就全書對所涉及詩人的比較來看，針對不同的研究對象，作者雖然採用了多角度的觀照方式，但注重自己賞讀詩歌的藝術感受，並從這種藝術感受出發進行理論的歸納概括，則可說是貫穿全書的特點。作者曾稱自己在研究時，對「研究的對象詩歌，反覆閱讀、吟誦、辨味、體悟，力圖有一些實際的感受，然後將體悟到的東西進行理論分析與歸納」（《緒論》）。從全書的論述看，作者很好地堅持了這一點，而且也正由於此，使得全書的論述不僅深入細緻，而且新見紛呈。應該說，注重並突出欣賞詩歌時讀者個人感受的獨特性，是中國古代的詩論家的傳統及優長，作者在其研究中，很好地繼承了這一點，但他既注重從對作品的體味中捕捉自己最新穎又最準確的感受，另一方面又不侷限於此，而是以這種感受作為理論概括與歸納的基礎，使傳統品詩重感悟的靈動與現代學術重理性的嚴密有機統一起來。比如作者在比較王、孟山水田園詩的差異時，在總體分析上，當然是嚴格按照現代學術研究的學理邏輯來展開的，但是對具體詩歌別有會心的獨到體味，無疑則增強了論說的新穎。作者曾以孟的《過故人莊》與王的《渭川田家》作對比進行分析，指出孟詩「寫應邀過訪故友的情景，詩人淡淡寫來，如話家常，全不見著意寫詩。詩人好像是在客觀地描寫，並把自己擺進所描寫的畫面裏，其實詩人把他濃烈的感情，滲透到客觀景物的描寫中，情景不分，渾然一體」。而王詩「是一幅頗為感人的農村風俗圖，但遺憾的是，詩人並沒有直接加入到這個歡樂的人群中去，而是置身於人群之外，扮演了一個旁觀者的角色，故不可能了解並寫出他們思想深層的歡樂與痛苦，僅只看到他們表面的閑逸。而這閑逸，卻是從一位飽經官場機巧、身心交困的封建官僚眼中看出的，因此就很難說有幾分真實」。在經過作品的分析比較後，作者說：「王維的詩寫得很精工，孟浩然詩則多粗服亂髮處。

精工則難免稍涉修飾，有礙自然；粗服亂髮則不施鉛粉，易見本色。王維詩雖然風調圓潤，但在追求精工的同時，不免留下作詩的痕跡；而孟浩然的詩，自然天成，直是神龍無跡了。」作者從自己獨特感受出發的分析，自然比古人詩話中印象式的評點要細緻清晰多了，因此，當讀者透過這兩首詩來體會王、孟田園詩的差異時，獲得的印象也就更為深刻。像這樣的比較分析，在書中可以說是作者以一貫之的追求，書中對所有作家的比較，大都可見出作者對作品這樣細心的體悟。由此可以想像，讀者通過《唐詩比較論》在獲得對唐代詩人創作個性認識深化的同時，也一定會從作者別具會心的賞讀中，獲得對作品更為深入的領會。

「文質相炳煥，眾星羅秋旻」，唐代詩人與詩人，作品與作品之間的關聯是值得深入探討的，《唐詩比較論》一書對唐代齊名並稱或有關聯的詩人大部分都已論及了，不過還有一些較重要的詩人尚須關注，如中唐的劉（長卿）韋（應物）、元（稹）白（居易）、張（籍）王（建）、劉（禹錫）柳（宗元）等。另外，下編的比較，還可以在面上進一步拓展，以見出唐代詩人影響的廣泛深遠。當然，《唐詩比較論》是建立在作者深入鑽研、苦心探索的基礎上的，上述內容的完成，也都需要一定的學術準備與一定的時日。我們期待著此書再版時，作者會有新的研究成果補充進去，這樣《唐詩比較論》就將更為全面、完美。

目

次

緒　論

　　由於詩歌自身的發展演進以至趨於成熟與完美，又恰逢唐代適於發展詩歌的豐厚土壤，使得唐詩蓬勃發展，空前繁榮，並走向光輝的黃金時代。

　　在唐詩發展的每一個時期，都出現了一些風格相近、成就相侔、關係密邇的並稱詩人。這些並稱詩人，有一些是接近流派或可稱爲準流派的詩人群；有一些雖自立門戶、創作各別而成就卻不相上下。他們在當時獨領風騷而對後代影響深遠。本書將以這些詩人群爲研究的主要對象，而以每一個詩人群爲獨立的單元，詳細比較和論述他們在詩歌創作上相同或相異之處，探索他們在詩歌創作上傑出的藝術成就，尋繹他們詩歌創作的個性與特色。

　　唐代的這一個個詩人群，當時就受到詩人和詩論家的高度重視，並有比較和抑揚。歷經宋元明清諸朝，更有許多著名的詩論家，對這些詩人群，作了許多精闢的評騭，在比較中顯示其高下與特色。有許多評語相當準確，都是一語中的、一錘定音。但古人的詩評，往往是直感式的判斷，形式上又是一些零星的碎語，雖不乏金片玉屑，終未能融鑄成器。且對同一研究對象，各人抑揚不一，差距甚鉅，甚而臧否完全相反。但無論是肯定或否定、讚揚或批評，對我們研究這些詩人，都是很有啓發的。故在寫作中，將盡可能地吸取其中一些有益的

東西。即便是與我們的看法完全相左，也可作爲研究評判的參照。那些有棱角的批評家，他們的思想光芒是永遠不會熄滅的。本書欲用他們的餘光，照亮自己的視角，並在研究中發現一些新的光點。

我們在本書中，擬專注詩歌自身的藝術研究，抓住詩的形象、意境以及古典詩歌諸多表現技法與成功運用，加以細緻的剖析，從實際出發，實事求是。採取多角度、多側面的評析，不求各節的視角一致。著者將對研究的對象詩歌，反覆閱讀、吟誦、辨味、體悟，力圖有一些實際的感受，然後將體悟到的東西進行理論分析與歸納，這樣可能會顯得瑣細，但卻會談得實在一些，力避先入爲主與架空分析。力爭凡所論述，都是可以看得見、摸得著、說得清、道得明的詩歌特色，而不是玄之又玄或摸不著頭腦的丈二金剛。

傳統的研究將唐詩分爲初、盛、中、晚四個時期，它反映了不同時期唐詩創作的不同風貌與態勢，揭示了唐詩發展的規律，是比較科學和接近唐詩創作實際的。儘管這種分法，也有一些不盡如人意的地方，但在更科學的唐詩分期出現以前，它還是爲大多數研究者基本認可的。爲了方便起見，擬仍採用。有些同時代的並稱詩人，其活動跨入兩個時期，如陳子昂與張九齡、李賀與李商隱，擬放在前一期，這種做法與唐詩分期稍有扞格，但也似可通融。在最後一章，我們將專門探討唐代詩人的繼承與影響，這是一個很大的題目，有著極廣闊的研究空間與寬泛的內容，還有許多未開墾的處女地，這遠非個人力量或一本書部分章節所能完成的。本書只想抓幾個點，欲從縱的方面說明唐詩的發展衍變狀況。如此，前四章將著重從橫的方面，檢討並稱詩人在同一時期的創作特徵，第五章則從縱的方面，探索唐詩發展漸進的脈絡。在縱橫交錯中，立體地看唐詩的發展。這樣做，或較清晰。

現在，就揭開帷幕，在比較中看唐詩的衍化、演進以及眾多詩人的精彩的創作表演與特色。

上　編

第一章　初唐詩歌

　　從高祖武德元年（618），至玄宗先天元年（712），是爲初唐時期。在這近百年的時間裏，詩歌藝術有了長足的發展，唐詩漸次成熟，並出現了許多並稱的詩人。他們在詩歌創作上枹鼓相應，互相推轂，使詩歌沿著健康的道路發展前進。沈佺期、宋之問在五言律詩的定型中、在題材的拓展中，以及在詩歌藝術的演進中，都作出了突出的貢獻。王勃、楊炯、盧照鄰、駱賓王，他們把詩歌題材由宮廷引向江山塞漠，感情開始昂揚，使詩歌朝著健康向上的道路邁進。陳子昂強調「詩言志」，企圖從根本上革除綺麗詩風，而張九齡則在詩歌創作中重視抒情，使詩歌圓融玉潤。他們在唐詩發展中，承前啓後，有著歷史性的貢獻。

第一節　沈佺期與宋之問

　　沈佺期與宋之問，是初唐詩壇極重要的兩位詩人，在當時居於領袖群倫的地位。但因爲他們都是典型的宮廷詩人，其人品也有許多毛病，特別是宋之問，史學家給他頭上潑了許多髒水，在評價文學作品思想內容第一或唯一的情勢下，在要求詩品與人品吻合一致的標準中，文學史家對他們的詩歌創作成就則不夠重視。雖然學者一致肯定他們在五律的完成與定型方面的貢獻，而對其他方面的貢獻與成就則

漠然置之,甚或不置一詞。這種評價與其詩歌創作成就及其在詩歌發展中的特殊貢獻,有著較大的距離。因此,有重新評論的必要。

一

沈、宋在中國詩歌史上的突出貢獻之一,在於對詩歌題材的開拓。他們使初唐詩歌由寫狹隘的宮廷生活走向廣闊的現實,爲唐詩的繁榮與發展,奠定了良好的基礎。

談到對唐詩題材的開拓,聞一多先生有個著名的論斷,已爲文學史家所接受。他說:「宮體詩在盧駱手裏是由宮廷走到市井,五律到王楊的時代是從臺閣移至江山與塞漠。」〔註1〕其實,以宮廷詩人著稱的沈、宋,由於遷謫與流放,其詩又何嘗不是如此呢?沈、宋在四傑開拓題材的基礎上進一步將詩的題材擴大,他們對田園詩與邊塞詩的創作與實踐,爲盛唐以王、孟爲首的山水田園詩派與以高、岑爲代表的邊塞詩派,開闢了一條廣闊的創作道路。

誠然,沈、宋長期處在廟堂之上,是武則天時期很典型的御用文人,他們把奉和應制、歌功頌德、點綴昇平,視爲自己的天職,並爲之盡職盡責,得到皇帝的青睞與同僚的羨慕。他們也都以應制的詩才凌駕於同僚之上,大有鶴立雞群之勢,爲此他們也感到驕傲與自豪。於是,當時詩壇以應制詩爲標的的沈、宋體遂風靡一時。但在統治階級內部鬥爭的風雲變幻中,冰山急倒,一旦失勢,他們都落入個人生活不幸的深淵。宋之問曾經兩次被流放,最終賜死欽州;沈佺期先因所謂「考功受賕」下獄,再因與張易之關係密邇而遭貶。他們都由受寵的詩人,變爲罪犯和囚徒,因流放而遠離京國,長途跋涉,生活上備受艱辛,個人自由遭到嚴格的限制,政治地位一落千丈,前後生活何啻天壤。生活的反差引起感情的深刻變化,從此也寫出了許多眞切動人的詩篇。在宋之問詩集中,寫於流放途中的詩篇有二十多首,記

〔註1〕聞一多:《唐詩雜論》,第28頁,古籍出版社,1956。

錄了他人生感情最真實的一頁。《晚泊湘江》、《過蠻洞》、《經梧州》、《渡吳江別王長史》、《途中寒食題黃梅臨江驛寄崔融》、《題大庾嶺北驛》、《度大庾嶺》等，都是長期傳誦的名篇。這些詩寫了他流放途中遭受的磨難與苦況，流露出深切的思國懷鄉的情緒，異常真實地反映了他的處境與心情。譬如《題大庾嶺北驛》：「陽月南飛雁，傳聞至此回。我行殊未已，何日復歸來！江靜潮初落，林昏瘴不開。明朝望鄉處，應見隴頭梅。」古代的人，認為一過大庾嶺便與中原隔絕，進入蠻荒瘴癘之區，因此，有生死離別之悲。被貶的人，悲痛之情尤甚，此詩就是表達這種心情的。詩人到了嶺北，看到北雁南飛，至此也要轉回，而自己還不得不繼續南下。想像明日過嶺之後，回頭北望，中原風物，都被嶺上梅花隔斷，望不見了。悲痛而失望的心情自在言外。這類詩雖然抒寫的是個人的不幸遭遇，但在封建社會卻有著普遍的品格與意義。在中國封建社會，統治階級內部經常發生激劇的矛盾，有許多人因鬥爭失敗而遭貶，因此遷客騷人都有著與宋之問類似的心態，他的詩最易引起這些人的共鳴。就在今天，仍有著較高的認識價值與審美價值。對朝廷的怨憤、對鄉國的深切懷念、對自己前途的迷茫的抒寫，構成這類詩的基調。它在中國詩史上，有著深遠的影響。

武則天長安四年，沈佺期在洛陽，以「考功受賕」下獄。他對此極為不滿，在《移禁司刑》、《被彈》兩首詩中，抒發了他的怨恨與不平。「任直翻多毀，安身遂少徒」(《移禁司刑》)。「平生受直道，遂為眾所嫉。……萬鑠當眾怒，千謗無片實。庶以白黑讒，顯此涇渭質。……事間拾虛證，理外存枉筆」(《被彈》)。看來詩人被下獄是完全冤枉的，詩中寫了他遭浮議而下獄的激憤情緒，在客觀上暴露了封建社會的尖銳矛盾以及司法與監獄的無比黑暗。在宋之問被貶瀧州的同時，沈佺期被貶驩州，有《初達驩州》、《嶺表逢寒食》、《驩州南亭夜望》、《題椰子樹》、《入鬼門關》、《答魑魅代書寄家人》等，比起宋之問來，情緒更為激憤，感情更為沉痛。《初達驩州》寫道：「魂魄遊鬼門，骸骨遺鯨口。夜則忍飢臥，朝則抱病走。騷首向南荒，拭淚看北斗。」《入

園生活的一往情深，都顯現著田園山水詩的情調。這些詩意境的諧
和、詩意的完美、詩情的淡遠，以及語言的自然與本色，都達到了很
高的水準，差可與王維的田園詩比肩。因此，我以爲他是以王、孟爲
代表的盛唐田園山水詩派的先驅，他的詩上承陶、謝，下啓王、孟，
在詩史上無疑是起到了橋樑作用。有趣的是，王維後得宋之問輞川別
墅，寫了著名的《輞川集》和許多田園詩，成爲山水田園詩的一代詩
宗，可見詩人寫田園山水詩，固然與其經歷與生活情趣有關，然得江
山之助亦不可或缺。總之，宋之問的田園詩，在詩歌發展演進中，有
其突出的地位，這應引起文學史家的高度重視。他也寫過送人赴邊塞
的詩，可以看做是高、岑邊塞詩的前奏。譬如《送朔方何侍郎》一詩，
可謂準邊塞詩，頗有壯闊的氣勢，有著咄咄逼人的盛唐氣象。這對盛
唐邊塞詩，無疑有著積極的影響。

　　與宋之問相較，沈佺期則寫了數量較多、質量較高的邊塞詩，其
貢獻則主要在邊塞詩的開創上。他的邊塞詩，啓高、岑邊塞詩之先河，
在文學史上的功績不可掩沒。如果說《驄馬》、《關山月》、《被試出塞》
是樂府邊塞詩，其內容爲樂府舊題所定，大多是承襲了前人的成績，
沒有多少創新，那麼《塞北二首》、《送盧管記仙客北伐》，則是地道
的邊塞詩了。尤其《送盧管記仙客北伐》，情緒遒舉昂揚，感情慷慨
激越，詩的氣勢磅礴，流蕩著一股振奮人心的力量。餘如「雲迎出塞
馬，風卷度河旗。計日方夷寇，夜聞枚杜詩」(《夏日都門送司馬員外
逸客孫員外佺北征》)。也是頗有氣骨的。這對盛唐時期高適等人的邊
塞詩，有著明顯的影響。

　　如上所述，沈、宋是當時著名的宮廷詩人，他們都寫了許多應制
詩。一般地說，應制詩是酬應之具，那些御用文人，以揣摩皇帝的心
性意向見長，以阿諛奉承爲能事。寫詩喜歡修飾、用典，講究雍容華
貴，詩裏充滿了虛假的感情，很少有眞情實感的流露。他們只知仰承
皇帝的鼻息。惟皇帝的好尚是頌，還談得上什麼詩格、人格？但也不
可一概而論，糞穢中也可能偶爾生出一朵鮮艷的香花，產生一些特殊

的例外。沈、宋的個別應制詩，也還有較好的意境，特別是宋之間的一些應制詩，寫得是比較好的。甚至還值得我們一讀。譬如：「谷轉斜盤徑，川迴曲抱原。風來花自舞，春入鳥能言。」(《春日芙蓉園侍宴應制》) 江山多嬌而又春意盎然，令人神往。「野含時雨潤，山雜夏雲多。⋯⋯悠然小天下，歸路滿笙歌。」(《夏日仙萼亭應制》) 此詩不特意境好，有著較真實的思想感情，而且寫出了國力強盛、經濟繁榮昌盛下詩人的氣質與自豪心情，有著鮮明的盛唐氣象。它雖然旨在阿頌皇風，但也較好地反映了社會現實。「樂思回斜日，歌詞繼大風。今朝天子貴，不假叔孫通。」(《奉和幸長安故城未央宮應制》) 這種意境情調與詩的氣勢，遠非前人可以比擬的。這些詩雖然旨在歌功頌德，但在某種程度上仍然反映了當時的社會風貌。沈佺期的應制詩稍遜宋之間一籌，但也時有可讀的詩句。如：「霜威變綠樹，雲氣落青岑。水殿黃花合，山亭絳葉深。朱旗夾小徑，寶馬駐青澤。苑吏收寒果，饔人膳野禽。承歡不覺暝，遙響素秋砧。」(《白蓮花亭侍宴應制》)「步輦尋丹嶂，竹宮在翠微。川長看鳥滅，谷轉聽猿稀。天磴扶階迴，雲泉透戶飛。閒花開石竹，幽葉吐薔薇。」(《仙萼池亭侍宴應制》) 有些寫景的句子，頗有詩意。誠如翁方綱所云：「沈、宋應制諸作，精麗不待言，而尤在運以流宕之氣。此元自六朝風度變來，所以非後來試帖所能幾及也。」〔註3〕總之，沈、宋的應制詩，並非全部是文化垃圾。

二

沈、宋在詩歌藝術的演進中，表現出自己的個性特色，取得了較高的藝術成就，以此促進了初唐詩歌藝術技巧的發展與成熟。

首先，沈、宋詩歌具有氣勢壯大、感情豪邁的特點。由於大唐國力無比強盛，經濟空前繁榮，社會欣欣向榮，在這種大好形勢下，人

〔註3〕郭紹虞：《清詩話續編》，第 1366 頁，上海古籍出版社，1983。

們產生了一種遠大的理想與追求，有大幹一番的豪情與壯舉，對國家前途、民族命運以及個人的錦繡前程，產生了一種特別的自信。由此詩人在其反映現實的詩歌中，表現出一種前所未有的壯闊氣勢。初唐四傑，在詩的氣勢與豪情方面，一反以前柔弱的詩風，以剛健峭拔的風格，屹立於當時的文壇，詩風爲之一變。繼四傑之後，沈、宋更是發揚蹈厲，在轉變詩人舊的習氣形成一代詩風中，做出了重大的貢獻，在唐詩的嬗變中，有其突出的重要地位。

宋之問的《登禪定寺閣》，表現出磅礴的氣勢，有振奮人心的藝術力量。「開襟坐霄漢，揮手拂雲煙」，這是何等的胸襟，何等的氣魄，何等的筆力！然卻的確是當時登臨禪定寺閣的眞實情景，是詩人胸中感情的自然流露，沒有一絲一毫的誇誕，詩人情緒是那麼昂揚，詩的境界是那麼開闊，已初步顯露出盛唐詩的雄偉氣象。

無獨有偶，沈佺期的《仙萼亭初成侍宴應制》，也表現了詩人不凡的氣魄與胸襟。雖係應制詩，阿諛奉承之情溢於言表，但卻表現出非凡的詩的氣勢，寫出了壯闊的胸襟，流蕩著頗爲豪邁的思想感情。餘如宋之問的「六國兵同合，七雄勢未分。從成拒帝秦，決策問蘇君。雞鳴將狗盜，論德不論勳」（《過函谷關》）；「聞道雲中使，乘驄往復還。河兵守陽月，塞虜失陰山。拜職嘗隨驃，銘功不讓班。旋聞受降日，歌舞入蕭關」（《送朔方何侍郎》）。沈佺期的「西北五花驄，來時道向東。四蹄碧玉片，雙眼黃金瞳。鞍上留明月，嘶間動朔風。借問馳沛艾，一戰取雲中」（《驄馬》）；「龍門非禹鑿，詭怪乃天功。……長竇互五里，宛轉復嵌空。伏湍煦潛石，瀑水生輪風。……潭河勢不測，藻葩垂彩虹」（《過蜀龍門》）。都是境界開闊、氣勢昂揚、感情豪邁之作。在扭轉初唐柔靡詩風中，佔據重要的歷史地位。

其次，沈、宋詩歌表現出節奏自然、圓融流宕的特點。初唐時期的宮廷詩人，所寫多爲奉和應制之作，藝術上極力追求典雅精工，感情虛假，矯揉做作，在雍容華貴的詩風中，顯露出雕琢的痕跡。沈、宋是當時典型的宮廷詩人，一生寫了許多奉和應制詩，也有許多送往

迎來的酬應之作，其詩大部分卻能脫出以前應制詩與酬應詩的窠臼，在藝術上追求自然的節奏與和諧的韻律，並能注意質實真切的感情的抒發，有著構思精巧、表現自然的特色，流蕩著頗為濃郁的詩味。譬如宋之問的《春日芙蓉園侍宴應制》，不僅寫江山勝景與山川形勢了了如畫，而且見春光春色似鬧如狂，在濃郁的春的氣息中，滲透著詩人愉悅歡快的感情，筆致流暢而自然。沈、宋詩集中，這類詩是比較多的，如沈的《幸梨園亭打球應制》、宋的《江亭晚望》和《使望天平軍馬約與陳子昂新鄉為期及還而不相遇》。這些詩在遣詞造句、寫景抒情上，都表現得自然妥帖，珠圓玉潤，琅琅上口。構思擬意的精巧、藝術技巧的純熟、語言的精練自然，都達到了前所未有的高度，充分顯示出詩人卓越的藝術才能。他們凌屬前賢，超邁時輩，其詩風表現出與前迥然不同的態勢，為盛唐詩歌的藝術發展鋪平了道路。餘如宋之問的「河橋不相送，江樹遠含情」（《送杜審言》），表現了與朋友依依惜別的真實感情以及因病未能餞別的歉疚心理，韻味悠然，感情深厚。「強飲離前酒，終傷別後神」（《留別之望舍弟》），表現了弟兄三人分離時的濃郁的感傷情緒。這些詩都可與盛唐同類名作媲美。

　　第三，沈、宋善於借景抒情，故多情景交融之作，以此受到詩論家的讚譽。詩人寫詩追求含蓄蘊藉，感情往往依託於景物的描寫，借景抒情。因此，詩中的景物描寫，滲透了詩人的感情，或者可以說是感情化了的景物。從這個意義上說，寫景是為了抒情，寫景就是抒情，誠如王國維所說：「一切景語，皆情語也。」〔註4〕沈、宋詩中的寫景的句子，以淡遠見長，如沈的「樹悉江中見，猿多天外聞」（《十三四時嘗從巫峽過他日偶然有思》）；「人疑天上坐，魚似鏡中懸」（《釣竿篇》）。宋的「鳥歸沙有跡，帆過浪無痕」（《江亭晚望》）；「山形無隱霽，野色遍呈秋」（《秋晚遊普耀寺》）。以此受到冒春榮的稱讚，他說：「寫景之句，以工緻為妙品，真境為神品，淡遠為逸品，如『芳草平

〔註4〕唐圭璋：《詞話叢編》，第 4257 頁，中華書局，1986。

仲綠,清夜子規啼』(沈佺期)……皆逸品也。」〔註5〕沈、宋詩寫景淡遠,似不著感情色彩,其實,他們的感情在詩中表現得更爲含蓄、隱蔽和深厚,因此被列爲逸品。宋之問多靈秀之氣,詩中多有佳句,如「桂子月中落,天香雲外飄」(《靈隱寺》),寫得飄逸而富於詩意。「不寄西山藥,何由東海期」(《寄天台司馬道士》),寫得委婉含蓄。總之,沈、宋的詩,是善於借景抒情的,在這方面,皎然給予很高的評價,稱之爲:「律詩之龜鑒也,但在矢不虛發,情多興遠,語麗爲上……是詩家射雕之手。」〔註6〕

三

沈、宋詩歌,代表唐詩發展的一個新的特定的階段,它爲盛唐詩的發展與繁榮鋪平了道路,它呼喚著詩國高潮的到來。因此,它不僅在唐代詩歌上,甚而在中國整個詩史的發展過程中,都佔有極重要的地位。

首先,五言律詩格律的定型,是在沈、宋手中完成的。這是唐詩研究者公認的歷史結論,茲不贅述。應當指出,五言律詩格律的定型爲七言律詩的成熟奠定了良好的基礎。沈、宋的七律創作,特別是沈佺期七律詩的創作,對七言律詩的成熟與格律的趨於定型,具有重要的意義。五言律詩格律的定型與七言律詩的趨於成熟,這是中國詩歌史上一個重大的事件,在詩歌藝術的嬗變中,起了極大的推動作用;對唐詩的繁榮與發展,產生了深刻而巨大的影響。內容決定形式,而藝術形式對思想內容也有著巨大的不容忽視的反作用。律詩從它產生的那一天起,就與應酬密切相關,但也有少數反映現實生活的作品,而且在有限的篇幅內,要容納較豐富的生活內容,表現異常深厚的思想感情,不得不採用濃縮的手法,使詩人的思想感情如一束聚光,發出非常強烈的光亮。這就要求內容的集中與典型、感情的深厚與激

〔註5〕郭紹虞:《清詩話續編》,第1583頁,上海古籍出版社,1983。
〔註6〕陶敏等:《沈佺期宋之問集校注》,第813頁,中華書局,2001。

化，它有著極嚴格的藝術要求，詩人要有高度的藝術技巧，才有可能寫出較好的律詩。明顧璘謂：「五言律詩，貴乎沉雄溫麗，雅正清遠。含蓄深厚，有言外之意；制作平易，無艱難之患。最不宜輕浮，俗濁則成小人對屬矣。似易而實難。又須風格峻整，音律雅渾，字字精密，乃爲得體。」〔註7〕的確，寫五言律詩「似易而實難」，要達到「風格峻整，音律雅渾，字字精密」，非得在煉字煉意上經過千錘百煉不可，在寫作上不能稍微掉以輕心。正因爲律詩的寫作要求極嚴，經得起反覆推敲，因此它有著極強的藝術生命力。盛唐時期，王維、孟浩然、高適、岑參、李白、杜甫都寫了大量的內容渾厚、藝術精湛的五言律詩，在詩壇綻放出異彩奇葩，這都是沈、宋爲之開端的，其開創導路之功決不可沒。而他們在流放期間所寫的律詩，其藝術表現之完美、感情之眞實感人，都是十分突出的。這些五律，成爲後來詩人寫五律的最早範例。

其次，隨著五言律詩的定型，迫使詩人對詩歌意境的提煉與追求，俾達到最完美的藝術境界。唐詩不同於其他朝代詩歌的重要特色之一，就在於詩的意境的完美與渾融。五言律詩，其形式規範並限制著詩的內容的表達。詩人要用短短的四十個字，充分地表達自己一時的感情，不得不對詩意進行反覆的提煉，以增強詩的藝術表現力。律詩這種固定的格式，極難容納千變萬化、極端豐富的社會內容，表現複雜的思想感情。但那些不畏艱難勇於攀登藝術高峰的詩人，卻總要使自己複雜的感情在短短的八句內，得到充分而藝術的表現，在構思精巧與意境的錘煉上，不惜精思殫慮，以期達到預期的目的，宋劉昭禹云：「五言如四十個賢人，著一字屠沽輩不得。覓句者若掘得玉合，有蓋必有底。但精心求之，必得其寶。」〔註8〕詩人對他掘得的礦藏，必須進行精心的篩選；詩人對他運用的每一個字眼，都要仔細地斟酌；詩人對每一個字的聲調的輕重與抑揚，都得細細地掂量，以期達

〔註7〕陳伯海：《唐詩論評類編》，第478頁，山東教育出版社，1993。
〔註8〕胡震亨：《唐音癸籤》，第20頁，上海古籍出版社，1981。

到盡善盡美。因此，可以說五言律詩的完成與定型，是中國詩歌史上一次大革命，使詩從思想內容到藝術形式以至詩的境界，都變得煥然一新。而沈、宋在這次詩的革命中，無疑是兩個重要的元勳，他們都以自己的創作實績，在詩歌發展史上矗起了巍峨的藝術豐碑。

第三，五言律詩的完成與定型，引起詩人審美情趣以至時代藝術風尚的變化。詩人對詩味、弦外之音的追求，使詩精練含蓄、渾厚清遠。他們以其豐富多彩的藝術手法，表現個人一時的感情，使其詩變幻多姿，饒有特色。沈、宋的五言律詩，對後來的詩人起了表率和示範作用。沈德潛云：「五言律……神龍之世，陳、杜、沈、宋，渾金璞玉，不須追琢，自然名貴。」〔註9〕這個評價是確當的。宋之問的五律尤爲特出，如「不愁明月盡，自有夜珠來」（《奉和晦日幸昆明池應制》），以巧思勝，既切合情景，又渾融流暢，有悠然不盡之意。《初到陸渾山莊》在意境的錘煉與感情的表達上，都達到自然渾融的藝術境界。他在餞別酬應中寫的一些詩，也非常眞摯感人。如《送杜審言》、《留別之望舍弟》、《渡吳別王長史》、《途中寒食題黃梅臨江驛寄崔融》等，都有著感人的藝術力量。沈德潛云：「應酬詩，前人亦不盡廢也。然必所贈之人何人，所往之地何地，一一按切，而復一己之情性流露於中，自然可歌可詠，非幕下張君房輩所能代作。」〔註10〕沈、宋雖多酬應之作，但能切題，且有眞情實感流注其中，因此「可歌可詠」，頗多精彩之筆。這種流蕩自然而又貫注詩人眞情實感的詩篇，在中國詩歌史上，有著很大的影響。

第四，隨著五言律詩的成熟與定型，中國的詩歌由原來的以敘事爲主，漸次變爲以抒情爲主。由此形成唐代抒情詩不同於六朝抒情詩的重要特色。唐以前的古體詩與樂府，是以敘事爲主，在寫法上多用賦筆，詩人含情於敘事之中，或結尾抒情，詩歌古樸渾厚。隨著近體

〔註 9〕丁福保：《清詩話》，第538頁，上海古籍出版社，1963。
〔註10〕丁福保：《清詩話》，第553頁，上海古籍出版社，1963。

詩的形成，詩歌比興手法的運用更爲靈活多樣，詩人更注意藝術技巧的錘煉以及感情的宣泄與滲透，抒情味更爲濃郁。抒情詩中，寫景與抒情參半：中間兩聯，一般都是前二句寫景，後二句抒情。若中間兩聯都寫景，即使妙筆生花，也會受到責難。譬如沈德潛批評王維《山居秋暝》時說：「中二聯不宜純乎寫景。如『明月松間照，清泉石上流。竹喧歸浣女，蓮動下漁舟』，景象雖工，詎爲模楷？」〔註11〕或敘事與抒情水乳交融，所謂「情中景，景中情」，詩人的情與志，詩中的情與景渾融，詩歌顯示出與前迥然不同的形態，詩的格調起了鮮明的變化，由此形成詩的獨特風貌。

沈、宋繼往開來，推動了唐詩的發展與繁榮，對後代詩歌有著巨大的影響。

第二節　王勃楊炯盧照鄰駱賓王的詩歌

王勃、楊炯、盧照鄰、駱賓王號稱初唐四傑，他們對扭轉柔弱的齊梁詩風、開創剛健清新的初唐詩歌，起了很大的作用。他們並稱且載入文學史冊，就是後代文學史家對其功績的充分評價。但人們評論四傑，往往只注意他們詩歌的共性，重視他們共同開創的文學業績，這是應該的，也是無可非議的。然在重視詩歌共性的同時，對其詩歌個性的研究卻不很充分。甚至有某種程度的輕視與忽略，這是值得重新認眞考慮的。初唐四傑在詩歌創作上，的確有許多共同的地方，這是他們並稱的基礎，也是當時以及後來文學史家將其相提並論的重要原因。但其詩歌創作，也各有自己突出的個性特徵，這是他們在當時詩壇站穩腳跟名躁一時的根本原因。既然他們詩歌有同有異，這就有必要對其詩歌創作的異同分析比較，以便對其詩歌成就，作進一步深入的了解。

〔註11〕丁福保：《清詩話》，第 539 頁，上海古籍出版社，1963。

一

　　王、楊、盧、駱是當時詩壇湧現出的最傑出的四位詩人，他們都是早熟的天才，極富於文學才華。斯時正值國力強盛，朝野有一股朝氣蓬勃的景象，這種時代氛圍激勵著有志之士，大展鴻圖，建不朽之功。王、楊、盧、駱都是想在政治上成就一番事業的。然由於出身寒微，又缺乏良好的機遇，在仕途上不免坎坎坷坷，未能展其鵬程萬里之志。對於仕途上的不幸遭際，他們在詩歌中都有哀嘆：「客書同十奏，臣劍已三奔。」（王勃《示知己》，《韻語陽秋》引）；「美人今何在？靈芝徒自芳。山空夜猿嘯，征客淚沾裳」（楊炯《巫峽》）；「丁年遊蜀道，斑鬢向長安。徒費周王粟，空彈漢吏冠。馬蹄穿欲盡，貂裘敝轉寒」（盧照鄰《早度分水嶺》）；「素服三川化，烏裘十上還。莫言無皓齒，時俗薄朱顏」（駱賓王《途中有懷》）。可見他們胸懷壯志而未能實現，這就形成了個人襟抱與實際政治地位的尖銳矛盾，不免有一種失落感。政治上的失意，卻有助於他們文學才能的充分發揮，因此他們都寫了許多可謂空前之作的詩篇。當綺錯婉媚的「上官體」風靡詩壇的時候，他們以嶄新的姿態走上詩壇，並帶來新鮮而富於活力的剛健清新的詩風。四傑在摧毀舊的詩壇堡壘時，是目標一致桴鼓相應的。他們逐漸認識到那種「骨氣都盡，剛健不聞」（楊炯《王勃集序》）的詩風必須革除，並以「開闢翰苑，掃蕩文場」（王勃《山亭思友人序》）為己任，提出「體物成章，必寓情於小雅」（駱賓王《上吏部侍郎帝京篇啓》）。「以適意為宗……不以繁詞為貴」（盧照鄰《駙馬都尉喬君集序》）。揭起了詩歌革新的旗幟。他們不僅從理論上對當時風靡一時的綺媚詩風作了批判和廓清，為建立新的剛健的詩風掃清了道路，同時，在詩歌創作上，將其詩歌革新的主張付諸實踐，創作了大量符合他們理論要求的詩歌，充分顯示了詩歌革新的實績，使詩風為之一變。其詩歌創作成就，旗鼓相當，四傑就是在這個意義上而言的。文學史家對其詩歌在文學史上的功績，作了很高的評價。胡應麟云：「先是，唐起梁、

陳衰運後，詩文纖弱委靡，體日益下，賓王首與勃等一振之。雖未能驟革六朝餘習，而詩律精嚴，文辭雄放，滔滔混混，橫絕無前。唐三百年風雅之盛，以四人者為之前導也。」〔註12〕雖然如此，他們並沒有形成一個新的詩歌流派，詩歌創作的風格也不完全一致。但王、楊、盧、駱並稱，名耀於初唐詩壇，他們在詩歌創作上，確有許多一致或相似的地方。

首先，對於詩歌創作題材的開拓，是他們在詩歌創作上很突出的貢獻。初唐詩歌的作者，大部分是朝閣元老與皇帝近臣，他們整天生活在皇帝周圍，囿於本人的生活實踐和思想感情，只能寫一些奉和應制和歌頌昇平之作，如魏徵、褚亮、許敬宗、虞世南、上官儀等，其詩歌絕大部分是缺乏真實感情的頌歌與郊廟樂章。四傑則一反廟堂文學，其詩歌反映了較寬廣的現實生活。他們把詩歌從狹窄的宮廷生活中解放出來，開始反映真正的人生，為詩歌創作開闢了康莊大道。聞一多說：「正如宮體詩在盧駱手裏是由宮廷走到市井，五律到王楊的時代是從臺閣移至江山與塞漠。」〔註13〕這個著名的論斷，已為文學史家所接受，並寫入文學史教科書中。從四傑詩歌的題材說，這一命題是符合客觀實際的。但他們對詩歌創作題材的轉移是很自然的，是為四傑的政治地位和生活經歷所決定的，而不是他們有意識的主觀的扭轉。他們位卑，不可能有宮廷臺閣生活的體驗，也沒有資格與機遇寫奉和應制的詩篇，故在四人留存的詩中，只有楊炯寫過一首《奉和上元酺宴應詔》詩。這在宮廷詩充斥詩壇的時候，的確是罕見的。他們經常接觸的是較下層的社會與平民生活，他們只能寫其所見所聞所感，故其詩歌創作的題材不移而自移了。質言之，他們不是在創作題材上立意要扭轉風靡一時的風氣，而只是老老實實地寫生活體驗與實感，因其詩出了名，在詩壇上成了氣候，大家也就跟著他們學，於是詩歌創作的風氣為之一

〔註12〕陳熙晉：《駱臨海集箋注》，第382頁，上海古籍出版社，1985。
〔註13〕聞一多：《唐詩雜論》，第28頁，古籍出版社，1956。

變。如此，他們主觀上並沒有將詩歌創作題材移至江山塞漠的願望，而在客觀上卻達到了這樣實際的效果，這實在是「無心栽柳柳成林」了。雖然如此，他們的詩歌創作畢竟在客觀上起到了如此巨大的作用，這是應予充分肯定並給予高度評價的。

　　關於題材的擴大，四傑有描寫軍事題材的邊塞詩，有描寫祖國壯麗山河的紀行詩和抒發友情的贈別詩等，如此等等，都是有感而發，非無病呻吟者可比，故倍覺親切感人。駱賓王到過邊塞，他的《邊城落日》、《宿溫城望軍營》、《邊夜有懷》、《在軍營登城樓》、《久戍邊城有懷京邑》，都是描寫軍事題材的邊塞詩，這些詩反映了戍守邊疆的士卒生活，表現了官兵以及詩人的雄心壯志，如：「壯志凌蒼兕，精誠貫白虹；君恩如可報，龍劍有雌雄」（《邊城落日》），「投筆懷班業，臨戎想顧勳；還應雪漢恥，持此報明君」（《宿溫城望軍營》），都有感人的藝術力量。楊炯、盧照鄰雖未出塞，但都以樂府舊題寫了一些軍事題材的詩篇，表現了他們對豪俠的仰慕和建功立業的思想，讀來也頗感人。楊炯的《從軍行》、《出塞》、《有所思》、《折楊柳》、《紫騮馬》、《戰城南》、《送劉校書從軍》，盧照鄰的《隴頭水》、《折楊柳》、《梅花落》、《關山月》、《紫騮馬》、《戰城南》等，都是可讀的詩篇。他們出仕遊宦，到過許多地方，寫了一些描寫祖國山河壯麗的詩篇。王勃的《麻平晚行》、《易陽早發》、《深灣夜宿》、《泥溪》，楊炯的《廣溪峽》、《巫峽》、《西陵峽》，盧照鄰的《入秦川界》、《文翁講堂》、《相如琴臺》、《石鏡寺》等，都是值得一讀的詩篇。狀物寫景，頗見特色。如：「餞裝侵曉月，奔策候殘星。危閣尋丹障，回梁屬翠屏。雲間迷樹影，霧裏失峰形。」（《易陽早發》）「津涂臨巨壑，村宇架危岑。堰絕灘聲隱，風交樹影深。江童暮理楫，山女夜調砧。」（《深灣夜宿》）「廣溪三峽首，曠望兼川陸，山路繞羊腸，江城鎮魚腹。喬林百尺偃，飛水千尋瀑。驚浪回高天，盤渦轉深谷。」（《廣溪峽》）「隴坂長無極，蒼山望不窮。石徑縈疑斷，回流映似空。花開綠野霧，鶯囀紫巖風。」（《入秦川界》）都是感情真摯的優秀詩

篇。總之，他們以廣闊的視野，豐富的題材，抒寫了人生的眞實情感，一幅幅山河壯麗圖，一張張山村風俗畫，流瀉筆端。這些詩歌，有著較高的社會價值與審美價值。

感情的眞實與明朗，情緒的奮發與昂揚，這是四傑詩歌中又一共同特點，也是他們在扭轉初唐詩風中的重要貢獻。當矯揉做作、感情虛假的詩歌連篇累牘、充斥詩壇的時候，他們首先衝破了這種沉悶的藝術氛圍，大寫感情眞摯、思想健康的詩歌，爲當時詩歌健康的發展，開闢了新的廣闊的天地。

初唐時期，以上官儀爲代表的上官體詩，風靡一時，統治著當時的詩壇。上官儀，字游韶，陝州人，工詩，其詞綺錯婉媚，及貴人效之，曰上官體。這種詩，以華美的詞藻，掩飾其空虛的內容與淡漠的情感，如同漂亮的服飾掩蓋著的屍體，絕無生氣。這種無病呻吟之作，表現出嚴重的唯美主義與形式主義傾向。如上官儀的代表作《詠雪應詔》云：

> 禁園凝朔氣，瑞雪掩晨曦。
>
> 花明棲鳳閣，珠散影娥池。
>
> 飄素迎歌上，翻花向霧移。
>
> 幸因千里映，還繞萬年枝。

這是一首詠物詩，本應詠物以見志，然詩人似已意滿志得，沒有什麼希冀與追求。因此，雖然典雅精工，雍容華貴，但卻缺乏感人的藝術力量。就是這種毫無生氣的僵屍般的詩歌，獨霸詩壇，消磨人的意志，毒化人的靈魂，這實在是詩的不幸與悲哀。這種詩風與當時健康向上生機勃勃的社會風氣是矛盾的，極不諧調適應的。於是代表當時社會風氣、反映當時經濟基礎的詩歌應運而生了，這就是初唐四傑的降臨和出現，他們的確夠得上是當時詩壇應運而生的驕子。

王、楊、盧、駱都是出身於中小地主階級的知識份子，他們在時代的感召下，脫穎而出，以矯健的姿態，走上詩壇，意氣風發，情緒高昂，歌頌新的時代，抒寫人生感慨。其詩無論是歌頌豪俠、詠懷壯

志，抑或是描寫羈旅，抒發友情，都飽含著時代內容，浸透著國力強盛、風氣高揚的時代精神。都生氣勃勃，促人奮發。詩的內容是健康而充實的，詩人的感情是真摯而激動的。如楊炯《驄馬》：

> 驄馬鐵連錢，長安俠少年。
>
> 帝畿平若水，宮路直如弦。
>
> 夜玉妝車軸，秋金鑄馬鞭。
>
> 風霜但自保，窮達任皇天。

這首詩氣凌霄漢，字挾風霜，感情昂揚而曠達，展示了詩人廣闊的胸懷與精神風貌。餘如王勃的：「海內存知己，天涯若比鄰。無為在歧路，兒女共沾巾。」（《送杜少府之任蜀州》）盧照鄰的：「劉生氣不平，抱劍欲專征。報恩為豪俠，死難在橫行。」（《劉生》）駱賓王的：「滿月臨弓影，連星入劍端。不學燕丹客，空歌易水寒」（《送鄭少府入遼共賦俠客遠從戎》），「意氣一言合，風期萬里親」（《春日離長安客中言懷》），都是感情明朗、慷慨激越的詩篇。他們雖懷抱利器而不得重用，但絕不氣餒、頹唐、沮喪，仍對前途充滿了希望與信心，情緒昂揚，感情純真，以粗豪的嗓音來歌唱時代，謳歌時代與人生，奏出了時代的最強音。於是衝破了詩歌被臺閣大臣壟斷的局面，使之走向平民化與健康化，為唐詩的發展與繁榮開闢了一條嶄新的道路，在中國文學史上，寫下了極為光輝的一頁。

二

　　如上所述，四傑在詩歌藝術風格上並不是完全一致的一個新的詩派，而只是在題材的闊大、藝術的健康與明朗方面，有別於當時以上官儀為代表的貴族文學的柔靡詩風罷了。他們在詩歌創作上，各有突出的藝術特徵。在文學史上，有其不同的貢獻。

　　首先，四傑的詩歌風格與情調不同，可謂人各異面，各擅其美。

　　關於王、楊、盧、駱的詩歌風格，前人早有論述。明人陸時雍云：「王勃高華，楊炯雄厚，照鄰清藻，賓王坦易，子安其最傑乎？調入

初唐，時帶六朝錦色。」〔註14〕

這一段話，作為四傑詩歌藝術風格的概括雖然不一定十分準確，但卻明確地指出了兩點：第一，四傑的詩歌，各有突出的特點，有著鮮明的藝術風格。第二，他們的詩歌創作，有著鮮明的時代特色：「調入初唐，時帶六朝錦色。」可見四傑詩歌處於唐詩發展的過渡階段，他們在繼往開來中，扮演著重要角色。

王勃的詩仍帶六朝高華氣象，感情細膩，風格清麗，但似嫌柔弱，不像楊炯詩那樣剛健雄渾。雖偶有雄豪曠達之作，如那首被人艷稱的《送杜少府之任蜀州》，但細檢他的詩集，像這種意境開闊的詩篇僅有此首，絕大部分都是細緻柔弱的，如另外兩首被人稱道的詩篇《別薛華》、《重別薛華》就是。《別薛華》云：

> 送送多窮路，遑遑獨問津。
>
> 悲涼千里道，淒斷百年身。
>
> 心事同漂泊，生涯共苦辛。
>
> 無論去與住，俱是夢中人。

這首詩表現的情緒是十分悲涼的。詩人以細膩的筆觸，抒寫了這種淒苦痛斷肝腸的別離情緒，表現了前途未卜的苦澀滋味，風格是偏於柔弱的。《重別薛華》則云：「旅泊成千里，棲遑共百年。窮途惟有淚，還望獨潸然。」感情淒苦，表現出對前途的悵惘與失望。儘管可以說：「作者說得真切，道得深透，想把不滿現實的滿腔苦悶憤激的情愫一齊吐出。」〔註15〕但感情畢竟是傷感而脆弱的。王勃詩歌還善於寫景，他的一些詩能寓情於景，使詩歌在情景交融的表現上，有了長足的進展。「物色連三月，風光絕四鄰。鳥飛村覺曙，魚戲水知春。」（《仲春郊外》）在整齊而又自然的形式中，寫出了春意盎然的景色，透露出詩人十分愉快的心情。「澤蘭侵小徑，河柳復長渠。雨去花光濕，風歸葉影疏。」（《郊興》）「草綠縈新帶，榆青綴古錢。魚床侵岸水，

〔註14〕丁福保：《歷代詩話續編》，第 1411 頁，中華書局，1983。
〔註15〕轟文郁：《王勃詩解》，第 106 頁，青海人民出版社，1980。

鳥路入山煙。」（《春日還郊》）「狹水牽長鏡，高花送斷香。繁鶯歌似曲，疏蝶舞成行。」（《對酒春園作》）詩人對景物的觀察和描寫是很細緻的，在詩的煉意錘字方面，也頗見功力。但風格仍似六朝的清麗高華，風骨略嫌不足。

楊炯的詩風是剛健而又精警凝練的。他在《王勃集序》中云：「嘗以龍朔初載，文場變體，爭構纖微，竟爲雕刻。……骨氣都盡，剛健不聞。」他稱讚王勃詩「壯而不虛，剛而能潤。雕而不碎，按而彌堅」。在他的詩歌裏，洋溢著昂揚慷慨之氣，如用「壯而不虛，剛而能潤」來評價，則是相當確切的。他以高昂的情緒，剛健的筆姿，抒寫了知識份子建功立業的強烈願望，其詩是頗有風骨的。如《從軍行》：

> 烽火照西京，心中自不平。
>
> 牙璋辭鳳闕，鐵騎繞龍城。
>
> 雪暗凋旗畫，風多雜鼓聲。
>
> 寧爲百夫長，勝作一書生。

詩人以雄健的筆調，寫其愛國情緒與爲國獻身的崇高精神，讀來有一股勁遒之氣。楊炯今存詩三十三首，在四傑中也是存詩最少的一位，但他的詩中頗有慷慨激昂之作，這是他詩歌創作成就的一個很重要的方面。

> 白璧酬知己，黃金謝主人。
>
> 劍鋒生赤電，馬足起紅塵。
>
> ——《劉生》
>
> 丈夫皆有志，會見立功勳。
>
> ——《出塞》
>
> 匈奴今未滅，畫地取封侯。
>
> ——《紫騮馬》
>
> 寸心明白日，千里暗黃塵。
>
> ——《戰城南》

詩人心情振奮，表現出生逢盛世大展鴻猷的豪情壯志，詩裏充滿了昂揚向上的時代精神。而在寫法上，則直抒胸臆，有一股雄直勁遒之氣，這已開盛唐雄渾詩風的先聲。胡應麟云：「盈川近體……整肅雄渾。究其體裁，實爲正始。」〔註16〕這個評價是很恰當的。從他的詩裏，我們不僅可以看到當時知識份子積極向上的心態，而且也看到唐代詩歌日趨剛健質樸的訊息。

楊炯有一些詩篇，極富於抒情味。它在悠然的情思中表現出一種天然的詩的韻味。「相思明月夜，迢遞白雲天。」（《有所思》）「行人斷消息，春恨幾徘徊？」（《梅花落》）「送君還舊府，明月滿前川。」（《夜送趙縱》）「美人今何在？靈芝徒自芳。山空夜猿嘯，征客淚沾裳。」（《巫峽》）這些詩寫得空靈飄灑，含不盡之意如在言外，韻致天然，詩味無窮，絕似盛唐詩歌。因此，他在唐詩的繼往開來中，其功之卓絕，實在足以彪炳千秋的。

在四傑當中，王居首位是否公允，是很值得考慮的。首先楊炯對這個座次，就很不服氣，他說：「吾愧在盧前，恥居王後。」張說云：「楊盈川文思如懸河注水，酌之不竭，既優於盧，亦不減王。『恥居王後』，信然：『愧在盧前』，謙也。」〔註17〕對於這一歷史公案，唐詩專家蕭滌非說：「史書上說『議者謂然』，可見是得到當時公議的認可的。杜甫的《戲爲六絕句》有句詩『王楊盧駱當時體』，最早的宋本就作『楊王盧駱當時體』，便是一個很好的證明。」〔註18〕從以上引證的詩篇來看，楊炯在詩歌史上的地位，當不亞於王勃的。

盧照鄰也很有幾首雄渾豪壯的詩篇，特別是《上之回》、《紫騮馬》、《戰城南》等樂府詩，都是值得一讀的壯美詩篇。請看《上之回》：

> 回中道路險，蕭關烽埃多。
>
> 五營屯北地，萬乘出西河。

〔註16〕胡應麟：《詩藪》，第67頁，上海古籍出版社，1979。
〔註17〕《楊炯集　盧照鄰集》，第189頁，中華書局，1980。
〔註18〕蕭滌非：《樂府詩詞論藪》，第132頁，齊魯書社，1985。

> 單于拜玉璽，天子按雕戈。
>
> 振旅汾川曲，秋風橫大歌。

詩人以高昂的情調與凌雲的氣勢，抒寫了大唐無比強盛的國威，字裏行間洋溢著詩人對祖國強盛的自豪感。在整麗精工中充盈著豪宕雄放之氣。但他的詩更多的則是飽含著悲壯的感情，流露出頗為悲涼的情緒。「報恩為豪俠，死難在橫行。……但令一顧重，不吝百身輕。」（《劉生》）「馬繫千年樹，旌懸九月霜。從來共鳴咽，皆是為勤王。」（《隴頭水》）都是頗為悲壯的。餘如《巫山高》、《昭君怨》等，讀來都覺有一種悲涼淒苦的氣氛。盧照鄰因其遭遇不幸，詩裏則含有更多的個人命運的哀嘆。這就使他在感情上含有更多的悲苦成分，因此寫了許多動人心弦的悲壯的詩篇。「草礙人行緩，花繁鳥度遲。……安知倦遊子，兩鬢漸如絲。」（《山行寄劉李二參軍》）「鵬飛俱望昔，蠖屈共悲今。」（《酬張少府柬之》）都蘊含對命運的悲嘆和不得志的牢愁。「沾裳即此地，況復遠思君。」（《巫山高》）「僕本多悲淚，沾裳不待猿。聞君絕弦曲，吞恨更無言。」（《同崔錄事哭鄭員外》）流露出一種悲不自勝的感情。他說：「覆幬雖廣，嗟不容乎此生；亭育雖繁，恩已絕乎斯代。」（《釋疾文序》）「憂與憂兮相積，歡與歡兮兩忘。」（《獄中學騷體》）個人的悲劇，使他完全絕望了。《釋疾文三歌》是他的絕命詞，他在悲苦中，離開了無限留戀的人生。

　　駱賓王在各種體裁的詩中，都有一些可讀的好詩。他的五律一般都寫得明白曉暢，時有雄勁之氣，但韻味似嫌不足。所謂「賓王坦易」、「骨幹有餘，風致殊乏」，[註19] 道出了他的部分詩的特點。除了《在獄詠蟬》那首寓物託興之作以外，《從軍行》、《途中有懷》、《至分水戍》、《望鄉夕泛》，都是差強人意之作。他的五排，受到胡應麟的稱讚：「唯駱賓王篇什獨盛，佳者『二庭相望斷，蓬轉俱行役。彭山折坂外，蜀地開天府』，皆流麗在雄渾，獨步一時。」「至於排律，時自

〔註19〕胡應麟：《詩藪》，第 67 頁，上海古籍出版社，1979。

錚錚。」〔註20〕這些評價，似有過譽之嫌。他的五絕寫得不多，但有幾首，倒是凜然有生氣的。

> 城上風威冷，江中水氣寒。
> 戎衣何日定，歌舞入長安。

—— 《在軍登城樓》

> 此地別燕丹，壯士髮衝冠。
> 昔時人已歿，今日水猶寒。

—— 《於易水送人》

前者慷慨激越，後者氣概橫絕，允為一時之絕唱。他在七言歌行的創作上，做出了傑出的貢獻，對此後文還要論述，此處不贅。

總之，王、楊、盧、駱詩歌創作的風格與基調不大一致，各有風範，不能算作一個藝術目標完全一致的詩的流派。他們各自尋覓著並企圖闖出一條嶄新的道路，儘管各人的藝術路子走起來還不十分通暢，但其披荊斬棘闢山開路之功，卻萬萬不能一筆抹殺的。

第二，就詩體言，王、楊長於近體而盧、駱擅長歌行。故王、楊在詩歌創作上，更注意情景交融的描寫與語言的錘煉，盧、駱則善於酣暢淋漓的抒情。聞一多說：「盧駱擅長七言歌行，王楊專工五律，這是兩派選擇形式的不同。」〔註21〕劉開揚先生以為聞氏這一說法欠妥。〔註22〕其實，聞氏的說法是比較符合四傑詩歌創作實際的，只是說得有些絕對罷了。譬如，王勃就寫了《秋夜長》、《採蓮曲》、《臨高臺》等七言歌行，頗得詩論家的好評，對唐代七言歌行的發展也有影響，只不過不如盧、駱的七言歌行罷了。盧、駱的七言歌行數量雖然不多，但在當時來說，已是十分可觀的。其篇幅之長大，內容之深刻，感情之充沛激動，在當時都是首屈一指的，就是在整個唐詩中，也不失為上乘之作。史稱駱賓王「嘗作《帝京篇》，

〔註20〕 胡應麟：《詩藪》，第 67 頁，上海古籍出版社，1979。
〔註21〕 聞一多：《唐詩雜論》，第 27 頁，古籍出版社，1956。
〔註22〕 劉開揚：《唐詩論文集》，第 10 頁，上海古籍出版社，1979。

當時以爲絕唱」。〔註23〕胡應麟云：「長歌，賓王《帝京篇》爲冠。」
〔註24〕這篇古今盛稱的作品，極力描寫公主、王侯和貴族驕奢淫逸
的生活，繪聲繪色地描寫了京城的空前盛況，揭示了表面繁盛掩蓋
著的重重社會矛盾，抒發了懷才不遇的感情。在寫法上，詩人對哲
理的思索伴隨著感情抒發滔滔而下，通過時空交錯變換的描寫，顯
示對人生哲理的思索，以時間的短促，突出功業不朽的強烈願望與
迫切感。詩人感情洶湧，噴薄而出，故筆意灑脫而又淋漓酣暢，不
愧爲千古之傑構也。盧照鄰的詩，也以歌行體爲最佳。內容廣闊，
詞采華美，意境清拔，以韻致取勝。或謂：「領韻疏拔，時有一往任
筆，不拘整對之意。」〔註25〕其代表作《長安古意》，寫漢代長安上
層社會某幾個人物驕奢淫逸生活和窮居文士生活相對照，突出統治
階級當權者的矛盾鬥爭。詩中對現實的諷刺與人生感慨，呈現出唐
詩的新風貌。那種心花怒放的情緒和生龍活虎般的騰踔節奏，都顯
現著詩人富於創造的詩歌個性。餘如盧照鄰的《失群雁》、《行路難》、
《明月引》，駱賓王的《從軍中行路難二首》、《疇昔篇》、《艷情代郭
氏答盧照鄰》等，在當時來說，都是很難得的歌行詩篇。他們的歌
行，對王維、高適、岑參、李白、杜甫，都有直接而深刻的影響，
在中國詩歌發展史上，有著很重要的地位。王勃現存的八十九首詩
中，絕大部分是五言詩，這些詩清麗高華，在借景抒情方面，有了
長足的進展。譬如《聖泉宴》，全詩除了「興洽」二字外，都是敘事
和寫景，通過景物的描寫，詩人歡樂的心態以及對祖國錦繡河山的
讚美之情，躍然紙上。又如《餞韋兵曹》一詩，除了「別袂慘」三
字以外，其餘都是淒涼景色的描寫，但對友人深厚的情誼以及惜別
之意，寫得入木三分。「一切景語，皆情語也。」〔註26〕詩人在這些

〔註23〕陳熙晉：《駱臨海集箋注》，第382頁，上海古籍出版社，1985。
〔註24〕胡應麟：《詩藪》，第47頁，上海古籍出版社，1979。
〔註25〕胡震亨：《唐音癸籤》，第44頁，上海古籍出版社，1981。
〔註26〕唐圭璋：《詞話叢編》，第4257頁，中華書局，1986。

詩中句句寫景，但句句都飽含著詩人深厚的感情。楊炯全部是五言詩，他的詩意境雄渾，語言精警凝煉，讀來有一股雄勁之氣。如：「赤土流星劍，烏號明月弓。秋陰生蜀道，殺氣繞湟中。」(《送劉校書從軍》)「重巖窅不極，疊嶂凌蒼蒼。絕壁橫天險，莓苔爛錦章。」(《巫峽》) 雄厚豪宕時帶閨閣之音。這對高適、李白的五言詩，有著較深的影響。王勃、楊炯在五言律詩的創作與實踐方面，有著不朽的功績，「五言遂為律家正始」的說法，〔註27〕是符合格律詩的發展實際的。同時，他們在五言排律的創作上，做了有益的嘗試。王勃的五絕「已入妙境」，「究其才力，自是唐人開山祖」。〔註28〕總之，王、楊的詩歌創作成就，主要在五言詩方面。

　　初唐四傑的詩歌創作，雖有許多一致的地方，但也各自表現出不同的藝術特色。對其詩歌創作的個性，應當給予足夠的重視。

第三節　陳子昂與張九齡

　　陳子昂與張九齡在我國詩歌發展史上，有著極重要的地位。他們在不同時期，對唐詩的發展與繁榮，都起了很大的推動作用。因此，歷代詩論家往往將陳張並稱，並對他們的詩歌成就及其在詩歌發展史上的重要地位，作過一些言簡意賅的比較。現代文學史家，無一不對陳子昂的詩歌成就及其在唐詩發展中的地位，給予充分的肯定，而對張九齡的詩歌則十分冷淡。兩部帶有權威性的《中國文學史》，竟對張九齡的詩歌創作，隻字不提。這很能代表學術界一些人對張九齡詩歌創作的看法，這種看法是不夠公正的。張九齡詩歌創作的藝術成就以及在文學史上的重要地位，無論如何是抹殺不掉的。本節試圖從對陳張詩歌成就的比較中，探討他們在文學史上的地位及影響，並藉以恢復張九齡在文學史上的地位。

〔註27〕丁福保：《歷代詩話續編》，第 1003 頁，中華書局，1983。
〔註28〕胡應麟：《詩藪》，第 66 頁，上海古籍出版社，1979。

一

　　陳子昂、張九齡在改變初唐柔弱詩風，推動唐詩的發展繁榮上，都做出了不可磨滅的貢獻。

　　初唐詩人，猶承梁陳遺緒，綺靡詩風，籠罩文壇。當時詩人如李百藥、虞世南、許敬宗、褚亮等，都是宰輔大臣，居於臺閣之中，作了大量的無病呻吟的奉和應制之作。名臣魏徵，除了被人艷稱的《述懷》以外，也大都是奉和應制的詩篇。這些詩內容空洞，形式板滯，毫無生氣。就是一代英主李世民的詩作，也欠雄豪，故有「殊無丈夫氣」〔註29〕之譏。這是當時詩歌藝術的風尚以及當時詩歌創作思想與藝術所能達到的水平，不是某一個詩人能夠改變的現實。經過二三十年，五言律詩在沈、宋手中基本定型，這是從齊永明以來，詩體衍變發展中的一次飛躍；四傑又將詩的內容由宮體引向江山塞漠，這是詩歌內容上的一次解放。於是，隨著詩的內容的不斷充實，詩的題材的逐漸擴展，詩人的感情日益豐富，詩歌逐漸走上了康莊大道，正朝著健康的道路發展。然詩體柔弱，風格未遒，正如陳子昂批評的那樣：「彩麗競繁，而興寄都絕。」〔註30〕因此，他舉起復古的旗幟，力振唐詩，立下了不朽的功勳。在文學史上，寫下了光輝的一頁。

　　陳子昂（661～702），字伯玉，梓州射洪（今屬四川）人，唐睿宗文明元年（684）進士，授麟臺正字，又任右拾遺。他針對時弊，一再上書，直陳自己的意見。數次隨軍遠征，屢陳嘉謨，不被採納，故未能一展鴻圖。後解職歸里，為縣令段簡所害，死於獄中。他對六朝以來浮華頹靡的文風，極為不滿，曾慨嘆「漢魏風骨，晉宋莫傳」，故力倡建安正始詩風；同時，在創作上也身體力行，他的詩蒼勁樸厚，不加雕飾。有《陳子昂集》十集，存詩一百二十七首。他的摯友盧藏用云：子昂「卓立千古，橫制頹波，天下翕然，質文一變」。〔註31〕

〔註29〕丁福保：《歷代詩話續編》，第 1003 頁，中華書局，1983。
〔註30〕彭慶生：《陳子昂詩注》，第 217 頁，四川人民出版社，1981。
〔註31〕彭慶生：《陳子昂詩注》，第 217 頁，四川人民出版社，1981。

高棅謂：「故能掩王、盧之靡韻，抑沈、宋之新聲，繼往開來，中流砥柱，上遏貞觀之微波，下決開元之正派。」﹝註32﹞他能挽狂瀾於既倒，在重振唐詩上，做出了重大的貢獻。

　　張九齡（678～740），一名博物，字子壽，韶州曲江（今廣東省韶關市）人，武后神功元年（697）進士，爲右拾遺。開元間拜中書舍人，復遷中書令。他是開元年間最後一位賢相，直言敢諫，諤諤當朝。遭李林甫讒毀，貶爲荊州長史。他以詞臣爲賢相，他的詩清新淡雅，寄託遙深，洗盡六朝鉛華。有《曲江集》二十卷，存詩二百一十七首。

　　張九齡雖然比陳子昂只小十七歲，然他壽長，比陳子昂晚去世近四十年，而他的詩歌創作主要在後期，因此，他活躍在詩壇上實際要比陳子昂晚近半個世紀。他的詩歌創作之所以取得較高成就，除了個人的藝術修養與主觀努力以外，也與詩的時代風格有著絕大的關係。陳子昂的詩代表了由初唐到盛唐詩風的過渡，張九齡的詩代表了由初唐到盛唐詩風轉變的完成。陳子昂強調詩要有興寄，主要是對詩的內容的強調與追求，這在扭轉當時浮華詩風上，起了重大作用。其實是繼承與強調了儒家「詩言志」的主張。由於時代的原因與革新詩風的需要，他在強調興寄的同時，對詩歌藝術形式重視不夠，甚至有某種程度的忽略。張九齡在注意詩歌表現充實內容的同時，注意感情的藝術表達，向緣情的方向轉化。故其詩淡雅含蓄，韻味濃郁，藝術上漸趨醇美。

　　陳子昂只有兩首應制詩，這在臺閣體盛行的初唐時期，算是很少的了。可見他不喜歡作那無病呻吟而又形式板滯的作品，這無疑是一次很大的進步。張九齡詩集中有近三十首奉和應制作，佔他全部詩作的七分之一，這個比例是夠大的了。然他是諤諤當朝的宰相，不願做阿諛奉承的文字。他不一定與皇帝唱同一個調子，不想迎合皇帝的口

﹝註32﹞彭慶生：《陳子昂詩注》，第 217 頁，四川人民出版社，1981。

味以固寵。《唐詩紀事》卷十五云：

> 明皇送張說巡朔方，賜詩云：「命將綏邊服，雄圖出廟
> 堂。」說應制詩，有「從來思博望，許國不謀身」之句。
> 張嘉貞云：「山川看是陣，草木想爲兵。」盧從願云：「佇
> 聞歌《杕杜》，凱入繫名王。」徐知仁云：「由來詞翰首，
> 今見勒燕然。」皆取制勝之義。獨九齡詩云：「宗臣事有征，
> 廟算在休兵。天與三台座，人當萬里城。朔南方偃革，河
> 右暫揚旌。」又曰：「威風六郡勇，計日五戎平。山甫歸應
> 疾，留侯功復成。」大抵取旋師偃武之義。

這一段記載明皇君臣唱和的文字，說明張說、張嘉貞、盧從願、徐知
仁都和明皇唱的是一個調子，而張九齡唱的則是另一個調子，這表明
他不願爲取悅皇帝而放棄原則。這首詩與其說是應制，毋寧說是借奉
和以諷諫。他反對窮兵黷武，希望皇帝偃武修文，表現了獨特的政見。
敢於違背人主的意願而寫出帶有諫諍的文字，使這首應制詩有了眞實
的內容，並表達了詩人眞實的感情。他的詩多爲國家大事而發，這一
點與陳子昂也是相同的，他們都爲恢復剛健質樸的建安詩風，做出了
積極的貢獻。故清人施補華云：「唐初五言古，猶沿六朝綺靡之習，
惟陳子昂、張九齡直接漢、魏，骨峻神竦，思深力遒，復古之功大矣。」
〔註33〕施氏稱讚二人直接漢魏的復古之功，是符合實際的。陳子昂、
張九齡的許多古詩，尤其是兩人的《感遇》詩，突出地表現了「骨峻
神竦，思深力遒」的特點，大力恢復建安正始詩風，是陳子昂、張九
齡的歷史功績，這一功績是應運而生的。誠如劉熙載所云：「唐初四
子沿陳、隋之舊，故雖才力迴絕，不免致人異議。陳射洪、張曲江獨
能超出一格，爲李、杜開先。人文所肇，豈天運使然耶！」〔註34〕天
運者何，詩的時代風尚。陳子昂、張九齡有近百年詩風演變衍化的
豐厚土壤，他們都是在這種土壤氣候下，應運而生的天才。

〔註33〕丁福保：《清詩話》，第 978 頁，上海古籍出版社，1978。
〔註34〕彭慶生：《陳子昂詩注》，第 344 頁，四川人民出版社，1981。

二

　　陳子昂處於初唐末期，張九齡處於盛唐初期，兩人不僅處於不同的詩歌發展階段，而且都處於詩風嬗變時期。因此，他們在詩歌發展史上的貢獻也不盡相同。陳子昂是初唐詩歌的殿軍，他把唐詩創作推到了本時期的最高峰，並為盛唐詩歌發展奠定了良好的基礎；張九齡處於盛唐初期，也是盛唐詩歌的開頭，這個頭開得極好，推動了盛唐詩歌的健康發展。如果說陳子昂是初唐詩歌的豹尾，那麼，張九齡則是盛唐詩歌的虎頭了。

　　陳子昂打著復古的旗幟，以矯時弊，其實是在做切實的詩歌革新。他的奮鬥目標是要使詩歌既有充實的內容，又有樸實剛健的風格。他的創作實踐很好地體現了他的詩歌主張，以《感遇》為代表的詩歌，不僅廣泛而深刻地反映了現實生活，而且風格雄健古樸，以新的姿態雄踞於當時的詩壇。他的積極貢獻，在於糾正了六朝以來柔弱的詩風，使詩歌重新走上了健康的道路。然對詩歌藝術的錘煉，微嫌不足。這是因為他在扭轉詩風的同時，在對詩的藝術追求上用力不夠，或因其有意矯枉而過正的緣故。所以歷代詩論家在肯定其扭轉詩風功績的同時，並指出他詩歌藝術的某些缺陷。王世貞云：「陳正字淘洗六朝，鉛華都盡，託寄大阮，微加斷裁，而天韻不及。」〔註35〕黃子雲曰：「唐初伯玉……獨創法局，運雄偉之斤，斫衰靡之習，而使淳風再造，不愧騷雅元勳，所嫌意不加新，而詞稍粗率耳。」〔註36〕王世貞謂陳子昂《感遇》與阮籍《詠懷》相比，「天韻不及」；黃子雲則嫌陳子昂的詩「詞稍粗率」，都是言其詩歌在藝術上尚不夠完美。細讀陳子昂的詩歌，確實有質實之感。他的詩歌，缺乏空靈與無窮的詩味，沒有達到醇美的程度，這不能不說是較大的缺點。雖然這比起他扭轉詩風的功績來，無疑是次要的。然作為文學精品的詩歌，這畢竟是較嚴重的亟待克服的缺點。在陳子昂之後，詩歌創作，經過了二

〔註35〕彭慶生：《陳子昂詩注》，第330頁，四川人民出版社，1981。
〔註36〕彭慶生：《陳子昂詩注》，第340頁，四川人民出版社，1981。

三十年的發展，不僅內容更豐富、更充實，更富於浪漫主義的氣息，而且在藝術表現上，也有了長足的進步。詩風清麗淡雅，詩味漸趨醇美，這當以張九齡為代表。他的《感遇十二首》、《在郡秋懷二首》、《雜詩五首》、《敍懷二首》、《秋懷》等詩，用比興手法，寫他耿介拔俗而遭受奸佞陷害難以自處的心情，風格清新疏淡，詩情殊真。《望月懷遠》，是一首千古傳誦之作。

　　　海上生明月，天涯共此時。
　　　情人怨遙夜，竟夕起相思。
　　　滅燭憐光滿，披衣覺露滋。
　　　不堪盈手贈，還寢夢佳期。

此詩情致深婉，蘊藉自然。詩人通過望月與徹夜不眠，將其念友懷遠之情，寫得含蓄委婉，深蘊不露。詩中將詩人對朋友思之切而念之深的情懷，寫得淋漓盡致，讀起來十分感人。張九齡這種優美感人的詩篇是比較多的。譬如：

　　　自君之出矣，不復理殘機。
　　　思君如滿月，夜夜減清輝。

　　　　　　　　　　　　　　　——《賦得自君之出矣》

　　　清迥江城月，流光萬里同。
　　　所思如夢裏，相望在庭中。
　　　皎潔清苔露，蕭條黃葉風。
　　　含情不得語，頻使桂華空。

　　　　　　　　　　　　　　　——《秋夕望月》

　　這些詩都含蓄蘊藉，有著無窮的韻味，耐人咀嚼與體味。從這些詩不難看出，張九齡在詩的藝術上已臻於完美，開始具備了盛唐詩風。清代著名的詩論家沈德潛說：「唐初五言古，漸趨於律，風格未遒，陳正字起衰而詩品始正，張曲江繼續而詩品乃醇。」〔註37〕沈氏準確地指出了陳子昂、張九齡在詩歌史上的功績，以及他們在不同階

──────────

〔註37〕彭慶生：《陳子昂詩注》，第 340 頁，四川人民出版社，1981。

段對詩歌發展做出的傑出貢獻。所謂「始正」，就是開始起衰而重振「詩言志」的傳統。六朝以來，詩風輕靡，又多風花雪月之篇，嚴重地背離了儒家倡導的「詩言志」的軌道。而在藝術表現上，往往模山範水，強調形似而背離了神似。陳子昂以恢復詩的優良傳統爲己任，提倡興寄，強調詩歌的思想內容，使詩重新走上了儒家家文藝規範的軌道，恢復了儒家詩歌的藝術傳統。當然，陳子昂也受了道家思想的某些影響，從他的詩歌來看，也很有一些浪漫的氣質，然其主導思想則是儒家的，創作的主流則是現實主義的。醇也者，乃借酒味之醇美芬芳喻詩之純正味永也。醇美的詩，必然富於藝術感染力。讀之如飲醇醪，色味俱佳，令人讚賞不已。如上所云，經過眾多詩人的努力探索，到張九齡時，唐詩在藝術表現上漸趨成熟完美，詩歌在思想內容與藝術形式的完美結合上，已達到了相當高的水平。張九齡在重視詩的思想內容的同時，又特別重視詩的藝術的表現與意境的提煉，使詩由質直而走向委婉含蓄，既言志而又緣情，使情志的表達和諧統一，這實在是一大進步。我們之所以讚賞唐詩，其中的重要原因之一，就是因爲唐詩能夠做到情與志的高度和諧和統一，在這點上，張九齡無疑是開風氣之先的人物。可見，陳子昂與張九齡在唐詩發展的不同階段，都完滿地完成了歷史賦予的使命，前人謂「子昂古直，曲江深穩」，〔註38〕這個評斷，基本上反映了他們詩歌的風格特點。所謂古直，蓋「其詩以理勝情，以氣勝辭」。〔註39〕這對糾正柔弱詩風，起了很大的作用，然不免矯枉過正，在詩中對情辭有所忽視。所謂「深穩」，就是含蓄蘊藉，韻味深含，醇正芬芳，這是對齊梁詩風否定之否定，因此收到了很好的藝術效果。故劉開揚先生謂：「張九齡的詩勝於張說。風格近似陳子昂，而含蓄和詞藻、韻致都勝於子昂，可以說如其人之蘊藉。」〔註40〕我以爲這個判斷是公允的，也符合客觀實際的。

〔註38〕郭紹虞：《清詩話續編》，第 2292 頁，上海古籍出版社，1983。

〔註39〕胡震亨：《唐音癸籤》，第 44 頁，上海古籍出版社，1981。

〔註40〕劉開揚：《唐詩通論》，第 88 頁，四川人民出版社，1981。

三

　　陳子昂、張九齡的《感遇》詩，是其最引人注目的詩篇。因此，
前人論陳、張詩，往往以《感遇》詩爲代表，並對他們的《感遇》詩
作過一些比較。

　　管世銘云：

　　　　張曲江襟情高邁，有遺世獨立之意，《感遇》諸詩，與
　　子昂稱岱、華矣。〔註41〕

　　劉熙載云：

　　　　曲江之《感遇》出於《騷》，射洪之《感遇》出於《莊》，
　　纏綿超曠，各有獨至。〔註42〕

　　鍾惺云：

　　　　《感遇》詩，正字氣運蘊含，曲江精神秀出；正字深
　　奇，曲江淹密。各有至處，皆出前人之上。〔註43〕

或將其相提並論，或謂其淵源不同，或謂其風格各異，雖然懇至而中
的，然語焉不詳，故仍有展開探討的必要。陳子昂、張九齡在《感遇》
詩中，都用了比興手法，表現深沉的感情，有著充實的內容。然二人
的《感遇》詩，在思想內容與藝術風格上，仍有很大的不同。

　　從篇幅說，陳子昂《感遇》詩三十八首，張九齡《感遇》詩十
二首，陳爲張的三倍以上；從寫作時間上看，陳子昂的《感遇》詩
非一時之作，而是寫於各個時期；張九齡的《感遇》詩，儘管不是
一氣呵成，但都寫於任荊州長史期間；從詩歌反映的內容看，陳子
昂的《感遇》詩有對武氏政權種種腐敗行爲作猛烈抨擊的，如《感
遇》其四（樂羊爲魏將），抨擊武則天濫誅宗室；《感遇》其九（聖
人秘元命），諷刺武則天指使人妄造圖讖，爲其篡權大造輿論；《感
遇》其十九（聖人不利己），譏諷武則天佞佛；《感遇》其二十一（蜻

〔註41〕郭紹虞：《清詩話續編》，第1545頁，上海古籍出版社，1983。
〔註42〕彭慶生：《陳子昂詩注》，第344頁，四川人民出版社，1981。
〔註43〕彭慶生：《陳子昂詩注》，第332頁，四川人民出版社，1981。

蛤遊天地），反映武則天廣開告密之門，株連無辜。有反映邊塞征戰生活的，如《感遇》其三（蒼蒼丁零塞），寫西北邊塞荒涼悲慘的景象；《感遇》其三十四（朔風吹海樹），寫戍卒的愛國思想以及備遭壓抑的憤懣；《感遇》其三十五（本爲貴公子），抒寫詩人從軍邊塞的感慨等。有詩人因懷才不遇而流露出思想苦悶與歸隱思想的，如《感遇》其二（蘭若生春夏），寫詩人懷才不遇的感慨；《感遇》其七（白日每不歸），寫詩人幽居山林時寂寞苦悶的心情；《感遇》其五（市人矜巧智）、《感遇》其六（吾觀龍變化）、《感遇》其八（吾觀昆侖化），詩人遁入道家的幻想世界，企圖以此求得精神的解脫等。總之，陳子昂的《感遇》詩，表現了廣闊的現實生活，反映了詩人極爲複雜的思想感情。張九齡「雖以直道黜，不戚戚嬰望，惟文史自娛，朝廷許其勝流」。〔註44〕其《感遇》詩，表現了詩人高潔之志與全身遠害的思想。早在離開臺閣以前，他因受李林甫的排擠陷害，曾藉《詠燕》以明志：「無心與物競，鷹隼莫相猜。」貶荊州以後，消極退隱的思想佔了上風，《感遇》、《詠史》等，集中地反映了他當時的思想狀態。總之，與陳子昂相比，他的《感遇》詩反映的生活比較狹窄、單一，然就其深度來講，仍可與陳子昂相頡頏。在寫法上，陳子昂的《感遇》往往藉用對史實的敘述、詠嘆，表達思想感情，與左思的一些《詠史》詩相類，而張九齡的《感遇》詩，則幾乎都用了比興手法，託物言志。就詩的風格而論，陳子昂的《感遇》詩，大部分都寫得隱晦，只有反映邊塞生活的詩篇寫得曉暢，但不免有些質直，而有些富有哲理的詩篇，缺乏形象思維，幾同哲學短論。對此，文學史家章培恒批評說：「如《感遇》詩的第一首：『微月生西海……』這其實是押韻和注意對偶的哲學短論。」〔註45〕其他表現哲理的詩，也有類似的缺點。張九齡的《感遇》詩，都寫得含蓄蘊藉，詩的形象也比較鮮明。從詩和藝術的表現與意境的錘

〔註44〕歐陽修等：《新唐書》，第4429頁，中華書局，1975。
〔註45〕章培恒：《從李賀詩歌看形象思維》，《文匯報》，1978年7月21日。

煉上，陳子昂的《感遇》詩則比張九齡的《感遇》詩略遜一籌。

四

陳子昂詩歌風格，主要表現爲雄直矯健；張九齡的詩歌風格則表現爲澹雅清新。由於兩人詩歌的主導風格不同，因此對唐代詩風有著迥然不同的深刻影響。簡言之，陳子昂的詩風朝著雄渾豪邁的方向發展，影響於李、杜、韓諸大家爲著；張九齡的詩風朝著平澹秀雅的方向發展，對王、孟、儲、韋、柳諸家的詩風影響爲深。對此，前代詩論家多有剴切的論述。

胡應麟云：

> 唐初承襲梁、隋，陳子昂獨開古雅之源，張子壽首
> 創清澹之派。盛唐繼起，孟浩然、王維、儲光羲、常建、
> 韋應物，本曲江之清澹，而益以風神者也。高適、岑參、
> 王昌齡、李頎、孟雲卿，本子昂之古雅，而加以氣骨者
> 也。〔註46〕

陳沆云：

> 要之，射洪嗣響阮公，振李、杜之先聲；曲江淵源彭
> 澤，啓王、韋之雅操。〔註47〕

胡應麟關於陳、張對唐詩的深遠影響，陳沆關於陳、張詩的淵源與影響，都是眞切的很有見地的觀點。茲對他們的意見，再作一些闡述。

陳子昂對李、杜、韓等人詩歌創作的影響，的確是深刻的。其影響主要表現在以下兩個方面：

首先，李白、杜甫、韓愈對陳子昂的詩歌創作，給予充分的肯定和高度的評價，所謂「射洪著述，斯文中興，自李杜推激於前，韓柳服膺於後」的評價，〔註48〕反映了歷史的實際，我們不妨看看他們對

〔註46〕彭慶生：《陳子昂詩注》，第331頁，四川人民出版社，1981。
〔註47〕陳沆：《詩比興箋》，第117頁，中華書局，1960。
〔註48〕陳沆：《詩比興箋》，第95頁，中華書局，1960。

陳子昂的評價：

> 梁有湯惠休，常從鮑照遊。
> 峨眉史懷一，獨映陳公出。
> 卓絕二道人，結交鳳與麟。
>
> ——李白《贈僧行融》
>
> 位下曷足傷？所遺者聖賢。
> 有才繼騷雅，哲匠不比肩。
> 公生揚馬後，名與日月懸。
> ……
> 終古立忠義，《感遇》有遺篇。
>
> ——杜甫《陳拾遺故宅》
>
> 國朝盛文章，子昂始高蹈。
>
> ——韓愈《薦士》

李白將陳子昂喻爲文壇的麒麟與鳳凰，可見他在這位謫仙心目中，有著何等重要的地位。杜甫讚揚他「名與日月懸」，韓愈則認爲唐詩的起衰轉盛，自陳子昂伊始。既然陳子昂的詩歌在他們心目中有如此崇高的地位，自然會自覺地學習，並繼承這份寶貴的文學遺產。

其次，從唐代詩歌的創作實際來看，李白、杜甫、高適、岑參、韓愈，受陳子昂的詩歌影響較深。陳子昂的《感遇》詩，對李白的《古風》有著直接的影響，文學史家以爲阮籍的《詠懷》、陳子昂的《感遇》與李白的《古風》有著師承關係。《感遇》其三（蒼蒼丁零塞）、其二十九（丁亥歲云暮）、其三十四（朔風吹海樹）、其三十五（本爲貴公子）、其三十七（朝入雲中郡）等幾首反映邊塞生活的詩篇，對高適、岑參等盛唐邊塞詩派詩人，有著很深的影響與啓迪。關心國家大事，注意寫重大題材，直接反映現實生活，對李白、杜甫、韓愈詩歌創作，有著很深的影響。以詩的風格而論，雄渾豪邁的風格是盛唐詩歌風格的主調。仔細讀唐詩，這種詩風演進之跡甚明，而陳子昂則

是這種詩風的開創者。是他雄直古奧的詩風，進而發展爲雄渾詩歌風格的。因此，無論從反映現實生活的內容，還是從詩歌創作的風格來看，陳子昂對唐詩向雄豪風格發展，都有著深刻的難以估量的影響。

張九齡與王維、孟浩然，都有著極密切的關係。王維是張九齡任相期間擢拔的右拾遺，他寫的《上張令公》、《獻始興公》等詩，對張九齡的政績與人品，都作了由衷的讚頌。張九齡罷相後，他在《寄荊州張丞相》中寫道：「所思竟何在？悵望深荊門。舉世無相識，終身思舊恩。方將與農圃，藝植老邱園。月盡南飛雁，何由寄一言？」充滿了知遇之感，並因張的罷相而思隱退。因此，王維被視作張派人物。孟浩然《臨洞庭》云：「欲濟無舟楫，端居恥聖明。坐觀垂釣者，獨有羨魚情。」這首著名的干謁詩，就是寫給張九齡的。他在《荊門上張丞相》中說：「觀止欣眉睫，沉淪拔草萊。坐登孺子榻，頻接李膺杯。」對張九齡的禮賢下士，作了由衷的讚頌。他入張九齡幕，嘗以「故人」視之，可見他與張九齡的極不平常的關係。正是在這種密邇的關係中，王維、孟浩然的詩風，自覺或不自覺地受到張九齡詩的深刻影響。

張九齡雖然做過宰相，位極人臣。然他生性澹泊，不汲汲於功名富貴。當他在官場遇到挫折時，就想急流勇退，持守高潔之志。「奮翼籠中鳥，歸心海上鷗。既傷日月逝，且欲桑榆收。豹變焉能及，鶯鳴非可求。願言從所好，初服返林丘。」（《登樂遊原春望抒懷》）「避世辭軒冕，逢時解薜蘿。」（《商邱山行懷古》）這都流露出他欲歸隱田園的思想。在罷相後，他的歸隱思想在詩中表現得更加突出。「唯有江湖志，沉冥空在茲。」（《郡內閒齋》）「願言答休命，歸事丘中琴。」（《出爲豫章郡逢次廬山東巖下》）他離開臺閣任荊州長史期間，又返回大自然的懷抱，理郡之餘，徜徉山水，並寫了一些山水風光的優秀詩篇。《自湘水南行》、《湖口望廬山瀑布泉》、《初入湘中有喜》、《耒陽溪夜行》等，這些詩滌盡了臺閣氣息而又充滿了生活樂趣，詩人沉浸於山水風光的歡樂之中。因此，其詩飽含著詩情畫意，風格澹雅清

新。從題材與風格上講，張九齡詩都是盛唐山水詩的先導。「閒淡幽遠，王孟一派，曲江並之。」〔註49〕言其王孟詩派的淵源所自。今人論《感遇‧江南有丹橘》時說：「風格雅而清深，怨而不怒，爲《古詩十九首》以來五言古詩正格，王、孟、韋、柳諸家均由此格變出。」〔註50〕可見，王、孟、儲、韋、柳的詩，都受到張九齡詩的深刻影響。

張九齡在山水詩的創作上，徹底擺脫了「模山範水」的格調而能「以形寫神」，使詩空靈而味永。沖和淡泊的心境與大自然豐厚生動的機趣渾然一體，審美主體與審美客體合而爲一，使詩情景交融，這是中國抒情詩歌的一大進步，並給唐代山水詩派以極大的影響。王、孟、韋、柳在其詩歌創作中，都繼承發揚了這一特點。譬如，爲人傳誦的《輞川集》、《臨洞庭》、《滁州西澗》、《江雪》、《漁翁》等詩的情調、手法，與張九齡的一些山水詩，都有相似之處。總之，陳子昂與張九齡，對有唐一代詩歌的發展與繁榮，影響深刻而久遠。其開雄渾、澹遠詩的風氣之先，對李、杜與王、孟詩派的深刻影響，足可名標青史而永垂不朽的。

〔註49〕刑昉：《唐詩定》，貴陽邢氏思適齋影刻明刻本，民國二十三年。
〔註50〕馬茂元等：《唐詩三百首新編》，第42頁，嶽麓書社，1985。

第二章　盛唐詩歌

　　從玄宗開元元年（713），至代宗大曆五年（770），是爲盛唐時期。這是我國詩歌發展的黃金時代，詩歌創作的藝術成就，達到了不可企及的高峰。王維、孟浩然的山水田園詩，高適、岑參等人的邊塞詩，都負盛譽。他們在當時詩壇別樹一幟，對後世也產生了極其深遠的影響。盛唐的七言絕句，更是異彩紛呈，賀知章、王翰、王之渙、張旭、王維、高適、岑參都寫過一些十分精彩而又傳誦千古的七言絕句，李白、王昌齡在七言絕句創作上，橫絕一時，旗鼓相當，成爲爭勝毫釐的詩歌明星。李白、杜甫被譽爲盛唐詩壇的「雙子星座」，他們在反映現實上，有其不同的鮮明特色。可謂雙峰對峙，二水分流，難分高下。但後世對其詩歌評價，卻有著極大的差別。從北宋以後，揚杜抑李成爲不可逆轉的潮流。直到 20 世紀 80 年代，此風才得以糾正。這種現象，值得我們深思與探究。

第一節　王維孟浩然的田園詩山水詩

　　王維、孟浩然都以田園山水詩擅場，世稱王孟。文學史家往往將王孟爲代表的田園山水詩人，稱作盛唐田園山水詩派。因此就給人造成一個錯覺：以爲他們都是隱居田園徜徉山水的詩人，這卻是極大的誤解。王維與孟浩然雖然都喜歡以祖國山水與田園風光爲題材寫詩，

詩的藝術風格也有些近似，然二人畢竟是經歷了迥然不同的生活道路，其思想境界、心理素質、創作情緒、藝術素養，都有著較大的差異。因此，他們的詩歌在思想內容與藝術風格上均有很多不同之處。分析比較其差異，有助於在較深層次上對二人詩歌創作的藝術成就，做出接近實際的判斷。

一

研究文學史的人，往往視王、孟為隱逸詩人，這是不符合他們的生活實際的。

孟浩然出生於耕讀傳家的中小地主家庭，從小受到家庭的薰陶，接受儒家思想的教育，遂產生了強烈的功名慾望，熱切希望出仕，以施展自己頗為不凡的抱負。他在《書懷貽京邑同好》中說：「惟先自鄒魯，家世重儒風。詩禮襲遺訓，趨庭沾末躬。晝夜常自強，詞翰頗亦工。三十既成立，吁嗟命不通。……執鞭慕夫子，捧檄懷毛公。感激遂彈冠，安能守固窮？……秦楚邈離異，翻飛何日同？」他從小刻苦自勵，學養有素，做好了出仕的準備，並迫切希望達到出仕的目的。孟浩然出仕的強烈願望，在許多詩中都有充分的表現。「粵余任推遷，三十猶未遇……沖天羨鴻鵠，爭食羞雞鶩。望繼金馬門，勞歌采樵路。鄉曲無知己，朝端乏親故。誰能為揚雄，一薦《甘泉賦》。」（《田園作》）「觀濤壯枚發，吊屈痛沉湘。魏闕心恒在，金門詔不忘。遙憐上林雁，冰泮已回翔。」（《自潯陽泛舟經明海》）他在壯遊中仍不免有「魏闕心恒在，金門詔不忘」的浩嘆，並翹首仰望朝廷的徵召。在田園也念念不忘「誰能為揚雄，一薦《甘泉賦》」，這表明他追求仕進的心情是十分強烈的，也是無時無處不掛在心頭的。他曾多次赴長安，覓尋仕進之路。然他既沒有考上進士，也未能因人舉薦撈得一官半職，這對他實在是很大的打擊。「十上恥還家，徘徊守歸路！」（《南陽北阻雪》）「惜無金張援，十上空歸來。棄置鄉國老，翻飛羽翼摧。」（《送丁大鳳進士赴舉呈張九齡》）出仕的強烈要求以及在現實中的屢

遭碰壁，在詩人心中翻滾著巨大的波瀾，詩人承受著這巨大的痛苦與磨難。一次一次地失敗，不免產生懷才不遇的怨望，不時流露著怨憤之情：「當路誰相假？知音世所稀。只應守索寞，還掩故園扉。」（《留別王維》）「不才明主棄，多病故人疏。……永懷愁不寐，松月夜窗虛。」（《歲暮歸南山》）這種強烈的怨憤之情，表明他不得志的牢騷，是為著用世，而不是想走隱居的道路，以逃避現實。因此，與其說孟浩然是隱士，毋寧說他是一介布衣。有人說他一生不甘隱淪而終身布衣，這個說法是切合實際的。在封建社會，出身於中小地主階級的知識份子，埋頭讀書，一舉成名，這幾乎是他們政治的唯一出路。潛心讀書，當然要遠離喧囂的鬧市，遠居於山林田園。這樣做，除了便於讀書之外，自然也不無買名之義，以便走終南捷徑。當然，孟浩然久居田園，也考慮到個人的生計問題。他親自參加過一些勞動，就是明證。縱觀他的一生，其思想是積極的、奮發向上的，是急於用世而很少有消極退隱的思想情緒，故沒有王維晚年那樣頹唐消極。他一生生活經歷也比較單純，除了數次赴京求仕之外，曾有過吳越之遊，其餘時間都是在故園度過的。

　　與孟浩然相比，王維生活經歷就複雜得多了。他少有才思，二十歲時舉進士，這在仕途上，可算是極為得意的了。在任大樂丞時，因伶人舞黃獅子牽累，被貶為濟州司倉參軍，這是他仕途上的第一次挫折。後張九齡任相，擢為右拾遺。張九齡是開元時期的名相，他直言敢諫，謇謇當朝，在他執政期間，朝野清肅，佞臣不禁憚畏。當時正直有為的知識份子，充滿了從政的熱情。王維在《獻始興公》詩中說：「寧棲野樹林，寧飲澗水流；不用食粱肉，崎嶇見王侯。鄙哉匹夫節，布褐將白頭！任智誠則短，守仁固其優。側聞大君子，安問黨與仇；所不賣公器，動為蒼生謀。賤子跪自陳：『可為帳下不？感激有公議，曲私非所求！』」開元二十三年，張九齡封始興縣伯，這是詩人的干謁詩。詩中先表明自己是重氣節的，寧可一輩子不做官，也不願干謁權貴；接著他稱讚張九齡為國為民正直無私的精神；最後請求張不要

徇私情，而要公正地來任用他。這既表明了自己的政治節操，又表現了對開明政治的強烈嚮往。不久，張九齡罷執政事，以口蜜腹劍著稱的李林甫執政，這時王維的政治處境是頗為尷尬的：他是張九齡重用的人，豈能不為張的政敵李林甫所忌？李是狡詐陰險之徒，王維對他豈無恐懼之心？揆諸情理，他當是如坐針氈，難以自處。性格十分軟弱的王維，既不敢公開與之爭鬥，又不願放棄做官的俸祿而甘於貧賤，因此虛與委蛇，自在情理之中。加上他中年信佛，於是亦官亦隱。這種頗為圓滑的處世態度，從此沒有遭貶謫，而且還照例遷昇。然他對官場的機詐權變，備嘗苦辛。他的隱居，其實是為了擺脫官場尖銳複雜的鬥爭，藉隱居以示無爭權奪利之心，免得執政者的猜忌。因此，與其說王維隱居，毋寧說他在官場鬥爭的夾縫中，尋求逃避現實的淵藪，求得苟安而已。

綜上所述，王維、孟浩然都不是真正的隱士，都沒有像陶淵明那樣歸園田隱居，而其生活道路、思想狀況都有極大的不同：王維是由仕到隱，由積極到消極，最後退居別墅的；孟浩然始終想離開家園，登上仕途，終其一生，未能如願，然他的處世態度卻始終是比較積極的。王維儘管在仕途上坎坎坷坷，未能青雲直上，然他的官階畢竟是由九品一級一級昇到四品的。雖不能說向黑暗腐朽勢力投靠，然總是李林甫、楊國忠等執政時在官場還混得不錯的。他以退為進、以退為保，做官幾近尸位素餐，亦官亦隱，差可名利雙收。他崇佛信道，帶著官場的厭倦情緒回到田園，巧妙地避開政治上的種種風浪。孟浩然一生汲汲追求仕進，急欲用世並想有一番大的作為，然終未能步入官場，獲取寸祿。他時有不得志的牢騷，偶然流露出消極歸隱的思想，但思想比較單純，感情也比較淳真。且崇儒尚俠，頗有氣骨，思想境界較王維為高。

二

雖然王孟並稱，但其才情氣質、詩之風格、藝術成就都有較大的

差異。古今論者都作過一些頗爲精當的比較，但仍未盡愜人意，故不避繁言，略加分析。

　　首先，孟浩然追求古樸淳眞，詩風古澹而自然。王維詩則稍涉麗縟，風調圓潤。

　　談到王維、孟浩然的詩，明人李東陽與今人聞一多，從不同的角度作了極爲精當的比較。李云：「王詩豐縟而不華靡，孟卻專心古澹，而悠遠深厚，自無寒儉枯瘠之病。由此言之，則孟爲尤勝。」〔註1〕聞一多說：「一般人論孟詩，往往只注意它的高雅古澹，而忽略它的媚處。媚而不及纖巧，正是他高於王維的地方。」〔註2〕李東陽是說孟浩然的詩能純任自然，毫無修飾；王維的詩雖有修飾，卻不過分。聞一多則是說孟浩然的詩修飾恰到好處，而王維的詩在修飾中則不免留有痕跡。李東陽、聞一多評論比較王孟的詩，分析角度略有不同，但其實質卻是一樣的，都是就詩歌創作中純任自然還是略施鉛華而言的。儘管兩人似乎都沒有把話挑亮說透，但卻都抓住了問題的關鍵。孟浩然的詩，寫得極爲本色自然，了無修飾。其山水詩，猶如在旅遊中隨意拍攝的一幅山水畫；其田園詩，也似眞的質樸淡雅的田園風光。其實，好的山水攝影，都是攝影師經過精心選擇而拍攝的，淡雅的園林風光，也無疑包含著園林師的苦心經營，只不過他們的技藝十分高超，不露點滴經營的痕跡罷了。孟浩然的詩，猶如寶鑒無塵，寒水絕翳，其光潔透亮，自然天成，以至淡化到看不見詩，這其實是因爲他寫詩的技藝高明之至，因而淡化到看不出使用任何技巧的地步。王維詩雖然號稱渾成，其實細味其詩，是能感覺到他在寫詩時是用了藝術技巧的，只是寫詩的技巧表露得不很明顯罷了。「詩以自然爲上，工巧次之。工巧之至，始入自然；自然之妙，無須工巧。」〔註3〕王維詩工巧而渾成，不露痕跡。讀他的詩，仍能感到他是有意寫詩。孟浩然將其感情

〔註1〕丁福保：《歷代詩話續編》，第1372頁，中華書局，1983。
〔註2〕鄭臨川等：《笳吹弦誦傳薪錄》，第111頁，上海古籍出版社，2002。
〔註3〕郭紹虞：《清詩話續編》，第1584頁，上海古籍出版社，1983。

自然地融化在詩裏，讀其詩，覺得現實本來就是這樣，不見剪裁之妙。誠如聞一多在評《遊精思觀回王白雲在後》時說：「甚至淡到令你疑心到底有詩沒有。」又在評《萬山潭》詩時說：「淡到看不見詩了，才是真正孟浩然的詩。不，說是孟浩然的詩，倒不如說是詩的孟浩然，更為準確。」〔註4〕孟浩然富於詩人的氣質，並有極高的藝術素養，可以說他是詩化了的人。他的詩如自然流出，不假安排。我們無妨對孟浩然、王維兩首最負盛譽的田園詩，作一點分析比較。

> 故人具雞黍，邀我至田家。
>
> 綠樹村邊合，青山郭外斜。
>
> 開軒面場圃，把酒話桑麻。
>
> 待到重陽日，還來就菊花。

這是孟浩然的《過故人莊》，詩寫應邀過訪故友的情景，詩人淡淡寫來，如話家常，全不見著意寫詩。詩人好像是在客觀地描寫，並把自己擺進所描寫的畫面裏，其實詩人把他濃烈的感情，滲透到客觀景物的描寫中，情景不分，渾然一體。詩裏感情非常淳真，沒有一分一釐的虛假；詩味十分醇厚，不摻一星半點水分；詩中句句自然，淡遠高妙。「淡到看不見詩了」，才是這一首詩的真正特點。

再看王維的《渭川田家》：

> 斜光照墟落，窮巷牛羊歸。
>
> 野老念牧童，倚杖候荊扉。
>
> 雉雊麥苗秀，蠶眠桑葉稀。
>
> 田夫荷鋤至，相見語依依。
>
> 即此羨閒逸，悵然吟式微！

詩裏描寫了渭河流域農村傍晚的景象，表現了農民父子之間、鄰里之間深厚而淳真的感情。這是一幅頗為感人的農村風俗圖，但遺憾的是，詩人並沒有直接加入到這個歡樂的人群中去，而是置身於人

〔註4〕以上均見《唐詩雜論》，第35頁，古籍出版社，1956。

群之外，扮演了一個旁觀者的角色，故不可能了解並寫出他們思想深層的歡樂與痛苦，僅僅只看到他們表面的閒逸。而這閒逸，卻是從一位飽經官場機巧、身心交困的封建官僚眼中看出的，因此就很難說有幾分真實。這猶如一位城市的闊佬，他對城市的吵鬧喧囂厭倦了，乍到農村，撲鼻而來的是新鮮的空氣，環境是那麼靜謐，遂誤以為農村就沒有污濁與喧鬧。正因為詩人並沒有真正進入角色，體驗農村生活，因此只能寫出表面的現象，而未能表現真正的感情。清人施補華有一段話很有意思，他說：「摩詰五言古，雅淡之中，別饒華氣，故其人清貴；蓋山澤間儀態，非山澤間性情也。若孟公則真山澤之癯矣。」〔註5〕的確，孟浩然像長期生活在農村的癯瘦的老頭兒，性情儀態都帶有農村質樸的氣息；王維則像去農村前臨時裝扮成農民的樣兒，儘管儀態頗像農村人，然性情則不是農民的，且不免露出本來的「清貴」像。用這段話來評價王維、孟浩然的田園詩，也是頗為精當的。王維的詩寫得很精工，孟浩然詩則多粗服亂髮處。精工則難免稍涉修飾，有礙自然；粗服亂髮則不施鉛粉，易見本色。王維詩雖然風調圓潤，但在追求精工的同時，不免留下作詩的痕跡；而孟浩然的詩，自然天成，直是神龍無跡了。這一點除了詩人的藝術素養以外，與他的生活經歷與處世態度也是有著密切的關係。總之，孟浩然更富於詩人的氣質，追求古澹淳真，詩歌淡遠高妙；王維則不免受了官場的濡染，有失天真。以詩人氣質言，孟浩然似略高王維一籌。以才情言，孟浩然不得不讓王維一頭。談到詩人的藝術素養與才情，蘇軾有一段極切要的評論：「孟浩然之詩韻高而才短，如造內法酒手而無材料爾。」〔註6〕明陸時雍也說：「孟浩然材雖淺窄，然語氣清亮，誦之有泉流石上風來松下之音。」〔註7〕宋人寫詩，是很講究才學的。東坡所說的才既指詩人的才情，也兼指才學。陸時雍說孟浩然材淺

〔註5〕丁福保：《清詩話》，第980頁，上海古籍出版社，1963。

〔註6〕何文煥：《歷代詩話》，第308頁，中華書局，1981。

〔註7〕丁福保：《歷代詩話續編》，第1413頁，中華書局，1983。

窘，也是兼指才情才學二者而言的。談到寫詩的才氣或才情，孟浩然確實略有不足。他只擅長五言詩，一般都是短詩，而且題材也比較單一，反映的現實生活不夠廣泛。王維是中國文學史上少有的藝術天才，他精通音樂，擅長繪畫、書法、詩歌。以詩歌論，他不特題材比較廣泛，除了田園山水詩外，還有邊塞詩、樂府詩等，風格多樣，或以清遠勝，或以雄渾勝。就詩體來說也是兼擅眾體的。他的絕句、律詩、樂府歌行都是極出色的。像他這樣全面的藝術家，在中國藝術史上，只有極少數的人，如李煜、蘇軾、趙佶、趙孟頫、唐寅、鄭板橋等。以詩的兼擅眾體說，在盛唐詩壇，王維也是數得上的角色。蘇東坡云：「味摩詰之詩，詩中有畫；觀摩詰之畫，畫中有詩。」〔註8〕藝術本來是相通的，王維把繪畫的技法、布景，把音樂上的音律諧和用在詩歌創作上，故其詩別具特色。王世貞云：「摩詰才勝孟襄陽，由工入微，不犯痕跡，所以為佳。」〔註9〕王維詩顯示出他過人的才情，尤其在藝術的相通方面，不特孟浩然不及，就是李、杜也不能不稍遜一籌。

其次，由於二人生活經歷不同，他們有著完全不同的生活經驗與感受。王維遠離農村現實，因此他的田園詩感情隔膜而浮泛；孟浩然久居農村，他的田園詩富於生活氣息，感情深厚而真淳。

王維住在別墅，優遊山水，並不是真的要做隱士，高臥東窗，而是為了逃避嚴峻的現實鬥爭。因此，他雖然長期山居，卻從未參加勞動。對於農村生活，他只是一位冷眼旁觀者，他不想也根本不了解農村的實際情況，更談不上有感同身受的體驗，他是帶著對官場濃郁的厭倦情緒和以隱士的身份看農村的。因此，農村成為樂園，而他的田園詩正是這種樂園的頌歌。其實，他的田園詩所描寫的只是幻想中的農村，是經過粉飾和美化了的，或者只把農村作為寫詩的空間背景，而不是著力描寫的對象。因此這些詩大部分感情浮泛，毫無生氣，我

〔註 8〕 陳鐵民：《王維集校注》，第 1258 頁，中華書局，1997。
〔註 9〕 丁福保：《歷代詩話續編》，第 1006 頁，中華書局，1983。

們讀起來覺得感情十分隔膜。如《田園樂七首》其一云：「出入千門萬戶，經過北里南鄰；蹀躞鳴珂有底，崆峒散髮何人。」其二云：「再見封侯萬戶，立談賜璧一雙。詎勝耦耕南畝，何如高臥東窗。」詩以功名富貴的幻滅作陪襯，歌頌崆峒散髮的山人和高臥東窗的隱士，田園只是他逃避現實的淵藪。又如同組詩寫的：「採菱渡頭風急，策杖村西日斜。杏樹壇邊漁父，桃花源裏人家。」（其三）「牛羊自歸村巷，童稚不識衣冠。」（其四）「花落家僮未掃，鶯啼山客猶眠。」（其六）「南園露葵朝折，東谷黃粱夜春。」（其七）如此等等，只描寫了農村恬美靜謐的表面現象，未能深入現實，寫出人的內心感情世界。詩裏描寫的只是「黃髮垂髫，並怡然自樂」、「乃不知有漢，無論魏、晉」的桃花源式的生活。詩中展示的景象，是極表面的、浮層的，是未諳世情的封建士大夫幻化了的農村。他之所以這樣描寫，在於表現出世勝似入世、隱居勝似做官的理念。然而他心目中的出世與歸隱，又非陶淵明似的掛冠歸隱，甘於貧賤，而是亦官亦隱，既未能忘宦情以澹泊，又不能安貧賤而守真。他不特與農民的感情格格不入，而且，也沒有表現出自己真實的感情。有人讚揚他的《田家》，並認為這首詩的思想內容比孟浩然的田園詩內容深刻，這種說法是值得商榷的。其詩云：「舊穀行將盡，良苗未可希。老年方愛粥，卒歲且無衣。雀乳青苔井，雞鳴白板扉。柴車駕羸牸，草屩牧豪豨。多雨紅榴拆，新秋綠芋肥。餉田桑下憩，旁舍草中歸。住處名愚谷，何煩問是非。」以思想內容而言，這首詩在王維田園詩中無疑是佼佼者。其實這首寫農民景況的詩，思想感情極其浮淺，而這些景象的描寫，都在於歌讚「何煩問是非」的處世哲學而已。

　　與王維相較，孟浩然的田園詩，內容則比較深刻，感情也比較真實，有一定的感人力量。譬如《田家元日》：

　　　　昨夜斗回北，今朝歲起東。

　　　　我年已強仕，無祿尚憂農。

　　　　野老就耕去，荷鋤隨牧童。

田家佔氣候，共說此年豐。

這首詩有三層意思：「我年已強仕，無祿尚憂農。」他不甘隱居田園，夢想出仕，寫出了不得志的心情；「野老就耕去，荷鋤隨牧童。」寫他親自參加了勞動；「田家佔氣候，共說此年豐。」他和農民有了共同的語言，相處自然就融洽了。這首詩比王維的田園詩感情就真實得多了，讀起來覺得親切。此外，他寫的田園詩還有《南山下與老圃期種瓜》、《東陂遇雨率爾貽謝南池》、《白雲先生迴見訪》、《澗南園即事貽皎上人》、《採樵作》、《田園作》等，這些田園詩有著極鮮明的特點：一是充滿了生活氣息，詩人與農民的感情已不很隔膜；二是很少有隱逸思想的流露，更多的則是壯志未遂的哀嘆以及表達出仕用世的強烈願望；三是寫親身參加了一些勞動，對勞動有著一些切身的體驗。因此，他的田園詩思想比較深刻，感情也還真實。當然，他有時也寫高人逸趣，如《題張逸人園廬》寫道：「與君園廬並，微尚頗亦同。耕釣方自逸，壺觴趣不空。門無俗士駕，人有上皇風。何必先賢傳，惟稱龐德公。」這在很大程度上是為了抬高身價，借頌揚隱居以達到最終出仕的目的。

總之，王維、孟浩然同是盛唐著名的田園詩人，孟浩然長期生活在田園，並親自參加了勞動，因此他的田園詩感情就比較真實而深沉；王維住在別墅，他只是農村勞動的旁觀者，其田園詩，感情就難免浮淺和隔膜。從反映現實的角度看，王維的田園詩，不及孟浩然的深刻。

第三，王維、孟浩然雖然都以山水詩著稱，然兩人的藝術歸趣不同。他們都寫過一些雄渾壯闊的詩篇，但王維更多的是通過山水風光的描寫，表現冷寂索漠的心境；孟浩然則在山水景物的描繪中，洋溢著飄逸舒暢的心情。他們在山水詩中，滲透了不同的人生經驗與生活體驗，並取得了很高的藝術成就。

王維寫過一些氣勢雄渾的山水詩，如《終南山》：「太乙近天都，連山到海隅。……分野中峰變，陰晴眾壑殊。」《漢江臨眺》：「楚塞

三湘接，荊門九脈通。……郡邑浮前浦，波瀾動遠空。」《送梓州李使君》：「萬壑樹參天，千山響杜鵑。山中一夜雨，樹杪百重泉。」其氣勢之雄壯，表現之渾融都是空前的，難以企及的。孟浩然詩也頗有壯逸之氣，如《彭蠡湖中望廬山》：「中流見匡阜，勢壓九江雄。黯黯凝黛色，崢嶸當曙空。香爐初上日，瀑水噴成虹。」《臨洞庭》：「氣蒸雲夢澤，波撼岳陽城。」《登望楚山最高頂》：「雲夢掌中小，武陵花處迷。」《與顏錢塘登樟亭望潮作》：「百里聞雷震，鳴弦暫輟彈。府中連騎出，江上待潮觀。照日秋雲迥，浮天渤澥寬。驚濤來似雪，一坐凜生寒。」其壯逸之氣，也是十分特出的。王、孟在表現雄渾壯闊的境界方面，可謂雙峰並峙，各有千秋。

　　王維的山水詩，大量的卻是描寫幽靜閑寂的境界，在表現隱者情致的同時，滲透著佛家的理趣。著名的《輞川集》，就是借幽寂的景象以表現超塵出世情懷的。

> 木末芙蓉花，山中發紅萼。
> 澗戶寂無人，紛紛開且落。
>
> ——《辛夷塢》

> 獨坐幽篁裏，彈琴復長嘯。
> 深林人不知，明月來相照。
>
> ——《竹里館》

> 空山不見人，但聞人語響。
> 返景入深林，復照青苔上。
>
> ——《鹿柴》

> 分行接綺樹，倒影入清漪。
> 不學御溝上，春風傷別離。
>
> ——《柳浪》

　　另外，《皇甫岳雲溪雜題五首》、《答裴迪》、《山中寄諸弟妹》等，也是寫山林幽趣與隱者情懷的。

> 人閒桂花落，夜靜春山空。
> 月出驚山鳥，時鳴春澗中。

——《鳥鳴澗》

> 朝耕上平田，暮耕上平田。
> 借問問津者，寧知沮溺賢？

——《上平田》

詩人極力描寫幽寂的自然環境以及與之契合的心情。在表面的恬淡自適中，隱隱透露著寂冷孤獨無人賞識的人生感受，滲透了佛家的影響。胡應麟云：「太白五言絕，自是天仙口語，右丞卻入禪宗。如『人閒桂花落……』，『木末芙蓉花……』，讀之身世兩忘，萬念皆寂，不謂聲律之中，有此妙詮。」〔註10〕李瑛云：「鳥鳴，動機也；澗，狹境也。而先著『夜靜春山空』五字於其前，然後點出鳥鳴澗來，便覺有一種空曠寂靜景象，因鳥鳴而愈顯者。流露於筆墨之外，一片化機，非復人力可到。」〔註11〕宋顧樂謂：「下二句只是寫足『空』字意。」〔註12〕今人陳允吉先生說：「作者並沒有把這種『山澗響聲』視作『實聲』，而是作爲『解無定實』的幻覺，放在詩中從反面襯出『靜』的意境。」〔註13〕總之，他極力描寫空寂幽靜的山景，是爲了表現閒居山林的感覺與心態。他往往以動寫靜，以鬧顯幽，在幽靜優美的詩意描寫中，表現著詩人的審美追求與創作心態。與王維相較，孟浩然卻喜歡以流走的筆調，描寫動態的山水景象。他悠閒地欣賞景物，視點在自然地轉移。讀他的詩，如漸次展開的山水畫卷。譬如《秋登萬山寄張五》：「北山白雲裏，隱者自怡悅。相望試登高，心隨雁飛滅。愁因薄暮起，興是清秋發。時見歸村人，平沙渡頭歇。天邊樹若薺，江畔舟如月。何當載酒來，共醉重陽節。」

〔註10〕胡應麟：《詩藪》，第 119 頁，上海古籍出版社，1979。

〔註11〕富壽蓀等：《千首唐人絕句》，第 120 頁，上海古籍出版社，1985。

〔註12〕富壽蓀等：《千首唐人絕句》，第 120 頁，上海古籍出版社，1985。

〔註13〕陳允吉：《唐音佛教辨思錄》，第 23 頁，上海古籍出版社，1988。

在抒發對友人懷念的心情時，顯示出一種從容不迫的閑澹飄逸的韻致。《孟浩然集》中的山水詩，大部分都是具有閑澹飄逸韻致的詩篇，表現出詩人獨特的情致。

> 悠悠清江水，水落沙嶼出。
>
> 回潭石下深，綠筱岸旁密。
>
> 鮫人潛不見，漁父歌自逸。
>
> 憶與君別時，泛舟如昨日。
>
> 夕陽開晚照，中坐興非一。
>
> 南望鹿門山，歸來恨相失。
>
> ——《登江中孤嶼贈白雲先生王迥》

> 漾舟乘水便，因訪故人居。
>
> 落日清川裏，誰言獨羨魚？
>
> 石潭窺洞徹，沙岸歷紆餘。
>
> 竹嶼見垂釣，茅齋聞讀書。
>
> 款言忘景夕，清興屬涼初。
>
> 回也一瓢飲，賢者常晏如。
>
> ——《西山尋辛諤》

你看，他的詩無論是寫景還是抒情，都是那麼自然，那麼從容瀟灑，又是那麼本色。從情景關係而言，既無借景抒情的痕跡，也沒有把他的感情完全淹沒在客觀景物的描寫中。一切都如自然流出，不假安排，而又顯現著閑澹飄逸的韻致。詩人一生追求仕進，卻無躁進之心；常與幽人隱士往來，卻很少有飄飄出塵之想。他長期生活在農村，故無閴寂之情。他是那麼平和、本分，有著執著的人生追求與藝術追求。這種處世態度與藝術趣味，在詩中得到充分的體現。他的詩味似淡而實醇，描寫色彩似淡而實濃，感情表現似淡而實深。讀其詩，詩人著力表現的適度中和雅淡的美，得到很深的感受，而且詩人那種悠然自得的心情、飄逸瀟灑的風度，都給人極深刻的印象。

　　第四，王維在一些山水詩的意境描寫中，表現出富有理趣的藝術

特色，這是他在詩歌史上做出的獨特的貢獻。包括孟浩然的內的盛唐詩人，很少有人涉足。

詩的理趣，是指在詩的形象中含有哲理的意蘊，這意蘊渾含在詩的意境描寫中，它對讀者有著感悟性的哲理的啓發，啓迪著讀者睿智的思索。譬如《終南別業》：「行到水窮處，坐看雲起時。」走就一直走到盡頭，坐就一直坐下去，完全聽任自然，沒有目的，沒有追求，這不正是佛家宣揚的人生哲學嗎？但它卻是形象的顯現，而不是形象之外硬加的理性的說教。又如《終南山》：「白雲回望合，青靄入看無。」《漢江臨眺》：「江流天地外，山色有無中。」都是在景物描寫中，寓有佛教的哲理。這哲理在情景交融中，不露痕跡。猶如在開水中加了白糖，在透明清澈的水中卻有著甜味。富有理趣，是詩歌意境高層次的藝術追求，是王維詩的重要特點之一，因此得到詩論家很高的評價。徐增云：「太白以氣韻勝，子美以格律勝，摩詰以理趣勝。太白千秋逸調，子美一代規模，摩詰精大雄氏之學，篇章字句，皆合聖教。」〔註 14〕王維詩的藝術成就雖然不能與李、杜媲美，然以氣韻、格律、理趣言，差可與李、杜鼎足而三。應該指出，王維詩的理趣的表現與追求，是他在詩歌發展史上的重大貢獻。這不僅因爲理趣的表現在他所處的盛唐是獨創的，而且對宋詩重意與追求理趣，有著深刻的影響。

第二節　高適岑參的邊塞詩

盛唐時代的邊塞詩人，抱著建功立業的強烈願望，以昂揚的情緒、樂觀的精神，奔赴邊疆，走上了保衛祖國的神聖崗位。他們在戰鬥之餘，以生花筆觸，描寫戰爭和異域風光，留下了許許多多傳誦千載的動人詩篇。當時邊塞詩人很多，王昌齡、王之渙、崔顥、李頎、高適、岑參，都以邊塞詩著稱。邊塞詩風行一時，就是以田園山水詩

〔註 14〕丁福保：《清詩話》，第 427 頁，上海古籍出版社，1963。

著稱的王維、常建等人，也寫過一些質量很高的邊塞詩，參與了這個雄偉莊嚴的大合唱。高適、岑參無疑是這個大合唱的領唱者，他們以詩並稱、譽重一時、名揚千古，是因爲他們都曾經數次出塞，寫過相當數量的邊塞詩；而且在他們創作的詩歌中，以邊塞詩最爲有名。

高適、岑參多次出塞，他們在邊疆所歷時間之久、所經地域之廣，在盛唐時代的詩人中絕無僅有。他們在邊塞都有著長期複雜的生活經歷，都有著較深切的邊塞生活的體驗。因此，他們都寫出了富有特色的邊塞詩。在詩歌創作與詩歌風格上，兩人有許多相同之處，又各有其極鮮明的藝術個性特徵。因而對他們詩歌作一些比較研究，則是十分必要的。

一

高適、岑參都有著豐富的邊塞生活經歷，這是他們創作大量邊塞詩歌、成爲著名邊塞詩人的前提。

開元二十年，高適北遊燕趙，至信安王幕府，欲入幕從戎未遂。即滯留邊塞，了解邊塞生活與軍中內幕。開元二十二年，因守珪使管記王悔結識幽州節度使張守珪。不久，離開邊塞赴長安應舉，前後約過了三年的邊塞生活。天寶九載冬，在任封丘尉期間，曾北使青夷軍送兵，第二年春還，有過短期的邊塞生活。天寶十一載秋冬之際，經隴右節度使哥舒翰判官田梁丘引薦，被哥舒翰表爲左驍衛兵曹參軍，遂赴哥舒翰幕府，充任掌書記，天寶十四載仍在河西隴右一帶，十二月隨哥舒翰守潼關，其間約有三年時間在隴右。高適前後三次出塞，在邊塞生活了六七年時間，留下邊塞詩約四十首，佔其全部詩作的六分之一。這些邊塞詩絕大部分是兩次北遊燕趙寫成的。其時雖在塞垣而壯志未遂，故能深入下層了解邊兵與戍卒生活，找到邊塞長期未寧的原因，揭露了邊防失策與邊將無能，抒發希冀爲國建功的豪情壯志，反映戍卒的生活與思想感情，寫出了思想性很強的作品。這些邊塞詩不都是在邊塞寫成的，他的最負盛譽的邊塞詩《燕歌行》，卻是

在宋中寫成的，這實在是值得令人深思的。對詩人過分地不適當地強調直接生活經驗，未必是正確的。但如果高適沒有開元二十年至開元二十二年北遊燕趙的邊塞生活經歷，絕不會憑空寫出這樣深刻地反映現實的詩篇，這卻是可以斷言的。

天寶八載，安西四鎮節度使高仙芝入朝，奏調岑參爲右衛錄事參軍，於是他到了新疆庫車。天寶十載春，高仙芝調任河西節度使，岑參隨至河西節度使治所武威。不久東歸長安。天寶十三載春末，又隨同安西節度使兼北庭都護封常清去北庭，充安西北庭節度使判官，後來昇爲伊西北庭支度副使，至德元載冬末到酒泉，次年春才返回陝西鳳翔。他兩次出塞，走了好多地方，經歷六七年時間，有著極豐富的征戰生活。誠如元代辛文房所云：「參累佐戎幕，往來鞍馬風塵間十餘載，極征行離別之情。城障塞堡，無不經行。」〔註15〕他的邊塞詩有七十餘首，約佔全部詩作的五分之一。這些詩歌，尤其是名篇，都是在邊塞寫成的，而他第二次出塞，由於賓主相得，他的軍旅生活過得十分愉快。他的優秀的邊塞詩，大都是在這期間寫的。

如上所述，高適、岑參有著類似的邊塞生活經歷，他們入幕有著類似的目的，而在征戰生活中又經受了艱苦生活的鍛鍊與考驗。因此，在詩的題材與內容方面，都有著許多共同的地方。第一，他們都歌頌正義戰爭。譬如，高適的《九曲詞》，岑參的《走馬川行奉送出師西征》，都是慷慨高亢的頌歌；第二，對於邊將腐朽生活的揭露與批判。譬如高適《燕歌行》、岑參的《玉門關蓋將軍歌》，對邊將的奢侈腐化與驕矜跋扈，作了無情的揭露；第三，描寫邊塞風光，表現豐富多彩的邊疆生活與少數民族的習俗。譬如高適的《營州歌》，寫邊塞民族豪俠尚武的精神，生動傳神。岑參的《趙將軍歌》，寫藩漢將領騎射角勝的場面，情景動人。另外，也有寫戰士的豐富的生活與感情的詩篇等。

〔註15〕周本淳：《唐才子傳校正》，第63頁，江蘇古籍出版社，1987。

　　總的來講，高適邊塞詩的思想內容與詩中表達的感情，都比較複雜。岑參邊塞詩的思想內容與詩中所表達的感情則比較單一。然在描寫邊塞風光上，岑詩則獨擅勝場，高詩不免略輸一籌。

　　岑參兩次出塞，其活動地點主要是在今天的新疆。由於較長期的軍旅生活，對軍戎生活的深切感受與熱愛，對西域民族風俗習慣的熟悉與了解，對異域風光的觀感與驚異，使他能以奇峭的筆姿，以充滿感情活力的筆調，寫熱海、火山、風雪、奇寒，使邊塞風光紛呈異彩。由於他對這些風物深深地熱愛，所以他以欣賞的筆調，寫這奇異非凡的生活，洋溢著欣喜的感情。「北風卷地白草折，胡天八月即飛雪。忽如一夜春風來，千樹萬樹梨花開。」(《白雪歌送武判官歸京》)詩中以奇妙的比喻，以及「即」、「忽如」等充滿主觀感情的字眼的恰切運用，生動地表現了詩人對異域風光驚異新奇的感覺，傳神地表現出詩人當時喜悅的神色。如果詩人對邊塞生活不是充滿強烈的感情，而是比較冷漠，能夠寫出這樣絕妙的詩句嗎？這美妙不單是巧思的或修辭的成功，而是寫出了詩的意境的美。它帶著詩人高尚樂觀的審美情趣，並以這種情趣的信號，撞擊著讀者的心靈，使其得到充分的美的享受，與詩人一道，沉浸在這新奇驚異的愉悅之中。《天山雪歌送蕭治歸京》，兩句一換韻，音調急促，很能顯示風雪夜歸人的意境。《火山歌送別》、《熱海行送崔侍御還京》，既寫了火山熱海的奇麗景象，又表達了對友人的深厚感情，具有強烈的誘人的藝術魅力。這種藝術魅力的產生，不特是因為對生活的熟悉與熱情，更重要的則是他高尚的審美情趣以及表達這種審美情趣的深厚的藝術功力。《田使君美人如蓮花舞北旋歌》，描寫了邊疆奇異的音樂和舞蹈，反映了邊疆人民的生活習俗。這與反映邊疆奇麗自然風貌的詩篇一樣，構成了岑參邊塞詩的另一重要內容。高適兩次北遊燕趙，一次赴隴右，對邊塞生活不特十分熟悉，且有強烈的感受。他的《塞上》、《薊門五首》、《使青夷軍入居庸關三首》、《薊中作》等，都真實地紀錄了他的感情。《答侯少府》云：「北使經大寒，關山饒苦辛。邊兵若芻狗，戰骨成埃塵。

行矣勿復言，歸歟傷我神。」這可以說是他北遊燕趙豐富複雜的感情的概括。對戰士同情，對戰將無能的不滿，以及壯志難伸的牢愁，構成了他的邊塞詩的主調。這些詩意緒深沉，感情內蘊，有著很強的感人力量。《塞上聽吹笛》，境界開闊，格調高昂，巧用雙關，富有生趣，可以說是一幅萬里塞上圖，表現出遼闊壯美的藝術境界。總之，他的詩有豐富深厚的感情，有一股渾樸勁遒之氣，極富藝術感染力。然與岑詩相較，卻缺乏那種奇峭誘人的藝術魅力。這是因爲他沒有專注地寫出邊塞奇異的風光，以及與之相應地運用獨特的富有創造性與生命力的藝術形式的緣故。

二

高適、岑參兩人在詩歌形式的運用與抒情手段的選擇上，存在較大的差異。因而他們的詩歌表現出各自不同的個性特徵與藝術特色。

首先，在對傳統詩歌的繼承與革新方面，兩人表現出較大的差異。因此，他們的詩在詩歌史的貢獻上有很大的不同。

高適、岑參的邊塞詩，都是在繼承舊的文學傳統上有所革新，然兩人對待文學遺產的取源不同、態度不同，因而他們在詩歌形式上，也顯示出各自的特點。高適詩直追漢魏的特點比較明顯，在對傳統的藝術形式的繼承方面，因襲較多，突破與創新似嫌不足。第一，他在邊塞詩的創作中，仍因襲了較多的樂府舊題，如《塞上》、《塞下曲》、《燕歌行》等，詩題與內容基本和諧。他藉用這些樂府舊題，反映了深刻的社會內容。然這種形式的運用，畢竟類似於舊瓶裝新酒，它嚴重地影響了詩人創作才能的發揮。詩人用這種舊形式寫詩，不能隨心所欲地抒發自己豐富的感情，暴露出某些藝術表現上的矛盾與局限。第二，他也寫了一些可稱新題樂府的詩，如《薊門五首》、《營州歌》、《部落曲》、《九曲詞》等，都是「即事名篇，別無依傍」之作。這些詩的樂府詩題與詩的內容結合緊密，不再將所表現的內容，裝在舊的樂府題的軀殼裏，因此能夠較充分地發揮

詩人的創作才能。然其表現句式，仍舊是整齊劃一的五七言體，不似李白、岑參用流暢的歌行體，句式長短參差錯落，卷舒自如，自由放縱。總之，他在詩的表現形式上，因襲多而創新少，缺乏一種新的藝術活力，令人讀後似有某些陳舊的感覺。在詩風活躍的盛唐詩壇，他的詩歌在形式表現上，不免有點兒守舊。

與高適的邊塞詩相比，岑參則較多地融合了六朝以來近體詩的成就，而且在藝術表現形式的創新方面，作了巨大的努力，並且取得了很高的成就。他用新興的歌行體，取代了舊的樂府詩題，在詩歌形式上，徹底突破了樂府舊題的束縛與羈絆。作爲一個創作邊塞詩最著名的詩人，竟沒有寫過一首《出塞》、《入塞》、《從軍行》、《關山月》、《塞上》爲題的詩篇。他寫了較多的歌行體詩，歌行體也算作「即事名篇」的新題樂府，這種體裁是盛唐詩人的獨創，李白、杜甫、岑參等都擅長用這種體裁，表達自己的思想感情。在運用歌行體方面，他們各具特色，而岑參的歌行，尤爲別開生面，因而有其獨特的韻味。

在詩的句式、節奏、押韻等方面，岑參用歌行體寫的邊塞詩，都表現出自己的藝術特色。譬如《走馬川行奉送出師西征》：

> 君不見走馬川，雪海邊，
> 平沙莽莽黃入天。
>
> 輪臺九月風夜吼，一川碎石大如斗，
> 隨風滿地石亂走。
>
> 匈奴草黃馬正肥，金山西見煙塵飛，
> 漢家大將西出師。
>
> 將軍金甲夜不脫，半夜軍行戈相撥，
> 風頭如刀面如割。
>
> 馬毛帶雪汗氣蒸，五花連錢旋作冰，
> 幕中草檄硯水凝。
>
> 虜騎聞之應膽懾，料知短兵不敢接，

車師西門佇獻捷。

這首詩三句一節，打破了舊的二句或四句一節的詩的格局；同時三句換韻，句句押韻，也與舊的偶句押韻的慣例迥異，充分顯示出音節急促、風格奇峭的藝術特色。就一首詩的句數說，岑詩不限於偶數，如《敦煌太守後庭歌》就是十五句，在結構上不再是四平八穩，而是顯得奇突不平，異樣生新；有多次換韻而造成音節響亮、氣勢雄健的，如《輪臺歌奉送封大夫出師西征》，此詩七次換韻，最後才一韻結束，詩句流暢而音調瀏亮；也有轉韻時用頂針法的，如《涼州館中與諸判官夜集》，全詩兩句一轉韻，四處用了頂針法，詩的氣脈一貫，語氣流暢，筆姿灑脫，語言平易，辭章手法的嫻熟與精妙，都表現出詩人高度的藝術才能，處處顯示出藝術創新的生氣。就詩句的字數說，他喜歡用三、五、七言，錯落有致。與每節句數多少相應，用韻也是多種多樣，不拘一格。有句句叶韻、一韻到底的，也有兩句換韻、三句換韻、四句換韻等形式，打破了長詩雙句用韻、始終一韻或很少換韻的舊的格局。在節奏方面，或則輕快，或則急促有力。總之，這種變化，使其詩在節奏、旋律上很有特色。清人施補華云：「《輪臺歌》：『四邊伐鼓雪海湧，三軍大呼陰山動。』《走馬川行》：『輪臺九月風夜吼，一川碎石大如斗，隨風滿地石亂走。』『半夜軍行戈相撥，風頭如刀面如割』等句，兵法所謂其節短、其勢險也。」〔註16〕這種節短勢險的詩歌，似一陣急管繁弦，卷去你思想上的雜塵，使你隨著詩的節拍不自覺地手舞而足蹈。胡應麟云：「古詩自有音節。陸、謝體極俳偶，然音節與唐律迥不同。唐人李、杜外，惟嘉州最合。」〔註17〕又云：「嘉州格調整嚴，音節宏亮。」〔註18〕他從詩歌發展史的角度，論定岑參的地位與貢獻，是頗有說服力的。總之，歌行體不受字數、句數、韻腳的限制，變化自由，能夠極大地發揮個人藝術的獨創性。岑參正

〔註16〕丁福保：《清詩話》，第 984 頁，上海古籍出版社，1963。
〔註17〕胡應麟：《詩藪》，第 36 頁，上海古籍出版社，1979。
〔註18〕胡應麟：《詩藪》，第 77 頁，上海古籍出版社，1979。

是利用這種體裁，在發揮藝術獨創性中，形成個人獨特的藝術風格。他的詩旋律急促，韻腳多變，似一陣急急風，緊緊地吸引著讀者的注意力，使其與詩人同樣感受著邊塞的風光，因此有著極強的藝術感染力。與岑參相比，高適的邊塞詩仍以傳統的五七言詩爲主，只有《送蕭判官賦得黃花戌》詩，兩句一節，換韻，全詩有兩個五言句，其餘則是七言，略如岑參的歌行體。其餘的邊塞詩，不似岑詩的句式參差、錯落有致，而是整飭、謹嚴、精警、凝煉，讀來有一股渾樸勁遒之氣，卻缺乏岑參那種奇峭生新的藝術特色。與岑詩在藝術上的獨創性相較，高詩則在形式上較多地因襲傳統中，形成自己古樸雄渾的藝術風格。

其次，在描寫與抒情方面，高適、岑參表現出迥然不同的特色。岑參詩重在描寫，在描寫中抒發感情，或者可以說，他是寓情於描寫之中。所以他的詩往往是客觀的示現，展示出五彩繽紛的生活畫面，以奇異之思引人入勝，而作者之深厚感情也就渾含其中。高適詩重在抒情，他往往直抒胸臆，或者夾敘夾議，因此他的詩常常帶著濃郁的主觀情調。在抒情中雖然偶有景物的描寫，然旨在借景抒情，故對景物的描寫，節儉而有力。

岑參的邊塞詩中，有許多贈送應酬之作，卻是傳誦千古的名篇。眾所周知，古代文人把贈詩作爲人際交往的重要手段，因此應酬詩中，雖說有一些傳誦千古的名篇，然而大量的卻是無病呻吟的矯情之作。故這類詩雖汗牛充棟而令人生厭。岑參雖然寫了許多應酬詩，然卻改變了以往酬應詩作那種傷離慰勉的千篇一律的抒情格調，他在應酬詩中，往往用大量的筆墨，描寫別時別地的自然風光，構成一幅光怪陸離的奇麗的畫卷，在詩的末尾用一二語點破送別留戀之意。故其應酬詩並非酬應之具，而是感人肺腑的抒情描寫。他這類歌行詩，不單單是藝術形式上的創新，更重要的是詩人在創造詩的意境方面，對舊的藝術技法的突破，是他獨特而成功的藝術創造。而其淋漓盡致的景物描寫，引人入勝而卓絕千古。譬如《熱海行送崔侍御還京》，就

是具有代表性的詩篇。

> 側聞陰山胡兒語：西頭熱海水如煮；
>
> 海上眾鳥不敢飛，中有鯉魚長且肥。
>
> 岸上青草常不歇，空中白雪遙旋滅；
>
> 蒸沙爍石然虜雲，沸浪炎波煎漢月。
>
> 陰火潛燒天地鑪，何事偏烘西一隅？
>
> 勢吞月窟侵太白，氣連赤坂通單于。
>
> 送君一醉天山郭，正見夕陽海邊落；
>
> 柏臺霜威寒逼人，熱海炎氣爲之薄。

詩人在熱海附近送友人入京，他根據熱海的傳說，把這西北邊陲景色描寫得特異神奇。「西頭熱海水如煮……中有鯉魚長且肥。……蒸沙爍石然虜雲，沸浪炎波煎漢月。」詩人以極度誇張的手法，狀熱海之熱，寫熱海之奇，讚熱海之美，使其成爲一首獨立的寫異域風光的優秀詩篇。儘管詩人用了誇張的藝術手法，但它卻顯得那麼真實，因此有很強的藝術魅力。詩人領著你領略了一番熱海風光之後，最後四句才寫到送別意。「送君一醉天山郭，正見夕陽海邊落。」二句寫送別時的情景：送別的地方在天山腳下，爲送別友人設宴，喝了一天酒，直到夕陽西下。賓主相聚之歡、戀戀不捨之情溢於言表。「柏臺霜威寒逼人，熱海炎氣爲之薄。」這是對友人爲官清廉的盛讚。友人的身份是御史，所以用「柏臺」、「霜威」作比，意謂崔居官廉潔清正，執法如山，在北庭時熱海的炎威也爲之消滅。如此，前半首中對熱海的極度渲染，就成爲頌揚友人的有力鋪墊。而抒情與寫景渾然一體，不露痕跡。這種以特殊環境爲背景寫送別之情的表現手法，正是岑參歌行體詩的特色。《火山雲歌送別》、《白雪歌送武判官歸京》、《天山雪歌送蕭治歸京》等，都具有類似的藝術特色。你看，他是那麼善於描寫，他用一枝生花的詩筆，把你引到蒼茫的異域，觀看火山、雪原，領略新奇的詩的意境，使你在新異感覺中，進入峭麗的世界。岑參這類送別詩，不特以峭麗的筆姿寫了異域風光，抒發了對邊塞的熱愛，

而且以這樣的奇麗景色爲襯托，寫出了自己強烈的感情。詩人把這種感情表現得深沉而有力。

　　與岑參相較，高適則不大用比興與描寫，而往往採用賦的形式，從頭至尾地敘述，有時夾敘夾議或直抒胸臆。他的詩不以辭采見長，不以節奏旋律的變幻多姿取勝，而以傾注筆端含之詩內的深厚感情擅場。在古樸蒼涼的詩的情調中，也有著感人的藝術魅力。這是因爲他善於將你誘入一個主觀感情十分豐富的世界。譬如《塞上》，就是具有這種藝術特色的詩篇。

　　　　東出盧龍間，浩然客思孤。
　　　　亭堠列萬里，漢兵猶備胡。
　　　　邊塵滿北溟，虜騎正南驅。
　　　　轉鬥豈長策？和親非遠圖。
　　　　惟昔李將軍，按節臨此都。
　　　　總戎掃大漠，一戰擒單于。
　　　　常懷感激心，願效縱橫謨；
　　　　倚劍欲誰語？關河空鬱紆！

此詩一二兩句，寫自己出塞以及到塞上的情緒。「浩然客思孤」，不特羈旅中孤獨，而且心懷安邊良策無處陳述，也即有才不見賞的孤寂。這對以國家安危爲己任的志士來說，內心是何等的苦悶。「亭堠列萬里」以下四句寫虜騎猖獗邊情緊急的情景，這已隱含著對唐朝邊塞政策的批判。「轉鬥」兩句，用了否定與肯定的判斷，直接指斥唐朝對東北少數民族妥協退讓的失策。這裏用議論直接表明自己的態度。「惟昔李將軍」以下四句，是對信安王李禕在邊塞大勝的歌讚，最後四句抒發胸懷壯志無人見賞的苦悶心情。此詩或爲上信安王李禕之作，希望入幕。這一首詩，沿用樂府舊題，詩裏用了嚴整的五言句式，全詩基本上都是敘述，中間有兩句議論，最後四句抒情。他在簡勁的敘事中，滲透著強烈的主觀情緒，寄寓了自己鬱勃的情懷。高適的其他邊塞詩，也有類似的藝術特點。如《薊門五首》、《自薊北歸》、《薊中作》

等，都以敘事爲主，又有議論與感慨，詩風渾樸，語言簡勁而有力。

<h2 style="text-align:center">三</h2>

　　高適、岑參豐富的邊塞生活經歷與建功立業的豪情壯志，使其詩形成雄渾豪壯的藝術風格。因此，歷代詩論家往往將他們相提並論。高、岑的密友偉大的詩人杜甫，首先對他們的詩歌創作做出了比較切合實際的評價，並拈出其詩歌風格的主要特點。他說：「高岑殊緩步，沈鮑得同行。意愜關飛動，篇終接混茫。」〔註19〕意謂他們寫詩，如沈約、鮑照那樣縱舒自如，詩歌風格含有「飛動」、「混茫」的特色。也就是說，其詩渾厚浩茫，勁遒傳神。宋代著名的詩論家嚴羽謂：「高、岑之詩悲壯，讀之使人感慨。」〔註20〕這個概括是相當準確的，從此「悲壯」就成爲評價高、岑詩歌風格特徵的不易之論。辛文房評岑參詩云：「詩調尤高……與高適風骨頗同，讀之令人慷慨感懷。」〔註21〕胡應麟指出：「高、岑悲壯爲宗。」〔註22〕可見高、岑詩歌風格確有相似之處。

　　詩歌藝術的眞正價值，不是與他人相同或相似，更不是互相模擬，而是看其能否形成獨具特色的個性特徵，形成與他人迥異的藝術風格。高適、岑參邊塞詩的眞正藝術價值亦在此。因此，我們既要看到他們詩歌風格相同的一面，同時也要仔細分辨其不同的另一面。對於高、岑詩歌風格的不同之處，詩論家早有論述。元人陳繹曾《吟譜》云：「高適詩尚質主理，岑參詩尚巧主景。」〔註23〕此評可謂要言不煩，一語破的。高適詩「尚質主理」，質樸無華；岑參詩「尚巧主景」，縟麗披紛。對於詩歌創作實質的主觀認識與創作實踐，形成了各自不同的藝術特色，構成了各自詩歌旋律的主調。由於陳繹

〔註19〕劉開揚：《高適詩集編年箋注》，第409頁，中華書局，1981。
〔註20〕劉開揚：《高適詩集編年箋注》，第412頁，中華書局，1981。
〔註21〕周本淳：《唐才子傳校正》，第63頁，江蘇古籍出版社，1987。
〔註22〕劉開揚：《高適詩集編年箋注》，第414頁，中華書局，1981。
〔註23〕胡震亨：《唐音癸籤》，第48頁，上海古籍出版社，1981。

曾對高、岑詩的評價，切合他們的創作實際，因此，他的觀點爲人們
普遍接受。後代對高、岑詩風格的評論雖稍有不同，但只不過強調了
不同的側面，其主要傾向，卻是完全一致的。王世貞云：「高、岑一
時不易上下，岑氣骨不如達夫遒上，而婉縟過之。」〔註24〕王士禎云：
「高悲壯而厚，岑奇逸而峭。」〔註25〕翁方綱云：「高之渾厚，岑之
奇峭。」〔註26〕對於高適的詩，說「氣骨」、說「悲壯而厚」、說「渾
厚」，都是指其在主意的前提下所表現的藝術特色與風格特徵。千變
萬化，不離言志。對於岑參的詩，說「婉縟」、說「逸而峭」、說「奇
峭」，都是指其在主情的前提下，在描寫與抒情中所表現的藝術特色
與風格特徵。這些藝術特徵，是就高、岑的全部詩作而說的，自然也
適用於他們的邊塞詩。現以其邊塞詩爲例，分析他們詩歌各自表現的
藝術特色。

> 漢家煙塵在東北，漢將辭家破殘賊。
> 男兒本自重橫行，天子非常賜顏色。
> 摐金伐鼓下榆關，旌旆逶迤碣石間。
> 校尉羽書飛瀚海，單于獵火照狼山。
> 山川蕭條極邊土，胡騎憑陵雜風雨。
> 戰士軍前半死生，美人帳下猶歌舞。
> 大漠窮秋塞草腓，孤城落日鬥兵稀。
> 身當恩遇常輕敵，力盡關山未解圍。
> 鐵衣遠戍辛勤久，玉筯應啼別離後。
> 少婦城南欲斷腸，征人薊北空回首。
> 邊庭飄颻那可度，絕域蒼茫更何有！
> 殺氣三時作陣雲，寒聲一夜傳刁斗。
> 相看白刃血紛紛，死節從來豈顧勳？

〔註24〕劉開揚：《高適詩集編年箋注》，第413頁，中華書局，1981。
〔註25〕劉開揚：《高適詩集編年箋注》，第420頁，中華書局，1981。
〔註26〕劉開揚：《高適詩集編年箋注》，第422頁，中華書局，1981。

君不見沙場征戰苦，至今猶憶李將軍。

高適《燕歌行》從始至終彌漫著濃郁的悲劇氣氛，充分地表現了悲壯的風格特徵。主人公高度的愛國熱忱和他那為國獻身的精神是那麼感人，然而由於主帥腐敗，敵強我弱，終於身陷重圍，不免流露出一種悲涼的情緒。首四句寫「漢將」懷著愛國熱忱，抱著為國卻敵建功立業的雄心壯志，奔赴邊疆；「摐金」以下四句，寫邊情危急，他們急速赴援邊關的情景；「山川」以下八句，詩人以濃墨重彩，渲染悲劇氣氛：胡騎猖獗，敵人大兵壓境；戰士奮勇殺敵而主將卻貪圖享樂；經過激戰，我軍損失慘重而未能卻敵。「鐵衣」以下四句，寫久戍未歸而憶念室家，這是因為蹉跎邊關久戰無功而產生的一種消沉的情緒，曲折地反映了對邊將的不滿。「相看」以下四句，寫他們為國犧牲的高尚氣節，藉對漢朝李將軍的讚揚，指斥當時邊帥不恤士卒。此詩悲愴而雄壯，不事藻飾，以質直見長，確有「飛動」、「混茫」的特色。《薊門五首》等，在感慨詠嘆中，也流露出頗為顯著的悲壯情緒。所謂「其詩多胸臆語，兼有風骨」，「常侍詩氣骨琅然，詞峰峻上，感賞之情，殆出常表。」〔註27〕道出了高適詩風格的主要特點。

北風卷地白草折，胡天八月即飛雪。

忽如一夜春風來，千樹萬樹梨花開。

散入珠簾濕羅幕，狐裘不暖錦衾薄。

將軍角弓不得控，都護鐵衣冷難著。

瀚海闌干百丈冰，愁雲慘淡萬里凝。

中軍置酒飲歸客，胡琴琵琶與羌笛。

紛紛暮雪下轅門，風掣紅旗凍不翻。

輪臺東門送君去，去時雪滿天山路。

山回路轉不見君，雪上空留馬行處。

〔註27〕胡震亨：《唐音癸籤》，第48頁，上海古籍出版社，1981。

　　岑參《白雪歌送武判官歸京》，用極度誇張的筆墨，勾勒了一幅奇峭而壯麗的雪中送客圖。詩的開頭四句，以驚喜的筆調寫出了八月飛雪的奇景，暗點作時作地，表現出詩人對邊疆生活的由衷熱愛。這種情緒，是以對邊疆風光奇異的新鮮感表現出來的，「散入珠簾」以下四句，寫軍營的嚴寒酷冷，這種對嚴寒氣候的描寫，引出下面兩句：「瀚海闌干百丈冰，愁雲慘淡萬里凝。」這種愁雲慘淡的景色，是因送武判官而引起的情緒波瀾，它承上啓下，誇張地表現與友人不忍離別的情懷。「中軍置酒」四句寫餞別；最後四句寫送別時與友人戀戀不捨的情景。「山回路轉不見君，雪上空留馬行處。」兩句見詩人雪中送人佇立之久，寫出友情之深厚。與李白「孤帆遠影碧空盡，唯見長江天際流」有異曲同工之妙。此是岑參寫感情至處，並無相襲。全詩奇峭挺拔，感情深至。可謂「語奇體峻，意亦造奇」。〔註 28〕翁方綱云：「嘉州之奇峭，入唐以來所未有。又加以邊塞之作，奇氣益出。」〔註 29〕沈德潛云：「岑詩能作奇語，尤長於邊塞」，「嘉州邊塞詩尤爲獨步」。〔註 30〕「奇」確實是岑參詩的最大特點，不特語言奇特，而且風格奇峭，這都是由於詩人氣質好奇的緣故，杜甫所謂「岑參兄弟皆好奇」是也。〔註 31〕所謂「入唐以來所未有」、「尤爲獨步」，自然是駕高適而上之。這一評斷，我認爲是比較客觀的。

第三節　李白王昌齡的七言絕句

　　七言絕句是唐代詩苑中最引人注目的花朵之一，盛唐詩壇的七言絕句，尤爲卓絕。一時詩人輩出，名花競艷。王之渙、王維、王昌齡、李白、高適、岑參、賈至等，都是詩壇的俊彥、七絕的高手。李白、王昌齡在七言絕句的創作上，則是這群詩人中出類拔萃的佼

〔註 28〕元結等：《唐人選唐詩》，第 81 頁，中華書局，1958。
〔註 29〕郭紹虞：《清詩話續編》，第 1368 頁，上海古籍出版社，1983。
〔註 30〕沈德潛：《唐詩別裁》，第 26 頁，商務印書館，1958。
〔註 31〕錢謙益：《錢注杜詩》，第 26 頁，上海古籍出版社，1958。

佼者。其七絕如雙峰對峙，二水分流，高踞有唐三百年詩壇，佔盡千古風流，使後人無出其右者。歷代學者品詩談藝，抉微探幽，對王、李或軒此輕彼，較其高下；或相提並論，譽其擅場。概而言之：推崇自然俊爽者，以太白爲上；喜愛含蓄深婉者，以王昌齡爲高。但縱觀前人之評論，雖不乏頗中肯綮之言，然隻言片語，缺乏系統之理性分析；今人亦鮮有將二人七言絕句作全面認眞之比較者。特撰此節，予以研討。

一

選材不同，是李白、王昌齡七言絕句不同的特點之一。

如同所有著名的文學家一樣，李白、王昌齡各有獨特的生活方式與審美情趣，諸如對描寫對象的選擇、對形象的捕捉以及生活感受的方式等，都有不同的特點。在對題材的選擇方面，二人尤有較大的區別。李白酷愛大自然風光，經常跋山涉水，尋幽探勝，所謂「一生好入名山遊」，中國的名山勝水，幾乎都留下了他的足跡。因此他對於祖國雄奇壯麗的河山、名勝古蹟、風物景緻，無不了然於胸。足跡所至，多紀之於詩。其七言絕句，也多以紀遊之作馳譽詩壇。他每逢勝景佳境，觸景生情，遂成驚風雨泣鬼神之詩篇。《峨嵋山月歌》、《望天門山》、《望廬山瀑布》、《望廬山五老峰》、《橫江詞》等紀遊詩，均爲一時之絕唱。譬如《望廬山瀑布》：

　　日照香爐生紫煙，遙看瀑布掛前川。

　　飛流直下三千尺，疑是銀河落九天。

詩人以奇特的想像與誇飾的筆調，寫出廬山瀑布凌空而下的壯闊景象，形象極爲鮮明生動，詩中貫注著雄奇奔放的氣勢。李白胸次宏闊，所遇景象非凡，所以筆底往往出現雄偉壯觀的景象。這種景象足以撞開讀者心靈的門窗而使人讚賞不已，拍案叫絕。

紀遊記貴融情於景，藉所遊地之風物特點，抒一時之情懷，所謂「作詩有情有景，情與景會，便是佳作。若情景相睽，勿作可也」。

〔註32〕李白寫七言絕句，往往不假思索，一揮而就。其妙處在於能抓住情與景會的契機，淋漓盡致地表露一時的興致與眞情，寫出情景交融的詩篇。其天眞逸趣非一般詩人所能企及。《望廬山五老峰》、《早發白帝城》等，都是這樣的詩篇。這類絕句想像奇特而自然，極度誇張而又合理，似乎是順手拈來，卻能恰切地表現詩人一時的情懷。

　　　九天秀色可攬結，吾將此地巢雲松。

　　　　　　　　　　　　　　　　　——《望廬山五老峰》

　　　此行不爲鱸魚鱠，自愛名山入剡中。

　　　　　　　　　　　　　　　　　——《秋下荊門》

詩人寫來是隨隨便便毫不費力的，他很輕鬆地把自己主觀的意想與客觀的景象極和諧地統一起來，使一刹那間的感情浪花得到淋漓盡致的表現，這一點是一般詩人絕難達到的。所謂「讀之眞有揮斥八極、凌屬九霄意」，〔註33〕「只眼前景，口頭語，而有弦外音，使人神遠」，〔註34〕這些評語都是比較切合李白七言絕句創作實際的，也說明李白詩藝術效果是極好的。李白有不少七言絕句，都是把排山倒海般的氣勢與行雲流水般的流暢結合起來，這種藝術特點用之於紀遊詩，表現祖國壯麗的河山與詩人開闊的胸襟，是非常協調的。李白是大家，以體裁說，他兼擅眾體，不特七絕爲工；從藝術風格講，既有雄奇奔放的陽剛之美，又有含蓄委婉的陰柔之美；從詩的分類說，樂府、古詩、詠懷、送行、留別、寄贈等，都不乏精絕之作。他不僅不是以全副精力進行七言絕句的創作，而且在七絕創作上也不大花氣力。這樣的小詩，才大如李白者，是用不著苦心構思與慘淡經營的。與李白相較，王昌齡雖則號稱「詩家夫子」，但就其創作成就而言，或可與王、孟、高、岑相埒，遠不能與李白比肩。他的七言絕句之所以名噪千古，就在於他是集中主要精力從事這一體裁創作的，從而取得了極高的藝術

〔註32〕郭紹虞：《清詩話續編》，第 144 頁，上海古籍出版社，1983。
〔註33〕胡應麟：《詩藪》，第 177 頁，上海古籍出版社，1979。
〔註34〕沈德潛：《唐詩別裁》，第 118 頁，商務印書館，1958。

成就。在他現存約一百八十首詩中，七言絕句幾乎佔全部創作的一半，優秀之作，多爲斯體。因此精思殫慮，慘淡經營，含詠咀味，佇興而發，成爲與李白七言絕句「爭勝毫釐」的「神品」。〔註35〕就題材而言，他的七言絕句歌詠範圍較爲廣泛，但其擅場並爲人所津津樂道的，則是邊塞詩與宮怨閨怨之類的作品。《出塞》、《閨怨》、《長信宮詞》等，都是傳誦千古的名篇。

> 閨中少婦不知愁，春日凝妝上翠樓。
>
> 忽見陌頭楊柳色，悔教夫婿覓封侯。

這首《閨怨》詩是寫上層婦女春日登樓時引起一剎那間感情的波動：剛一登上翠樓，無限美好的春色喚醒了她，引起對青春生活的珍惜，想起了往日夫妻團聚的歡樂，由此追悔不該鼓動丈夫「覓封侯」而遠走他方。此詩雖係寫他人之情懷，但感情是那麼眞實，那麼細膩，眞是「言情造極」，〔註36〕絲絲入扣，情調哀怨感人，有力地撥動讀者的心弦。

> 奉帚平明金殿開，且將團扇共徘徊。
>
> 玉顏不及寒鴉色，猶帶昭陽日影來。

這首《長信宮詞》詩描寫宮娥妃嬪精神生活的極端痛苦，深刻揭露封建帝王寵愛之不足恃，十分含蓄地表現了她們的怨恨心情。沈德潛評此詩云：「昭陽宮，趙昭儀所居，宮在東方。寒鴉帶東方日影而來，見己之不如鴉也。優柔婉麗，含蘊無窮，使人一唱而三嘆。」〔註37〕

王昌齡善於體察宮嬪怨婦之情，並以委婉含蓄的筆調把她們的感情表達出來。情緒是細微的，感情是深摯婉曲的，情調是清新的，既無軒然大波，更不會有捲江巨瀾。所謂「緒微而思清」的評語，〔註38〕是合乎實際的。

〔註35〕李永祥：《唐人萬首絕句選校注》，第 4 頁，齊魯書社，1995。
〔註36〕胡應麟：《詩藪》，第 119 頁，上海古籍出版社，1979。
〔註37〕沈德潛：《唐詩別裁》，第 116 頁，商務印書館，1958。
〔註38〕李雲逸：《王昌齡詩注》，第 194 頁，上海古籍出版社，1984。

　　總之，由於兩人的生活經歷不同，藝術情趣與愛好各異，因而選材的角度也不同。然而他們在創作上卻都能揚長避短，選擇能足以表達他們情意的題材，經過熔鑄剪裁，創造出很高的藝術境界。誠如胡應麟所說：「王宮詞樂府，李不能爲；李覽勝紀行，王不能作。」〔註39〕可謂一語中的，恰切地闡明了二人選材與擅長之所在。

二

　　運用不用的創作方法，使李白、王昌齡在七言絕句創作上，形成各自不同的特點。

　　李白是盛唐最典型的浪漫主義詩人，他的氣質是浪漫的，精神是昂揚的，感情是慷慨激越的，行爲是放蕩不羈的。如此等等，在他一貫的政治追求與平日行爲中，都表現得相當卓異特出。他平生懷著「濟蒼生，安社稷」的遠大抱負，經常以帝王師自居，時刻夢想著平步青雲，登上卿相的寶座；他藉隱逸、交遊提高聲譽，名動朝野，等待皇帝「赤車蜀道迎相如」；他遍干諸侯，平交王侯，既表現了對自己政治才能的高度自信，又表現出高傲的平民的與人平等的自豪感；平日遊仙、訪道、喝酒、狎妓，追求閑逸與享樂；他的情緒時而高昂，時而頹唐，倏忽變幻，頓時異常，這種獨特的表現，顯現著輝光四射的浪漫主義精神。他擅長運用浪漫主義藝術手法，表現一時的感觸與情緒。他善於抓住感觸情緒波動的一瞬間，捕捉一時的靈感，興之所至，揮翰立就，亮出靈魂的底蘊，寫出最眞實的感情，表現出鮮明的創作個性。李白寫七絕，並不需要長期醞釀，縝密的構思，也不在字句的錘煉與推敲上下大的功夫。因此，他的詩沒有苦吟的澀味，沒有爐錘的痕跡，韻味天然，飄灑渾成，有著「芙蓉出水」般的自然，有著淡妝西子的韻致。《贈汪倫》、《黃鶴樓送孟浩然之廣陵》、《聞王昌齡左遷龍標遙有此寄》、《與史郎中欽聽黃鶴樓上吹笛》、《陪族叔刑部侍郎

〔註39〕胡應麟：《詩藪》，第 119 頁，上海古籍出版社，1979。

曄及中書賈舍人至遊洞庭五首》等，都是這樣的短章妙品，這些詩均能以情會景，眞切地表現一時激動的心情，表現出朋友之間最誠摯的友誼。譬如《贈汪倫》一詩，即桃花潭水之深以喻汪倫友情之深，就近取譬，感情深摯，巧奪天工；《黃鶴樓送孟浩然之廣陵》一詩，寫詩人江邊佇立，凝神遠望，以見對朋友戀戀不捨之深厚友情，令人感動。「太白諸絕句，信口而成，所謂無意於工而無不工者」，〔註40〕道出了個中情景。他的七言絕句自然流走，脫口而出，信筆寫成。正因爲他的詩是從肺腑裏自然流出的，故能感人肺腑。

　　李白在運用浪漫主義創作方法時，善於突出自我形象。他固然善於寫景，然更善於抒情，在強烈的抒情氣氛中，寫出鮮明的自我形象。他不僅善於抓住客觀事物的特徵，用誇張的手法使其特點更突出、更典型，而且善於借景抒情，使詩人情緒得到痛快淋漓的發揮。在寫法上，多從自我入手，抒主觀之情，以豐富的想像與誇張的語言，表現極強烈的情感，使詩具有詞顯而情深的特點。

　　　　千巖烽火連滄海，兩岸旌旗繞碧山。

　　　　　　　　　　　　　　——《永王東巡歌》其六

　　　　兩岸猿聲啼不住，輕舟已過萬重山。

　　　　　　　　　　　　　　　　——《早發白帝城》

詩人情緒高昂，氣勢飛揚，行文若有神助，表現出最鮮明的浪漫主義特色。

　　由於詩人強烈的主觀情緒，他在描寫客觀景物時，也往往塗上一層濃郁的主觀色彩。譬如《陪族叔刑部侍郎曄及中書賈舍人至遊洞庭五首》之五：

　　　　　　淡掃明湖開玉鏡，丹青畫出是君山。

這無非是說湖明如鏡，君山如畫，然而他不用明喻而用借喻，因而顯得更直接、更眞實、更有感人的藝術力量，使洞庭湖蒙上一層極濃郁

〔註40〕胡應麟：《詩藪》，第117頁，上海古籍出版社，1979。

的詩情畫意。

又如《山中答俗人》：

> 桃花流水窅然去，別有天地非人間。

這雖係寫景，是寫似非人間遠離囂塵的仙境，但實則突出詩人對此種境界的主觀感受與眞切的生活體驗，表現了他衝破塵網、超脫凡俗的極爲灑脫的性格。

李白揮動他那「驚風雨」的詩筆任意揮灑，不拘形跡，所施無不可。他無意求工而詩自臻佳境，其原因就在於他的興致與客觀景物十分契合的緣故。他的詩的可貴之處就在於詩的意境描寫中，流注著最眞摯的感情，交融著坦露的個性與廣闊的胸懷，能引起讀者與詩人情緒的交流與共鳴。我們讀李白的七言絕句，自然而然地被他帶到他所描寫的詩的境界中，融化到他所描寫的景象中，實在是一種超脫凡俗的充分的藝術享受，以至達到忘我的地步。

王昌齡雖然也有少數浪漫主義作品，但他基本上是現實主義作家。他的七言絕句特別注重客觀情景的描寫，善於融情入景，用客觀景象把主觀感情嚴嚴實實地包藏隱蔽起來。他的情緒與感情在詩裏是絕不外露的。他注重爐錘之功而又不留錘煉之跡，意高境遠，渾然天成，這是他詩歌創作的最大特點。

王昌齡膾炙人口的七言絕句，有《出塞》等描寫邊塞戰士生活及其思想感情的，有《閨怨》、《宮怨》等描寫封建社會婦女不幸命運的，尤其在對宮廷婦女生活描寫上，是頗爲特出與精彩的。

> 昨夜風開露井桃，未央前殿月輪高。
> 平陽歌舞新承寵，簾外春寒賜錦袍。
>
> ——《春宮曲》

> 西宮夜靜百花香，欲捲珠簾春恨長。
> 斜抱雲和深見月，朦朧樹色隱昭陽。
>
> ——《西宮春怨》

兩首詩都是宮怨詩，前者寫他人之得寵，反襯自己失寵；後者寫失寵

後的怨恨情緒，見他人之得寵，則使這種怨恨情緒更爲強烈。詩寫得含蓄委婉，情致纏綿，極見藝術功力，因此受到古今評論家的交口稱讚。但他畢竟是代別人抒情，因此必須仔細地揣摩別人的心境，抒寫別人的情思，摸擬別人的口吻，並通過客觀的描寫把別人此時此地的眞實情感表現出來。雖極爐錘之工，詩的情境也極爲深婉，然讀起來感情難免有些隔膜，沒有直接抒發自己的感情那麼自然、眞實，易於感人。這猶如小說的第一人稱與第三人稱寫法之別。第一人稱的「我」，雖非作者，但給人第一印象是眞實的；用第三人稱，雖然很眞實，讀者終有疑竇，從藝術欣賞角度看，不免造成一些小小的距離。

王昌齡之詩，並不都是代他人抒情，也寫了一些直接抒情的七言絕句，但都含蓄蘊藉，沒有咄咄逼人的氣勢。譬如《別李浦之京》，情致倦倦，誠摯感人。思鄉之情，躍然紙上。

爲人盛讚的《芙蓉樓送辛漸》二首之一，是一首膾炙人口的短詩。

寒雨連江夜入吳，平明送客楚山孤。

洛陽親友如相問，一片冰心在玉壺。

此詩蓋爲王昌齡初到江寧貶所送友人辛漸赴洛陽時作。首句寫詩人赴江寧貶所時的情景，襯托自己極爲苦悶的心境：遭逢貶謫，途中寒雨連天，眞是「屋漏更兼連夜雨」，倒霉而又狼狽。次句適逢故友辛漸離吳赴洛陽，剛到貶所又去一知己。一個「孤」字，寫出自己極端孤獨而又索漠的心境。後兩句寫自己志行貞潔，是對「不矜細節」而引起的「謗議沸騰」的抗議。他將自己極其憤怒的心情遮蔽在層層帷幕的後面，使憤怒之情不露形色。

由於李白、王昌齡所用的創作方法不同，故其詩的表現手法也不同。譬如王昌齡的《出塞》與李白的《永王東巡歌》其二，表面極相似，但其著眼點不同，因而在反映現實上，仍有明顯的區別。

秦時明月漢時關，萬里長征人未還。

但使龍城飛將在，不教胡馬度陰山。

——王昌齡《出塞》

三川北虜亂如麻，四海南奔似永嘉。

但用東山謝安石，為君談笑靜胡沙。

——李白《永王東巡歌》其二

這兩首詩在形式、寫法、氣概上都極其相似，其實二者在創作方法上有著根本的區別：王昌齡《出塞》詩反映了現實的要求，希望有李廣那樣善於帶兵打仗的大將，早日戰敗胡虜，結束戰爭，反映了廣大人民特別是久戍未歸的士兵的情緒，因此有著深厚的現實基礎。李白《永王東巡歌》其二則以運籌帷幄坐定天下的賢相自期，有著更濃烈的主觀色彩。在誇張的抒情中，寫出了鮮明的自我形象。也可以說，李白詩中表現的自我形象，帶有普遍的典型意義，這種典型的自我形象是浪漫主義的典型；王昌齡在客觀描寫中，卻包含著一個執著的自我，這種自我形象，卻是現實主義的。他們兩人的詩，在表現主題的方法上，卻是迥然不同的。

總之，李白以浪漫主義的筆調，寫出鮮明的自我形象，反映了盛唐積極進取的知識份子的精神面貌，充溢著樂觀、自信、青春向上的盛唐氣象；王昌齡以細膩的現實主義筆觸，深刻地揭示了封建社會宮廷婦女的不幸命運與久戍邊疆的士兵的複雜心理。二人的七言絕句在藝術表現上異曲同工，各盡其妙。

三

李白、王昌齡的七言絕句，都具有獨特的藝術風格。李白觸景生情，即興而發，情景契合，風格俊爽明朗；王昌齡佇興而作，情意深藏，風格委婉含蓄。

先看李白的兩首思鄉之作：

蜀國曾聞子規鳥，宣城還見杜鵑花。

一叫一回腸一斷，三春三月憶三巴。

——《宣城見杜鵑花》

誰家玉笛暗飛聲？散入春風滿洛城。

此夜曲中聞折柳，何人不起故園情。

——《春夜洛城聞笛》

兩首詩都是觸物動情之作，抒寫遊子思鄉情緒。這樣的主題在古詩中是屢見不鮮的，而李白卻將這種常見的具有普遍意義的主題，寫得異常感人。白為蜀人，出川後一生再沒有回過故鄉。然而他對於哺育他的故鄉，感情是很深厚的。因此，他的思鄉情緒十分強烈。他在宣城看到杜鵑花而聯想到杜鵑鳥。杜鵑鳥蜀地特多，且流傳著種種美麗而又幽怨的傳說。他望著杜鵑花，似乎聽到故鄉那種令人腸斷的杜鵑聲，由此引起他對故鄉的深切憶念。《春夜洛城聞笛》，是他在洛陽偶然聽到有人吹奏抒別離之情的《折楊柳》曲，引起思鄉情緒。本來是自己聞笛音而生故園之情，但因為這種思鄉情緒太強烈了，所以推想旅人都有思鄉情緒。「何人不起」即「無人不起」，用反詰語加以強調，突出了思鄉感情。這兩首詩風格曉暢，感情深摯，有一唱三嘆之妙。

李白這類詩歌，如一眼清澈透底的泉水，清淺可愛，雖然一望透底，但又非一覽無餘，在清澈的詩句裏，似乎隱藏著什麼迷人的誘人玩味、耐人思索、值得探尋的東西。它雖然明明白白，沒有隱晦的詩句，但卻藏鋒不露。由於詩人喜歡用誇張的語言，把一時十分激動的不易形諸筆墨的心情，痛快地淋漓盡致地表現出來，先聲奪人，因而具有很強的藝術效果。

李白能以明白曉暢的語言，寫出具有濃郁的詩情畫意的絕句，引起讀者聯想與想像。譬如：

天門中斷楚江開，碧水東流至此回。
兩岸青山相對出，孤帆一片日邊來。

——《望天門山》

五陵少年金市東，銀鞍白馬渡春風。
落花踏盡遊何處，笑入吳姬酒肆中。

——《少年行》

這些詩用了白描語言，勾勒出一幅幅鮮明生動的圖畫。風格俊爽，韻

味深長，令人百讀而不厭。

王昌齡的七言絕句，其風格含蓄深婉，意在言外。讀他的詩，必須揭開層層遮罩的薄紗，才能找到詩的真正的意蘊。

如前所述，王昌齡七言絕句往往代人抒情，他以含蓄委婉的筆觸，展示主人公的內心世界，細緻入微地刻畫他們的思想感情。在《從軍行》與《出塞》這兩組著名的七言絕句中，他精心選擇最有典型意義的畫面，從各個側面生動地刻畫戰士複雜的心理狀態。與敵人激戰時他們勇往直前，與敵拼搏，精神昂揚，樂觀自信，充滿了愛國主義豪情。

> 青海長雲暗雪山，孤城遙望玉門關。
>
> 黃沙百戰穿金甲，不破樓蘭終不還。
>
> 大漠風塵日色昏，紅旗半捲出轅門。
>
> 前軍夜戰洮河北，已報生擒吐谷渾。

這兩首《從軍行》詩雄渾豪壯，寫出了戰士的英雄氣概。當他寫征戍者的離恨別情時，則以柔婉的筆姿，通過風景的襯托，極力渲染那種哀怨的情緒，寫出纏綿悱惻委婉動人的詩篇。

> 烽火城西百尺樓，黃昏獨坐海風秋。
>
> 更吹羌笛關山月，無奈金閨萬里愁。
>
> 琵琶起舞換新聲，總是關山離別情。
>
> 撩亂邊愁聽不盡，高高秋月照長城。

這兩首《從軍行》寫戰士久戍思家的情緒。它既然不是直接抒發自己的情感，就不能信手拈來，寫自己一時的感觸，而要仔細觀察體驗久戍邊疆的戰士生活，了解他們的思想情感，然後通過生活畫面的描寫，著力表現人物的內心世界，抒寫他們喜怒哀樂的心情，同時也表露詩人對他們的態度。詩人不論是表現抒寫對象的心情，還是表現自己的感情，都是通過畫面的描寫完成的，因此在詩的藝術風格上必然是含蓄委婉的。閱讀與欣賞這類詩歌，不能僅憑直接感受，而要分析

詩裏描寫的情景，仔細地揣摩和尋繹詩人的感情意向，反覆地咀嚼和品味，才能真正體會詩的意蘊。

總之，李白多用直接抒情之筆，當其景與情會時，率爾操觚，寫出神采飛揚的七言絕句。王昌齡重視對客觀現實的描寫，他的七言絕句通過精雕細刻，慘淡經營，寫出渾厚完美的藝術境界。

四

縱觀中外文學史，一個時代有一個時代的文學思潮與風尚，而名家必然開風氣之先，也一定影響於後代。李白、王昌齡七言絕句的創作亦然。李白是盛唐七言絕句主氣派的最傑出的代表；王昌齡七言絕句主意，重視意格的錘煉，已開中晚唐七言絕句主意派的先河。王世貞云：

> 七言絕句，盛唐主氣，氣完而意不盡工；中晚唐主意，
> 意工而氣不甚完。然各有至者，未可以時代優劣也。〔註41〕

誠如王漁洋所說：「此論甚確。」〔註42〕然對於每一個作家，尤其是文壇舉足輕重的名家，往往不是文學總的思潮與風尚所能範圍的。有些作家，可能軼出當代文學思潮與風尚之外，另闢蹊徑，獨樹一幟，同時對後代文學思潮的形成起推波助瀾之作用。李白七言絕句，氣度恢弘，詞氣飛揚，語調流暢，落筆如天馬行空，具有極活潑的創造力與鮮明的藝術個性，這是盛唐氣象在七言絕句中的典型表現。與李白相較，王昌齡的七言絕句，更注意意格的完美，字鍛句煉，語氣委婉，詞意蘊藉而含蓄，詩味雋永而深厚。他雖不及李白天才縱恣，卻以工力深厚見長，遂開中晚唐七言絕句主意的風尚，所謂「王龍標七絕，如八股之王濟之也。起承轉合之法，自此而定，是為唐體，後人無不宗之」，〔註43〕「晚唐七言絕句妙處，每不減王龍標。然龍標之妙在

〔註41〕丁福保：《歷代詩話續編》，第 1007 頁，中華書局，1983。
〔註42〕李永祥：《唐人萬首絕句選校注》，第 4 頁，齊魯書社，1995。
〔註43〕李雲逸：《王昌齡詩注》，第 205 頁，上海古籍出版社，1984。

渾，而晚唐之妙在露，以此不逮」。〔註44〕前哲之論，已透出個中情景。

　　藝術上的優點往往同缺點相伴而生，具有無限藝術創造力的作品，必定有著某些小小的瑕疵。金無足赤，人無完人，我們也不必爲賢者諱。胡應麟說：「李詞氣飛揚，不若王之自在。然照乘之珠，不以光芒殺直。王句格舒緩，不若李之自然。然連城之璧，不以追琢減稱。」又云：「然李詞或太露，王語或過流，亦不得護其短也。」〔註45〕胡氏之言，是符合兩人七言絕句創作實際的。

第四節　李杜詩反映現實之不同方式

　　李白、杜甫以其不同的立場、創作方法以及個人得心應手的寫作技巧，譜寫了光照千秋永垂史冊的偉大篇章。其詩都異常深刻地反映了盛唐現實，因而成爲時代的無比眞實生動的歷史畫卷，不愧爲一代光輝的詩史。然自晚唐以來，譽杜詩爲詩史，已成爲不易之論；而對李白詩歌反映現實之深刻程度則估計不足，不特不以詩史論列，反而受到許多不應有的誤解與責難。所謂：「白之詩，多在於風月草木之間，神仙虛無之說，亦何補於教化哉？」「李太白當王室多難海宇橫潰之日，作爲歌詩，不過豪俠使氣，狂醉於花月之間耳。社稷蒼生，曾不繫其心膂。」〔註46〕「然其識污下，十句九句言婦人酒耳。」〔註47〕如此等等，刺刺不休。直至今日，學者對他大力讚揚的多是理想的追求與對封建統治階級的藐視，而對李詩反映現實之認識與評價，則仍有很大的保留。究其原因，主要是因爲長期以來人們對於這位「謫仙」不執著世情形成的偏見，以及對於浪漫主義詩人反映現實生活之深刻程度估計不足。其實，李杜雖則用了

〔註44〕郭紹虞：《清詩話續編》，第 173 頁，上海古籍出版社，1983。
〔註45〕《詩藪》，第 118 頁，上海古籍出版社，1979。
〔註46〕瞿蛻園等：《李白集校注》，第 1866 頁，上海古籍出版社，1980。
〔註47〕瞿蛻園等：《李白集校注》，第 1866 頁，上海古籍出版社，1980。

不同的創作方法，然卻殊途同歸，都以犀利的筆觸，干預現實生活，深刻地揭露社會弊端，抒發自己心中的憤懣與不平，他們的詩歌，都跳動著時代的脈搏，堪稱爲一代詩史。故其詩在反映現實方面，都應給予充分的估計與高度的評價，似不應有所軒輊或抑此揚彼。

一

　　衡量一個作家的藝術成就，首先要看他在自己作品中反映生活的廣度與深度，看其作品對讀者思想啓迪的多寡與藝術享受的豐厚與否。這就要求作家站在時代的前列，用他的創作勇敢地干預生活，尖銳地揭露現實中存在的嚴重問題，喚起讀者的密切注意。李白獨特的傳奇式的生活經歷，加上思想異常敏銳活躍與感情的無比豐富，決定了他的詩歌反映現實的奇特豐富而多彩。

　　李白以一個布衣受到唐玄宗的徵召，做了翰林供奉。於是「王公大人借顏色，金璋紫綬來相趨」(《駕去溫泉宮後贈楊山人》)。長安三年，他與掌握國家政權的核心人物多有接觸；他一生又在長期漫遊中，頗爲頻繁地干謁地方官員，不止一次地做過州縣衙門的座上客，有如此豐富的生活經歷與廣泛的交遊，又帶著挑剔的異常銳敏的目光審視著現實，對上自皇帝宰輔，下至地方官吏，都有著頗爲深入的體察與研究，因此對他們本質的認識與精神狀態的體察比較深入。另一方面，他又終身布衣，未能干預國家的政治。作爲國家政權的旁觀者，並以詩人特有的犀利目光，密切注意著現實中發生的一切。因此他能站在較高的位置，居高臨下，高屋建瓴，鳥瞰式地觀察大唐帝國的前途命運，十分警覺地審視著國家機器運轉中的諸多問題。又因爲他受了道家思想的深刻影響，對權貴以至皇權的藐視，這就形成了他對最高統治階級有相當大的離心力，甚至產生某種程度的對立立場。「揄揚九重萬乘主，浪謔赤墀青瑣賢」(《玉壺吟》)；「安能低眉折腰事權貴，使我不得開心顏」(《夢遊天姥吟留別》)；「人生在世不稱意，明朝散髮弄扁舟」(《宣州謝朓樓餞別校書叔云》)，從這些詩中，可以看

以及佞幸之輩的諷刺描寫中，我們可以清楚地看出，大唐帝國中樞神經已經十分腐朽了，這預示著唐王朝由盛而衰的轉變。詩人還不遺餘力地對奸佞當道、賢哲受阻的現實作了無情的揭露與批判。「直木忌先伐，芳蘭哀自焚」(《古風》其二十六)；「浮雲蔽紫闥，白日難回光。群沙穢明珠，眾草凌孤芳」(《古風》其二十七)；「白日掩徂暉，浮雲無定端。梧桐巢燕雀，枳棘棲鴛鸞」(《古風》其三十九)，「直木」、「芳蘭」、「明珠」、「孤芳」、「鴛鸞」，在這隱含詩人影子的形象裏，對現實生活作了更為深廣的概括；「直木」、「芳蘭」等的不幸遭遇，深切反映了奸佞當道、忠直之士不見容於朝的黑暗現實。李白任翰林供奉不到三年，就被逐出長安。此後雖長期在野，然對國事卻十分關切，對國家大局，多有敏察，並在詩中得到較多較好的反映。天寶末年，他曾北遊幽州，目睹安史準備叛亂的景像：「十月到幽州，戈鋋若羅星。君王棄北海，掃地借長鯨。呼吸走百川，燕然可摧傾。心知不得語，卻欲棲蓬瀛。」(《經亂離後天恩流夜郎憶舊書懷贈江夏韋太守良宰》)這是詩人憶及天寶十二載遊幽州時看到安祿山將叛亂時的情景，表現了詩人對國家時局的關注以及欲語而又怕罹禍的矛盾心情。因為安受到唐玄宗的寵信，宰相楊國忠數言之，不僅未引起唐玄宗的警惕，反而對安祿山寵信有加，詩人李白身微言輕，豈敢輕易言之？由於他對現實的觀察，尤其是對最高統治集團的透視，因此非常敏銳地看到大唐帝國由盛而衰的歷史命運：「歌鐘樂未休，榮去老還逼。圓光過滿缺，太陽移中昃。不散東海金，何爭西輝匿？無作牛山悲，惻愴淚沾臆。」(《君子有所思行》)他看到了大唐帝國面臨中衰的命運，並及時對統治者提出了尖銳的警告！類似這樣的詩篇，在李白詩歌中，每每出現。譬如《遠別離》云：「或云堯幽囚，舜野死。九疑聯綿皆相似，重瞳孤墳竟何是？」藉《竹書紀年》所載：「昔堯德衰，為舜所囚也」，「舜囚堯，復偃塞丹朱，使不與父相見也」，反映了唐王朝爭奪皇權鬥爭的激劇；《蜀道難》云：「劍閣崢嶸而崔嵬，一夫當關，萬夫莫開。所守或匪親，化為狼與豺。朝避猛虎，夕避長蛇，磨

牙吮血，殺人如麻。」借蜀道劍門之險，抒發了詩人對中央政權衰微、軍閥憑險割據的隱憂。凡此種種，都足以證明李白確能睹禍亂於未萌。以天寶年間玄宗大權旁落，李林甫、楊國忠相繼專權，以及後來安史叛亂與中唐藩鎮割據的事實，都足以說明李白的明察與預見。總之，李白詩歌反映現實的特點是宏觀的、鳥瞰式的，他能較明確地把握歷史發展的趨勢與動向，揭露上層統治階級之間的種種矛盾以及腐敗情景，比較充分地展示了大唐帝國盛裝掩蓋下的種種危機。

　　杜甫雖然曾經「涕淚授拾遺」，一度接近皇帝，並頗能干預政事；然卻是受任於戰亂之際，且任職時間極短，並為疏救房琯幾乎授首。而在長安十年，他四處干揭求仕，幾乎都是在「朝扣富兒門，暮隨肥馬塵」（《奉贈韋左丞丈二十二韻》）的恥辱中度過的，以後則作小官，奔走於戰亂之中，親自經歷了動亂的現實。離開長安以後，則偏居西南一隅，遠離當時的政治中心長安。所謂「子美以疏逖小臣、旋起旋躓，間關寇亂，漂泊遠遊，至於負薪拾梠，餔糒不給」，〔註 50〕是其一生經歷的概括。因此，與李白相比，他與國家上層人物接觸不多，又受儒家忠君思想的影響較深，對皇權多所回護。所謂「致君堯舜上，再使風俗淳」（《奉贈韋左丞丈二十二韻》）；「生逢堯舜君，不忍便永訣」（《自京赴奉先縣詠懷五百字》）；「不聞夏殷衰，中自誅褒妲」（《北征》）。他既未能高瞻遠矚，鳥瞰當時大唐之全局，又對封建統治者本質缺乏較清醒的認識，對國家之政局，未能了然於胸。雖然他根據自己所見所聞所感，寫了大量的深刻反映現實生活之詩篇，從中可以看出大唐帝國基層官吏的腐敗以及在統治階級盤剝下農民生活的種種苦況，寫出了較好的詩史式的作品，但由於個人經歷的局限，詩中反映的大都是國家一枝一節的局部問題，未能如李白之登高望遠，俯瞰全局。雖然如此，但由於他對生活感受的異常深刻以及他對現實主義創作方法的熟練掌握，因而能夠深刻而典型地反映現實生活。雖然在

〔註 50〕弘曆：《御選唐宋詩醇》卷三九，上海鴻文書局石印，光緒乙未年。

反映現實上是微觀的，然一滴水卻能夠反映大千世界，更有著震撼人心的藝術力量。譬如《自京赴奉先縣詠懷五百字》，詩人雖然寫他長安赴奉先探親沿途所見以及回家後的不幸遭遇，卻深刻反映了安史之亂前夕大唐帝國存在著尖銳複雜的社會矛盾，揭露了「朱門酒肉臭，路有凍死骨」這種階級尖銳對立的嚴峻現實。當詩人回家後，遇豐年而小兒餓死，身遭如此不幸，反倒憐憫「失業徒」與「遠戍卒」，並發出浩莽無際的愁思，表現出詩人高尚的人道主義胸懷。詩裏有一種亂世行將到來的濃烈氣氛，有一種禍亂將臨的強烈預感。又如《月夜》，雖然只寫了詩人對妻子兒女的思念情緒，卻也可見安史之亂給千家萬戶帶來的生離死別之痛。由於詩人對現實之高度敏察以及詩中蘊藏著極深厚的感情，故不特有感人的藝術力量，且深切地反映了現實生活，對認識現實頗有啓示。有些詩，雖然反映的並非重大社會問題，但由於詩人感受的深切，加上對現實的深刻認識與體驗，仍有很高的審美價值與認識價值。譬如《遭田夫泥飲美嚴中丞》，寫自己應田夫之邀喝酒，田夫款留並瑣談家常，卻能做到「聲音笑貌，彷彿盡之」，給人以極深切的印象。郝敬云：「此詩情景意象，妙解入神。口所不能傳者，宛轉筆端，如虛谷答響，字字停勻。野老留客，與田家樸直之致，無不生活。昔人稱其爲詩史，正使班馬記事，未必如此親切。千百世下，談者無不絕倒。」〔註51〕總之，深刻的現實主義描寫，使杜詩取得了很高的藝術成就，絲毫不愧於「詩史」的稱號。

由於李、杜觀察生活之角度與生活的體驗有別，因此對同一題材的處理與藝術效果均有不同。同樣寫安史之亂，李白往往從大處著墨，高屋建瓴，令人看到整個戰局。「中原走豺狼，烈火焚宗廟。……王城皆蕩覆，世路成奔峭。……蒼生疑落葉，白骨空相吊。」（《經亂後將避地剡中留贈崔宣城》）；「俯視洛陽川，茫茫走胡兵。流血塗野草，豺狼盡冠纓。」（《古風》其十九）；「洛陽三月飛胡沙，白骨相撐

〔註51〕均見仇兆鰲：《杜詩詳注》，第 892 頁，中華書局，1979。

如亂麻」(《扶風豪士歌》)，寫安史叛軍的殘暴以及猖獗之勢，寫人民遭受的戰爭苦難，寫大唐帝國在戰爭初期的被動局面，都了了在目。杜甫則從小處著筆，以小見大。「群胡歸來血洗箭，仍唱胡歌飲都市」(《悲陳陶》)；「昨夜東風吹血腥，東來橐駝滿舊都」(《哀王孫》)。前者通過一枝枝沾滿鮮血的箭，反映了國家人民蒙受的深重的災難，後者通過風中的血腥味，寫安史叛軍的無比殘暴。由此可以看出：李詩善於總攬全局，杜詩則擅長描寫典型的事物並深刻地揭示本質。但應特別指出：李白主要著力於宏觀的反映，但也不排除在他的詩中有極精細的描寫。譬如《古風》其八對外戚得勢的描寫，《古風》其二十四對於中貴的揭露等，都是體察入微並能深刻地反映現實的。而杜甫雖然多精細的微觀描寫，但也有總局的觀察與概括描寫，譬如《春望》前四句，可見安史之亂前期唐帝國的形勢。因此，我們所說微觀與宏觀的反映，只就李、杜觀察現實的主要特點與傾向而言，並非細大不捐地全部概括。總之，不論杜甫微觀觀察還是李白的宏觀概括，其詩都深刻地表現了大唐帝國由盛轉衰的契機，成為概括一代現實生活的偉大詩史。

二

　　不同流派的詩人，在反映現實生活時，往往採用不同的創作方法，寫出風格迥異的詩篇。因此，當我們研究一個詩人創作時，一定要緊緊把握其創作的個性特徵，做出切合詩人創作實際的分析與評價。切忌用同一把尺子，衡量具有不同品格與特性的詩人。李白、杜甫在反映現實生活上各有鮮明的個性特徵，對其創作特點與個性特徵的了解與把握，是準確評價二人詩歌的前提。

　　杜甫是我國偉大的現實主義詩人，他以現實主義的創作方法，寫出了許多被譽為詩史的傑出詩篇，表現了安史之亂及亂後十數年的現實生活，展示了波瀾壯闊而又異常真實的歷史畫卷。現實主義最基本的特點是按照事物的本來面目反映現實生活，它通過真實的情節與細

節的生動描寫，展現了歷史的眞實畫卷，反映了時代的風貌。因此，它對反映生活的客觀性與眞實性要求是很高很嚴的，不容許有不眞實的細節與虛假感情的存在。杜甫的許多優秀詩篇，都是嚴格的現實主義的，他通過敍事與細節的眞實描寫，力圖像鏡子般地反映現實生活的眞實面貌。特別是被元稹極力讚揚的那些「即事名篇」的樂府詩，是以卓越的現實主義創作才能，用了簡潔的敍事筆法，具體地描寫了事件發生發展的經過，寫出特定的事件與人物，並明朗地表示了自己對現實的態度，成爲中國文學史上不朽的名篇。因爲詩人以深厚的感情與嚴肅的態度，寫出了高度眞實的詩篇，故爲文學史家所稱道，被譽爲一代詩史。如「三吏」、「三別」、《兵車行》、《麗人行》、《悲陳陶》等，詩人都以深沉的感情，精細的觀察，寫出了自己所見所聞所感，又寓愛憎褒貶之情於其中。王嗣奭評「三吏」（除《潼關吏》）、「三別」時說：「此五首非親見不能作。他人雖親見亦不能作。公以事至東都，目擊成詩，若有神使之，遂下千秋之淚。」〔註 52〕又云：「一一刻劃宛然，同工異曲，隨物賦形，眞造化手也。」〔註 53〕其詩之所以能「刻劃宛然」，就因爲他是根據所見所歷，「隨物賦形」，「目擊成詩」。「隨物賦形」、「目擊成詩」，是杜詩現實主義創作的重要標誌，也是杜詩能成爲一代詩史的主要原因。

　　議論、抒情、敍事三者的緊密結合，與細節的眞實生動的描寫，是杜甫敍事詩重要的藝術特點，也是詩史具有感人的藝術力量的原因。《北征》、《自京赴奉先縣詠懷五百字》、《羌村三首》等，都具有這樣的特點。譬如《北征》既抒發了「乾坤含瘡痍，憂虞何時畢」的沉鬱感情，寫出了詩人對苦難現實的深切憂慮，又寫了「陰風西北來，慘澹隨回鶻。其王願助順，其俗善馳突」，表現了自己對借兵回紇的意見，藉以引起皇帝的警惕。同時還寫了「園陵固有神，掃灑數不缺」，

〔註 52〕王嗣奭：《杜臆》，第 83 頁，上海古籍出版社，1983。
〔註 53〕仇兆鰲：《杜詩詳注》，第 892 頁，中華書局，1979。按，王嗣奭此條評語，今本《杜臆》失收。

反映了廣大人民的愛國情緒，因此得出了「煌煌太宗業，樹立甚宏達」
的結論。中間則以大段真實生動的細節描寫，表現了戰亂年代人民生
活的苦況：「平生所嬌兒，顏色白勝雪。見耶背面啼，垢膩腳不襪。
床前兩小女，補綻才過膝。海圖坼波濤，舊繡移曲折。天吳及紫鳳，
顛倒在短褐。」寫出了自己兒女衣服補綻百結、食難飽腹的真實情景。
所謂「道途感觸，抵家悲喜，瑣瑣細細，靡不具陳，極窮困之情，絕
不衰餒」。〔註 54〕總之，他在詩中，通過敘事、議論、抒情，精煉而
又詳盡地敘述了事情的經過原委，抒發了自己深沉的感情，表示了自
己對現實問題的卓見，又以生動真實的細節描寫，使聲音笑貌、喜怒
哀樂之情，躍然紙上。

　　李白是我國典型的浪漫主義詩人，與現實主義相比，浪漫主義則
更強調感情的真實，更富於主觀色彩。它往往用豐富奇特的想像，異
常大膽的誇張，表現了詩人強烈的主觀感情。因此詩中孕含著濃烈的
主觀情緒，感情的急劇的起伏跳躍，意象的飛馳，顯示出光怪陸離、
瑰奇多姿的畫面。它不像平面鏡映照的現實事物那樣客觀、真實，毫
不走樣，而是像多棱鏡映照的變形的生活畫面：既有聚光的特寫鏡
頭，也有散光的變形的等等，光怪陸離，奇形怪狀，錯雜紛出，出現
非現實的、超乎尋常的或非常人能夠理解的畫面。這些畫面，雖然不
是現實的影像，然也絕非純乎超現實的，它的確是現實生活的映照與
折射，是對現實生活多角度多側面的反映，能夠更強烈更真實地反映
現實。如果我們不只是習慣欣賞平面的畫面，不拘泥於一枝一節的真
實，而又能對浪漫主義創作認真地把捉玩味，則不難窺破在這光怪陸
離的畫面背後所掩蓋的真實情景。《遠別離》、《玉壺吟》、《梁甫吟》、
《梁園吟》、《贈何七判官昌浩》、《宣州謝朓樓餞別校書叔云》、《答王
十二寒夜獨酌有懷》等，都是感情強烈、主觀色彩異常濃郁的詩篇。
詩人通過感情的抒發，寫出了鮮明的自我形象，深刻地反映了現實生

〔註 54〕陳伯海：《唐詩匯評》，第 957 頁，浙江教育出版社，1995。

活。譬如《答王十二寒夜獨酌有懷》，詩人以無比憤怒的感情，抒發
了對黑暗現實強烈的不滿情緒。由於感情的過於激動，以致「造語敘
事，錯亂顛倒，絕無倫次」。〔註55〕詩人如關在鐵籠子裏的一匹雄獅，
他焦灼、憤怒，企圖撞破這異常堅牢的鐵籠回到山林，從詩人無比焦
灼的神態和強烈的憤怒情緒中，我們不難窺破當時無比黑暗的現實景
況。詩人在這一首詩中，並沒有全面具體地展示廣闊的社會生活畫
面，而是在抒寫憤激之情的時候，透露出生活畫面的點點滴滴，如正
直之士不容於社會，李邕、裴敦復的無辜被害；宵小的得志與猖獗，
鬥雞之徒氣焰薰天；武人的驕縱恣肆，哥舒翰之流以數萬人生靈為賭
注以邀功。如此正氣不張，奸邪當道，誤國害民之輩橫行，詩人拍案
而起，對此作了憤怒的申斥。雖然詩人是抒情的而非敘事的，詩中出
現的是詩人感情與現實碰撞的激情火花，而非敘事的完整畫面，如果
讀者能夠發揮欣賞再創造，把詩中揭露抨擊的光點連綴起來，就能構
成一幅光怪陸離的畫面，出現壯偉的奇觀，從而窺視詩人表現的社會
現實。由於詩人對黑暗現實的某些部分作了鞭闢入裏淋漓盡致的揭露
與描繪，因此對黑暗現實的某些部分看得更清晰、更透徹，這猶如在
顯微鏡下的微生物，因其放大而細部歷歷可見。

綜上所論，可以簡括地說：杜甫詩是通過敘事的筆法，以情節與
細節組成了現實生活的宏偉畫面。「可以為史，可以為疏，其言時事
最為悚切，不愧古詩人之意，蓋亦詩之僅有者也。」〔註56〕因此他真
實而深刻地反映了現實生活，繪出了更生動感人更為雄偉壯麗的歷史
畫卷。李白詩通過抒情的筆法，展現在讀者面前的是一幅幅頗為奇特
壯觀的寫意畫。「以氣為興，以神為馬，以高遠自然為極。」〔註57〕
是以情感的真實為極則而不受客觀現實約束的畫面：感情跳躍，意象

〔註55〕楊齊賢、蕭士贇：《分類補注李太白詩》，第 276 頁，上海商務印書
館四部叢刊初編縮印本。
〔註56〕張振鏞：《中國文學史分論》，第71頁，商務印書館，1934。
〔註57〕張振鏞：《中國文學史分論》，第71頁，商務印書館，1934。

飛馳，造境奇特，銜接突兀，處處以主觀的塗染而非客觀的寫實，但他對現實的描繪卻更爲眞實與深刻。故文學史家認爲：「李白他是想以自身奇特的幻想，來包容整個世界……可以說，他是一個從『無』中產生『有』的詩人，與此相反的杜甫，則一般是從對確實的存在的觀察出發，是從『有』中產生更高的『有』的詩人。」〔註58〕這一段話足以概括李、杜二人運用不同的創作方法，在反映現實生活方面所表現的不同藝術特點。因爲杜甫的詩歌創作是以現實生活爲基點，是從對客觀的現實的觀察出發，「是從『有』中產生更高的『有』」，其詩歌是源於現實而又高於現實的，故其詩史特點，一目瞭然，容易爲人所接受。李白詩歌是以主觀想像的豐富見長，「想以自己奇特的幻想來包容整個世界……是從『無』中產生『有』的詩人」。因此詩中充滿了主觀性與虛幻性，這與以眞實爲基點的歷史似乎是大相徑庭的，因此「詩史」之譽，不易爲人所接受。其實他詩中的幻想，詩中所寫的「無」，都是以堅實的現實生活爲前提的，是更本質的更高層次的眞實。所以李白筆下的詩史更富於詩的特點，是詩化了的現實。他以爛漫天眞的詩筆，更典型更深刻地反映了現實生活。

三

如上所述，由於李、杜觀察生活角度與運用創作方法的不同，所以他們在反映現實生活方面，顯出各自不同的特點。

首先，李、杜由於個人經歷、生活態度、個性特徵有著很大的差異，因而在反映現實生活方面，表現出不同的創作特色。

杜甫一生受儒家民本思想的影響很深，又長期生活在社會基層，他對封建社會底層生活有著相當的熟悉與了解，關心民瘼而又憂慮社稷。時刻關注著國家的前途與命運。經常執著於現實生活，使他皺著眉頭看現實中發生的事事物物。或者可以說，苦難的現實逼著他皺起

〔註58〕〔日〕吉川吉次郎：《中國詩史》，第 212 頁，安徽文藝出版社，1986。

眉頭，使他筆底波瀾中顯現出憂鬱的特色。他以沉鬱蒼涼的筆調，抒寫了對國計民生的重重憂慮。詩人對國計民生的憂慮，時刻縈懷，這種心情，就是在登塔遊覽時也難幸免。他在《同諸公登慈恩寺塔》中寫道：「自非曠士懷，登茲翻百憂。……秦山忽破碎，涇渭不可求。俯視但一氣，焉能辨皇州？回首叫虞舜，蒼梧雲正愁。惜哉瑤池飲，日晏崑崙丘。」此詩爲天寶十一載所作，詩人有很深的感慨。他採用比興與象徵的手法，把對社會現實的感觸與諷刺融化在景物的描寫裏。「秦山」兩句，既是寫登塔所見的景物，又非僅僅是單純的寫景。而是在寫景中，蘊含了社會內容與色彩，以景物的模糊，寫時局昏暗，情寓景中。「回首」四句，詩人對現實深致感慨，並對唐玄宗作了尖銳的諷刺。《自京赴奉先縣詠懷五百字》、《北征》、《登高》、《諸將》、《秋興八首》等沉鬱蒼涼，蘊含著強烈的憂國憂民的情緒。

李白主要生活在開元天寶年間，又受道家、縱橫家等各種思想的影響，他樂觀、豪放、自信，帶著笑臉看生活。對於不順心的事，不是自認倒霉，灰心喪氣，而是寄希望於未來。「長風破浪會有時，直掛雲帆濟蒼海。」（《行路難》）「風雲感會起屠釣，大人蜿蚓當安之。」（《梁甫吟》）這種希望雖然是渺茫的，自信樂觀是近乎盲目的，然卻是他碰壁之餘的精神支柱，鼓舞他對理想的執著的追求，同時也使他寫出許多情調飄逸的詩篇。所謂「李青蓮是快活人，當其得意，斗酒百篇，無一語一字不是高華氣象」，〔註 59〕他筆下的形象往往有著自由、閑逸、飄灑的神姿與風韻。《贈孟浩然》、《古風》其十九，都是具有飄逸風格的詩篇。

杜甫皺著眉頭觀察生活，在他的詩中更多反映了現實生活的淒苦與人民的苦難；李白含著微笑看生活，因此他的詩在揭露和鞭撻腐朽勢力的同時，顯出若干亮色。因此，他們在反映現實生活上，表現出各自不同的風格和藝術特長，誠如嚴羽所云：「子美不能爲太白之飄

〔註 59〕瞿蛻園等：《李白集校注》，第 1872 頁，上海古籍出版社，1980。

逸，太白不能爲子美之沉鬱，太白《夢遊天姥吟》、《遠別離》等，子美不能道；子美《北征》、《兵車行》、《垂老別》等，太白不能作。」〔註60〕

其次，李白詩大都是抒情的，他主要是通過詩人主觀形象的抒寫反映現實的。出現在李白詩中的畫面，不是客觀生活直接的再現，而是詩人主觀情緒、感情的激波蕩漾，是現實生活的折射或曲折反映。由於詩人在寫詩時情緒的過分激動或憤激，感情往往是強烈的迸發的，因此詩的意象是激劇跳躍的。詩人時或在抒情過程，寫了現實中某些典型事物，然它並非詩人重點描寫的對象，而僅僅只是詩人情緒的爆發點或加油站，起著催化詩人感情的作用。《宣州謝朓樓餞別校書叔云》、《贈何七判官昌浩》、《玉壺吟》等，都具有這種特色。譬如《宣州謝朓樓餞別校書叔云》，作爲「餞別」詩，就沒有直接寫到「餞別」的意思，只是一味寫自己忽喜忽悲的情緒，實則以喜襯悲，寫自己懷才不遇的牢愁。其中雖點到時地景物事件，而都是爲詩人抒發感情服務的。「長風萬里送秋雁，對此可以酣高樓」，只是爲寫詩人今日之憂煩情緒；「蓬萊文章建安骨，中間小謝又清發」，也只是寫二人懷才不遇，發抒不得志的牢愁而已。總之，詩人反映客觀現實，主要是通過抒情方式而非敘事手段，是對現實的曲折反映而非直接的展示。因此，它反映出的現實生活是隱約、含蓄、朦朧的，故往往被粗心的讀者所忽略。然而，他這類詩，因其感情的充沛，有著更強烈的感人的藝術力量。

與李白相較，杜甫的重要詩篇多是敘事的，它通過客觀的敘事與描寫，形成完整的畫面。雖然詩人在寫詩時並不排斥抒情，而且在以敘事爲主的詩中，甚或有著十分濃郁的抒情味，然它畢竟以首尾完整的敘事爲主，在詩中把事情的原委交待得清清楚楚，讀其詩並不感到有感情突兀或銜接不緊之處。而其抒情或在敘事完畢之後，或將豐富

〔註60〕瞿蛻園等：《李白集校注》，第 1865 頁，上海古籍出版社，1980。

的感情全部滲透在敘事之中。因此，它對現實的反映是直接展示，而抒情的成分則使被反映客觀現實更富於傾向性與感情色彩，更有感人的藝術力量。《茅屋為秋風所破歌》、《麗人行》、《悲陳陶》、《贈衛八處士》等等，無不是以敘事為主的。譬如《贈衛八處士》，寫滄海桑田、別易會難之感，全詩充滿了詠嘆抒情的味道，然畢竟以敘事為主，在敘事中抒情和詠嘆，而非相反。總之，杜甫對生活的反映多是直接的、敘事的，因此，杜詩所反映的現實內容與詩的主旨，都是較為清晰、明朗，透明度更大，讀者在對詩的主題的把握上，一般不會產生較大的分歧。

第三，李白繼承了莊子、屈原等人的浪漫主義筆法，在反映現實上多用詩筆，所謂「杳冥惝恍，縱橫變幻，極才人之致」。〔註61〕故其詩旨往往惝恍莫測，所表現的現實內容不易確指，然其內涵卻極豐富，表現的感情更為典型。杜甫繼承了《史記》紀實的傳統，在反映現實上用史筆。所謂「史筆森嚴，未易及也」。故其詩旨懇側如見，更為真切。關於李、杜對前代文學的繼承，清代的徐增、宋長白均有精闢的論述。徐增云：「子美歌行純學《史記》，太白歌行純學《莊子》。」〔註62〕宋長白云：「李、杜長篇全集中不多見。《北征》一首沉著森嚴，龍門敘事之法也。《憶舊書懷》一首，飄揚恣肆，《南華》寓言之遺也。」〔註63〕「飄揚恣肆」與「沉著森嚴」，可謂李、杜詩風之的評。

對於李、杜反映現實的不同特點，古人多有精到的論述。嚴羽云：「少陵詩法如孫、吳，太白詩法如李廣。」〔註64〕前者言其詩法之嚴格，後者讚其詩法運用之靈活，一語中的，可謂要言不煩之論。胡應麟對李、杜樂府歌行，也有精闢的論述。「樂府則太白擅奇古今，少陵嗣跡風、雅。《蜀道難》、《遠別離》等篇，出鬼入神，惝恍莫測。《兵

〔註61〕瞿蛻園等：《李白集校注》，第1875頁，上海古籍出版社，1980。
〔註62〕瞿蛻園等：《李白集校注》，第1885頁，上海古籍出版社，1980。
〔註63〕瞿蛻園等：《李白集校注》，第1891頁，上海古籍出版社，1980。
〔註64〕瞿蛻園等：《李白集校注》，第1865頁，上海古籍出版社，1980。

車行》、《新婚別》等作，述情陳事，懇惻如見」；〔註65〕「闔闢縱橫，變幻超忽，疾雷震電，凄風急雨，歌也；位置森嚴，筋脈聯絡，走月流雲，輕車熟路，行也。李白多近歌，少陵多近行。」〔註66〕這就是說，李白樂府歌行在藝術表現上具有「闔闢縱橫，變幻超忽，疾雷震電，凄風急雨」的浪漫主義寫作特點，因而詩旨「出鬼入神，惝恍莫測」；杜甫樂府歌行具有「位置森嚴，筋脈聯絡，走月流雲，輕車熟路」的現實主義寫作特點，故其詩旨「述情陳事，懇惻如見」。

李白、杜甫由於各自立場、觀察角度、創作方法、表現手法的不同，使其詩歌表現出各有千秋的藝術個性。只有對其藝術個性充分掌握與仔細比較，才能對其詩作在反映現實上做出正確的評價與結論。

第五節　李白杜甫的名句

李、杜相似的名句頗多，詩論家每每論及，茲拈出兩聯加以比較，以見一斑。

一

宋人羅大經曰：「李太白云『劃卻君山好，平鋪湘水流』，杜子美云『斫卻月中桂，清光應更多』，二公所以為詩人冠冕者，胸衿闊大故也。此皆自然流出，不假安排。」〔註67〕羅將二詩相提並論，以為李、杜「胸衿闊大」，而在寫詩時是「自然流出，不假安排」，可謂要言不煩，一語破的。

按李白詩句見《陪侍郎叔遊洞庭湖醉後三首》之三，全詩為「劃卻君山好，平鋪湘水流。巴陵無限酒，醉殺洞庭秋。」詩作於乾元二年秋，侍郎叔謂李曄。時刑部侍郎李曄貶官做嶺南尉，詩人賈至為岳

〔註65〕胡應麟：《詩藪》，第 38 頁，上海古籍出版社，1979。

〔註66〕胡應麟：《詩藪》，第 48 頁，上海古籍出版社，1979。

〔註67〕瞿蛻園等：《李白集校注》，第 1893 頁，上海古籍出版社，1980。

州司馬，詩人李白流夜郎途中遇赦而還，途經岳州，與李曄、賈至相會。詩朋酒友，嘯傲終日，然終難消心底的鬱悶。賈至、李曄的不幸遭遇，自己的坎坷生涯，對此，詩人怎能不充滿憤激之情？人生前途，像湘水平鋪直流多好啊，而湘水偏偏遇君山之阻遏，君山似為前進道路上的絆腳石，阻礙著人的前程，必欲鏟之而後快。詩人藉著酒興，肺腑之言，衝口而出，遂留下這千古奇語。「剗卻君山好」雖然足以驚風雨而泣鬼神，然卻顯得自然而平實。蓋當時確有此情此景，情景相會，妙合無垠，非嘔心瀝血而得也。「剗卻君山」之語，奇警突兀之至，詩人卻順口道出，自然天成，非胸襟開闊，何以及此？杜甫詩見《一百五日夜對月》，詩云：「無家對寒食，有淚如金波。斫卻月中桂，清光應更多。仳離放紅蕊，想像顰青蛾。牛女漫愁思，秋期猶渡河。」此為至德二載杜公思念家室之作。杜甫於至德元載十月棄家赴行在，中途陷賊，至此仍未能脫險，而妻子所居之鄜州，也曾陷賊，親人處境未卜，因此家室之念，感情倍切。作於同期的《月夜》，就是寫他思念家室的心情，感人肺腑。詩云：「今夜鄜州月，閨中只獨看。遙憐小兒女，未解憶長安。香霧雲鬟濕，清輝玉臂寒。何時倚虛幌，雙照淚痕乾。」此詩從對面著筆，不寫自己在月下思念妻子，而想像妻子在月下思念自己，詩人的心情是孤寂而痛苦的。《一百五日夜對月》，詩人則由「無家對寒食」而「有淚如金波」。由金波而想到月中有桂樹使月陰翳，如果斫掉桂樹，清光更多更明亮，這樣親人雖在異地月下，如在目前。沒有詩人之至情，絕對拓不出如此充滿豐富想像力的詩的境界。

　　李、杜二詩之妙，在於想像力之奇特豐富。李白云「剗卻君山好」，君山，是洞庭湖中的小島，雖有「洞庭湖中一青螺」之稱，然畢竟是一座聳立湖中的島嶼，剗卻談何容易！杜甫曰：「斫卻月中桂，清光應更多。」月中有桂，只是神話傳說；即便真有桂樹，高高懸在天宮，何以斫之？然詩人並非故意發此浪漫奇想，而是表達感情的需要。這些詩句都是詩人衝口而出，表達了一時極為真切的

感情。李白在「舉杯消愁愁更愁」之時，想到早年曾有一馬平馳的
種種幻想，回顧多年的世路坎坷，大半生受到命運的捉弄，這人生
途程中遇到的種種險阻，猶如奔流的湖水受到君山的阻遏，未能浩
浩蕩蕩奔流到海，「剗卻君山好」遂脫口而出。這句詩包含了詩人生
活中十分豐富的經驗，吐出了詩人橫亙於胸中的積鬱。詩人杜甫則
由月圓而人未圓的情景，聯想到月光愈亮則兩人異地賞月，相思雖
苦而兩顆心貼得更緊。如果明月毫無纖塵，兩人雖處異地而如在目
前，偏有桂樹陰影，使月亮未如想像之光明，必須將桂樹砍掉，才
能在最大限度上減少別離之苦。由此可見：李、杜詩句之奇特，想
像之豐富，實由內心真實感情之驅使使然，而絕非異想天開，徒發
空想，故作驚人之語。因此，李、杜非有意作驚人之語奇特之思而
有驚人之語奇特之思出現者，感情驅使使然也。未處詩人之境地，
無詩人之真實體驗，而故作驚人語者，只能是想入非非，徒為狂言
囈語罷了。

　　「剗卻君山好」與「斫卻月中桂」，雖然同是表現詩人一時頗為
憤激的情緒，然對藝術表現上卻又有著很大的差異。李白詩劈頭直
說，不特立意奇特，而且感情的抒發來得十分突兀，直如天外飛來，
令人意想不到。可謂發想無端，不主故常，緊接著「平鋪湘水流」一
句，將詩人之意予以補充說明，詩的表層意思已表現得一清二楚。然
詩人要表達的深層意蘊，即對世路艱難的憤激情緒以及對當政者的怨
憤與不滿，卻藏而不露。詩句雖似直陳之賦句，實則含有比意，使詩
含蓄而簡勁有力。杜詩卻從「無家對寒食」寫起，由「無家」到「思
家」，又由思家落淚淚如金波而聯想到月光，再由月光之明亮與否而
想到斫月中桂，同時又啓下兩句情思：「此離放紅蕊，想像顰青蛾。」
感情蟬聯而下，脈理清晰，含義甚豐。誠如浦起龍說的：『『如金波』，
本說淚，卻便搭上月光。愁眼對月，纖翳盡屬可憎，故有『斫桂』、『光
多』之想。實則此二句正為五、六句生根。蓋不斫則『紅蕊』撩人，
在『此離』之嫦娥，厭看久矣。夫桂蕊何辜而嗔怪若此，總由離愁所

激耳，故末又藉有離合之『牛女』托醒。曰『漫愁』，曰『猶渡』，若
羨之，若妒之，妙不可言。」〔註68〕與李白詩相比，杜甫詩中感情表
現得婉轉而自然，他把思家的情緒，表現得十分強烈，感人肺腑，令
人唏噓，雖然奇特卻不突兀，且詩的開頭有敘事，詩的尾聯又有發人
深思的議論，詩既含蓄有味，布局也十分妥帖。王嗣奭云：「而鄜州
亦嘗被賊，《述懷》詩所云：『寄書問三川，未知家在否？』『比聞同
被禍』是也。鄜州在三川，公在賊中，消息兩不相聞，此其思家與平
時不同，憶念之極，故其命詞獨異。」〔註69〕杜詩的「命詞獨異」，
是因其思家憶念之極而非有意出奇，而且是「如節制之思偶一用奇」，
非如李白時有奇突之思也。

　　總之，以內容說，杜詩希望闔家團聚，這自然與破壞團聚的戰亂
有關；李詩盼望前途平坦，在人生途程中少受點折磨與酸辛，也與國
家前途攸關。雖則都從自己的處境寫起，然卻密切地聯繫著當時的社
會現實，令人想到更豐富的社會內容。從詩的表現特點看，杜感情豐
富，善於聯想，情思婉轉而奇妙。李詩感情憤激，似直陳而實含比意。
二詩都有著構思奇特、情真意摯的特點。而語言精警凝煉，更使詩味
豐厚，耐人咀嚼。

二

　　在浩如煙海的古典詩歌中，一個詩人與另一個詩人有些詩句的意
蘊、境界、風格以至表現手法，往往有驚人的相似之處。但若仔細分
辨、體味，又各有風采，勝境獨擅，並非模仿或相襲，只不過意象偶
同罷了。詩論家往往將這些貌似相同的詩句，作為議論的話題，或相
提並論，加以讚賞；或略作比較，有所軒輊。翻檢歷代詩話，這類例
證甚多。李、杜有些詩句，表現的情境極為相似，也就成為詩論家所
談的話題。例如李白「山隨平野盡，江入大荒流」與杜甫「星垂平野

〔註68〕浦起龍：《讀杜心解》，第362頁，中華書局，1961。
〔註69〕王嗣奭：《杜臆》，第46頁，上海古籍出版社，1983。

闊，月湧大江流」，都寫舟行長江中的情景，二詩境界壯闊雄渾，也
有相似之處，故後人常將二者比較，意見紛出。要而言之，大致有四
種意見。

第一，認爲杜詩優於李詩。黃生曰：「太白詩『山隨平野盡，江
入大荒流』，句法與此略同（按指杜詩『星垂平野闊，月湧大江流』），
然彼止說得江山，此則野闊、星垂、江流、月湧，自是四事也。」
〔註70〕意謂杜詩較李詩意豐。胡應麟云：「『山隨平野盡，江入大荒
流』，太白壯語也，杜『星垂平野闊，月湧大江流』，骨力過之。」
〔註71〕前者就詩的內涵講，後者就詩的風骨講，比較的角度不同，
但都得出杜詩超過李詩的結論。

第二，謂李詩爲杜詩所本。鄧魁英、聶石樵注「星垂」二句云：
「岸上平原遼闊，故仰觀星辰遙掛如垂。……舟前大江奔流，水上明
月亦動蕩如湧。李白《渡荊門送別》：『山隨平野盡，江入大荒流。』
爲兩句所本。」〔註72〕金啓華云：「杜甫當係受太白之影響而又因情
景之不同，而有所發展的。」〔註73〕他們都把杜詩和李詩攀上關係，
並認爲李詩對杜詩有著深刻的影響。

第三，謂李、杜詩勢均力敵，旗鼓相當，不當有所軒輊。《唐宋
詩醇》評李白《渡荊門送別》云：「項聯與杜甫之『星垂平野闊，月
湧大江流』句法相類，亦勢均力敵。胡震亨以杜爲勝，亦故爲低昂耳。」
翁方綱云：「此等句皆適於手會，無意相合；固不必相爲倚傍，亦不
容區分優劣也。」〔註74〕

第四，將二聯納入整體詩中，做具體分析。丁龍友曰：「予謂李是
晝景，杜是夜景；李是行舟暫視，杜是停舟細觀，未可概論。」〔註75〕

〔註70〕仇兆鰲：《杜詩詳注》，第 1229 頁，中華書局，1979。
〔註71〕胡應麟：《詩藪》，第 71 頁，上海古籍出版社，1979。
〔註72〕鄧魁英等：《杜甫選集》，第 258 頁，上海古籍出版社，1983。
〔註73〕金啓華：《杜甫詩論叢》，第 187 頁，上海古籍出版社，1985。
〔註74〕郭紹虞：《清詩話續編》，第 1372 頁，上海古籍出版社，1983。
〔註75〕瞿蛻園等：《李白集校注》，第 942 頁，上海古籍出版社，1980。

管世銘云：「太白『山隨平野盡，江入大荒流』，摩詰『江流天地外，山色有無中』，少陵『星垂平野闊，月湧大江流』，意境同一高曠，而三人氣韻各別，『識曲聽其眞』，可以窺前賢家數矣。」〔註76〕

　　如此等等，對李、杜詩句從不同角度和側面作了比較，很有一些啓人深思的地方，但也不盡令人滿意，也還有一些值得商酌之處。詩句是全詩中不可分割的一部分，不能對二聯作孤立的比較，要談二聯的優劣，必須首先了解李、杜全詩的意境以及這兩聯在詩中的位置和作用。

　　李白《渡荊門送別》是出蜀後過荊門之作。時李白風華正茂，對政治前程充滿了希望與憧憬，這種感想在詩裏有隱約的表現。

　　　　渡遠荊門外，來從楚國遊。

　　　　山隨平野盡，江入大荒流。

　　　　月下飛天鏡，雲生結海樓。

　　　　仍憐故鄉水，萬里送行舟。

首聯寫自己的行蹤，中二聯寫景，在寫旅途的美好景色中，寄寓了自己的感情。詩人情緒是歡樂的，感情是昂揚的，在字裏行間表現了青年詩人寬闊的胸懷，大有前途似錦、鵬程萬里之感。尾聯則寫了淡淡的思鄉情緒。

　　永泰元年四月嚴武死去，杜甫失去倚援，乃於五月離成都，乘舟下樂山、渝州、忠州，《旅夜書懷》是這次旅途中所作，時年五十四歲，表現了詩人老年淒涼和漂泊無依的感情。

　　　　細草微風岸，危檣獨夜舟。

　　　　星垂平野闊，月湧大江流。

　　　　名豈文章著？官應老病休。

　　　　飄飄何所似，天地一沙鷗。

首聯扣題，寫出了旅夜淒絕的情景；頷聯寫景，在開闊的景色中表現

<hr>

〔註76〕郭紹虞：《清詩話續編》，第 1565 頁，上海古籍出版社，1980。

出詩人曠遠的胸懷；頸聯抒情，言自己名未著而官已休，詩人用了揣測的口氣，態度十分謙和，感情很有分量；尾聯寫目前的處境。詩人雖然胸懷曠遠，但難免流露出衰老淒涼、前途悲觀的情味。

　　縱觀二詩，李詩在激蕩中有一種奔馳壯闊之情溢於言表，杜詩在沉靜中有一種浩莽索漠之感見於言外；杜詩中隱含衰颯空寂之致，李詩中渾含旺盛充實之情；李少年氣盛，初出茅廬，大有「氣吞萬里如虎」之勢，前途中有著無限廣闊的浪漫的幻景。杜年老氣衰，歷盡滄桑，飽含艱難之情，前途茫茫，何處是倚？面臨艱難的生活課題無可迴避。李、杜二人的詩，各自表現特定的情景，在比較其詩句的時候，這一點絕不能迴避。

　　其次，詩句在詩中雖然是不可割裂的，但又可表現相對獨立的感情，因此在充分注意全詩的內容、風格、情調的前提下，仍可與它相似的詩句作一些比較分析。李、杜詩句同為五律的頷聯，所寫景色的確有相同之處。

　　「山隨平野盡，江入大荒流。」詩人寫舟行長江中的情景，是動景，也是實景。這兩句詩似率意隨口詠出，卻恰到好處地表現了實際情景，每一個字都不可移易。在寫順利急駛的情景中，飽含了詩人豐富的感情。但卻不露痕跡，所謂「羚羊掛角，無跡可求」。也許有人認為這樣分析是想當然，但若詩人出蜀不是抱著濟蒼生、安社稷、兼濟天下的大志，不是為著自己的錦繡前程，能寫出這樣意氣風發的詩句麼？

　　杜甫寫的是靜景：「星垂平野闊，月湧大江流。」前者寫流星劃過天邊，給人以空曠寂寥之感；後一句寫月影在水中隨波湧起，詩人的身世也如浪濤中的明月，隨波翻騰。雖然寫眼前景象，詩人翻騰的感情卻呼之欲出。因此，李、杜的詩句都是寫特定的情景、特定的感情，情與景妙合無垠。這種情景與感情在全詩中是很諧和的，是不可割裂的，故二人詩句雖然表面相似，卻絕不能互易位置，也不能強分優劣故為抑揚的。

　　第三，詩是客觀現實在詩人頭腦中反映的產物。一個詩人與另一個詩人有時遇到的客觀現實是相似或相近的，因此，作爲反映客觀現實的詩或詩句就不免相似或相近。其實，這種相近或相似，只不過是「適於手會，無意相合」的（那些刻意模仿剽竊之點者例外），他們在主觀上不一定相仿或相襲。誰能拿出鐵的證據，說明杜甫一定是讀過李白《渡荊門送別》呢？詩又是主觀抒情的，由於詩人的處境、心情、藝術修養、趣味的不同，同一情景，在不同詩人的筆下，會寫出迥然不同的景象。同一景象，同一詩人，在不同時期不同處境下，寫出的詩或詩句也會大不相同。這就是說，優秀的詩或詩句都是「這一個」，他們表現的意境是不可能完全相同的。詩是千差萬別互不雷同的，惟其如此，它才有獨立存在的價值，它才受到人們的擊節讚賞。故有些詩或詩句表面相似，實則有質的區別。有些詩論家忽略了詩人獨創的因素，拋開詩人寫詩時的特定情景，拋開詩句在全詩中的作用與位置，僅僅因表現內容或藝術手法的相似或相近，就妄加雌黃，不免差之毫釐，謬以千里了。總之，詩人寫詩往往是興會屬辭，揮毫立就，不相因襲也不爲依傍的。相襲和依傍之說，有意或無意地否定了詩的獨創性，也不符合詩人寫詩時的實際，所以這樣的比較，徒滋紛擾罷了。當然，相似或相近的詩句並非絕對不能比較優劣，但要比較優劣，首先應將詩句納入詩人原詩中，看它是否真實而藝術地反映了詩人當時的感情，看它在全詩中是否諧和，看它反映的生活的容量與藝術水準，如此等等，庶可接近實際。

　　《唐宋詩醇》評崔顥《黃鶴樓》與李白《登金陵鳳凰臺》云：「其言皆從心而發，即景而成，意象偶同，勝境各擅。」將這段話借用來評李、杜二公的詩句，實在是恰切不過的，何必「沾沾吹索於字句之間」而故爲抑揚呢？

第六節　李詩影響不及杜詩之原因探討

　　「李杜文章在，光焰萬丈長。」〔註 77〕這萬丈長之光焰，在中國文學史上歷久而不衰。李白詩是中國浪漫主義詩歌的典型，杜甫詩是中國現實主義詩歌的典範，他們的詩歌在中國文學史上，各至極則，允爲雙峰對峙之巍峨高峰，不應有所軒輊。然在實際上，詩論家因其審美情趣與藝術愛好的不同，往往軒此而輕彼；而在實際影響上，李詩遠不及杜詩之廣泛而深遠，這是實實在在的事實，不可否認。杜詩研究者甚夥，宋代以來，注家蜂起，當時就有千家注杜之說，歷元、明而不衰，清代注杜者更有朱鶴齡、錢謙益、仇兆鰲、浦起龍、楊倫等。就成就說，對典故之搜討、詩意之發明、箋評之精審，詳備精核。現代研究杜詩者有增無減，解放後對杜詩的研究探討，又掀起了新的高潮，可謂盛況空前。與歷代杜詩研究的盛況相比，李詩的研究則不免有些寂寥：李白詩的注本，只有楊齊賢、蕭士贇的《分類補注李太白詩》、胡震亨的《李詩通》、王琦的《李太白全集輯注》三種而已。王琦注李詩用力甚勤，至今仍不失爲權威的本子。然其長處在於典故的搜討，而對詩義的發明、評箋、編年等，則大都闕如。蕭士贇曾嘆息說：「唐詩大家，數李、杜爲稱首。古今注杜者號千家，注李詩者曾不一二見，非詩家一欠事歟！」〔註 78〕郭沫若也嘆息說：「千家注杜，太求甚解。⋯⋯一家注李，太不求甚解。」〔註 79〕唐代學杜者就有韓愈、李商隱等人，宋代宗杜而成詩派者有江西詩派，黃庭堅、陳師道、陳與義都極力學杜，成就斐然。元、明、清學杜者也大有人在，往往有逼肖之處。學李者雖也代不乏人，然收效甚微，幾無望其項背者。總之，李白對後代詩歌創作發展的影響，遠不及杜，這主要表現在三個方面：其一，歷代學者研究杜甫者多，研究李白者少；其二，歷代詩人學杜者多，其成就斐然者，何至一二數，學李詩者少，

〔註 77〕韓愈：《調張籍》。見《全唐詩》，第 3814 頁，中華書局，1960。
〔註 78〕瞿蛻園等：《李白集校注》，第 1795 頁，上海古籍出版社，1980。
〔註 79〕郭沫若：《復胡曾佛》，《東嶽論叢》，1981 年第 6 期。

且鮮有成功者；其三，歷代尊杜者多，尊李者少。如此等等，以見李詩影響不及杜詩遠甚，原因究竟何在呢？本節試就此作一點檢討。

一

　　杜甫一生恪守儒家思想，他很重視詩的言志與教化作用，並在創作上將這種思想一以貫之。這種理論與實踐，不僅爲歷代封建統治階級所讚賞，也被後來的許多詩人視爲表率。

　　我國從秦、漢以來，儒家思想實際處於獨尊的地位，是封建統治者大力提倡的官學。信奉儒家思想不僅受到統治者的讚許與表彰，也受到社會輿論的支持與讚揚。重視詩的教化作用與功利目的，這是儒家文藝思想的核心，也是中國文學優秀傳統。因此，杜甫的思想與創作實踐，有著極豐厚的土壤。他的詩可以衣被百代，垂範千秋。談到杜甫的思想，人們自然會想到他曾經寫過這樣的詩句：「紈袴不餓死，儒冠多誤身」（《奉贈韋左丞丈二十二韻》）、「儒術於我何在哉？孔丘盜跖俱塵埃」（《醉時歌》），其實，這只是杜公一時的憤激語，並不是他儒家思想的動搖，更不能視爲對儒家思想的叛逆之言。他畢竟是以奉儒守官自豪的，他的思想是儒家的，他的忠君思想與民本思想，表現得十分突出。儘管杜甫也受過儒家以外的思想影響，如老釋思想，然仍可以說，他如後來的散文家韓愈一樣，實際上也是以儒家的道統自居的。他熟悉儒家的經典，受儒家的詩教影響甚深。在他的詩中，雖不乏對封建統治階級的揭露、諷刺與抨擊，然他攻擊的封建統治階級的腐敗現象，是爲正統的封建統治者所難容的東西，是儒家認爲不應如此的。這種詩歌，與其說是對封建統治階級的詛咒，毋寧說是小罵大幫忙。他的「三吏」、「三別」、《兵車行》、《麗人行》、《悲陳陶》等，無一不可作如是觀。當然，這些詩的客觀效果，則另當別論。而且在表現手法上是委婉含蓄的，是符合儒家溫柔敦厚的詩教的。他有著「致君堯舜上，再使風俗淳」（《自京赴奉先縣詠懷五百字》）的抱負，他在《述懷》中說：「麻鞋見天子，衣袖露兩肘。……涕淚授拾

遺，流離主恩厚。」他對唐王朝無限忠誠，對任拾遺感激涕零。他當
諫官時，盡心盡職，竭盡忠誠：「不寢聽金鑰，因風想玉珂。明朝有
封事，數問夜如何？」(《春宿左省》)對於「馬嵬事變」，唐朝大部分
詩人都同情楊貴妃而譴責、諷刺唐明皇，杜甫在《北征》中卻說：「不
聞夏殷衰，中自誅褒妲。」如此等等，其思想、言論、行動，都符合
儒家的規範。這一點，不但被歷代封建統治者所看中，而且也受到封
建文人的重視。宋犖曾說：「昔人詩評：杜工部如周公制作，後世莫
能擬議，蓋篤論也。」〔註80〕黃子雲也說：「孔子兼堯、舜、禹、湯、
文、武、周公而成聖者也，杜陵兼風、騷、漢、魏、六朝，而成詩聖
者也。外此若沈、宋、高、岑、王、孟、元、白、韋、柳、溫、李、
太白、次山、昌黎、昌谷輩，猶聖門之四科，要皆具體而微。向有客
問曰：『盛、中、晚名家不少，而子必以少陵爲宗者，何也？』余曰：
『儒家者流，未聞去聖人而談七十子者也。』」〔註81〕可見杜詩主儒，
這在封建社會有著不可動搖的地位。這是杜詩在中國詩史上千載爲圭
臬的重要原因之一。

　　比起杜甫來，李白的思想就較爲駁雜。其中自然也有儒家思想的
影響。所謂「達則兼濟天下，窮則獨善一身」(《代壽山答孟少府移文
書》)。但這似乎只是對封建統治階級的一種姿態，或者是一種理想與
希冀，並非他堅定而單純的信仰。其實，他對儒家思想並不像杜甫那
麼看得神聖，相反，他對儒家的弊病則看得較爲清晰。《嘲魯儒》就
是對不通世務的儒士的嘲諷，他自謂：「我本楚狂人，鳳歌笑孔丘。」
(《廬山謠寄盧侍御虛舟》)他並沒有按儒家的思想約束自己的行動而
道家蔑視禮法、權貴以及平交王侯的思想卻佔了上風。「安能低眉折
腰事權貴，使我不得開心顏。」(《夢遊天姥吟留別》)這是他的自白。
「戲萬乘若僚友，視儔列如草芥。」〔註82〕這是後人對他的評讚。道

〔註80〕丁福保：《清詩話》，第 417 頁，上海古籍出版社，1963。
〔註81〕丁福保：《清詩話》，第 848 頁，上海古籍出版社，1963。
〔註82〕瞿蛻園等：《李白集校注》，第 1854 頁，上海古籍出版社，1980。

家的藝術觀對於他的詩歌創作有著深刻的影響，他那純任自然不事雕飾的詩歌風格，與他行動上的追求自由不受拘束的性格是完全一致的。他所謂「清水出芙蓉，天然去雕飾」(《經亂離後天恩流夜郎憶舊遊書懷贈江夏韋太守良宰》)，這恐怕不僅僅是指詩的語言風格的自然而言的，應該說包含了詩的藝術風格，甚至可以說在某種意義上就是指詩的藝術風格而言的。他寫詩不假思索卒然而成，其風格豪放飄逸等，也都是這一思想的體現，這與莊子「庖丁解牛」、「輪扁斫輪」所體現的文藝思想完全一致。

如上所述，杜甫一生的主觀思想是信奉儒家思想，李白的主導思想則是道家思想，那麼這種信仰與行動在封建社會的價值與地位就有極大的不同。雖然中國封建統治者的治國之道是儒道互補的，但主導思想仍然是儒家思想，道家是處於附屬或輔助地位，至少可以說，它不能與儒家相提並論。這不僅因為在中國封建社會，治國之道的招牌從來打的都是儒家的，而且在事實上也確以儒家為正宗。特別是宋朝以後，統治階級為了加強中央集權，強化專制統治，儒家思想又處於獨尊的地位。「統治階級的思想，就是統治思想」，詩歌創作的思想也未能例外。宋元理學「存天理，滅人欲」，嚴重地摧殘和扼殺詩人的個性，而藝術個性突出的李白，雖然還不是攻擊的矢的，但卻遭到了相當的抑制。因此，杜甫就自然成為正統的受人尊敬的以至頂禮膜拜的「詩聖」，他的詩就被當然地視作詩歌創作的光輝典範。李白由於天才的創造，其詩歌取得了光輝的藝術成就，自然也受到後代詩人的欽佩與敬仰，誰也不敢輕易地說三道四，但他卻是可望而不可及的天才，不如杜甫那樣令人感到親切而偉大。

二

皇帝是封建社會政治核心人物，有著至高無上的政治權利。他君臨天下，誰敢不尊？為了維護和鞏固封建統治，加強君權，強化封建專制主義，忠君思想就必然成為封建統治者及其奴才大力宣揚

的思想。詩人杜甫，則被後代一些文人視爲忠君的典範加以宣揚，這就拔高了他在封建倫理道德上的地位，給他披上了一件頗爲燦爛的耀人眼目的外衣，有了某種程度的神聖色彩。杜甫本來就有些忠君愛民思想，這一思想的主導面是積極的，是憂國憂民的。然唐代以後的統治階級及其文人，卻特意強調他的忠君思想。宋人尊杜，往往將其詩中表現出的某些忠君思想極端化和偶像化，從倫理道德上將他抬到一個很高的地位，諸如：「工部之詩……忠義感慨，憂世憤激，一飯不忘君，此其所以爲詩人冠冕。」〔註 83〕「杜子美愛君之意，出於天性，非他人所能及。」〔註 84〕甚而不顧事實地誇張說：「無一篇不寓尊君之意」，「如少陵之詩而得其爲忠」。〔註 85〕頌揚他「忠恪愛君」。〔註 86〕清代的沈德潛則說：「一飯未嘗忘君，其忠孝與夫子事父事君之旨有合，不可以尋常詩人例之。」〔註 87〕如此等等，人民詩人，則被歪曲成恪守忠君思想的所謂「詩聖」，豈不殆哉？由於忠君思想是封建社會提倡的，封建社會的知識份子也未能逃脫忠君思想的藩籬，他們對有忠君思想的人倍加敬仰，而對其敬仰的人也譽之爲有忠君思想，自己也往往以有忠君思想自詡，追求功名者更是藉自己有忠君思想而自炫自耀。而窮困潦倒，落魄一生，則是封建社會大部分知識份子的命運，因此對杜甫一生的不幸遭遇，則不免感慨繫之：「心抱孤忠生已晚」，〔註 88〕「貧亦憂時只少陵」。〔註 89〕「一生

〔註 83〕華文軒：《古典文學研究資料匯編・杜甫卷》，第 667 頁，中華書局，1964。

〔註 84〕華文軒：《古典文學研究資料匯編・杜甫卷》，第 865 頁，中華書局，1964。

〔註 85〕華文軒：《古典文學研究資料匯編・杜甫卷》，第 910 頁，中華書局，1964。

〔註 86〕華文軒：《古典文學研究資料匯編・杜甫卷》，第 911 頁，中華書局，1964。

〔註 87〕沈德潛：《唐詩別裁》，第 63 頁，商務印書館，1958。

〔註 88〕華文軒：《古典文學研究資料匯編・杜甫卷》，第 919 頁，中華書局，1964。

〔註 89〕華文軒：《古典文學研究資料匯編・杜甫卷》，第 919 頁，中華書局，

忠義孤吟裏，千載淒涼古道傍」。〔註90〕在封建社會，忠君思想同愛國思想往往是相聯繫的，有時是交織在一起密不可分的。特別是在民族矛盾激劇的時候，民族英雄與愛國志士，則以保衛王室相號召，同仇敵愾，共同抗擊外族的入侵，這時他們的忠君思想與愛國思想合若符節，陸游、文天祥、顧炎武、夏完淳等，都是以共赴王室相號召，從而受到廣泛的歡迎。杜甫的忠君思想則被他們賦予新的時代內容，給予高度的評價與讚揚。由於以上諸種原因，杜詩不僅受到封建統治階級的特別重視，而且受到廣大知識份子的特別歡迎。

與杜甫相比，李白身上具有的某些離經叛道行為、獨立的主觀精神，受到封建統治階級以及恪守正統思想的人的責難。首先，李白對統治階級高度藐視，行為狂放不羈，為統治階級所難容。杜甫在《飲中八仙歌》中讚揚李白說：「天子呼來不上船，自稱臣是酒中仙。」這種對君主的倨傲行為，統治階級能優容他麼？他動輒以「帝王師」自喻，而在政治上又毫無建樹，統治階級不小覷和厭惡他麼？唐宋以來，中國士人往往被壓得直不起腰，有幾個像李白那樣的有傲骨？即令有幾個與李白同調的人，也被視為叛逆或不軌。後代帝王缺乏唐代皇帝那樣的器量與氣魄，豈能容臣下對君王的倨傲？其次，李白有著鮮明的個性，又有極強的主觀精神，在封建社會，臣下只有聽從，仰承君主鼻息之惟恐不及，哪兒還有主見個性？詩人鮮明的個性，往往被看做對統治階級的桀驁不馴。第三，李白受儒家思想影響較小，在其詩中能充分抒發個人感想，寫出極生動的自我形象，這也受到了非難。如說：「李太白……之詩，如亂雲敷空，寒月照水，雖千變萬化，而及物之功亦少。……惟杜少陵之詩，出入古今，衣被天下，藹然有忠義之氣，後之作者，未有加焉。」〔註91〕強調詩的及物之功而否定

〔註90〕 華文軒：《古典文學研究資料匯編‧杜甫卷》，第651頁，中華書局，1964。
〔註91〕 華文軒：《古典文學研究資料匯編‧杜甫卷》，第323頁，中華書局，1964。

其鮮明的形象，在強調文學對封建統治的功利聲中，李白的詩卻遭到了冷遇。第四，李白從璘，雖出於捍衛王室平定叛亂的至誠，李璘敗後卻被流放，做了統治階級內部爭權奪利的犧牲品，這也爲封建社會的知識份子所訴病。如此等等，李白在封建統治者及封建社會知識份子心目中的地立，就遠遠不能與杜甫相比了。

後代詩論家在對李杜詩的評價中，往往首先比較其思想內容，因杜詩含有忠君思想而特別予以襃揚，同時也將李白思想進行歪曲貶抑。陳輔之云：「柳遷南荒有云：『愁向公筵問重譯，欲投章甫作文身。』太白云：『我似鷦鷦鳥，南遷懶北飛。』皆褊忮躁辭，非畎畝惓惓之義。」杜詩云：『馮唐雖晚達，終覬在皇都。』『愁來有江水，焉得北之朝。』其賦張曲江云：『歸老守故林，戀闕悄延頸。』乃心王室可知。」〔註92〕他對李白的貶抑，比較含蓄，也還算客氣。劉定之對李白的貶抑，十分直露，是很不客氣的大張撻伐了。他說：「以詩言，杜比跡於李；以文言，柳差肩於韓。而以人而言，則杜韓陽淑，李柳陰慝，如冰炭異冷熱、薰蕕殊芳臭矣。子美當安史作亂時，徒步從肅宗，其詩拳拳於君臣之義。太白於其時從永王璘，欲乘危割據江表，叛棄宗社，作《猛虎行》云：『旌旗繽紛兩河道，戰鼓驚山欲傾倒』，『一輪一失關下兵，朝降夕叛幽薊城』，『頗似楚漢時，翻覆無定止』，『張良未遇韓信貧，劉、項存亡在兩臣』。其辭意視祿山、思明反噬其主，比於劉、項敵國相爭，尙安知君臣之大倫歟？」〔註93〕其實，李白《猛虎行》詩中的劉、項是偏義而非並列，詩人是說劉邦之存亡在於張良這樣的謀士、韓信這樣的武將。「張良未遇韓信貧」顯喻唐王朝在平叛鬥爭中，如張良、韓信這樣的文臣武將未得其用，何關君臣之倫？陰慝之責，也自然落空了。這說明，杜詩在後代往往有不虞之譽，而李白則經常受到不應有的責難。

〔註92〕吳文治：《古典文學研究資料匯編·柳宗元卷》，第49頁，中華書局，1964。
〔註93〕吳文治：《韓愈資料匯編》，第706頁，中華書局，1983。

一褒一貶，使李白和杜甫在人們心目中，出現了很大的差距。究其實，這種差距則往往是人爲的、虛擬的，是不符合實際的。

三

從中國古典詩歌的發展繼承來說，李白的天才難以爲繼，而杜甫卻有著得天獨厚的際遇與契機。因此，兩人對後代詩歌創作的影響，就有很大的懸殊。

盛唐以後，歷史上再未出與盛唐氣象類似的歷史現象，詩人缺乏盛唐詩人賴以存在的社會土壤，缺乏盛唐詩人那種博大寬廣的胸襟與豪邁雄壯的氣魄，缺乏盛唐詩人那種昂揚向上的精神狀態。宋、元之後，內憂外患相繼出現，詩人獻身祖國，注目現實，杜甫關心社稷蒼生，以及詩中表現的強烈的現實主義精神，則是部分詩人效法學習的榜樣。李白的浪漫主義精神與氣質，則往往受到責難。宋人羅大經就說：「李太白當王室多難、海宇橫潰之日，作爲歌詩，不過豪俠使氣，狂醉於花月之間耳。社稷蒼生曾不繫其心膂，其視杜少陵之憂國憂民，豈可同年語哉！」宋人趙次公也說：「李、杜號詩人之雄，而白之詩多在於風月草木之間，神仙虛無之說，亦何補於教化哉！惟杜陵野老負王佐之才，有意當世，而骯髒不偶，胸中所蘊一切寫之於詩。」〔註94〕據說王安石在論李白詩時，曾很不客氣地說：「其識污下，詩詞十句九句言婦人酒耳！」〔註95〕杜詩的憂國憂民，繫於蒼生社稷自然是可貴的，值得學習和發揚光大的；李白寫花月、草木、酒與婦女，同樣有其不可否定的價值：詩人寫了那麼多光輝而鮮明的婦女形象，詩人藉酒，狂傲不羈，蔑視禮法，藐視權貴，「一醉累月輕王侯！」（《憶舊遊寄譙郡元參軍》）豈能譴責？詩人描寫和歌頌自然，也應得到肯定與重視。詩人李白之所以受到如此不公正的待遇，在於宋元以來中國缺乏浪漫主義賴以存在的豐厚的土壤，苦難的現實再也使詩人

〔註94〕瞿蛻園等：《李白集校注》，第1866頁，上海古籍出版社，1980。
〔註95〕瞿蛻園等：《李白集校注》，第1869頁，上海古籍出版社，1980。

無法浪漫下去了，因此對李白的浪漫主義詩作作了褊狹的理解和評價。

　　詩人學習寫詩，往往都有由學習模仿逐漸達到自成體系獨具風格的過程。故古代詩人學詩，往往先向某一名家學習，如學習書法之臨帖然。李、杜之詩，自然成為人們學習的典範。作為學詩的範本來說，杜詩比李詩有其優越的得天獨厚的地方。李白性格浪漫，天才橫溢，其詩絕非僅憑學力可以達到的。清人梁章鉅云：「李詩不可不讀，而不可遽學。有人問太白詩於李文貞公，公曰：『他天才妙，一般用事、用字，都飄飄在雲霄之上。此人學不得，無其才斷不能用。』竊謂太白之神采，必有迥異乎常人者……其人如此，其詩可知，故斷非學力所能到。」〔註96〕與李白詩相比，杜甫詩固然不乏天才的發揮，但更多的則是對現實的精細的觀察與描寫，對詩意的提煉以及在表達上對字句的精心推敲，對前人文化遺產的繼承等。所謂「熟精文選理」（《宗武生日》）、「頗學陰何苦用心」（《解悶十二首》其六）、「為人性僻耽佳句，語不驚人死不休」（《江上值水如海勢聊短述》）、「晚節漸於詩律細」（《遣悶戲呈路十九曹長》），這是他寫詩經驗的自白。後來學杜的人，又特別強調其「無一字無來處」。〔註97〕可見學杜詩是有章可循的，單憑後天的勤奮努力，庶幾可以學到，不像李白寫詩如天馬行空，「斗酒詩百篇」那是純天才的表現，叫人何以學起！後人驚嘆說：李白天才創造，非後人可以步趨。故學詩的難易不同，也是李白影響不如杜甫的重要原因之一。關於這一點，後人有許多剴切的論述：

　　　　杜甫之才大而實，李白之才高而虛。杜是建章宮千門
　　萬戶，李是造清微天上五城十二樓手。杜極人工，李純是
　　氣化。〔註98〕

〔註96〕郭紹虞：《清詩話續編》，第1974頁，上海古籍出版社，1983。
〔註97〕華文軒：《古典文學研究資料彙編·杜甫卷》，第120頁，中華書局，1964。
〔註98〕錢鍾書：《談藝錄》，第98頁，中華書局，1984。

> 李太白出語皆神仙，由軼塵拔俗之韻得之；杜子美一
> 生寒餓，窮老忠義，由禁雪耐霜之操得之。〔註99〕

> 太白以天資勝，下筆敏速，時有神來之句，而粗劣淺
> 率處亦在此。少陵以學力勝，下筆精詳，無非情摯之詞，
> 晦庵稱其詩聖亦在此。學少陵而不成者，不失爲伯高之謹
> 飭；學太白不成者，不免爲季良之畫虎。〔註100〕

人工可學，氣化何蹤？杜甫的「禁雪耐霜之操」之藉磨礪而成，李白「軼塵拔俗之韻」則非苦學可以達到的。故施補華說：「然古今學杜者多成就，學李者少成就；聖人有矩矱可循，仙人無蹤跡可躡也。」〔註101〕袁枚則警告說：「大概杜、韓以學力勝，學之，刻鵠不成猶類鶩也；太白、東坡以天分勝，學之，畫虎不成反類狗也。」〔註102〕胡應麟指出：「李、杜二家，其才本無優劣，但工部體裁明密，有法可尋；青蓮興會標舉，非學可至。又唐人特長近體，青蓮缺焉。故詩流習杜者眾也。」〔註103〕以上所說，都是符合實際的經驗之談。惟其杜詩是可學的，追逐杜公者逐多；李詩是不可學的，追隨李白者實寡。所以宋人鄭印就說：「國家追復祖宗成憲，學者以聲律相飭。少陵矩範，尤爲時尚。」〔註104〕這就比較眞實地透露了後人重視杜詩的消息。

李白詩是承前的，他繼承了《詩經》、《楚辭》以來中國詩歌的優秀傳統，特別是浪漫主義詩歌的傳統，兼有王、孟、高、岑詩的風格特點：明麗、自然、雄渾、奇峭。在詩歌上獨特的天才的創造，使後

〔註99〕華文軒：《古典文學研究資料匯編・杜甫卷》，第938頁，中華書局，1983。
〔註100〕丁福保：《清詩話》，第863頁，上海古籍出版社，1963。
〔註101〕丁福保：《清詩話》，第984頁，上海古籍出版社，1963。
〔註102〕裴斐等：《李白資料匯編》，第884頁，中華書局，1994。
〔註103〕胡應麟：《詩藪》，第190頁，上海古籍出版社，1979。
〔註104〕華文軒：《古典文學研究資料匯編・杜甫卷》，第324頁，中華書局，1964。

代詩人望而卻步。杜甫詩是啓後的，他的傑出的現實主義詩歌創作，他的集大成的詩風，開無數詩歌創作的法門，後代詩人爭相學習、仿效。他又處於由盛唐詩風轉向中唐詩風的轉折期，部分詩歌的散文化與用詞的奇崛怪異，不僅是韓孟險怪詩風的先導，並啓宋詩的先河。如此等等，後人學杜詩，就成了一種自然不可避免的發展趨勢。

四

抑李揚杜，導致大部分詩人向杜詩學習。政治上學習杜詩的結果，詩人確實寫出了一些反映民生疾苦、爲民請命的詩歌。然由於民本思想，其本質在於維護封建社會的長治久安，這是符合封建統治階級的根本利益的。其出發點仍是堅持儒家的詩的教化與功利目的，不可能眞正傳達出廣大人民的心聲。

在藝術上學習杜詩的結果，不僅局限了詩人的獨創性，取消了詩人的藝術個性，沿著這一條道路走下去，詩歌只能走入陳陳相因的死胡同。

宋元以來的詩人，把李杜詩看成是不可企及的藝術高峰，他們只能站在詩國巍峨的高山腳下，徒有仰止之情，望洋而興嘆，而無攀登和超越高峰之志，遂使李杜之後再無李杜，這實在是中國詩歌史上的悲劇。這悲劇的形成，自然與李杜高大形象有關，但他們對這悲劇，卻是不該負責的。

第三章　中唐詩歌

　　從代宗大曆六年（771），至文宗大和九年（835），是爲中唐時期。
這是唐代詩歌創作的另一個繁榮時期，詩歌的藝術有了新的發展，而
且流派紛呈，各顯異彩。另闢蹊徑，戛戛獨創，藝術生新，是這一時
期詩歌創作的特點，且成就甚高。韓愈、孟郊等人的險怪詩派，有意
將詩寫得奇奇怪怪；白居易、元稹諸人在詩歌創作上走通脫的路子，
盡量使詩的語言通俗化；李賀、劉言史、莊南傑則以奇譎瑰麗之詩風
馳騁詩壇。在詩史上，韓、孟、元、白之於宋詩，李賀諸人之於元詩，
都有著深遠的影響。韋應物、柳宗元在五言古詩創作上頗有成就，各
自顯示著自己的特色。在詩歌史上，也有一定的歷史地位。

第一節　韋應物柳宗元的五言古詩

　　韋應物與柳宗元是中唐時期兩位著名的詩人，但由於兩人相差三
十六歲，且沒有直接的交往，因此在當時和以後很長時間，人們都沒
有將他們相提並論。但韋、柳生活道路、審美情趣以及詩歌的藝術風
格，很有些相似之處。雖然這種相似並非相互學習或影響所致，但仍
引起了研究者的極大興趣。在中國文學史上，首先將韋、柳並提的，
是宋代的大文學家蘇軾，他說：「李、杜之後，詩人繼作，雖間有遠

韻，而才不逮意。獨韋應物、柳宗元發纖穠於簡古，寄至味於澹泊，非餘子所及也。」〔註1〕

從蘇軾以後，詩論家一直將韋、柳並稱，論其高下；直到現在，人們仍然在較其優長。可見，關於韋、柳詩的品評，仍是一樁未了的公案。

韋、柳之所以並稱，是因爲他們在創作上遠紹陶、謝，近承王、孟，其五言古詩又能自成一家、各立門戶的緣故。韋應物五言古詩極受論者的重視。白居易說：蘇州「五言詩又高雅閑談，自成一家之體」。〔註2〕蘇軾云：「樂天長短三千首，卻愛韋郎五字詩。」〔註3〕葛立方云：韋蘇州「五字句則超然出於畦徑之外」。〔註4〕柳宗元的五言古詩，也受到論者交口稱讚。楊萬里說：「五言古詩，句雅淡而味深長者，陶淵明、柳子厚也。」〔註5〕姚瑩云：「《史》潔《騷》幽並有神，柳州高詠絕嶙峋。」〔註6〕雖然五言古詩不足以概括他們詩歌創作的成就，在韋、柳詩集中，都有五絕、五律、七絕、七律以及七言歌行，其中不乏千古傳誦的名作，譬如韋應物的《滁州西澗》，柳宗元的《江雪》等，他們五言古詩以外的詩歌，無論思想與藝術，都有極大的創獲，因此，以五言古詩概括韋、柳詩歌創作的成就，不免有以偏概全之弊，且五古並稱主要是就其藝術風格而言的。誠然，詩的藝術性是極重要的，但總不免有重藝術輕思想之嫌，雖然如此，但韋、柳的五言古詩，畢竟在其整個創作中，佔有極重要的地位，這些詩爲他們在文學史上，爭得了重要的地盤，是一向談論的熱門話題。因此，我們仍有比較研究的必要。

〔註1〕王國安：《柳宗元詩箋釋》，第448頁，上海古籍出版社，1993。
〔註2〕郭紹虞：《中國歷代文論選》第2冊，第100頁，上海古籍出版社，1979。
〔註3〕何文煥：《歷代詩話》，第487頁，中華書局，1981。
〔註4〕陶敏等：《韋應物集校注》，第642頁，上海古籍出版社，1998。
〔註5〕王國安：《柳宗元詩箋釋》，第450頁，上海古籍出版社，1993。
〔註6〕王國安：《柳宗元詩箋釋》，第468頁，上海古籍出版社，1993。

一

　　韋應物一生由豪俠公子走向文人學士，由三衛郎做到大州刺史，做官雖不算顯達，然官運尚可，總是逐步昇遷的，自無遷謫之怨；他做官勤慎愛民，以清廉正直見稱，加之生性恬淡，自無躁進之心，更不會刻剝人民以取寵；他對當時社會前景缺乏足夠的希望和信心，因此隱退思想時隱時顯。詩如其人，兼之學陶，故其詩在古樸疏淡之中，蘊含著豐富而深厚的感情。他面對這沒有生氣的社會，描繪了一幅幅色彩淡淡的圖畫。在澄澹的胸懷抒寫中，表現了詩人高潔的情操。

　　柳宗元二十一歲考取進士，二十六歲中博學宏詞科。後參加了王叔文革新集團與著名的永貞革新。王叔文革新失敗後，柳宗元被貶為永州司馬達十年之久，調京後又被貶為柳州刺史。他抱著改革弊政的良好願望，因參加永貞革新而受挫，遭貶達十五年之久，直到死也未能回到朝中，故其一生備受壓抑，飽含遷謫之怨，雖藉山水以寄情，感情仍很峻切。儘管他外表有時候顯得恬淡，經常徜徉於自然山水之間，頗為瀟灑，然胸中鬱勃之情時有流露，因此他的詩有著峻峭的特色。

　　如上所述，韋應物與柳宗元經歷過完全不同的生活道路，因此，他們雖然都有過離塵、隱居田園的感情流露，然卻有著質的不同。韋應物性格恬淡，且對社會前途失掉信心，他每每流露出歸隱田園的思想：「豈戀腰間綬，如彼籠中禽」（《雨夜宿清都觀》），「方願沮溺耕，淡泊守田廬」（《秋郊作》），都是仕與隱矛盾心情的真實流露。他在《寄李儋元錫》中說：「身多疾病思田裏，邑有流亡愧俸錢。」他對做官實在有點疲憊和愧疚的心理。柳宗元滿腹牢騷與幽怨，他的樂水樂山，其實是想緩解沖淡抑鬱不平的心情。換言之，韋應物的沖淡，大半出於天性，因而表裏一致；柳宗元的恬淡，卻是壓抑著的牢愁。「按跡山水地，放情詠《離騷》」（《遊南亭夜還敘志七十韻》），這才是他的真實感情。「功名翕忽負初心，行和騷人澤畔吟。開卷未終還復掩，

世間無此最悲音。」﹝註7﹞這種幽怨的悲音，是柳宗元詩的基調。因此，他的詩往往在平淡的畫面中，就不免露出圭角。

二

韋、柳並稱，是因爲他們詩的風格相近。韋應物、柳宗元的五言古詩，文字渾樸，內涵豐富，在平淡的文字裏蘊含著深厚的感情。詩中的感情不是洶湧澎湃，一瀉千里，而是沁人心田，樸質的文字卻有很強的滲透力和感染力。劉長卿《別嚴士元》詩云：「細雨濕衣看不見，閑花落地聽無聲。」用這聯描寫自然景物的詩來喻韋、柳詩的藝術感染力與潛移默化的作用，倒是十分恰切的。他們的詩，的確像濕衣的細雨，落地的閑花，在看不見聽不著中，起著感情的滲透作用。因此，韋、柳的詩表現出很強的沖淡美，其詩風接近陶淵明與謝靈運。他們都有著類似和接近陶、謝的生活道路與思想感情，有著相近的審美情趣。他們在政治上失意後，逐漸接近田園和山水，藉以消散鬱勃不平的情懷。從表面上看，他們的社會理想淡漠了，對個人前途也不再起勁地追求，過著恬淡蕭散的生活。永貞革新失敗的嚴重打擊，給柳宗元心靈上留下了很重的創傷，他在政治上失意之後，徜徉山水，藉以消散心中的苦悶和鬱結，寫了一些反映恬靜閑適生活的詩篇。韋應物居官雖有升遷，但對社會前途並不那麼樂觀。比起天寶年間，缺少那種強大統一和繁榮的社會景象。在他晚年，社會的活力對他很少刺激，他不免沉默了。《唐詩紀事》謂：「應物性高潔，所在焚香掃地而坐，惟顧況、劉長卿、丘丹、秦系、皎然之儔，得廁賓列，與之酬唱。」這種恬淡寡欲的生活，直接影響著他的詩風。

雖然韋、柳詩風格相近，文學史家也往往將其並稱。然因其生活經歷與審美情趣的不同，他們的詩仍有著不同的藝術特色與個性特徵。

﹝註 7﹞ 王國安：《柳宗元詩箋釋》，第 453 頁，上海古籍出版社，1993。

　　首先，韋應物、柳宗元的個性有清曠與幽怨之分。「風格即人」，由於詩人的個性不同，他們的詩必然表現出不同的風格特點。

　　韋應物由豪俠公子走向文人學士，由三衛郎到做州郡刺史，他的個性發生了根本的變化，這變化是由徹底反省已往的荒唐行爲，並對自己處處進行嚴格要求完成的。他立志要做清官，要爲地方上紮紮實實地做點實事。他用儒家的民本思想檢束自己的行爲，他經常慎獨內省，反躬自問，總覺得自己未能盡到地方官安撫黎民的義務，表現出內心的愧疚與坦誠。他又一向淡薄名利，把世事看開了，因此其性格有曠達的一面，欲做清官而又性格曠達，這表現在詩中，就有清曠的一面。「閉門蔭堤柳，秋渠含夕清。微風送荷氣，坐客散塵纓。守默共無吝，抱衝俱寡營。良時頗高會，琴酌共開情。」（《與韓庫部會王祠曹宅作》）以清秀的氛圍托出詩人沖淡寡欲的胸懷，刻畫了詩人恬淡自適的心境。性格曠達而又能心與境偕，這種諧調的情景經常流露筆端。

　　他把生活的貧富、官場的沉浮看得很淡，在名利追逐的官場卻能清心寡欲，恬淡自適，不爲外物所動。這種澄澈清瑩的胸懷，以之處世，自然心曠神怡，因此其詩也充分地表現出清曠的個性特色。

　　與韋應物相比，「柳子厚幽怨有著《騷》旨，而不甚似陶公，蓋怡曠氣少，沉至語少也」。〔註8〕他因革新受挫而遭貶，懷抱利器而不得用，空懷報國之心、救世之志，眼看大唐帝國如日落西山，不僅未能挽狂瀾於既倒，反被貶謫遐荒，不免爲屈子之幽怨，這種幽怨情緒在詩中時有流露。「去國魂已逝，懷人淚空垂。孤生易爲感，失路少所宜。」（《南澗中題》）「信美非所安，羈心屢逡巡。糾結良可解，紆鬱亦成伸。高歌返故室，自罔非所欣。」（《登蒲州石磯望橫江口潭島深迥斜對香零山》）詩人經常是心情鬱結，眉含幽怨，所謂「愚溪諸詠，處連蹇困厄之境，發清夷淡泊之音，不怨而怨，怨

〔註8〕　丁福保：《清詩話》，第 982 頁，上海古籍出版社，1963。

而不怨，行間言外，時或遇之」。﹝註9﹞「愚溪詩思本清和，遷謫餘
生幽怨多」，﹝註10﹞可謂的評。「幽怨多」的確是柳詩的重要特色。

其次，韋、柳的五言古詩，有擅長寫景與專注抒情之別。韋應物
善於抒情，其詩極含蓄委婉之致。他是一位感情豐富的詩人，他曾寫
過十九首不同形式的悼亡詩，以見他對妻子感情的深摯；他寫過許多
懷念兄弟詩篇，以見他友于之情深重；他寫過許多懷友傷逝之作，以
見他與友交往之情篤；就是在酬賓宴友送往迎來的酬應詩中，也處處
流注著懇摯的感情。而在情感的表達上又各具特色：《對芳樹》一詩
深寓物是人非的感慨，並以物的無情反襯自己的深情，以見思念妻子
彌篤；在《寄全椒山中道士》中，詩人將感情的各種跳蕩與反覆埋在
字裏行間，在疏宕淡遠的景象中蘊藏著深厚的感情；《初發揚子寄元
大校書》中，詩人以含蓄的筆調，有意遮掩自己過分哀傷的感情，表
面平淡，內蘊深厚。當然，他的五言古詩多為山水詩，他的山水詩也
是以抒情為主的，所謂「詩境澄涵善繪情」是也。﹝註11﹞他在詩中寫
景，往往是為自己抒情創造氛圍，或者作為抒情的陪襯，集中多情景
交融之作，如《淮上即事寄廣陵親故》，寫詩人離思念遠的強烈情緒，
有濃烈的主觀抒情意味，通過淒迷景色的描寫與氛圍的渲染，詩人將
其思念親故的情思，寫得深沉而含蓄，有縹緲悠遠之致。

柳宗元善於寫景，他的許多五言古詩，都是以寫景為主，情寓景
中。雖然一切寫景都是為了抒情，然好多寫景之作，詩人意緒深藏，
感情並不外露。《中夜起望西園值月上》、《雨後曉行獨至愚溪北池》、
《秋曉行南谷經荒村》，或寫清幽之景，或著清淡之色，或繪淒清的
畫面，情景宛然，峻潔雅致。《芙蓉亭》、《梅雨》、《法華寺西亭夜飲》
等，寫景都頗具特色。《苦竹橋》開頭寫危橋處於苦竹繚繞的環境之
中，突出橋的清幽；中間四句寫危橋周圍的環境清明，靜謐幽深；結

﹝註9﹞　沈德潛：《唐詩別裁》，第 11 頁，商務印書館，1958。
﹝註10﹞　郭紹虞等：《萬首論詩絕句》，第 1298 頁，人民文學出版社，1991。
﹝註11﹞　郭紹虞等：《萬首論詩絕句》，第 1131 頁，人民文學出版社，1991。

尾兩句感嘆橋的處地僻遠，幾於閑置。全詩著力描寫苦竹橋周圍的客觀景象，在景色描寫中，透露出詩人不得志的牢騷與隨遇而安的心境。

　　第三，在詩歌的藝術表現上，韋、柳詩有自然與刻削的不同。王世貞云：「韋左司平淡和雅，爲元和之冠……柳州刻削雖工，去之稍遠。」〔註12〕吳喬云：「然韋不造作，而柳極鍛煉也。」〔註13〕劉履謂：「子厚之工緻，乃不若蘇州之蕭散自然。」〔註14〕說韋應物詩「平淡和雅」、「不造作」、「蕭散自然」，言其詩在藝術表現上極爲自然，已經達到了出神入化的地步；說柳宗元詩「刻削」、「極鍛煉」，言其詩在藝術表現上有些斧鑿的痕跡。王世貞等人對韋、柳詩的比較，的確抓住了二者的特點。這裏必須指出：柳詩的所謂「刻削」、「極鍛煉」、「工緻」，是與韋詩比較而言的，而不是一般意義上的「刻削」、「極鍛煉」、「工緻」。質言之，柳詩在表現出自然的特質中略有刻削，還未達到化境。柳宗元詩在藝術表現上也是極自然的，但比起韋應物來，描寫的自然程度未免就差了一點兒，不免露出一絲爐錘之痕，而非有意「刻削」、「鍛煉」，以求「工緻」。他的詩也不雕琢，還根本沒有有意做作之嫌。

　　談到詩歌的自然，人們往往想到「自然流出，不假安排」，其實，這只是詩歌藝術的外在表現，是那些在表現上很自然的詩歌給讀者的一種感覺，而非詩人創作的實際。詩人的詩歌創作是由刻削而返自然的，自然之境是文字上鍛煉的結果，是經過詩人努力達到一種雖鍛煉而不見爐錘之跡的藝術境界。它滲透著詩人艱辛創造的心血，而不是隨隨便便不經意的潑墨塗鴉。「成似容易卻艱辛」，對於表現自然的詩歌，實在是不刊之論。柳詩表面上看，也是極自然的，但仔細讀來，就感到有一些刻削的意味。譬如《溪居》「久爲簪組累，幸此南夷謫」，這兩句詩實在是皮裏陽秋，蘊含著極大的怨憤與不平，明明是欲實現

〔註12〕丁福保：《歷代詩話續編》，第 1011 頁，中華書局，1983。
〔註13〕郭紹虞：《清詩話續編》，第 564 頁，上海古籍出版社，1983。
〔註14〕胡震亨：《唐音癸籤》，第 68 頁，上海古籍出版社，1981。

其兼濟之志而不可得，卻硬說「久爲簪組累」；明明是對貶謫充滿憤激之情，卻偏偏說「幸此南夷謫」。詩人既不願明明白白地表現他對貶謫的不滿情緒，又未能將其不滿情緒深藏。一個「幸」字，寫出胸中極大的情緒，流露出悻悻然的心情，詩的結尾「來往不逢人，長歌楚天碧」所展示的畫面，也不免顯出幽怨的色彩。

　　與柳宗元相比，韋應物詩是極自然的。或抒寫淡淡的感情，或勾描淡淡的景色，都是極本色的，詩中表露的是現實生活的本來面目，沒有絲毫做作的人爲的痕跡。《雨夜感懷》、《經武功舊宅》、《寄全椒山中道士》、《東郊》等，都是表現極自然的詩篇。譬如《東郊》：

　　　　吏舍跼終年，出郊曠清曙。
　　　　楊柳散和風，青山澹吾慮。
　　　　依叢適自憩，緣澗還復去。
　　　　微雨靄芳原，春鳩鳴何處？
　　　　樂幽心屢止，遵事跡猶遽。
　　　　終罷斯結廬，慕陶眞可庶。

顯得自然眞樸，沒有絲毫錘煉的痕跡。

　　第四，在詩的藝術風格上，韋、柳詩有平淡與奇峭之分。在這方面，歷代詩論家有許多精彩的論述。方回云：「韋詩淡而緩，柳詩峭而勁。」〔註 15〕沈德潛云：「陶詩胸次浩然，其中有一段淵深樸茂不可到處。……韋左司有其沖和，柳儀曹有其峻潔。」〔註 16〕王士禛云：「韋蘇州古澹，柳柳州峻潔。」〔註 17〕說韋詩「淡而緩」、「沖和」、「古澹」，言其主觀色彩很淡，詩人的意緒在詩中表現不夠濃鬱，從而形成一種平淡的藝術風格，能在平實的文字裏表達深邃的詩意，在淡淡的情思中，蘊含雋永的詩味，使詩平實淡雅而深厚。聞一多先生在談到孟浩然詩時說：「淡到看不見詩了，才是眞正孟浩然的詩。不，說

〔註 15〕陶敏等：《韋應物集校注》，第 644 頁，上海古籍出版社，1998。
〔註 16〕丁福保：《清詩話》，第 535 頁，上海古籍出版社，1963。
〔註 17〕王國安：《柳宗元詩箋釋》，第 459 頁，上海古籍出版社，1993。

是孟浩然的詩，倒不如說是詩的孟浩然更爲準確。」〔註18〕如果用這段話評論韋詩，也是十分恰當的。歷代詩論家對韋應物這種平淡的詩風，都給予很高的評價。沈德潛謂：「韋詩至處，每在淡然無意，所謂天籟也。」〔註19〕言其詩無意追求眞至的境界卻確實達到了眞至的境界，這是非人工所及的天籟。翁方綱說：「其奇妙全在淡處，實無跡可求」，〔註20〕言其奇妙處著色很淡，沒有一點人爲的痕跡。《幽居》、《郊居言志》、《夏景端居即事》、《始至郡》等，都是平淡的風格，但卻給人留下了深刻的印象。說柳詩「峭而勁」、「峻潔」，或謂「孤峭」〔註21〕、「絕巇峋」，言其主觀色彩很濃，詩人的主觀感受在詩中得到了突出的表現。詩人極力追求想像的奇特與文字表現的峭拔，構成奇峭的風格。如「崩雲下漓水，劈箭上潯江。負弩啼寒狄，鳴槍驚夜猰。」（《答劉連州邦字》）「笙簧潭際起，鸞鶴雲間舞。……幽巖畫屏倚，新月玉鈎吐。」（《再至界圍巖水簾遂宿巖下》）詩人以比喻、誇張、詞序顛倒以至文字的怪異，使詩鋒棱畢現，給人以陡峭的感覺。又如：「丹霞冠其巔，想像凌虛遊。靈境不可狀，鬼工諒難求。忽如朝玉皇，天晃垂前旒。」（《界圍巖水簾》）詩人想像力豐富奇特，使詩奇麗工壯。如此等等，都表現出柳詩奇峭的風格特徵。總之，「柳構思精嚴，韋出手稍易」。〔註22〕使其詩各具風姿。雖然如此，韋、柳詩風格畢竟相近，明代王禕用「溫麗清深」四個字概括韋、柳詩的特點，並作了如下生動的描述：「譬如芙蓉出水，污泥不染，而姿態婉然，如春鶯出谷，音韻圉軟，而自諧律呂。」〔註23〕如果對韋、柳詩存異求同，這個評價也是不錯的。

〔註18〕聞一多：《唐詩雜論》，第35頁，古籍出版社，1956。

〔註19〕沈德潛：《唐詩別裁》，第72頁，商務印書館，1958。

〔註20〕郭紹虞：《清詩話續編》，第1384頁，上海古籍出版社，1983。

〔註21〕王國安：《柳宗元詩箋釋》，第459頁，上海古籍出版社，1993。

〔註22〕王國安：《柳宗元詩箋釋》，第460頁，上海古籍出版社，1993。

〔註23〕吳文治：《古典文學研究資料匯編·柳宗元卷》，第209頁，中華書局，1964。

　　第五，從詩歌的藝術淵源說，韋、柳詩有承陶與承謝的區別。韋承陶，他自己說：「慕陶眞可庶」（《東郊》），論者無異議；柳詩雖有學陶之處，但他受謝靈運詩歌的影響更深。

　　以性格言，陶淵明恬淡、剛直，不慕榮利，「不爲五斗米折腰向鄉里小兒」，而掛冠歸去。韋應物處世平和，無躁進之心，爲人剛直，做官清廉，不爲蠅營狗苟之事。以詩歌言，他的五言古詩，多有逼肖淵明之處。如《效陶彭澤》、《與友生野飲效陶體》、《觀田家》等。《幽居》寫罷官歸隱的生活情趣，詩中描繪了一個悠閑寧靜的境界，反映了詩人幽居獨處、知足保和的平靜心態，流露出遠離囂塵、超然物外、消極避世的思想。在質樸的抒情中，微含憤世嫉俗的感喟，其風格頗近陶詩。何元明謂：「左司性情閒遠，最近風雅，其恬淡之趣，不減陶靖節。」〔註24〕其說極是。謝靈運因政治上不得志而寄情山水，大寫模山範水之詩；柳宗元因永貞革新失敗而遭貶，他藉山水景物來寄託自己清高孤傲的情懷。雖然謝、柳的政治品格有著極大的不同，但從政治失意上說卻如出一轍。從詩的淵源說，柳宗元受謝靈運的影響極深。柳詩雖有極似陶淵明者，所謂「《飲酒詩》絕似淵明」，「《田家詩》『雞鳴村巷白』云云，又『里胥夜經過』云云，絕有淵明風味」。〔註25〕然縱觀全集，他受謝靈運的影響比受陶淵明詩的影響爲深。謝詩往往是用敘事－寫景－說理這樣一個比較刻板的結構，而且拖著一條玄言的尾巴；柳詩則用敘事－寫景－抒情的結構方式，其結尾抒情往往含有說理的成分。在結構上分明留有脫胎謝詩的痕跡。譬如爲詩論家所激賞的《南澗中題》即是。「秋風集南澗，獨遊亭午時。回風一蕭瑟，林影久參差。始至若有得，稍深遂忘疲。覊禽響幽谷，寒藻舞淪漪。去國魂已遊，懷人淚空垂。孤生易爲感，失路少所宜。索寞竟何事？徘徊只自知。誰爲後來者，當與此心期。」此詩首二句寫秋日中午獨遊南澗，中間六句寫在蕭瑟的秋風中，林影搖動，因景色優

〔註24〕王堯衢：《古唐詩合解》，第150頁，嶽麓書社，1989。
〔註25〕王國安：《柳宗元詩箋釋》，第241頁，上海古籍出版社，1993。

美而忘記疲勞；後八句抒情。「孤生易爲感，八路少所宜」兩句，有
一定的說理成分。詩的結構是三段式：敘事－寫景－抒情（兼有說理
成分）。這種結構，與謝靈運詩的結構極爲相似。從詩的意境說，柳
宗元的五言古詩，構思精密，著力於字句的選擇與鍛鍊，善於從幽峭
掩抑的意境中，表現深沉的感情，這一點也受謝靈運的影響較深。王
達津先生說：「他的山水詩峭拔處倒似大謝。……而藝術造詣最高的
山水詩，也未能忘記政治，清澄深遠中含有峭拔，簡古淡泊中深蘊著
憂憤。」〔註26〕他詩中某些精工的偶句，也極像謝靈運，古人業已指
出：「『平野青草綠，曉鶯啼遠林。日晴瀟湘渚，雲斷峋嶁嶺』，『菡萏
溢嘉色，籉篝遺清斑』，又『霧暗水連階，月色花覆牖』，其句律全似
謝臨川。」〔註27〕總之，柳宗元五言古詩的結構、意境、句式、刻畫
山水詩的細緻作風以及詩中不時流露的憤激情緒，都與謝詩有神似逼
肖之處。另外，柳宗元多鋪敘寫景之作，蓋學大謝。值得注意的是，
他的《再至界圍巖水簾遂宿巖下》，有著極細膩的寫景：「敲陽訝垂冰，
白日驚雷雨。……古苔凝青枝，陰草濕翠羽。蔽空素彩列，激浪寒光
聚。的礫沉珠淵，鏘鳴捐佩蒲。……夜涼星滿川，忽疑眠洞府。」此
詩確像謝靈運的詩風，而沒有雕琢氣息和玄言尾巴，直可駕大謝而上
之了。這說明柳宗元對謝靈運的詩是批判地學習，而不是刻意地模
仿，因此取得了很高的成就。

第二節　韓愈與孟郊

　　韓愈對孟郊詩備極推崇，他多次在詩文中對孟詩予以高度的讚
揚。「有窮者孟郊，受材實雄驚。冥觀洞古今，像外逐幽好。橫空盤
硬語，妥帖力排奡。敷柔肆紆餘，奮猛卷海潦。(《薦士》)「東野動驚
俗，天葩吐奇芬。……險語破鬼膽，高詞媲皇墳。至寶不雕琢，神功

〔註26〕王達津：《唐詩叢考》，第 61 頁，上海古籍出版社，1986。
〔註27〕王國安：《柳宗元詩箋釋》，第 63 頁，上海古籍出版社，1993。

謝鋤耘。」(《醉贈張秘書》)韓愈不僅對孟郊詩如此反覆地讚揚，而且還在《醉留東野》中充滿感情地說：「吾願身爲雲，東野變爲龍。四方上下逐東野，雖有離別無由逢。」對孟郊的傾服可謂五體投地了。而蘇軾、元好問則以蔑視的口氣，對孟詩作了十分刻薄的貶抑：「要當斗僧清，未足當韓豪。……何苦將兩耳，聽此寒蟲號。」〔註28〕「東野窮愁死不休，高天厚地一詩囚。江山萬古潮陽筆，合在元龍百尺樓。」〔註29〕他們都以韓孟比較，對孟郊詩作了不適當的貶斥。但大多數詩歌評論家則將韓孟並稱，並多爲持平之論。「要之二人工力悉敵，實未易優劣。昌黎作《雙鳥詩》，喻己與東野一鳴，而萬物皆不敢出聲。東野詩亦云：『詩骨聳東野，詩濤湧退之。』居然旗鼓相當，不復謙讓。」〔註30〕這段話是有相當的代表性的。今人則往往稱韓孟爲險怪詩派，然二人詩風畢竟有所不同，現將韓孟詩歌藝術的異同比較如次。

一

韓愈、孟郊各有獨特的社會經歷與審美情趣，因此詩歌取材有極大的差異，反映社會生活的方式與深廣程度，都有明顯的區別。

韓愈一生自負不凡，又好直言，雖屢遭貶謫，浮沉官場，終未改變其耿介的性格與恢宏的壯志。他的政治視野廣闊，社會閱歷甚深，又因其有相當的政治洞察力，故詩歌能擊中時弊，對現實生活之反映十分深廣。在他的詩集中，反映政治鬥爭與思想鬥爭的作品頗多。

韓愈所處的時代，皇帝昏聵，宦官專權，朋黨紛爭，藩鎮割據，國家政治極端腐敗。當時最高統治者不想勵精圖治，改革現實，卻迷信仙道，尊崇佛釋，躲到虛幻的天堂陶醉，又藉著弘揚佛道，麻痺廣大人民。韓愈以繼儒家道統自居，極力排斥異端，對佞佛妄道之徒深惡而痛絕。他反對佛老雖然是爲了維護封建統治階級的利益，但他卻

〔註28〕韓泉欣：《孟郊集校注》，第 475 頁，浙江古籍出版社，1995。
〔註29〕韓泉欣：《孟郊集校注》，第 487 頁，浙江古籍出版社，1995。
〔註30〕韓泉欣：《孟郊集校注》，第 493 頁，浙江古籍出版社，1995。

也銳敏地看到佛老的廣泛傳播對國家和人民都有嚴重的危害。因此這場反對佛老的思想鬥爭，客觀上對國家人民都有利。

韓愈對佛老的鬥爭是堅決的、勇敢的。他因上《論佛骨表》，幾乎被皇帝所殺，幸為宰輔所救，然終被遠謫潮州。他在《左遷至藍關示姪孫湘》中說：「一封朝奏九重天，夕貶潮州路八千。欲為聖明除弊事，肯將衰朽惜殘年。雲橫秦嶺家何在，雪擁藍關馬不前。知汝遠來應有意，好收吾骨瘴江邊。」詩中悲壯的情緒，是頗能震撼我們心靈的。

韓愈反對佛教，不只是為了捍衛儒家的道統，他還清醒地意識到佛教的廣泛傳播，在政治經濟方面的嚴重危害，他說：「佛法入中國，爾來六百年。齊民逃賦役，高士著幽禪。官吏不之制，紛紛聽其然。耕桑日失隸，朝署時遺賢。」（《送靈師》）佛教的發展，不僅減少了國家的經濟收入與服役人員，而且失去了許多有用人才。因此，他在《別盈上人》、《送惠師》、《送僧澄觀》等詩中，都勸僧徒還俗。而在另外一些詩中，對佛教的危害作了尖銳的揭露與抨擊：「只今中國方多事，不用無端更亂華。」（《贈譯經僧》）。

道教是唐代的國教，韓愈既反對佛教，也反對道教。《華山女》、《謝自然詩》、《誰氏子》都是以反對道教為主題的，而表現手法兩樣，《謝自然詩》、《誰氏子》都是正面勸告人們不要迷信；《華山女》是側面的諷刺、揭露，筆鋒是指著皇家的。

韓愈反佛道的詩有二十餘篇，雖然僅佔其全部詩作的二十分之一，然而縱觀中國詩歌史，批判佛道的詩作不多，因此他這類詩歌在中國詩歌史上有其突出的地位。另外，韓愈反對藩鎮割據維護國家統一的思想，在其詩中也得到較好的反映。《汴州亂二首》、《此日足可惜一首贈張籍》，不僅對藩鎮的強橫作了尖銳的指斥，而且在對汴州亂中四鄰諸鎮坐視不救和朝廷姑息無能深為不滿，矛頭直指以與藩鎮姑息為安邊長策的封建統治者。他還寫了一些譏諷最高統治者驕奢淫逸的詩篇，如《遊太平公主山莊》等。總之，他的政治視野比較廣闊，

能夠高瞻遠矚，比較清醒地看到中唐時期社會上存在的種種矛盾與政治危機，他與腐朽黑暗勢力作了頑強的鬥爭，企圖挽狂瀾於既倒。他有這樣的氣魄與勇氣。

孟郊窮愁潦倒，在艱難困苦中度過自己不幸的一生。他幾乎傾注了全部心血，來抒寫自己痛苦的經歷，因此他的詩題材比較狹窄。但由於他是中唐時期典型的寒士，不僅生活極端貧困，而且仕途上的種種坎坷以及個人的種種不幸遭遇，都落到他的頭上，造成了巨大的精神沉壓。因此，對艱辛生活的感受十分深切。諸如生活的困頓，飢寒的煎熬，旅途的寂寞，人情的冷暖與世態炎涼等等，他都有著深切的體會。因此，他的詩歌，非常典型地反映了中唐時期寒士的生活。讀他的詩，我們非常清晰地看到中唐時期在仕進道路上艱難掙扎困頓不堪的知識份子的真實情景。

孟郊除了以大量的篇幅反映自身苦痛的經歷外，也有少數詩篇接觸到時代的重大主題，如《殺氣不在邊》、《汴州離亂後憶韓愈李翱》、《亂離》等，都揭露譴責了軍閥製造的汴州之亂。《寒地百姓吟》寫了百姓飢寒交迫求生不能求死不得的痛苦生活。《織婦詞》不僅發出「如何織紈素，自有藍縷衣」的質問，而且還寫了「官家榜村路，更索栽桑樹」的盤剝與勒索，反映了社會生活的一個側影。

我們似乎可以這樣說：韓愈以政治家的氣度，密切注視著國家的前途與命運，並力圖肩負改造時代、主宰國家命運的使命。儘管他滿懷信心地扯起了巨大的風帆，然而等待他的是足以撞翻巨輪的暗礁，力挽狂瀾的企圖只是一場喜劇。孟郊是一位心胸狹窄的弱者，又適逢愁雲慘淡的天氣，抑鬱愁悶悲悽，在時代的浪濤中無力掌握自己的命運，「船破偏遇打頭風」，只能在破船上吶喊呼救。如果說當時是知識份子的悲劇時代，那麼他就扮演了一位重要的悲劇角色。

二

韓愈、孟郊兩人的詩風格雖然相近，都可用「險怪」二字來概括。

但仔細體味起來，二人的詩風則不盡相同，其詩均有自己獨特的地方。誠如夏敬觀所云：他們「各樹一幟，不為風氣所囿，而能開創成家，以左右風氣者也」。〔註31〕他們在詩歌領域，各自展示自己的才華，在詩壇各顯風姿，爭奇鬥怪，充分地展示了自己的藝術風采，形成獨特的具有突出個性特徵的藝術風格。

首先，韓詩奇崛而氣勢壯闊，顯示出雄傑峭拔的氣概；孟詩奇枯而氣氛淒清，流露出淒楚悲涼的情緒。

韓愈才大氣雄，其詩極有氣魄。他的詩一氣貫注，氣勢壯闊，讀其詩往往為詩人雄豪的氣勢所折服。張戒云：「退之詩，大抵才氣有餘，故能擒能縱，顛倒崛奇，無施不可。放之則如長江大河，瀾翻洶湧，滾滾不窮；收之則藏形匿影，乍出乍沒，姿態橫生，變怪百出，可喜可愕，可畏可服也。」〔註32〕這一段話，恰切地概括了韓愈詩的風格特點。韓愈的古體詩，特別是七言古詩，突出地表現了這一藝術特徵。《雉帶箭》、《八月十五夜贈張公曹署》、《山石》、《陸渾山火一首和皇甫湜用其韻》等，這些詩無不氣魄宏偉，氣勢壯闊，險峭崛奇，而為讀者所傾倒。譬如《陸渾山火一首和皇甫湜用其韻》，就是突出的例證。這首詩共有三段，第一段寫陸渾山冬季發生山火，風大火猛，燒得飛禽走獸無處奔逃，連鬼神都被燒得焦頭爛額；第二段寫火神祝融興高采烈，在一片火海中大宴賓客，十分得意；第三段寫水神遣使上訴天帝，天帝亦感到為難，勸水神暫避其鋒，等待適當時機，再給火神以懲處。此詩想像豐富而奇特，詩尤為險怪。為了表現這種頗為怪奇的詩境。詩人還特意創造了一些誇張而又怪奇精警的語匯。「山狂谷恨」、「天跳地踔」、「神焦鬼爛」等，都是詩人獨創的表達怪奇境界的絕妙詞匯。這首詩因為想像的豐富、詩風的奇特以及藝術創造的成功，評論家給予很高的評價。《唐宋詩醇》謂：「只是詠野燒耳，寫得如此天聽地岐。憑空結撰，心花怒生。」

〔註31〕錢仲聯：《韓昌黎詩繫年集釋》，第 541 頁，上海古籍出版社，1984。
〔註32〕吳文治：《韓愈資料匯編》，第 258 頁，中華書局，1983。

程學恂謂：「此詩極意侈張，滿眼彩繢。然其意旨卻自清絕，無些子模糊。」〔註33〕

　　與韓愈詩的氣勢雄壯相比，孟郊詩則顯得寒瘦枯槁，氣勢微弱。翁方綱謂：「酸寒幽澀，令人不忍卒讀。」〔註34〕這是讀孟郊詩的真切感受。歌德曾說：「一個作家的風格，是他內心生活的準確標誌。如果想寫出雄偉的風格，他也首先要有雄偉的人格。」〔註35〕由於生活的困頓與遭遇的不幸，在飢寒交迫中掙扎一生的孟郊，未能形成和韓愈那樣「雄偉的人格」，因此，詩中經常流露出酸寒淒楚的情態。「食薺腸亦苦，強歌聲無歡。出門即有礙，誰謂天地寬。」（《贈崔純亮》）生活困頓不堪，使他心情苦楚，不時唱著苦澀的歌曲。「寄泣須寄黃河泉，此中怨聲流徹天。愁人獨有夜燈見，一紙鄉書淚滴穿。」（《聞夜啼贈劉正元》）他以淒楚、哀怨、悲涼的調子，寫出了強烈的思鄉情緒。「吹霞弄日光不定，暖得曲身成直身。」（《答友人贈炭》）他以真切的感受，寫出了對友人贈炭的感激之情。沒有窘迫的苦痛生活的經歷，是寫不出這類生動詩句的。孟郊在許多詩中，都以淒楚悲涼的調子，譜寫著生活中的痛苦與辛酸：

　　　　十日一理髮，每梳飛旅塵。
　　　　三旬九過飲，每食惟舊貧。
　　　　萬物皆及時，獨餘不覺春。
　　　　失名誰肯訪，得意爭相親。

　　　　　　　　　　　　——《長安羈旅行》

　　　　朔風激秦樹，賤子風中泣。
　　　　家家朱門開，得見不可入。
　　　　長安十二衢，投樹鳥亦急。

〔註33〕錢仲聯：《韓昌黎詩繫年集釋》，第699～700頁，上海古籍出版社，1984。
〔註34〕郭紹虞：《清詩話續編》，第1390頁，上海古籍出版社，1983。
〔註35〕朱光潛譯：《歌德談話錄》，第39頁，人民文學出版社，1978。

高閣何人家，笙篁正喧吸。

——《長安道》

少年出門將訴誰，川無梁兮路無歧。

一聞陌上苦寒奏，使我佇立驚且悲。

君今得意厭梁肉，豈復念我貧賤時。

——《出門行》

這些詩是他一生痛苦心態的必然表現，他反覆吟詠著自己的悲苦與愁腸，並在與富人生活的強烈對比中，揭示世態炎涼的情景，加強抒情詩的藝術表現力。然而他既沒有韓愈那樣的生活經歷，又缺乏韓愈那樣的胸襟與氣魄，因此只能低吟淒楚哀怨的悲歌，而沒有韓詩那種雄壯高亢的歌聲。

第二，韓詩如急流奔注，一氣而下，氣象開闊，顯示了詩人縱橫恣肆的才氣；孟詩如繭中抽絲，又細又慢，鍛煉凝澀，表現了詩人思想深邃的特色。

韓愈是唐代古文運動的倡導者，他把一生的主要精力放在散文創作上，僅僅是「餘事作詩人」（《和席八十二韻》）罷了。他創造性地把古文的結構、章法、句式用在詩歌創作上，又因其才大氣雄，感情充沛，寫詩時洋洋灑灑，自成絕妙的篇章。趙翼云：「其實昌黎自有本色，仍在『文從字順』中，自然雄厚博大，不可捉摸，不專以奇險見長。」〔註36〕他寫詩強調「文從字順」，故其詩恣肆流暢；因其才力「雄厚博大」，故其詩氣象開闊而又能一氣奔注。

韓詩之所以能一氣奔注，還在於他寫詩前，已作了充分的醞釀與準備，有成竹在胸，故揮毫時，猶如箭在弦上，不可不發了。韓愈在《雉帶箭》中說：「將軍欲以巧伏人，盤馬彎弓惜不發。」生動地寫出了將軍的武藝高強，讚揚他超絕的射箭技藝。其實，他寫詩何嘗又不如此呢？顧嗣立云：「公蓋示人以運筆作文之法也。」程學恂曰：「二

〔註36〕吳文治：《韓昌黎資料匯編》，第 1313 頁，中華書局，1983。

句寫射之妙處，全在未射時，是能於空處得神。即古今作詩文之妙，亦只在空處著筆，此可作口訣讀。」〔註37〕沈德潛曰：「李將軍度不中不發，發必應弦而倒，審量於未彎弓之先。此矜惜於已彎弓之候，總不肯輕見其技也。作詩作文，亦須得此意。」〔註38〕韓詩深得此法，詩意醞釀於未落筆之前，故提筆寫詩時，詩情如急流奔注。又因其才氣縱橫，恣肆揮灑，故其詩能「字向紙上皆軒昂」（《盧郎中云寄送盤谷子詩兩章歌以和之》）。所謂「韓詩如高山喬嶽，無不包孕，洪波巨浸，莫可端倪」。〔註39〕「兼有清妙、雄偉、磊砢三種筆意。」「紛紅駭綠，韓退之之詩境也。」〔註40〕如此等等，質之韓詩，不爲過譽。雖然他寫詩時，才氣得到了最充分的發揮，然不免過分恃才，翻空出奇，難免「以才學爲詩」之譏。

孟郊以詩爲生命，他把詩看得比什麼都重要。因此他一生苦吟不輟，以求精警凝煉。「夜學曉不休，苦吟鬼神愁。如何不自閒，心與身爲仇。」（《夜感自遣》）在這一首詩中，眞實地記錄了他徹夜苦吟、直令鬼神發愁的情形。他爲吟詩而「心與身爲仇」，硬是跟自己過不去，經過反覆認眞地推敲，直到他自己最後完全滿意爲止。他在《勸善吟》中還說：「天疾難自醫，詩僻將何攻！」「詩僻」即「詩癖」，謂作詩苦吟已成癖好也。詩人言苦吟推敲已成爲天疾，無可救藥，可見他對詩歌藝術的執著追求，達到了何等狂熱的地步。「一生空吟詩，不覺成白頭。」（《送盧郎中汀》）「無子抄文字，老吟多飄零。有時吐向床，枕席不解聽。」（《老恨》）他年老孤苦伶仃，詩人不爲人理解，詩歌因無人抄寫而散佚，他精神是何等痛苦。這種始終不渝的苦吟，形成凝煉枯澀的詩歌風格。

由於孟郊堅持苦吟，寫詩時能夠反覆推敲與錘煉，因而詩的藝術

〔註37〕錢仲聯：《韓昌黎詩繫年集釋》，第 112 頁，上海古籍出版社，1984。
〔註38〕錢仲聯：《韓昌黎詩繫年集釋》，第 112 頁，上海古籍出版社，1984。
〔註39〕錢仲聯：《韓昌黎詩繫年集釋》，第 1350 頁，上海古籍出版社，1984。
〔註40〕錢仲聯：《韓昌黎詩繫年集釋》，第 1355 頁，上海古籍出版社，1984。

表現力極強，處處顯示著精警凝煉的藝術特點。但在頗顯詩人的藝術功力之外，詩人的才氣卻未能得到充分的發揮，且不免流露出斧鑿的痕跡。因此，其詩既缺乏渾然天成的優美意境，又缺少韻味天然的不可湊泊之句。儘管是「詩從肺腑出，出輒愁肺腑」，有著感人的藝術力量，然也難免「初如食小魚，所得不償勞。又似煮彭蟹，竟日持空螯」〔註41〕的感受。

三

　　韓愈、孟郊兩人詩風格之不同，除了他們生活環境、創作道路、藝術修養、個人氣質等不同外，與他們在詩歌創作過程中不同的心理機制有極大的關係。諸如創作慾望與情緒、構思之特點、藝術想像飛馳的意向、語言的組合與錘煉，如此等等，形成了他們各自詩歌創作上鮮明的個性特徵。

　　首先，韓、孟兩人寫詩時情緒不同：韓愈寫詩時，往往是情緒激奮昂揚，故能酣暢淋漓地抒發其雄豪之氣；孟郊寫詩時，感情抑鬱低沉，其思緒如繭抽絲，仔細吟味生活經歷的苦難與艱辛。「蓋東野之思沈鬱，故時見危苦之音。昌黎之興激昂，故時見雄豪之氣。」〔註42〕可謂一語破的。

　　如上所述，孟郊一生生活艱辛困頓，而又以詩為生命，故經常借詩傾吐生活的苦水：「大海亦有涯，高山亦有岑。沉憂獨無極，塵淚互盈襟！」（《病客吟》）他寫詩時，情緒是抑鬱而低沉的，他把親身經歷的苦難、生活的感受，經過仔細冷靜的咀嚼、體味、推敲，寫出足以表達感情微波的動人詩篇。《落第》、《再下第》、《下第東歸留別長安知己》、《下第東南行》、《嘆命》等，反覆吟詠在科場不得志的苦悶與牢騷，感情低沉而抑鬱，充滿了壓抑感。《秋懷十五首》，反覆吟唱生活的艱辛與苦痛，抒發抑鬱而淒涼的情懷。《杏殤九首》，寫他年

〔註41〕均見韓泉欣：《孟郊集校注》，第475頁，浙江古籍出版社，1995。
〔註42〕錢仲聯：《韓昌黎詩繫年集釋》，第55頁，上海古籍出版社，1984。

老殤子的悲痛。《結交》、《擇友》等詩，如同壓縮餅乾一樣，興象被刪削到最低限度，幾乎成了枯瘦的理性的闡發。這都足以說明他寫詩的冷靜與沉思。

韓愈雄心勃勃，很想在政治上有一番大的作為，幹出一番轟轟烈烈的事業來，但他的理想難免跟現實發生碰撞，這就激起他感情的巨大波瀾。「我年十八九，壯氣起胸中。作書上雲闕，辭家逐秋蓬。」（《贈族侄》）「報國心皎潔，念時涕汍瀾。……排雲叫閶闔，披腹呈琅玕。致君豈無術，自進誠獨難！」（《齪齪》）「歲老豈能充上駟，力微當自慎前程。不知何故翻驤首，牽過關門妄一鳴。」（《入關詠馬》）他雖然在仕進的道路上曾遭受種種挫折，但情緒始終是昂揚樂觀的，其雄豪之氣不減。「違憂懷患性匪他，凌風一舉君謂何！」（《鳴雁》）「我鱗日已大，我羽日已修。風波無所苦，還作鯨鵬遊。」（《海水》）他在「違憂懷患」、路遇風波時，毫不退縮和畏懼，而是充滿了進取與希望，仍然氣勢軒舉。高漲的情緒，敏捷的詩思，逼著他提起筆來，記錄他胸中吐出的色色珠玉。故能手不停輟，一氣呵成，寫出氣勢雄豪感情酣暢的詩篇。

其次，孟郊在構思時以奇巧取勝，喜用巧妙的比喻，故其詩含蓄凝煉，往往以少勝多；韓愈在構思時以奇特見長，又善於鋪陳，故能以篇豐意富取勝。

韓愈讚揚孟郊的詩時說：「規模背時利，文字覷天巧。」（《答孟郊詩》）在詩歌創作上，孟郊確實能夠「背時利」，不趨時，孜孜以求詩的藝術表現力，而巧確實是孟郊詩的重要特點。他的詩在構思上能夠獨闢蹊徑，以巧思取勝。在《看花五首》中，他不僅把芍藥比做嬌艷無比的女郎：「溫柔一同女，紅笑笑不休。」如同「月娥雙雙下，楚艷枝枝浮」。而且因為芍藥這位女郎的嬌艷，以致男子自慚形穢，不敢向她求戀：「芍藥誰為壻，人人不敢來。」他還特意寫了芍藥的多情：「餘花欲誰待，惟待諫郎過。」總之，別人以花喻美人，東野則不特以美人喻花，並且寫了人與花之間情深彌篤的戀愛，可謂精思

殫慮，出奇制勝了。類似奇巧的構思，在孟郊詩集中是頗多的：「愁環在我腸，宛轉終無端。」(《路病》)他比喻愁悶之無窮無盡，縈繞胸懷，用了「愁環」，形象而鮮明。寫因猿的哀鳴而引起無限愁思：「時聞喪侶猿，一叫千愁並。」(《下第東南行》)「喪侶猿」三字令人深思。寫人吃人的社會現實以及詩人的憤激之情：「飢鳥夜相啄，瘡聲互悲鳴！冰腸一直刀，天殺無曲情！」(《飢雪吟》)意豐而辭約，不能不歸功於詩人構思的精巧。「瘡聲」而「悲鳴」，就足以使你拍案叫絕了。「飢犬齚枯骨，自吃饞飢涎。」(《偷詩》)這令人戰栗的詩句，其實是比喻他寫詩的。如此等等，都顯示出他寫詩構思的巧妙，如此才寫出內容深沉、語言精警，能引起讀者深思並反覆玩味的眾多詩篇。

　　韓愈卻善於鋪陳，能把頗為奇特的情思，表現得痛快淋漓。譬如《醉留東野》，就設想奇特，造語新警，將他對孟郊傾倒之至與友誼之篤的情感，表現得淋漓盡致。所謂「粗粗莽莽，肆口道出，一種真意，亦自可喜」。〔註 43〕《奉酬盧給事雲夫四兄曲江荷花行見寄並呈上錢七兄閣老張十八助教》云：「曲江千頃秋波淨，平鋪紅雲蓋明鏡。……太白山高三百里，負雪崔嵬插花裏。玉山前卻不復來，曲江汀瀅水平杯。我時相思不覺一回首，天門九扇相當開。上界真人足官府，豈如散仙鞭笞鸞鳳終日相追陪。」既以鋪敘描寫了曲江荷花之盛，又通過奇特的想像，寫出了對盧給事的相思之情。「太白山高三百里，負雪崔嵬插花裏。」兩句寫太白雪峰倒映荷花池中，異樣精彩。翁方綱曰：「作水景，偏說山；作夏景，偏說雪。此大手筆，古今寡二。」〔註 44〕《李花二首》、《李花贈張十一署》、《聽穎師彈琴》、《謁衡岳廟遂宿岳寺題門樓》等詩，都能把奇特的情思，表現得酣暢淋漓。

　　第三，韓愈、孟郊的詩都有著豐富的想像力，詩中的意象與詞句都很奇怪，而韓愈尤為突出。

　　韓愈寫詩，總是飛馳著豐富的藝術想像力，普普通通的事物在

〔註 43〕錢仲聯：《韓昌黎詩繫年集釋》，第 62 頁，上海古籍出版社，1984。
〔註 44〕錢仲聯：《韓昌黎詩繫年集釋》，第 996 頁，上海古籍出版社，1984。

他想像力的驅使下，出現了異常驚人的怪怪奇奇的詩的意象。所謂「精誠忽交通，百怪入我腸」（《調張籍》），令人擊節讚賞。譬如《和虞部盧四酬翰林錢七赤藤杖歌》，無非是寫一條藤杖而已，然而這條藤杖在他的筆下，卻放出異樣光彩，其來源就令人驚嘆不已：「共傳滇神出水獻，赤龍拔鬚血淋漓；又云羲和操火鞭，暝到西極睡所遺。」它哪裏是條藤杖，竟是滇水之神特意拔下赤龍的一根鬍鬚來獻的，這根鬍鬚血淋淋的。或者是給太陽神趕車的羲和扔下的一條火鞭。想像多麼怪奇，這不過是爲了寫藤杖的赤紅神異。「歸來捧贈同舍子，浮光照手欲把疑。」「空堂照眼倚牖戶，飛電著壁搜蛟螭。」這條藤杖竟有如此光彩奪目的景象。他在《辛卯年雪》中寫道：「河南二月末，雪花一尺圍。崩騰相排拶，龍鳳交橫飛。波濤何飄揚，天風吹幡旗。白帝盛羽衛，鬖鬖振羽衣。白霓先啓途，從以萬玉妃。」你看，雪花像龍鳳一樣在空中飛舞，雪的海洋，雪的波濤。白帝帶著那麼多衛士，都抖著羽衣。前面有儀仗隊打著白旗開道，神仙帶著白衣仙女下界，千千萬萬的玉妃飄然而下。通過豐富的想像，把常見的大雪，寫得美麗而奇特。《雜詩》則以遊仙的筆調，寫了另一種神奇的境界：「獨攜無言子，共升昆侖顛。長風飄襟裾，遂起飛高圓。下視禹九州，一塵集毫端。遊戲未云幾，下已億萬年……慷慨爲悲咤，淚如九河翻。」

　韓愈善寫怪奇的意象，以增強詩的藝術表現力。在《答道士寄樹雞》中寫道：「煩君自入華陰洞，直割乖龍左耳來。」樹雞就是木耳，詩人卻把它比做仙洞乖龍的左耳，想像奇特，比喻怪巧。類似怪奇的意象頗多：「鴟梟啄母腦，母死子始翻。蝮蛇生子時，坼裂腸與肝。」（《孟東野失子》）「浩態狂香昔未逢。」（《芍藥》）「男寒澀詩書，妻瘦剩腰襻。」（《崔十六少府攝伊陽以詩及書見投因酬三十韻》）這些詩誠如他自己說的：「刳肝以爲紙，瀝血以書辭。……言辭多感激，文字少葳蕤。一讀已自怪，再尋良自疑。」（《歸彭城》）

　孟郊的詩，也發揮了極豐富的藝術想像力。然而他的想像不在於

上天入地與鬼神怪異，而在於寫平平實實的對象時，奇突不平，非同凡響，表現出想像力的奇特與奇異。如表現離愁別緒的《古離別》：「春芳役雙眼，春色柔四肢。楊柳織別愁，千條萬條絲。」意謂應接不暇的春花使雙眼如服苦役，濃如美酒的春色，把人的四肢都薰得酥軟了。這濃重的別愁離緒，原來是千條萬條楊柳枝織成的。詩人用迷人的春色襯托離人的別愁離緒，這司空見慣的表現手法卻寫得如此別致，如此深刻，令人久久難忘。「書去魂亦去，兀然空一身。」（《歸信吟》）寄書卻寫得如此情真，從她失魂落魄的神態，表現出對丈夫的深厚感情。詩人寫得富於雕塑感，給人以立體的印象。「試妾與君淚，兩處滴池水。看去芙蓉花，今年爲誰死。」（《古怨》）以能否使芙蓉花激動而死，來檢驗誰的情真，想像可謂出奇。「路喜到江盡，江上又通舟。……願爲馭者手，與郎回馬頭。」（《車遙遙》）希望行人在山窮水盡的情況下，早日返回，偏偏是「柳暗花明又一村」，希望變爲馭者的手，強行拉回情人的馬頭。如此奇思妙想，真虧他想得出。他往往站在主人公立場，設身處地地想像他們的思想活動，寫出最足以表現他們情思的感情與場景，通過極豐富的藝術想像，提高詩歌的藝術表現力與感染力。

孟郊還善於錘煉詩的意境，創造富於藝術魅力、能啓迪讀者欣賞趣味、調動讀者欣賞再創造的藝術境界。「佞是福本身，忠是喪己源……日影不入地，下埋冤死魂。」（《吊比干墓》）前者是就忠佞的結果說的，是憤激語；後二句謂陽光照不到地下，只好千古沉冤於九泉。令人深思。「道路如抽繭，宛轉羈腸繁。」（《出東門》）「楚淚滴章句，京塵染衣裳。」（《張徐州席送秀才》）這些詩句想像力豐富而構思奇特，在精警凝煉之中，表現了豐富的感情，引起讀者極大的興趣。在創造優美的意境時，詩人還特別注意煉字，找尋富於表現力的字眼，收到了極好的藝術效果。譬如《送從舅端適楚地》云：「羽扇掃輕汗，布帆篩細風。江波折菡萏，岸影泊梧桐。」「掃」、「篩」、「折」、「泊」，都是經過仔細篩選，認真推敲的字眼，很值得我們仔細欣賞

玩味的。

第四，孟郊善於煉句，詩人藉比喻或象喻，構成生動的意象，但往往整體形象不夠鮮明。韓愈也注意錘字煉句，而詩的整體形象鮮明，這一點似高於孟詩。

孟郊的詩句是十分精煉的，還有許多哲理名言，甚至有些詩整首都是由哲理性的句子組成的，充滿了理性，但視其全詩形象卻是不夠鮮明的。如《靜女吟》、《審交》、《寓言》、《勸學》、《達士》、《勸友》等。如《達士》：「四時如逝水，百川皆東波。青春去不還，白髮鑷更多。達人識元氣，變愁爲高歌。傾產取一醉，富者奈貧何。君看土中宅，富貴無偏頗。」前四句寫時光已逝，中間四句寫及時行樂，末兩句頗爲精警，即死後無所謂富貴貧賤，有諷世之意。但全詩平平，形象不夠鮮明。

孟郊用了許多排比句式，以加強詩的藝術表現力。「古若不置兵，天下無戰爭；古若不置名，道路無欹傾。太行聳巍峨，是天產不平；黃河奔濁浪，是天生不清。」（《自嘆》）「我願分眾泉，清濁各異渠；我願分眾巢，梟鸞相遠居。」（《湘弦怨》）「花嬋娟，泛春泉；竹嬋娟，籠曉煙；妓嬋娟，不長妍；月嬋娟，眞可憐！」（《嬋娟篇》）餘如《寓言》、《感興》、《聞砧》、《求友》、《隱士》等等，都用了排句形式，抒發個人強烈的感情。

孟郊還用許多相似的句式：「朝思除國仇，暮思除國仇。」（《百憂》）「探春不爲桑，探春不爲麥。」（《長安早春》）「終是君子材，還思君子識。」（《衰松》）詩人還把一些散文的結構與句式用在詩中：「朝向公卿說，暮向公卿說。……一說清嶰竹，二說變嶰谷。三說四說時，寒花拆寒木。」（《投所知》）總之，孟郊在比喻象喻的運用上，在詩句的錘煉上，用力頗勤，取得了較好的藝術效果。而從詩的整體說，卻缺少渾然一體的生動和鮮明的形象。

韓愈也很注意詩句的錘煉，他在務去陳言、力求創新的思想指導下，從用字到句式都下了一番功夫，有許多個人獨特的地方。他爲了

協韻或炫耀博學，在詩中用了許多怪字僻字，《贈張籍》、《贈劉師服》、《月蝕詩》，都用了許多生僻的字；爲了表現奇崛的詩風，他用了拗句或互易句式，前者如「有窮者孟郊」（《薦士》）。後者如「今是嶺猿兼越鳥，可憐同聽不知愁」，其實是「可憐嶺猿兼越鳥，今日同聽不知愁」的互易；爲了加強詩的表現力，也用了排句，如《雙鳥詩》中「不停兩鳥鳴」曾以排句形式出現四次；爲了詩歌的流暢，用了好多散文句式，如《忽忽》、《嗟哉董生行》、《南山》等，但他沒有僅僅停留在個別詩句的推敲錘煉上，與孟郊相比，他更重視整首詩的藝術構思。因此他的詩大部分渾然一體，形象鮮明，較少可以句摘字賞的詩篇。

第三節　孟郊與賈島

　　孟郊、賈島都是活躍在元和詩壇的著名詩人，他們以苦吟著稱而貧寒終身，仕途的蹭蹬、生活的潦倒以及身後的寂寞等，其生平遭遇極爲相似。自蘇軾說了「元輕白俗，郊寒島瘦」以後，〔註45〕文學史家往往將孟賈二人詩歌並稱，並以寒瘦概括其詩歌的藝術風格。其實，他們本來就是忘年交的詩友，孟郊對比他小二十八歲的青年詩人賈島極爲推崇，他曾讚揚賈島說：「詩骨聳東野，詩濤湧退之。……可惜李杜死，不見此狂痴。（《戲贈無本二首》）他認爲賈島詩的風骨與詩才，絕不在自己和韓愈之下，直可上追李杜。對賈島欣賞讚美之情，溢於言表。賈島對孟郊的詩歌成就，也十分欽佩。他稱讚孟郊說：「身死聲名在，多應萬古傳。……冢近登山道，詩隨過海船。」（《哭孟郊》）「集詩應萬首，物象遍曾題。」（《吊孟協律》）褒揚其詩的題材涉獵之廣與詩的傳播之遠，以見其詩歌影響之大。他們是同聲相應、同氣相投的詩人，在詩的藝術上有許多相似之處，又有其獨特的藝術個性。因此，對他們的詩歌藝術，有比較研究的必要。

〔註45〕齊文榜：《賈島集校注》，第 587 頁，人民文學出版社，2001。

一

在藝術上苦心孤詣地銳意追求，是孟郊、賈島寫詩時的共同特點。中唐詩人，都是富於藝術個性善於在藝術上創新的，他們共同創造了名噪當時垂式千秋的「元和體」。孟郊的五言古詩，賈島的五言律詩，在當時都是異軍突起戛戛獨創的藝術精品。如果說詩人元白尚輕俗通脫，將通俗易懂的詩作爲抨擊腐敗刷新政治的宣傳工具，並希望廣爲流布的話，那麼賈、孟一派則欲以獨特的審美意識寫出藝術精湛的詩歌，使讀者在對詩美的審視中，了解詩人的才情與心境，以及由此反映的社會風貌。他們寫詩時苦思沉吟，反覆推敲，以求字句的精警與含意的深邃。爲此一味地字鍛句煉，一再推求，以期更準確地表達詩人對外物的感受，故爲詩苦吟是其寫詩的基本特徵。他們在詩中，都生動地描寫了自己作詩苦吟的情景。孟郊謂：「夜學曉不休，苦吟神鬼愁。如何不自閒，心與身爲仇。」(《夜吟自遣》)這樣精思殫慮苦吟不輟地寫詩，實在太辛苦了，他對這種心身爲仇的苦吟也不滿意，希望從這種苦境中解脫出來；「餓犬齚枯骨，自吃饞飢涎。……終當罷文字，別著逍遙篇。」(《偷詩》)然積習成癖，無以自拔：「天疾難自醫，詩僻將何攻。」(《勸善吟》)他寫詩已成爲難以醫治的癖好。直到老境他還嘆息說：「無子抄文字，老吟多飄零。有時吐向床，枕席不解聽。」(《老恨》)詩人感情無人理解，詩句飄零流失，這才是詩人內心的極大悲哀。以詩爲生命的孟郊，於此內心是何等苦痛。韓愈對他的苦吟作了十分生動的描寫：「才春思已亂，始秋悲又攪。朝餐動及午，夜諷恒至卯。」〔註46〕春秋代謝，晝夜循環；詩人吟詩不輟而苦痛難遣，這種記載，應是很眞實的。後代詩人對他的苦吟也時有題詠：「郊寒凜如對，作詩太瘦生。」〔註47〕「東野窮愁死不休，高天厚地一詩囚。」〔註48〕這位詩囚，只執著於詩歌創作，心中幾乎

〔註46〕華忱之編校：《孟東野詩集》，第 273 頁，人民文學出版社，1959。
〔註47〕華忱之編校：《孟東野詩集》，第 279 頁，人民文學出版社，1959。
〔註48〕華忱之編校：《孟東野詩集》，第 281 頁，人民文學出版社，1959。

沒有整個大千世界。賈島在詩中，也經常談到自己寫詩苦吟的情景：
「溝西苦吟客」(《雨夜同厲玄懷皇甫荀》)，「苦吟誰喜聞」(《秋暮》)，
「風光別我苦吟身」(《三月晦日贈劉評事》)。同代及後代詩人，也多
以苦吟爲其詩歌藝術的基本特徵。姚合《寄賈島》詩曰：「狂發吟如哭」，
張蠙《傷賈島》曰：「生爲明代苦吟身」，可止《哭賈島》曰：「人哭
苦吟鬼」，貫休《讀劉得仁賈島集》曰：「伊余吟亦苦。」如此等等，
都將苦吟與他的詩歌創作聯繫起來。關於他寫詩時苦吟的情景，歷代
詩話也多有記載。楊慎謂其「惟搜眼前景而深刻思之，所謂『吟成五
個字，撚斷數莖鬚』也。」〔註49〕以及文學史上艷傳其作詩「推敲」
的故事，都說明他寫詩的態度十分認眞，字斟句酌，直到完全妥帖爲
止。

　　孟郊、賈島在苦吟的同時，極大地調動了個人的藝術思維，發揮
了豐富的想像力。構思精巧，意象新奇，詩句挺拔、瘦硬、警策，頗
見藝術功力。所吟雖多爲日常平凡的生活，卻有著豐厚深邃的詩的意
蘊。

　　孟郊的詩有很強的藝術表現力，給人留下回味的餘地。「春芳役
雙眼，春色柔四支。」(《古離別》)詩人著意鍛煉一個「役」字和「柔」
字，前者寫春光明媚，目不暇接；後者言春光融融，四肢無力。由「役」
到「柔」，以表現春色濃春意鬧的景象。「波瀾誓不起，妾心井中水。」
(《烈女操》)詞句倒裝，崛奇而斬截。「離杯有淚飲，別柳無枝春。
一笑忽然斂，萬愁俄已新。東波與西日，不惜遠行人。」(《送遠吟》)
寫送別時強顏歡笑而內心苦痛的情景，非常逼眞，並用「東波」與「西
日」的無情，對離人的感傷情緒作了有力的陪襯。「試妾與君淚，兩
處滴池水。看取芙蓉花，今年爲誰死。」(《古怨》)「願爲馭者手，與
郎回馬頭。」(《車遙遙》)詩的想像奇特，給人以新異之感。

　　賈島更注意詩的藝術的推敲與鍾煉，在表現上不同凡響。譬如開

〔註49〕丁福保：《歷代詩話續編》，第 851 頁，中華書局，1983。

卷第一首《古意》，就以獨特的面目出現。

> 碌碌復碌碌，百年又轉轂。
>
> 志士終夜心，良馬白日足。
>
> 俱爲不等閒，誰是知音目。
>
> 眼中兩行淚，曾吊三獻玉。

此詩將士不得志的苦痛，寫得簡勁而深刻。首聯以碌碌的轉轂爲喻，將時光的飛逝、生命的短促，寫得生動而形象。次聯則將志士與良馬並提，寫其未遇而才能難展的苦悶。最後寫屢次投獻而遭碰壁之命運。詩人將懷才不遇表現得深沉有力。賈島詩句見錘煉之功的俯拾即是：「生聞西窗琴，凍折兩三弦。」（《朝飢》）寫天氣之酷寒；「虬龍一掬波，洗蕩千萬春。」（《望山》）寫雨中望南山的佳境；「天子未辟召，地府誰來追。」（《哭盧仝》）惜其壯志未酬而賫志以歿；「別腸多鬱紆，豈能肥肌膚。始知相結密，不及相結疏。」（《寄遠》）寫久別相思之苦痛；如此等等，語句凝煉而精警，構思奇特而生新，有著很強的藝術魅力。

孟郊、賈島的苦吟，與他們視野的狹窄有著直接的關係。生活的單薄與內容的貧乏是其詩歌的共同缺點。雖然他們都是窮愁潦倒的知識份子，曾經飽嘗了飢寒的苦痛與羈旅的辛酸，然而生活的窘迫，並沒有迫使他們睜大雙眼，透視周圍的無限廣袤的世界，相反，他們幾乎閉起雙眼，只對個人的生活處境作一些浮淺的思考，寫個人生活窘迫中的感受，這就大大地削弱了他們詩歌反映現實的深廣程度。儘管如此，他們畢竟對飢寒的生活有過眞切的體驗，而且在窮困潦倒之際橫遭白眼，因此，他們筆下的寒士形象，還是生動而感人的，這在封建社會有著典型的意義。而孟郊的詩在反映寒士的牢愁與不平上，尤爲突出。

孟郊一生遭遇不偶，生活十分窘迫，對於飢寒病痛有著眞切的感受，其寫寒士生活的詩篇，頗有感人的藝術力量。組詩《秋懷》寫寒士生活是十分典型的。如其二云：

> 秋月顏色冰，老客志氣單。
>
> 冷露滴夢破，峭風梳骨寒。
>
> 席上印病文，腸中轉愁盤。
>
> 疑懷無所憑，虛聽多無端。
>
> 梧桐枯崢嶸，聲響如哀彈。

此詩寫客中貧病交加情緒驚疑不定的情景十分逼眞，其酸痛憂愁的生活境況歷歷在目，非親身感受是不能寫出這樣有眞情實感的詩篇的。餘如：「秋至老更貧，破屋無門扉。一片月落床，四壁風入衣。疏夢不復遠，弱心良易歸。」（其四）「老骨懼秋月，秋月刀劍稜。纖威不可干，冷魂坐自凝。」（其六）刻畫冷凍難熬的辛酸，病老傷痛的感情，淋漓盡致，令人不忍卒讀。他除了反映寒士生活以外，還寫了許多樂府詩，如《織婦詞》、《猛將吟》、《邊城吟》、《殺氣不在邊》、《覆巢行》等，較廣泛地反映了現實生活。

賈島寫了一些自己貧寒而又能正直自守、欲有所爲而志不得逞之作，如《朝飢》、《齋中》、《古意》、《劍客》、《感秋》、《義雀行和朱評事》等。他寫寒士生活不像孟郊那樣刻畫盡致，而以坦然的態度出之，如《朝飢》：

> 市中有樵山，此舍朝無煙。
>
> 井底有甘泉，釜中乃空然。
>
> 我要見白日，雪來塞青天。
>
> 坐聞西牀琴，凍折兩三弦。
>
> 飢莫詣他門，古人有拙言。

詩裏寫了無柴無水生活無著以及天寒地冷的情景，但給人留下的卻是正直自守的節操，而不是示人以痛苦、誘人以憐憫。他有時託物喻意，如《鷺鷥》云：「求魚未得食，沙岸往來行。島月獨棲影，暮天寒過聲。墮巢因木折，失侶遇弦驚。頻向煙霄望，吾知爾去程。」詩人在鷺鷥的遭遇中，飽含著自己困頓潦倒的生活體驗。另外，賈島以寫幽僻的生活和瑣細的景物見長，卻缺乏壯闊境界的描寫與寬廣胸懷的抒

發。

　　孟郊、賈島的詩，不是向生活的深廣層開拓詩的意境，尋求新的
詩意，甚至不是寫實實在在的詩意美，而是著意在詩的表現力上狠下
功夫，尤其在文字表達上苦思冥索，企圖表現一個全然一新的詩的境
界。這種近乎閉門造車式的做法，嚴重地影響了他們詩歌的藝術成
就，使其內容單薄，對生活中美的開拓不深。歷來艷傳的賈島推敲的
故事，很能反映他們詩歌創作的境況。關於推敲的故事，人們往往傾
倒於他精心追求煉字的嚴肅的創作態度，著名詩論家王夫之對此卻有
迥別眾人的精闢議論，令人耳目一新。他說：「僧敲月下門衹是妄想
揣摩，如說他人夢，縱令形容酷似，何嘗毫髮關心？知然者，以其沉
吟推敲二字，就他作想也。若即景會心，則或推或敲，必居其一；因
景因情，自成靈妙，何勞擬議哉？」〔註50〕這一段話，實在是眞諦妙
論，它一針見血地指出了詩人在苦吟面紗下掩蓋的脫離生活的眞實情
景。詩人一旦脫離生活，是不可能寫出好作品的。賈島心神貫注地推
敲，這與其說是詩人苦心孤諧地尋求最準確的字眼表現絕妙的境界，
毋寧說是詩人脫離生活，在描寫與表現上無所適從。在危機四伏的中
唐時代，詩人感受不到生活浪濤的衝擊，未能反映生活的本質與主
流，反而捨本逐末，苦吟錘煉，只在文字表面上下功夫，這不僅導致
詩意貧乏，詩境淺薄，而且在遣詞造句上捉襟見肘。「秋風生渭水，
落葉滿長安。」(《憶江上吳處士》)這種直尋的詩句，卻展示出秋天
長安的風貌，境界之開闊，詩意之醇美，都遠非賈島其他詩可比。這
從另一方面，證明王夫之的即景會心、自然靈妙論點的不可移易。正
因爲孟郊、賈島的詩歌，離開了時代的洪流，躲進了個人建造的象牙
之塔裏苦吟，因此未能深刻地反映時代精神，缺乏廣闊的社會內容，
受到蘇軾的譏刺：「夜讀孟郊詩，細字如牛毛。寒燈照昏花，佳處時
一遭。孤芳擢荒穢，苦語餘詩騷。……初如食小魚，所得不償勞。又

〔註50〕李嘉言：《長江集新校》，第217頁，上海古籍出版社，1983。

似煮彭蟵，竟日嚼空螯。要當斗僧清，未足當韓豪。」〔註51〕他的批評雖然有些苛刻，但卻抓住了孟郊詩的要害。這些評語移之賈島，也是大體合適的。

二

儘管孟、賈並稱，文學史家往往將他們相提並論，其實他們的創作個性，仍有很大的差異，有著不同的創作特色。

首先，他們有著不同的生活道路與處世態度。賈島早年出家，孤雲野鶴似的生活，山林隱棲的幽情，看破紅塵的觀念，純任自然不受拘限的行為，如此等等，出家人特有的生活習性，在他思想上打下了極深的烙印。因此有著較瀟灑的性格，有著不太執著世情的閑逸胸懷。儘管他一生生計是那麼艱難，但他似乎把世事看透了，把自己遇到的重要困難看得並不那麼嚴重，心境也比較平淡。因此，在他筆下把現實的激劇的矛盾淡化了。有人說他「衲氣終身不除」，〔註52〕以上所論或可算作他身上的諸多衲氣之一吧！與賈島相反，孟郊則是一位執著世情的詩人，他是一位典型的寒士，在「有財有勢即相識，無財無勢同路人」（《傷時》）的社會，他受盡了富人的白眼：「胡風激秦樹，賤子風中泣。家家朱門開，得見不可入。」（《長安道》）他對自己貧寒的處境極為不滿，並力圖迅速改變這種生活，能夠改變他這種生活境況的，只有仕進一條路。因此，他把功名富貴看得很重，這對他來說，簡直是天字第一號大事。他為了進士不第，竟嘆息道：「棄置復棄置，情如刀刃傷。」（《落第》）「一夕九起嗟。」（《再下第》）他還這樣形容自己的心情：「江籬伴我泣，海月投人驚。失意容貌改，畏途性命輕。時聞喪侶猿，一叫千愁並。」（《下第東南行》）竟因為下第失意落魄而痛不欲生。「本望文字達，今因文字窮。」（《嘆命》）這怎能不使他痛苦悲傷、哀感欲絕呢？所以他在中進士後云：「昔日

〔註51〕華忱之編校：《孟東野詩集》，第 278 頁，人民文學出版社，1959。
〔註52〕韓泉欣：《孟郊集校注》，第 489 頁，浙江古籍出版社，1995。

齷齪不足誇,今朝放蕩思無涯。春風得意馬蹄疾,一日看盡長安花。」
(《登科後》)其氣度飛揚,足見當時揚眉吐氣的得意之情。生活道路
與處世態度的迥異,這就鑄成了兩人不同的創作個性,形成了不同的
藝術風格:賈詩平淡而孟詩奇崛。

賈島極力追求超然物外的飄逸的藝術境界,所謂:「言歸文字外,
意出有無間。」(《送僧》)他寫詩既不喜歡堆砌典故,又不願意特意
雕飾,而喜歡用平常的話,寫眼前的景,詩風平淡。他的許多詩篇,
都是用了白描的筆法來寫的:「徑通原上草,地接水中蓮。採菌依餘
柿,拾薪逢刈田。」(《原居即事言懷贈孫員外》)「空地苔連井,孤村
火隔溪。捲簾黃葉落,鎖印子規啼。」(《寄武功姚主簿》)「荒樹苔膠
砌,幽叢果墮榛。」(《題劉華書齋》)「獨樹依岡老,遙峰出草微。」
(《偶作》)如此等等,都顯得平淡而雅素。所以韓愈讚揚他的詩風「往
往造平澹」,〔註53〕這是很符合賈島詩歌的創作實際的。儘管他也寫
了「心源如廢井」(《戲贈友人》),「鬢邊雖有絲,不堪織寒衣」(《客
喜》)這樣構思奇特的詩句,但畢竟是偶一為之罷了。

賈島寫詩,很少用重筆著力刻畫。他的腕力不像孟郊那麼大,因
此其詩給人的印象較為輕靈與超逸。譬如:「垂枝松落子,側頂鶴聽
棋。」(《送譚遠上人》)「松生青石上,泉落白雲間。」(《寄山友長孫
棲嶠》)「松生師坐石,潭滌祖傳盂。」(《送空公往金州》)「西殿宵燈
磬,東林睹雨風。」(《送宣皎》)都寫得空靈有致。

孟郊寫詩雖然也不喜歡堆砌典故,不注意藻飾,然在詩意的錘
煉、詩句的描寫上,卻有意為奇崛之句,抒憤激之情。平常的景象,
平凡的事物,經他嘔心瀝血地構思,就顯得奇異、激矯,使感情從紙
的平面上凸現出來。譬如《聞砧》:

> 杜鵑聲不哀,斷猿啼不切。
> 月下誰家砧,一聲腸一絕。

〔註53〕李嘉言:《長江集新校》,第212頁,上海古籍出版社,1983。

　　　　杵聲不爲客，客聞髮自白。

　　　　杵聲不爲衣，欲令遊子歸。

詩以「杜鵑聲不哀，斷猿聲不切」，反襯砧聲的「一聲腸一絕」的無比哀怨的感情。又以「客聞髮自白」，極寫遊子思歸的強烈情緒。又如「太行聳巍峨，是天產不平；黃河奔濁浪，是天生不清。四蹄日日多，雙輪日日成。二物不在天，安能免營營。」(《自嘆》)詩人以強烈的主觀性，將感情表現得十分憤激。

　　孟郊追求奇峭，其詩構思奇特，語言精警。韓愈云：「其爲詩，劌目鉥心，刃迎縷解。鈎章棘句，搯擢胃腎。神施鬼設，間見層出。」〔註54〕又謂其詩「文字龜天巧」〔註55〕指出他詩歌奇險精深的特色在與構思琢句上的長處。他著力鍛煉刊落浮詞，使語言潔淨無暇。譬如：「歸情似泛空，飄蕩楚波中。羽扇掃輕汗，布帆篩細風。江花折菡萏，岸影泊梧桐。」(《送從舅端適楚地》)構思巧妙而奇特，用字精巧而新鮮。「南山塞天地，日月石上生。」(《遊終南山》)寫終南山高大，筆飽墨足。構思之別致，用字之新奇，都令人拍案叫絕。餘如：「赤令風骨峭，語言清霜寒。不必用雄偉，見者毛髮攢。」(《嚴河南》)「清霜寒」、「毛髮攢」十分奇峭。「愁環在我腸，宛轉終無端。」(《路病》)比喻新奇而恰切。「旗影捲赤電，劍峰匣青鱗。」(《獻河南樊尙書》)「朔雪凝別句，朔風飄征魂。」(《戲贈無本二首》)「藏千尋布水，出十八高僧。古路無人跡，新霞吐石棱。」(《懷南岳隱士二首》)「朔雪寒斷指，朔風勁冰裂。」(《羽林軍》)「壯士性剛決，火中見石裂。」(《遊俠行》)「鑒獨是明月，識志惟寒松。」(《古意》)「歡去收不得，悲來難自防。」(《汴州離亂後憶韓愈李翱》)都是竭思彈慮的精警之句。他寫詩用筆極重，對他表現的事物與情感，都要狠狠地著筆。詩人不僅要將其感情入木三分地刻在紙上，而且要刻在讀者的腦海中。爲了加重感情，在詩的語句上，或用排比，或

〔註54〕華忱之編校：《孟東野詩集》，第270頁，人民文學出版社，1959。

〔註55〕華忱之編校：《孟東野詩集》，第273頁，人民文學出版社，1959。

用遞進，或用誇張，使狀物抒情非常有力。譬如：「壯士心是劍，爲君射斗牛。朝思除國仇，暮思除國仇。」（《百憂》）「吾欲進孤舟，三峽水不平。吾欲載車馬，太行路崢嶸。」（《感興》）他在「穿天心，出月脅」地鍛煉詩意，使其詩在精警之餘，往往給人以笨重和雕琢的感覺。

其次，在創作上賈島能適應詩歌發展的潮流與讀者的欣賞趣味，寫了大量的當時流行的近體詩。五絕《劍客》、《寄令狐相公》，七絕《夜坐》、《友人婚楊氏催妝》，七律《寄韓潮州愈》、《送周判官元範赴越》，都是別饒趣味、傳誦一時的詩篇。在近體詩中，他尤擅長於五律，寫了好多後世傳誦的詩篇，影響也較其他體裁的詩篇爲著。《憶江上吳處士》、《寄山友長孫棲嶠》都寫得比較空靈。《酬姚合校書》寫友情的深摯，頗能動人。《病蟬》則是一首自喻之作，借蟬的遭際寫自己的艱難處境。詩云：「病蟬飛不得，向我掌中行。拆翼猶能薄，酸吟尚極清。露華凝在腹，塵點誤侵睛。黃雀並鳶鳥，俱懷害爾情。」頷聯表其操守，頸聯寫其處境，尾聯更寫黃雀、鳶鳥乘危陷害。《唐詩紀事》說：「島久不第，吟《病蟬》之句以刺公卿。」這是他較有社會意義的詩篇。孟郊的詩歌創作趨於復古，他不肯也似乎不屑於寫當時流行的近體詩，也不寫名噪一時的新樂府，而著力寫了許多五言樂府與五言古詩，企圖在復古的旗幟下，爲唐詩的繼續發展闢出一條新的路子。他也的確寫出了一些富有個性特色的詩篇。如《秋懷》典型地表現了寒士貧病交加的苦痛與辛楚，《杏殤》寫殤子之痛，《遊子吟》寫遊子思親之情，都深刻而動人。他的樂府詩多屬於近代樂府，其題自創，不再沿襲樂府舊題。在崛奇而古樸的形式中，奏出了時代的哀音。但他不用酣暢流麗的七言，也不寫參差錯落的雜言，在詩歌形式上未免保守。因此，批評家以爲：「孟專心於古詩之苦吟，不隨時俗作律詩，此則昧於文學之有時間性，而囿於復古謬見之深也。而島則不然，工於五言律……此其所以爲晚唐詩之先導，而爲孟所不及

也與！」〔註56〕這個批評是很對的。賈島的詩代表著一個時代的風
尙，所以受到一些人的崇拜，有人事之如神。僅在晚唐，各家詩話談
到學習他的就有二十餘人之多，北宋的「九僧」詩，南宋的「四靈詩
派」與「江湖詩派」也都崇尚其詩，其原因比較複雜，但與他擅長這
種簡易而且富於藝術生命力的五言律詩，有著極大的關係。他在詩歌
創作上，能量體裁衣，不專一體，也較孟郊爲優。孟郊在創作上，對
於體裁的選擇與運用，缺乏賈島那種較靈活的態度，一古腦兒地用五
言古詩這種較爲古板的形式，這對他詩歌藝術的表現力，無疑有著一
定的妨礙。但其生平只專一體，故有其獨到處：古樸、勁健、激矯，
而且有著較深刻的社會內容，從這方面講，賈島卻是難於與他比擬的。

　　第三，賈島善寫卑瑣之景，幽僻之境，給人以瑣細平淡的感覺。
他對司空見慣的景物，卻能觀微察細，抓住其特點加以描寫，表現出
他詩歌的個性特徵。

> 穴蟻苔痕靜，藏蟬柏葉稠。

——《寄無可上人》

> 空巢霜葉落，疏牖水螢穿。

——《旅遊》

> 螢從枯樹出，蛩入破階藏。

——《寄胡遇》

> 苔蘚嵌巖所，依稀有徑通。

——《寄華山僧》

> 石縫銜枯草，查根上淨苔。

——《訪李甘原居》

出現在詩人筆下的，是蟻穴、藏蟬、空巢、苔蘚、查根、螢、蛩等，
都是那麼卑瑣細微，高山、大河、激流、瀑布等巍峨壯觀的事物，在

〔註56〕章泰笙：《賈島研究》，引自《古典文學三百題》，第 241 頁，上海古
　　　籍出版社，1986。

賈島筆下，卻是十分罕見的。這反映了他的審美情趣與創作心態。有時他也寫荒涼的景象：

> 野菜連寒水，枯樹簇古墳。
>
> ……
>
> 斜日扉多掩，荒田徑細分。
>
> ——《寄賀蘭朋吉》
>
> 歸吏封宵鑰，行蛇入古桐。
>
> ——《題長江》

殘破、荒涼、瑣碎景物的描寫，反映出他孤寂苦悶的心情。詩人將其索漠的感情與悵惘的心緒，孕育在字裏行間，情寓景中，感情深含而不露。

孟郊善寫壯闊之景、怪奇之境。平凡的事物，在他筆下卻是另外一種景象，給人以警拔、新異之感：

> 日窺萬峰首，月見雙泉心。
>
> 松氣清耳目，竹氣碧衣襟。
>
> ——《陪侍御叔遊城南山墅》
>
> 地脊亞爲崖，聲出冥冥中。
>
> 樓根插迴雲，殿翼翔危空。
>
> ——《登華嚴寺樓望終南贈林校書兄弟》

詩人更多的則是在敘述中將憤激情緒直接吐露，形成他特有的激矯詩風。《杏殤九首》、《峽哀十首》、《秋懷十五首》等，都典型地表現出這種詩風。感情的憤懣、構思的奇特、氣勢的充沛，以及比喻、排比等修辭手法的運用，將其種種不平的遭際流露筆端，形成強烈感人的藝術力量。

孟郊、賈島之詩，都以戛戛獨創的藝術追求，別具一格的藝術個性，屹立在百花爭艷的中唐時代，並流傳久遠而不衰。他們在中國詩歌史上的地位，是不容低估的。

第四節　孟郊與李賀

　　孟郊與李賀有無關係，其詩歌創作有無共同之處，很少有人談及。在歷代詩論家眼中，他們似乎搭不上邊。因此將二人相提並論，談論其詩歌創作，則是一個新的話題。其實，世間的萬事萬物都有聯繫，何況他們是同時代的兩位很著名的詩人，因此，肯定有一些值得我們重新探討的東西。追本溯源地尋找二人詩歌創作的關係，這對唐詩的研究特別是對中唐詩歌的研究，當不無裨益。

一

　　孟郊與李賀，同屬韓派詩人，都受到韓愈的崇賞與提攜。大文學家韓愈，自視甚高，不輕與人，然對孟郊卻極為推崇。他評讚孟郊的有詩九首、、文三篇，這個數量是很可觀的。而他對孟詩的推崇，幾乎達到了無以復加的地步。同時，韓愈也很欣賞李賀的詩才，他與皇甫湜親自拜訪過這位年輕的詩人，此事見於李賀的名篇《高軒過》；他關心李賀的前途，曾寫信給李賀，勸他舉進士。當有人嫉妒李賀詩才，因其父名晉肅攻擊他考進士是犯諱時，韓愈仗義執言，特為之撰《諱辯》，對那些無恥的誹謗予以有力的駁斥與痛擊。孟郊、李賀之所以受到韓愈的獎譽，在於他們在詩歌藝術表現上，沒有因循守舊的積習，能夠戞戞獨創，竭盡全力地追求新的藝術境界。

　　中唐詩人，對於詩的藝術表現力，作了多方面的苦心孤詣的探索與追求。他們對於詩境的開拓，對於詩歌風格的錘煉，對於詩的語言藝術的創新所取得的成就是空前的。他們在中國詩歌史上，濃墨重彩地寫下了新的光輝燦爛的一頁。對於詩的意境、藝術個性、表現手法的追求，盛唐詩人已肇其端。李白的飄逸奔放，杜甫的沉鬱頓挫，王維的雄渾秀麗，孟浩然的清秀疏淡，高適的雄渾悲壯，岑參的悲壯奇峭，各展風姿，他們的詩歌都表現出卓異獨特的藝術個性，以其鮮明的藝術風格屹立於當時的詩壇。當時詩人的藝術個性與其生活情趣、性格相一致，他們詩歌顯示的獨特風格是其個性、才情的自然流露，

是「清水出芙蓉」的自然美。如果說他們在詩的藝術追求過程中也有雕飾，那也是「天然去雕飾」罷了。詩境渾然天成，詩人的匠心不留痕跡，藝術上完全達到了爐火純青的地步。中唐詩人，一反盛唐詩人那種純任自然的態度，對於詩境和詩的風格是有意識的自覺的追求。他們在詩歌中與其說表現自己，毋寧說是對自己心境的更藝術更完美的表現。他們對詩的語言的錘煉與藝術個性的追求表現得更爲突出，達到了高度的自覺，因而形成了獨特的風格：韓愈的雄奇怪險，孟郊的瘦硬生澀，賈島的幽僻，李賀的瑰奇，如此等等，眞是百花爭艷，異彩紛呈。同是怪，怪法不同；同爲奇，奇之各異。藝苑競采，各顯神通。孟郊與李賀對詩美的追求，則是通過苦吟，以達到理想的藝術境界。

孟郊寫詩是以苦吟著稱的，他說：「夜學曉不休，苦吟鬼神愁。如何不自閒，心與身爲仇」（《夜感自遣》），「天疾難自醫，詩僻將何攻」（《勸善吟》），「一生空吟詩，不覺成白頭」（《送盧郎中汀》），他寫詩成了癖好，一生身心爲仇地苦吟，就是爲了尋求詩的藝術表現力，以便寫出「驚天地、泣鬼神」的好詩。他的苦吟，極大地調動了個人的形象思維的活力，發揮了豐富的藝術想像力，使其詩意象新奇，構思絕妙，詩句瘦硬、警策、挺拔，極見藝術功力，所吟雖多爲日常最平凡的生活，卻有著豐富深邃的詩的意蘊。比起孟郊來，李賀的苦吟更甚，幾乎達到了嘔心瀝血的程度。他說：「尋章摘句老雕蟲，曉月當簾掛玉弓。」（《南園十三首》之六）你看他長年尋章摘句，深夜苦吟，天快亮了，仍是吟哦不輟。「咽咽學楚吟，病骨傷幽素。」（《傷心行》）他學習楚吟，病骨棱棱，聲都嘶啞了。無怪乎他母親說：「是兒要當嘔出心始已耳！」〔註57〕後來的詩論家也驚嘆說：「李長吉詩如鏤玉雕瓊，無一字不經百煉，眞嘔心而出者也。」〔註58〕詩人嘔心瀝血地寫詩，因此在詩歌藝術上取得了極大的成功。他的詩構思

〔註57〕吳企明：《李賀資料匯編》，第 9 頁，中華書局，1994。
〔註58〕吳企明：《李賀資料匯編》，第 387 頁，中華書局，1994。

精巧，設色穠妙，風格瑰奇。詩論家以爲：「其詩詣當與楊子雲之文詣同，所命止一緒，而百靈奔赴，直欲窮人以所不能言，並欲窮人以所不能解。」〔註59〕「所得離絕凡近，遠去筆墨畦徑。」〔註60〕他在詩歌創作上勇於創新，獨闢蹊徑，自成一家。

　　孟郊與李賀以一絲不苟的藝術追求，企圖寫出更好更完美的詩篇，提高聲譽，希冀在仕進的道路上一帆風順。但他們精警絕倫的詩歌因其「昧時調」而事與願違。正如孟郊嘆息的：「惡詩皆得官，好詩空抱山。抱山冷殀殀，終日悲顏顏。好詩更相嫉，劍戟生牙關。……求閒未得閒，眾誚瞋虓虓。」（《懊惱》）「顧餘昧時調，居止多疏慵。」（《勸善吟》）「本望文字達，今因文字窮。」（《嘆命》）「如何騏驥跡，蹢躅未能行。」（《西齋養病夜懷多感因呈上從叔子云》）比起孟郊來，李賀的感情則更爲激憤，他說：「隴西長吉摧頹客，酒闌感覺中區窄。葛衣斷碎趙城秋，吟詩一夜東方白。」（《酒罷張大徹索贈詩時張初效潞幕》）「臣妾氣態間，惟欲承箕帚。天眼何時開，古劍庸一吼。」（《贈陳商》）由於他們懷才不遇，於是打破了對現實的美麗幻想，從象牙之塔走向現實，視野逐漸開闊，漸次面向現實，揭露現實，抨擊現實，從而寫出了較爲深刻的反映現實的詩篇。在中國詩歌史上，佔據了更重要的地位。

二

　　孟郊與李賀在詩歌創作上有某些共同的藝術趣味，走過一段相近的創作道路。他們都曾經自覺地抵制當時元稹、白居易開創的輕滑圓熟的詩風，喜歡運用古樸生澀怪奇的語言，追求一種別具特色的新的詩歌格調；他們喜歡用古體，而很少用當時流行的律體寫詩；喜歡寫五言詩，而不愛寫七言詩。如此等等，表現了他們在詩歌創作上的共同旨趣與特色。這些特點，在孟郊詩歌中表現得尤爲突出：他一生沒

〔註59〕葉葱奇編訂：《李賀詩集》，第 366 頁，人民文學出版社，1959。
〔註60〕高棅：《唐詩品匯》，第 269 頁，上海古籍出版社，1982。

有寫過一首七律，七言絕句與七言古詩也只有寥寥數首罷了，而對瘦硬生澀詩風的追求與成功，更使他的詩在詩壇上獨樹一幟而別具風采。關於孟郊與李賀在詩歌方面的共同追求，葉蔥奇先生有一段精闢的論述。他說：

> 李賀在詩歌方面也是抱著這一宗旨，所以他的作品一方面吸收了古詩騷的精英，一方面創造出他獨具的一種風格。對於當時輕滑、圓熟的一派，他極端憎惡，對於一般應試的官體詩──律詩──尤其不屑一顧。在這一點上，他和孟郊是抱著同樣執拗的態度的。孟郊集裏僅有寥寥的幾首五律、五絕，李賀比他也只多幾篇七絕，至於當時最流行的所謂七言律，在他們兩人的集中竟然一篇也找不出。這種旨趣在他的《贈陳商》一篇裏就可以看得很明白了。〔註61〕

中唐時期，律詩是很盛行的。特別是七言律詩，作為一種成熟不久的詩體，具有相當旺盛的藝術生命力。當時詩人爭相創作，寫出了一批內容充實形式完美的詩歌，在中國詩歌史上，寫下了頗為燦爛的一頁。但也毋庸諱言，當時出現了許多內容空洞感情虛假的酬應詩篇。七律雖然在初唐時期已登上詩壇，但詩人與詩篇都不甚多。經過近百年的醞釀、孕育，直到杜甫入川後才趨於成熟，並大量創作，寫出了一批感情真實內容豐厚藝術完美的詩篇，為七律發展繁榮奠定了良好的基礎。再經過一二十年的創作實踐，到了中唐，詩人已能用七律得心應手地反映現實生活，表達複雜的感情。於是，詩人競相創作，蔚然成風。寫七律成為一股潮流，洶湧澎湃地佔據了當時的詩壇。七言律詩本來就與酬應有著深厚的歷史淵源，最早出現的七律，大多是應制、應教、歌頌昇平之類的詩篇。雖然杜甫將其表現內容大大拓寬了，並為七律創作樹立了楷模與豐碑，但作為送別、寄贈之類的酬應

〔註61〕葉蔥奇編訂：《李賀詩集》，第 370 頁，人民文學出版社，1959。

詩，也是七律創作者的輕車熟路。生活底子不豐厚的詩人，最喜歡用七律寫應酬詩，裝點自己的門面。因爲七言律詩即使缺乏生活、缺乏詩的靈感，僅僅憑詩人掌握的成熟的藝術技巧，就可寫出聲調鏗鏘藝術差可的詩來。有人曾說：寫新詩沒有內容根本寫不出詩來，舊體詩沒有內容卻仍可寫出詩來，這個說法有一定的道理。這裏所說的舊體詩是指格律詩而言，舊的格律詩容易走上玩弄技巧的唯美主義創作道路，寫出令人生厭的無病呻吟的詩篇。韓派詩人有一個共同的特點，他們在詩歌創作上是不趨時的。這一點，孟郊、李賀表現得尤爲突出。他們寧可在傳統的被人用俗了的古體詩上下功夫，使古樹生花；而不願在近體詩上用力，以與同儕競艷。他們是以拙中見巧、樸中出奇，力圖在古樸、生澀、怪奇中，追求詩的獨創性，提高詩的藝術生命力。他們用五言寫了許多新題樂府，尤其是孟郊，在新題樂府上取得了可喜的成就。內容深刻，形式古樸，這顯示了他們詩歌的旨趣與特色。他們這樣做，不使自己走入輕滑、圓熟一路，旨在探索並開拓一條新的與人迥異的創作道路，以顯現自己的藝術特色。對於詩歌藝術個性與風格的追求，孟郊與李賀都取得了舉世矚目的成就。但他們不寫七言律，孟郊則連七絕、七古也很少作，這不能不說是他們在詩歌創作上的缺陷。隋唐以來，七言詩顯示出比五言詩更強的藝術生命力，孟郊、李賀沒有及時抓住這一富於藝術活力的表現形式，寫出深刻反映現實的詩篇，這實在是文學史上一件憾事。孟郊在詩體運用上更爲保守，因而在詩歌表現形式上，難免給人以單調、板滯的感覺。

三

　　孟郊與李賀，都極大地發揮了詩歌藝術的獨創性，形成各自獨特的藝術個性與風格，這是沒有異議的；但他們也有互相學習、互相影響的一面，這似乎至今無人論及，故想作一點探討，這也是寫本節的初衷。

　　在孟郊詩集中，有些舊題樂府詩如《巫山高》、《巫山曲》、《湘妃

怨》、《楚怨》、《出門怨》等，都是楚地的歌調，除《出門怨》外，其餘四首都與楚俗有關。其聲調之激楚哀怨，極似「騷之苗裔」李賀的詩，如《湘妃怨》：

> 萬里喪峨眉，瀟湘水空碧。
> 冥冥荒山下，古廟收真魄。
> 喬木深青春，清光滿瑤席。
> 騫芳徒有薦，靈意殊脈脈。

此詩不僅風格之冷艷神似李賀，而且它的聲調、風趣直至遣詞造句都逼肖李賀的詩。如果古人將它收入李賀詩集，那是完全可以亂真的。又如《巫山曲》中的「輕紅流煙濕艷姿，行雲飛去明星稀」兩句，與李賀冷艷幽香、奇詭瑰麗的詩竟相似乃爾。如果這兩句詩不是出自孟郊詩集，而是佚名詩作，人們與其把它認作孟郊佚句，毋寧說是李賀詩更有說服力。假設畢竟是假設，它真真確確是孟郊的詩。孟郊為什麼會寫出如此逼肖李賀的詩呢？那只能有一種令人信服的解釋：他曾經模擬過李賀的詩，他的詩歌創作，曾經受到李賀的影響。

在李賀詩集中，也有頗似孟郊的詩作。譬如他寫的《走馬引》：

> 我有辭鄉劍，玉鋒堪截雲。
> 襄陽走馬客，意氣自生春。
> 朝嫌劍花淨，暮嫌劍光冷。
> 能持劍向人，不解持照身。

這首詩最後兩聯，很像孟郊的詩句。特別是第三聯「朝嫌劍花淨，暮嫌劍光冷」兩句，這種類似散文中的排比句式，在孟郊詩中每每出現。例如「探春不為桑，探春不為麥」（《長安早春》）、「朝吟枯桑柘，暮泣穿杼機」（《贈韓郎中愈二首》）、「勿謂賢者喻，勿謂愚者規」（《罪松》）、「朝思除國仇，暮思除國仇」（《百憂》）、「積怨成疾疹，積恨成狂痴」（《亂離》）、「朝向公卿說，暮向公卿說」（《投所知》），如此等等，簡直不勝枚舉。而這類句式，在其他詩人的詩集中，是不多見的。因此，我以為李賀這樣寫，可能是受了孟郊詩的影響。又如李賀的《銅

駝悲》：

> 洛魄三月罷，尋花去東家。
>
> 誰作送春曲？洛岸悲銅駝。
>
> 橋南多馬客，北山饒古人。
>
> 客飲杯中酒，駝悲千萬春。
>
> 生世莫徒勞，風吹盤上燭。
>
> 厭見桃林笑，銅駝夜來哭。

生澀、冷峻、精警，又頗含哲理的意蘊，極像孟郊的詩。如果將它雜在孟郊詩集中，即使研究孟郊詩的專家，也恐怕不易辨分。餘如《南園十三首》之其十三、《七月一日曉入太行山》、《秋涼詩寄正字十二兄》、《馬詩二十三首》其四等，這些詩都在精警斬截的詩調中，透露出悲涼的情思，也頗似孟郊詩的風格意趣，這種相像難道是偶然的嗎？

　　從前者似乎可以得出結論：孟郊曾經向李賀學習，並受到李賀詩的深刻影響；從後者則似可得出與此相反的結論：李賀曾經向孟郊學習，並且深受其詩歌創作的影響。這兩個結論似乎是互相抵觸的，有矛盾的。讀者不禁要問，這可能嗎？其實兩個結論都是合乎情理的，也是符合他們詩歌創作實際的，實際上也並無矛盾。凡是有成就的詩人，他們的詩歌創作不僅追求藝術的個性，戛戛獨創，力圖建立自己獨特的藝術風格，從而在當代詩壇直至在詩歌史上獨樹一幟；與此同時，他們又努力學習並借鑒有益的詩歌創作經驗，以豐富自己的藝術經驗，增強自己的藝術個性與特色，從而攀登新的藝術高峰。相反，那些固守自己的藝術經驗，把自己的詩歌個性、風格看做封閉式，並謹守門戶，戒備森嚴，則很難取得更高的藝術成就。文學史家一般認為李賀的生卒年為公元 790～816，孟郊的生卒年為公元 751～814，如此作為同時代的兩位著名詩人，他們一生同時有二十五年，而這二十五年都是他們詩歌創作的成熟與高峰期。據華忱之《孟郊年譜》，孟郊 806～814 年在洛陽居官；又據錢仲聯《李賀年譜會箋》，李賀

808 年秋赴洛陽居仁和里，旋往長安就禮部試後 809 年又東歸洛陽。
又 813～814 年居昌谷。如此，極有可能兩人在洛陽相識，至少他們
互相知道對方，因此他們在詩歌創作上有互相學習、互相影響的一
面。如上所述，這在他們的詩集中留下了難以抹去的痕跡。然這畢竟
是偶然的學習與借鑒，兩人都沒有把對方詩歌作為自己學習的楷模。
因為他們各有自己的藝術追求，而他們的藝術旨趣又相去甚遠，他們
詩歌的相異點極為突出而相同點很少，因而他們詩歌創作中互相學
習、互相影響的一面，則被歷代詩論家所忽略，未有人尋找其蛛絲馬
跡。雖然孟郊與李賀是不曾為人們注意的話題，然在這個話題裏卻可
以挖掘出中國詩歌史上被人忽略但確為事實的東西。孟郊是韓、孟詩
派的中堅，其詩以生澀瘦枯著稱；李賀由於詩歌的崇尚與藝術旨趣的
不同，則跳出了韓、孟詩派的圈子，成為當時在詩歌史上獨樹一幟的
詩傑，在詩歌史上的聲譽更為顯赫，大有壓倒韓、孟的趨勢。

第五節　李賀劉言史莊南傑詩歌及餘波

一

　　中唐詩歌是唐詩發展的又一個繁榮時期，流派競起，風格紛呈，
詩壇顯現出富於生機銳意創新的局面。中唐的詩歌流派，世以元、白
通脫與韓、孟險怪奇崛論之，而將李賀置於韓、孟詩派之間。李賀詩
歌有其獨特的藝術個性，遠非韓、孟詩風所能範圍的。其濃艷之詞采
與拗峭而流暢之格調，即非韓、孟所有。文學史家或將李賀從韓、孟
詩派中逸出，與劉禹錫、柳宗元一樣，別樹一幟，單獨論列。關於劉、
柳在詩歌創作上的派系，自當別論。論者又往往以為張碧、劉言史、
莊南傑、韋楚老之詩風頗似李賀，或以為均受李詩影響。韋楚老、張
碧生活時代較晚，其詩歌風格又頗似李賀，當受李詩影響無疑。且張
碧曾說：「碧嘗讀《李長吉集》，謂春拆紅翠，霹開蟄戶，其奇峭者不

可攻也。」〔註62〕可見他的詩歌創作，的確受過李賀詩的影響。然說莊南傑、劉言史亦受李詩影響，則嫌證據不足。誠然，莊南傑工樂府雜詩，好奇尚僻，風格的似李賀；而劉言史的詩風接近李賀，則古人早有評說。皮日休稱其詩「美麗恢贍，自賀外，世莫得比」，〔註63〕則以受李賀詩的影響視之。然考其生平，劉、莊與李賀爲同代人，當時並無師承之說，論其年齡，他們都長於李賀或竟是李賀的長輩。劉言史的生年未能確考，而卒於812年，比李賀早卒四年。以當時人的年壽說，一般都能活到五十歲左右，稽之典籍，未發現劉有早逝之說。如此，就以享年四十五歲計算，他當比李賀大二十三歲。莊南傑生卒年均難確考，但論其交遊，似不比李賀小。因此，說劉言史、莊南傑詩歌創作受到李賀詩的影響，似不可信。然細味二人詩歌，確確實實很有些神似李賀的地方。如此，劉言史、莊南傑、李賀生活於同一時代，三個人詩風又極其相似，這就很值得我們思索和研究。他們有著相近的詩的風格，有著共同的藝術旨趣與愛好，必然有著共同的藝術追求，似可視作一個獨立的詩的流派。雖然他們沒有像韓、孟之間那樣的互相服膺與推轂，也沒有像元、白那樣書簡往來，對詩歌創作互相探討，卻可想見他們在詩歌創作上的推賞與默契，表現出創作思想的相近或一致。

　　李賀、劉言史、莊南傑在七言樂府歌行的創作上，的確有著共同的追求：意象怪誕，構思奇特，詞采華艷，風調急促，結構跳躍，因此使詩別具風采，以迥別於他人的詩的格調聳立於詩界。范之麟認爲：「當時一些有成就的詩人如張碧、劉言史、莊南傑和韋楚老等人也喜歡摹擬李賀詩，寫了一批『長吉體』的詩歌，幾乎可以稱之爲一個小小的長吉詩派。」〔註64〕這個觀點對我們很有啓示，說他們構成了一個詩派的提法，的有所見。然有兩點尚需斟酌：其一，張碧、韋

〔註62〕計有功：《唐詩紀事》，第691頁，上海古籍出版社，1987。
〔註63〕皮日休：《皮子文藪》，第39頁，上海古籍出版社，1981。
〔註64〕吳庚舜等：《唐代文學史》下冊，第362頁，人民文學出版社，1995。

楚老生活年代較晚，不是這個詩派的成員。韋楚老（803～852？）在
劉言史去世時，他才九歲；李賀去世時，他才十三歲，他的詩與李賀
等人詩風相似，只能說他受了這個詩派的影響。要說他是這個詩派的
成員，不大可能。據陳尚君先生考證，張碧是唐末人，〔註65〕較可信，
因此也非這個詩派的成員。由此可見，韋楚老、張碧只能是李賀等人
這一詩派的承傳者，而非首創與參與，是可以肯定的。其二，劉言史、
莊南傑、李賀三人中，可能李賀最年輕。他們在對詩風的開創上，究
竟誰先開風氣，尚需進一步考察。李賀雖然年輕，但因其在詩歌創作
上成就最高，似可以之命名詩派的。這種詩風，當係劉言史、莊南傑、
李賀三人共同創造，互相學習、影響，最後由李賀來定型的。這是在
當時影響不很大但卻對後來有著深遠影響的一個詩派。這種詩風，在
中晚唐時期，就有人不斷地學習與模仿，經宋、元、明、清而不衰，
可謂餘波綺麗，不絕如縷。這的確是值得我們重視的。

二

　　這個詩派，有哪些共同的特點呢？

　　重視樂府歌行詩的創作，是這個詩派的重要特點之一。《新唐書·
藝文志》著錄《劉言史歌詩》六卷、《李長吉歌詩》四卷；《宋史·藝
文志》著錄《莊南傑雜歌行》一卷。他們將自己的詩集稱為「歌詩」
或「雜歌行」，當是另有深意的。「歌詩」與「雜歌行」，都是能唱的
詩，質言之，即樂府詩（含廣義的樂府詩——歌行體）。細檢三人詩
集，莊南傑今存詩十首，均為樂府和歌行，李賀、劉言史的詩歌並非
全是歌詩，歌詩只是他們全部詩歌的一部分，而劉言史的樂府在其全
部詩歌中佔的比例很小。那麼，他們為什麼要將自己的詩集稱為歌詩
呢？他們之所以稱自己的詩作為歌詩，表明他們對樂府詩創作的特別
重視。由於漢樂府緣事而發，有著深刻反映現實的特點，在政治黑暗、

〔註65〕《文學遺產》1992 年第 3 期。

國家多事之秋的中唐，他們欲因之諷諭現實，達到改革政治的目的。

　　樂府詩從西漢產生以後，一直受到詩人的高度重視。爲適應反映現實生活的需要，在內容與形式的關係上，有過多次的變更與調整：從緣事而發到文人模擬樂府舊題；曹操則以樂府舊題寫時事，給樂府注入了新的活力；杜甫「即事名篇，無復依傍」的樂府新題詩，能及時而深刻地反映現實；以後則又有係樂府、新題樂府之作，如此等等，都是在如何深刻地反映現實上下功夫。從創作思想說，都在強調「詩言志」，強調文學的教化作用。白居易的新樂府「首章標其目，卒章顯其志」，重灌輸而輕潛移默化，強調詩的思想性而對詩本身固有的特點有所忽視。盛唐時期李、杜、高、岑等人的歌行，既能深刻地反映現實，又有自身突出的藝術特點。李賀等人，既吸收了樂府詩創作的特長，又學習了李、杜等人的歌行，創造出獨具個性特色的樂府詩：既能深刻地反映現實，又非常注重藝術個性，且很少沿用舊題，實則是廣義的「即事名篇」之作，是極富個人獨創性的詩歌。

　　李賀、劉言史、莊南傑也都以樂府歌行名世。李賀的《李憑箜篌引》、《雁門太守行》、《金銅仙人辭漢歌》、《屏風曲》、《羅浮山父與葛篇》；劉言史的《七夕歌》、《買花謠》；莊南傑的《湘弦曲》、《紅薔薇》等，都是極富藝術個性的樂府歌行。他們的樂府歌行，也有一些共同的特點：就形式而言，大部分是七言詩，很少寫五言樂府。李賀雖有一些五言樂府，其格調與其七言迥別，影響不大；劉言史只有一首五言樂府；莊南傑則全是七言詩。他們的樂府詩雖然也用舊題，但內容卻不受舊的樂府題的限制，多是別創新意者；就詩的風格而言，瑰奇譎詭，詞采艷麗；就詩的思緒而言，意象跳躍，詩人的情緒轉換極快。如此等等，就構成了這個詩派在樂府創作上的共同特徵。這種詩風受了楚辭與漢魏樂府的影響，是充分吸收了二者的精髓後產生的寧馨兒。

　　善於獨闢蹊徑，特別重視藝術的獨創性，是這個詩派創作的另一個突出特點。

　　首先，他們都極富於想像力和幻想力，能夠將非現實的或幻想中的事物，寫得活靈活現，異常逼眞。譬如：「女媧煉石補天處，石破天驚逗秋雨。」（李賀《李憑箜篌引》）「媧皇補天殘錦片，飛落人間爲石硯。」（莊南傑《寄鄭碏疊石硯歌》）「出漠獨行人絕處，磧西天漏雨絲絲。」（劉言史《送婆羅門歸本國》）如此等等，均非平常人想像所能及。如果沒有豐富的想像力和幻想力，是寫不出如此令人驚異的詩句的。詩人筆下，還往往出現一些陰森恐怖的鬼的意象：「遠火熒熒聚寒鬼，綠焰欲消還復起。」（劉言史《夜入簡子古城》）「鶯啼寂寞花枝雨，鬼嘯荒原松柏風。」（莊南傑《湘弦曲》）「百年老鴞成木魅，笑聲碧火巢中起。」（李賀《神玄曲》）「石脈水流泉滴沙，鬼燈如漆點松花。」（李賀《南山田中行》）詩人將一種慘淡陰暗的色彩投到這個虛荒誕幻的鬼蜮世界，在表現壓抑悲憤心理的同時顯現著鬼氣森森的現實，誠如潘德輿在評李賀這類詩時所說：「宛如小說中古殿荒園，紅裝女魅，冷氣逼人。挑燈視之，毛髮欲豎。」〔註66〕他們還善於聯想，寫出石破天驚的詩句來。李賀的「羲和敲日玻璃聲」（《秦王飲酒》），是因爲日發光，玻璃也光亮，太陽形狀像玻璃球，故敲日如敲玻璃一樣，能夠發出聲來。詩人將非現實的令人無法捉摸的東西具體化了。至於太陽是否能敲，如果能敲是否眞的就像敲玻璃而發出響聲，這話能否經得起現實的檢驗，詩人是不考慮的。莊南傑的「雲軒碾火聲瓏瓏」（《湘弦曲》），因爲雲車接近太陽，驕陽如火，所以說雲軒碾火，並發出瓏瓏的聲音。詩人將想像中的事物，寫得有聲有色，如在目前。劉言史的「碧空露重彩盤濕，花上乞得蜘蛛絲」（《七夕歌》），也是將想像現實化。所有這些，都表現出他們詩歌極富想像的藝術特色。

　　其次，他們寫詩用詞怪異，下語狠重，講究詞的翻空出奇。譬如：「思牽今夜腸應直，雨冷香魂吊書客。」（李賀《秋來》）「楚雲錚錚

〔註66〕郭紹虞：《清詩話續編》，第 2080 頁，上海古籍出版社，1983。

戛秋露，巫雲峽雨飛朝暮。」（莊南傑《湘弦曲》）「蝶惜芳叢送下山，尋斷孤香始回去。」（劉言史《買花謠》）詩中「牽」、「戛」、「斷」用得狠重有力而又顯示出怪異的特色。在詞語選擇上，偏重幽幻、枯寂、慘淡的一類。譬如，李賀的「呼星召鬼歃杯盤，山魅食時人森寒」（《神弦》），「鮑焦一世披草眠，顏回廿九鬢毛斑」（《公無出門》），「雲根苔蘚山下石，冷紅泣露嬌啼色」（《南山田中行》）；劉言史的「翠華寂寞嬋娟沒，野篠空餘紅淚情」（《瀟湘遊》），「嬌紅慘黛生愁色」（《七夕歌》），「幽艷凝華春景曙」（《買花謠》）；莊南傑的「古磬高敲百尺樓，孤猿夜哭千丈樹」（《湘弦曲》），「瓏蝶雙雙舞幽翠」（《陽春曲》），「湘娥滴盡雙珍珠」（《春草歌》）。這些詩中，蘊含著凄苦慘切的感情，滲透了時代的感傷情緒，屬於非現實的「鬼」、「魅」等詞語，每每出現於詩中，一種強烈的刺激性外射，顯現著譎詭怪異的特色。詩歌內容的非現實性與瑰麗怪誕詞語的運用，使其詩呈現出虛荒誕幻、瑰麗多姿的藝術風采。

第三，其詩節奏迫促，意象跳躍，形成一種超忽動蕩、急促旋折的風調。譬如，莊南傑《傷歌行》全詩十二句三換韻，節拍急促。首四句：「兔走鳥飛不相見，人事依稀速如電。王母夭桃一度開，玉樓紅粉千回變。」從時間之飛逝寫人世滄桑之感，真切有力。押霰韻。「車馳馬走咸陽道，石家舊宅空荒草。秋雨無情不惜花，芙蓉一一驚香倒。」從空間的轉變與春秋的代序，寫時光之飛逝。轉皓韻。以上八句之意蘊，無非是東坡之「嘆人生之須臾，羨長江之無窮」而已。由於旋律的急促變換，形成一種緊迫感。「勸君莫謾栽荊棘，秦皇虛費驅山力。英風一去更無言，白骨沉埋暮山碧。」意謂人生有限，多栽花而少種刺，俾有益於人世。轉職韻。全詩意象密集而又跳躍，詩意急促旋折，形成一種獨具一格的風調。劉言史的《放螻怨》，短短的一首詩而四換韻，並採用三三七、七七七七、三三七七七、三三三三的句式，節拍緊促，將其擁壯志而蹉跎一生的情懷，表現得淋漓盡致。李賀這類詩更多，更為突出而典型。譬如《雁門太守行》、《浩歌》、

《天上謠》、《夢天》等，可以說比比皆是，不勝枚舉。這種超忽動盪急促旋折的風調，是李賀詩派藝術特徵的一個重要標誌。

以上三點，可以說是這個詩派的共同特徵。這些特點，李賀詩表現得最為突出，最為充分。莊南傑雖然僅存十首詩，但每一首詩，幾乎都具有這樣的特點。相對而言，這些特點在劉言史詩中表現差點，也只有少數詩具有這樣的特徵。雖然如此，這少數詩篇卻是他全部詩歌中最為精采的部分。

莊南傑、劉言史的詩與李賀的詩也有一些差異，其創作成就遠不能與李賀相提並論。

莊南傑《寄鄭碏疊石硯歌》，其格調極似李賀，而中間有股逸氣，頗似李白。其中「我今得此以代耕，如探禹穴披崢嶸。披崢嶸，心骨驚，坐中彷彿到蓬瀛」。詩境甚美。《陽春曲》也神似李賀。《紅薔薇》：「九天碎錦明澤園，造化工夫潛剪刻。」想像豐富，構象奇特而美妙；「殷紅短刺鉤春色」、「薰風吹落猩猩血」，未免過鑿。《傷春行》結語冷峭。《雁門太守行》悲而不壯，沒有李賀同題詩那種濃烈的悲劇氣氛。辛文房說他「詩體似長吉，氣雖壯遒，語過鐫鑿。蓋其天姿本劣，未免按抑，不出自然，亦一好奇尚僻之士耳」。〔註67〕李賀詩本來就不夠自然，往往有雕琢的痕跡。莊南傑的詩比起李賀來，還要鐫刻。雖然如此，他在詩歌上追求創新、別樹一幟的詩歌，在詩歌史上的功績是不可抹殺的。

劉言史《七夕歌》寫牛女相會，《瀟湘遊》寫幽恨怨情，格調極似李賀。《買花謠》、《送婆羅門歸本國》等，都與李賀詩有極相似之處。翁方綱云：「劉言史亦昌谷之流，但少弱耳。嚴滄浪《詩話》賞之，終未為昌谷敵手也。」〔註68〕他的詩沒有李賀那樣峭拔，成就也不能與李賀相比。然在創作上互相仿效、桴鼓相應，共同創造一種詩風的努力，卻也是應當注意並加以特別重視的。

〔註67〕周本淳：《唐才子傳校正》，第 140 頁，江蘇古籍出版社，1987。
〔註68〕郭紹虞：《清詩話續編》，第 1390 頁，上海古籍出版社，1983。

三

　　李賀詩派的形成，有著深遠的歷史淵源與豐富的文化沃壤。它遠紹屈騷，中承漢魏齊梁，近效李、杜以來一些詩人的部分譎怪之作，對前代文學遺產與自己性情之近者兼收並蓄，熔鑄貫通，形成並世無雙、古今罕有的詩風。這個詩派的詩風由來有自，吳企明先生《長吉詩藝術淵源論》，〔註69〕對此作了詳細論述，茲從略。盛唐以來，對李賀詩派詩風影響最大者，首推李、杜，關於李賀對杜詩的繼承，拙作《杜甫詩歌對李賀詩風的影響》，〔註70〕已作了較充分論述。可參看。關於李賀對李白詩風的繼承，宋張戒云：「賀詩乃李白樂府中出，瑰奇譎怪則似之，秀逸天拔則不及也。賀有太白之語，而無太白之韻。」〔註71〕胡應麟謂「長吉險怪，雖兒語自得，然太白亦濫觴一二」，「長吉《浩歌》、《秦宮》，仿太白而過於深」。〔註72〕檢太白樂府歌行《遠別離》、《夢遊天姥吟留別》、《蜀道難》諸詩，瑰奇譎怪，秀逸天拔，的為李賀詩所從出，唯李白詩之自然縱逸為李賀所不及。蓋李白飄然如仙之作風從天性中來，非學可至的。李賀無李白之天性，因此其詩不免拘束而有斧痕的。李、杜以後，就陸續有人寫過一些詭奇譎怪的詩，對李賀詩派的形成有著深刻的影響，對此前人多有論述。胡應麟謂「常建已開李賀」，〔註73〕許學夷謂「李賀樂府、七言……上源於韓翃之七言古」，〔註74〕李嘉言的《唐詩分期與李賀》〔註75〕對盛唐以後出現的類似李賀詩風的詩歌作了勾勒，其觀點雖不無可商之處，如將劉言史作為李賀詩派的先河，就與本文的觀點相左，但仍有著重要的參考價值。前人還提到顧況、李益、鮑溶、王建、劉禹錫、韓愈，

〔註69〕《文學遺產》1987 年第 6 期。
〔註70〕《文學遺產》1993 年第 2 期。又見本書第五章第五節。
〔註71〕吳企明：《李賀資料匯編》，第 29 頁，中華書局，1994。
〔註72〕吳企明：《李賀資料匯編》，第 121 頁，中華書局，1994。
〔註73〕吳企明：《李賀資料匯編》，第 120 頁，中華書局，1994。
〔註74〕許學夷：《詩源辯體》，第 262 頁，人民文學出版社，1987。
〔註75〕《李嘉言古典文學論文集》，第 379～390 頁，上海古籍出版社，1987。

均有些似李賀的詩，茲不贅。偶檢《張籍詩集》，也有許多類似李賀
詩風者。如：

　　吳宮四面秋江水，江青露白芙蓉死。

　　　　　　　　　　　　　　　　　——《吳宮怨》

　　山頭松柏半無主，地下白骨多於土。
　　寒食家家送紙錢，烏鳶作窠銜上樹。

　　　　　　　　　　　　　　　　　——《北邙行》

　　天寒行路石斷裂，白日不銷帳上雪。
　　……
　　年年征戰不得閒，邊人殺盡唯空山。

　　　　　　　　　　　　　　　　　——《塞下曲》

　　黃雀銜草入燕窠，嘖嘖啾啾白日晚。
　　去時禾黍埋地中，飢兵掘土翻重重。
　　鴟梟養子庭樹上，曲墻空屋多旋風。

　　　　　　　　　　　　　　　　　——《廢宅行》

　　與李賀同時的詩人孟郊、張祜等，他們在詩風史上都有獨特的成
就，這是不言而喻的。但也偶有仿效李賀諸人的詩者，我在《孟郊與
李賀》〔註76〕一文中曾說：

　　孟郊詩集中《巫山高》、《巫山曲》、《明妃怨》、《楚怨》、
　　《出門怨》等都是楚地的歌調。除《出門怨》外，其餘四
　　首都與楚俗有關，其聲調之激楚哀怨，極似騷之苗裔。……
　　《巫山曲》中的「輕紅流煙濕艷姿，行雲飛去明星稀」兩
　　句，與李賀冷艷幽香、奇詭瑰麗的詩何其相似乃爾。

　　又，宋育仁謂張祜「琢詞洗骨，在東野、長吉之間，《雁門思歸》
尤推高唱」。〔註77〕細檢《張祜詩集》無《雁門思歸》，宋所謂《雁門

〔註76〕《黔東南民族師專學報》1993 年第 1 期。又見本書第三章第四節。
〔註77〕陳伯海等：《唐詩論評類編》，第 1294 頁，山東教育出版社，1993。

思歸》或即《雁門太守行》。詩云：「城頭月沒霜如水，趑趄踏沙人似鬼。燈前拭淚試香裘，長引一聲殘漏子。駝囊瀉酒酒一杯，前頭滴血心不回。閨中年少妻莫哀，魚金虎竹天上來，雁門山邊骨成灰。」此詩逼肖李賀詩風。

從以上論證可見，李賀詩派這種瑰奇譎怪的詩風，有著極豐厚的土壤，李賀詩派的產生早已是呼之欲出了。由於李賀等人的努力，這個詩派就應運而生了。

四

李賀詩派的詩，在當時就有一定的影響，並逐漸掀起了一個學習李賀詩派的浪潮，尤以李賀詩影響為著。他的朋友沈下賢說：「賀名溢天下，年二十七，官卒奉常，由是後學爭效賀，相與綴裁其字句，以媒取價。」〔註78〕劉昫也說：「手筆敏捷，尤長於歌篇。其文思體勢，如崇巖峭壁，萬仞崛起，當時文士從而效之，無能彷彿者。」〔註79〕在李賀稍後，學李賀詩派詩風者有增無減。其成就最突出者，當推韋楚老、李商隱、溫庭筠與無名氏。

韋楚老今存詩二首，皆逼肖李賀。辛文房稱：「眾作古樂府居多。……傑制頗多，俱當刮目。」〔註80〕直到元朝，韋楚老存詩頗多，其中優秀之作不少，可惜散佚了。許學夷謂：「韋楚老樂府七言有《祖龍行》，正效長吉體也。」〔註81〕錢鍾書云：「稍後則韋楚老《祖龍行》、《江上蚊子歌》，亦稱殆庶。」〔註82〕細味韋存二首詩，諸家之說不誤。韋楚老是學習李賀詩派的第一個有成就的詩人。

李商隱、溫庭筠各自名家，在詩史上早有定評。但在青年時期，其詩歌創作均受李賀影響。錢鍾書先生指出。：「李義山才思綿密，

〔註78〕吳企明：《李賀資料匯編》，第 6 頁，中華書局，1994。
〔註79〕《舊唐書》，第 2772 頁，中華書局，1975。
〔註80〕周本淳：《唐才子傳校正》，第 191 頁，江蘇古籍出版社，1987。
〔註81〕許學夷：《詩源辯體》，第 263 頁，人民文學出版社，1987。
〔註82〕錢鍾書：《談藝錄》，第 46 頁，中華書局，1984。

於杜、韓無不升堂嗜羹，所作如《燕臺》、《河內》、《無愁果有愁》、《射魚》、《燒香》等篇，亦步昌谷後塵。」〔註83〕其說甚是。譬如《無愁果有愁曲北齊歌》，紀昀評曰：「此長吉體也，終是別派，不以正論。」〔註84〕張采田云：「其詩體則全宗長吉，專以峭澀哀艷見長。讀之光怪陸離，使人欽其寶而莫名其器。紀氏於昌谷一派素未究心，徒以後學步者少，任情醜詆，與長吉何損毫末哉！適以形其諛陋耳。玉谿古詩除《韓碑》、《偶成轉韻》外，宗長吉體者為多，而寓意深隱，較昌谷猶過之，真深得比興之妙者也。晚唐昌谷之峭艷，飛卿之哀麗，皆詩家正宗，玉谿則合溫、李而一之，尤擅勝場，觀此詩可見。」〔註85〕紀昀、張采田都指出李賀詩歌對李商隱詩歌創作的深刻影響。然紀氏很正統，對李賀詩有很大的偏見，的不可取。陳永正說：「義山的古體詩，吸取了李賀詩中的某些特點，再加以齊梁濃艷的風調，詞語華麗典雅，蘊蓄著無限深情，可謂出於藍而勝於藍，決非長吉所能限囿的。」〔註86〕陳氏之說，比較允當。李商隱是由學習仿效李賀走向獨立創造而成為晚唐最優秀的詩人的。

溫庭筠與李商隱詩題材風格相仿，均以七律擅場，世稱溫、李。他早年也學長吉體，寫了許多類似李賀歌行的詩篇。前人曾將他的詩與李賀詩比較，有許多精到的見解。宋育仁謂：「歌行煉色揣聲，密於義山，疏於長吉。劉彥和謂『窮力追新』，陸士衡謂『雅而能艷』者。」〔註87〕胡震亨說：「七言樂府，似學長吉，第局脈緊慢稍殊。彼愁思之言促，此淫思之言縱也。」〔註88〕胡壽芝云：「清拔處亦不似長吉劌心鏤肝。」〔註89〕今人王禮錫說：「飛卿的七古顯然是受了

〔註83〕錢鍾書：《談藝錄》，第46頁，中華書局，1984。
〔註84〕劉學鍇等：《李商隱詩歌集解》，第19頁，中華書局，1988。
〔註85〕劉學鍇等：《李商隱詩歌集解》，第20頁，中華書局，1988。
〔註86〕陳永正：《李商隱詩選》，第243頁，廣東人民出版社，1984。
〔註87〕陳伯海等：《唐詩論評類編》，第1345頁，山東教育出版社，1993。
〔註88〕胡震亨：《唐音癸籤》，第75頁，上海古籍出版社，1981。
〔註89〕陳伯海等：《唐詩論評類編》，第1344頁，山東教育出版社，1993。

長吉的影響，不過徒得其麗而不得其奇。」〔註90〕比起李賀來，溫庭筠詩局脈較慢，詩格較清拔，是「窮力追新」、「雅而能艷」者，得其麗而不得其奇，這些說法都是比較合乎實際的。他是從學長吉入手而逐漸形成自己詩風的一個頗有成就的詩人。

《全唐詩》卷七百八十五載無名氏《春》、《夏》、《秋》、《冬》以下十七首均似長吉體，其中《傷哉行》、《紅薔薇》二首，又見《全唐詩》卷四百七十《莊南傑集》及卷八百八十四《莊南傑集補遺》，其餘十五首李嘉言斷為莊南傑作，〔註91〕他僅憑詩的風格判斷，不足論定。而這十五首詩，或為一人所作。這位佚名詩人，也是學李賀詩派詩風而有突出成就者。其中《聽琴》一首，極似李賀等人的格調。

　　六律鏗鏘間宮徵，伶倫寫入梧桐尾。

　　七條瘦玉扣寒星，萬派流泉哭纖指。

　　空山雨腳隨雲起，古木燈前嘯山鬼。

　　田文墮淚曲文終，子規啼血哀猿死。

此詩想像奇特，用字狠重，意境幽峭，放在李賀詩集中，直可亂真。餘如《天竺國胡僧水晶念珠》、《白雪歌》、《琵琶》等，也無不如此。有些詩句，尤酷似李賀等人，如「赤帝旗迎火雲起，南山石裂吳牛死」（《夏》）、「殷痕苦雨洗不落，猶帶湘娥淚血腥」（《斑竹》）、「粉娥恨骨不勝衣，映門楚碧暗聲老」（《秋》）、「澤國龍蛇凍不伸，南山瘦柏銷殘翠」（《秋》）。這位佚名詩人，可謂學李賀詩派而登堂入室者。他的詩雖然存留不多，但藝術精湛，均不失為獨具一格的好詩。

晚唐五代時期，向李賀詩派學習者，尚有張碧、趙牧、劉光遠、牛嶠等人。

張碧是一位較有成就的詩人，他曾先後認真地向李賀和李白學習。錢鍾書云：「唐自張太碧《惜花》第一、二首，《遊春行》第三首，《古意》、《秋日登岳陽樓晴望》、《鴻溝行》、《美人梳頭歌》，已濡染

〔註90〕陳治國：《李賀研究資料》，第104頁，北京師範大學出版社，1983。
〔註91〕參見《李嘉言古典文學論集》，第206頁，上海古籍出版社，1987。

厥體。」〔註92〕他早年學習李賀，因此有些詩神似李賀的詩風。及讀李白詩，對他更是佩服傾倒，因而轉向李白學習。他說：「及覽李太白詞，天與俱高，青且無際，鵬觸巨海，瀾濤怒翻，則觀長吉之篇，若陟嵩之巔視諸卓者耶。余嘗銳志狂勇心魄，恨不得攤文陣以交鋒，睹拔戟挾輈而比矣。」〔註93〕可見其初衷及興趣之轉移。他的詩承二李之衣缽，出手自是不凡。因此辛文房稱讚說：「天才卓絕，氣韻不凡。委興山水，投閒吟酌，言多野意，俱狀難摹之景焉。」〔註94〕

趙牧是一位不得志的詩人，「大中、咸通中，累舉進士不第。有俊才，負奇節，遂捨場屋，放浪人間。效李長吉爲歌詩，頗涉狂怪，聳動當時。蹙金結繡，而無痕跡裝染。」〔註95〕今存《對酒》詩一首，的確有些狂怪。其中「飢魂吊骨吟古書，馮唐八十無高車」，「桐君桂父豈勝我，醉裏白龍多上昇。暮蒲花開魚尾定，金丹始可延君命。」頗似李賀虛荒誕幻的詩風。

劉光遠與趙牧同時，「亦慕長吉，凡作體效，猶能埋沒意緒」。〔註96〕其詩今不存，無以按核。

詩人牛嶠嘗云：「竊慕李長吉所爲歌詩，輒效之。」〔註97〕今存詩六首，均不類李賀。其仿效李賀詩者，蓋盡佚矣。

從李賀死後到晚唐五代，百餘年間，學習李賀詩派詩風者，時有起伏，而李商隱、溫庭筠、韋楚老成就最高。溫、李初效李賀而後自創詩風，自立門戶，既能吸取李賀詩派的精華而又不爲其詩風所囿，是善學李賀諸人而成就卓著者；張碧宗二李成就較高，趙牧、劉光遠、牛嶠諸人，其詩集均已散佚，就其少數存詩而言，不足名家。雖然如此，也可見李賀詩派在百花齊放風格紛呈的晚唐餘波綺麗了。唐末以

〔註92〕錢鍾書：《談藝錄》，第46頁，中華書局，1988。
〔註93〕計有功：《唐詩紀事》，第691頁，上海古籍出版社，1965。
〔註94〕周本淳：《唐才子傳校正》，第141頁，江蘇古籍出版社，1987。
〔註95〕周本淳：《唐才子傳校正》，第247頁，江蘇古籍出版社，1987。
〔註96〕周本淳：《唐才子傳校正》，第247頁，江蘇古籍出版社，1987。
〔註97〕周本淳：《唐才子傳校正》，第271頁，江蘇古籍出版社，1987。

降，效李賀詩風者，仍大有人在。而成就突出者如南宋愛國詩人謝翱，「能立意而不為詞奪，文理相宣，唱嘆不盡」。〔註98〕詞人周密，其詩集《草窗韻語》，也多有效李賀者。到了元朝，曾掀起一股學習李賀詩風的浪潮，賀體詩風行一時。「元末諸人競師長吉」，〔註99〕「元人一代尸祝」，〔註100〕「李長吉一派，至元人而極盛，大家小戶，無勿沿習，樂府歌行，時時流露」，〔註101〕反映了元代人學習李賀詩派的實際，楊維楨、薩都剌就是其中的佼佼者，他們學習李賀而又能自成一格。明代的徐渭，清代的龔自珍，都是深受李賀詩派影響的。李賀詩派對宋詞的影響尤巨，茲不贅。

第六節　李賀李商隱詩的朦朧美

　　唐代著名詩人李賀、李商隱，都是唐王朝的宗室，他們企圖攀龍附鳳，藉以展其平生之志，實現重振唐王朝的政治理想。但他們既無換日回天的本領，使唐王朝從腐朽衰敗的困境中解脫出來，也未能擺脫重門閥的庸人習氣。「我係本王孫」（李商隱《哭遂州蕭侍郎二十四韻》），「欲雕小說干天官，宗室不調為誰憐」（李賀《仁和里雜敘皇甫湜》），這便是他們的自炫自耀與自悲自嘆。雖然說「高帝子孫盡龍準，龍孫自與常人殊」（杜甫《哀王孫》），然作為宗室的二李，並未享受什麼特權，沾到宗室一星半點的好處，反遭冷眼，困苦潦倒一生。李賀蓋以詩名獲得奉禮郎之類的小官，「臣妾氣態間，惟欲承箕帚」（《贈陳商》）。李商隱則「為他人作嫁衣裳」，一生大部分時間做幕僚。他們之所以名垂千古，是因為他們都有獨具風姿的詩歌創作。

　　繼杜牧《李賀歌詩敘》之後，李商隱寫了《李長吉小傳》。傳中

〔註98〕錢鍾書：《談藝錄》，第47頁，中華書局，1984。

〔註99〕胡應麟：《詩藪》，第56頁，上海古籍出版社，1979。

〔註100〕胡應麟：《詩藪》，第57頁，上海古籍出版社，1979。

〔註101〕闕名：《靜居緒言》，轉引自吳企明：《李賀資料匯編》，第350頁，中華書局，1994。

極爲生動地記載了李賀騎驢外出覓句嘔心寫詩的情景，寫了「帝成白玉樓，召君爲記」的非常著名的浪漫故事，並在傳讚中，對李賀流露出無限敬仰之情。這除了李賀詩歌高度的藝術成就和不可磨滅的藝術光輝值得仰慕之外，與他曾虛心向李賀學習，深受李賀詩歌影響以及二人藝術旨趣相近有絕大的關係。李商隱在詩歌藝術創作的道路上，曾經向許多詩人虛心學習，李賀則是對他很有影響的前輩詩人之一，李賀詩歌哺育了他的成長。在李商隱詩集中，有《效長吉》、《魚射曲》、《燒香曲》、《燕臺四首》、《河內詩》、《河陽詩》等十多首詩，留下了較爲顯明的模仿的痕跡，這些詩歌的語言、韻律、結構、意境都酷似李賀而又有自己的特色，可謂款式儼然而風神自別。對此，古代和當代學者都有較詳的論述。如果李商隱向李賀學習僅及於此，那只能算作邯鄲學步，寫出的詩歌充其量是優孟衣冠，不會產生耀眼的藝術明珠。實際上，在他整個詩歌創作中，都創造性地向李賀學習，並形成自己獨特的藝術風格。誠如張采田先生所說：「玉谿古體雖多學長吉，然長吉語意峭艷，至於命篇，尚不脫樂府本色；義山宗其體而變其意，託寓隱約，恍惚迷幻，尤駕昌谷而上之，眞騷之苗裔也。」〔註 102〕雖然如此，他們畢竟在詩歌藝術上有許多相似之處。探索並比較二人詩歌藝術的得失，可以更深入地了解他們詩歌的個性特徵。故筆者不惜筆墨，對他們詩在表現朦朧美方面作一點粗淺的比較。

一

李賀與李商隱的詩歌，都表現出不同程度不同特色的朦朧美，如同磁石吸鐵一樣，緊緊吸引著歷代無數的讀者欣賞、探索，也使歷代箋注家不惜筆墨地解說、箋釋。他們都企圖窮盡詩的意蘊，得出準確的令人信服的評說。然而這種努力往往是徒勞的。這是因爲他們不了解或誤解了具有朦朧美詩歌特性的緣故。

〔註 102〕吳企明：《李賀資料匯編》，第 414 頁，中華書局，1994。

　　什麼是朦朧美呢？朦朧美就是具有朦朧意象的事物所產生的美感。客觀世界，有些事物是模糊的，它本身就缺乏清晰感，如我們常見的霧中的花，朦朧的月色，細雨迷茫中的秀峰等，它本身美，但我們又不能把它看得清清楚楚。朦朧美就是這種模糊性顯示出來的一種特異的引人注目的美感。

　　在中國文學史上，具有朦朧美的詩歌，有其悠久的歷史與優良傳統，屈原的《離騷》，阮籍的《詠懷》，郭璞的《遊仙》，庾信的「擬詠懷」，陳子昂、張九齡的《感遇》，李白的《古風》、《擬古》等，這類飽含諷托興寄的詩，都具有程度不等的朦朧美。他們在詩歌創作中，對朦朧美作了一些有意識的追求，並取得了較高的成就。因此，具有朦朧美的詩歌，在中國文學史上有不可動搖的地位。隨著具有朦朧美詩歌的發展，古代文論家對於詩歌中的朦朧美作了探索與研究，並提高到理論層面加以認識。戴叔倫說：「詩家之景，如藍田日暖，良玉生煙，可望而不可置於眉睫之前也。」〔註 103〕司空圖則倡導「象外之象，景外之景」，「超超神明，返返冥無」，「是有真跡，如不可知」的朦朧意境。〔註 104〕李賀、李商隱認真學習了前人在這方面的經驗，並根據自己的生活經歷與創作實際，對於詩歌中如何表現朦朧美作了一定的探索。因此他們在表現朦朧美方面是充分的、成功的，我們可以毫不誇張地說，在中國詩歌史上，他們所寫的具有朦朧美的詩歌，其成就是空前絕後的。

二

　　善於埋沒意緒，是李賀、李商隱詩歌創作的共同特色。

　　二李寫詩，都不喜直抒胸臆，將內心的感情一股腦兒地噴射出

〔註 103〕郭紹虞：《中國歷代文論選》第二冊，第 201 頁，上海古籍出版社，1979。

〔註 104〕郭紹虞：《中國歷代文論選》第二冊，第 203～207 頁，上海古籍出版社，1979。

來，他們千方百計地用漂亮的外殼遮住自己的感情，不使外露。其詩往往僅露出一點情緒的端倪，收到「不著一字，盡得風流」的藝術效果。〔註105〕

關於他們善於埋沒意緒，前人早有論述。據五代王定保《唐摭言》載：「劉光遠，不知何許人也。慕李長吉為長短歌，尤能埋沒意緒。」今劉詩不存，無以復按。但從中可以悟出李賀詩善於埋沒意緒而劉詩更甚。李商隱詩，「總因不肯吐一平直之語，幽咽迷離，或彼或此，忽斷忽續，所謂善於埋沒意緒者。」〔註106〕可見不直接吐露感情，有意埋沒意緒，斂抑情緒，感情內向，從而形成各具特色的朦朧美，是二人詩歌藝術的共同特色。這類詩儘管露出的感情端緒不好把捉，但卻能夠緊緊地扣住讀者的心弦，味之彌深，鑽之愈堅，吸引你仔細揣摩作者微露的情思，尋尋覓覓，找尋作者意緒，經過仔細的探求，你似乎理解了作者的心境，體味到詩的真正意蘊，但又不能清晰地說出來或者不能把詩的意蘊一語道盡。對於同一首詩，不同的讀者體味又不完全一樣，或者竟完全不一樣，甚至截然相反。因此，二李詩的箋釋者，往往是言人人殊，而又皆能持之有故，言之成理。像李賀的《蜀國弦》、《聽穎師彈琴歌》、《羅敷山人與葛篇》、《雁門太守行》，李商隱的《無題》、《碧城》、《錦瑟》等，都是。譬如，《蜀國弦》或謂寫音樂，或謂狀蜀道之艱難，各執一詞，莫衷一是。《錦瑟》或謂偷情和艷情詩，或謂寫執著的愛情，或謂悼亡，或謂自傷身世，或謂寫音樂的適、怨、清、和……如此等等，仔細考究起來，恐不下十種解說。歧解紛出，殆若聚訟。梁啟超先生乾脆說：「他說的是什麼我不懂，但我覺得美」，〔註107〕這種說法似乎太神秘了。然這種神秘感是詩中固有的，是二李對朦朧美的創造性的追求的結果，也是詩歌藝

〔註105〕 郭紹虞：《中國歷代文論選》第二冊，第205頁，上海古籍出版社，1979。

〔註106〕 馮浩：《玉谿生詩集箋注》，第639頁，上海古籍出版社，1979。

〔註107〕 劉學鍇等：《李商隱詩歌集解》，第1432頁，中華書局，1988。

術上一種成功的嘗試。它悄悄掩藏了詩人豐富的感情和意緒，強有力地吸引著讀者沉潛地體味詩人這種未公開的豐富的感情，從而深入地探索詩人心中的奧秘。

三

在追求詩歌藝術朦朧美的過程中，李賀與李商隱，都運用了各種遮蔽感情埋沒意緒的藝術手法，發揮了各自的藝術天才，形成了自己詩歌的個性特徵，留下了千古不朽的光輝篇章。

首先，二人都成功地運用了比興手法，但又各有自己的特點。毛澤東同志曾說：「李賀詩很值得一讀」，蓋因李賀詩歌較多較成功地運用了比興手法。李商隱嘗謂「巧囀豈能無本意」（《流鶯》），「楚雨含情皆有託」（《楚州罷吟寄同舍》），雖然這兩句詩都有特定的含義，但借來說明李商隱詩歌創作的藝術特點，卻是十分恰切的。他的詩含有寄託，而因巧囀感情遂被遮蔽，讀者不易窺其奧秘。「蓋其詩外有詩，寓意深而託興遠，其隱奧幽艷，於詩家別開一洞天」，〔註108〕為此形成比興多而賦句少、寄託深而意難明的特點。

雖然二李在寫詩時，都善於隱蔽情思，埋沒意緒，但兩人隱蔽自己情思的方法卻各有特色，互不雷同。李賀愛用層層的比喻，充分地渲染與展示自己的情思，而在比喻中又摻雜一些象徵的手法，他似乎要讓讀者很好地了解自己的情思，實則又將自己的情思遮蔽得嚴嚴實實。譬如《李憑箜篌引》，詩中用「空白凝云頹不流，江娥啼竹素女愁」，描摹李憑彈箜篌的聲音之動聽。它不僅將響遏行雲的成語人格化了，而且用傳說中具有真摯豐富感情的江娥，善於鼓瑟的素女為之發愁，以寫李憑彈箜篌的絕妙動人；用「昆山玉碎鳳凰叫」以狀樂音之清脆和諧；用「芙蓉泣露香蘭笑」以寫樂聲之幽妙；用「十二門前融冷光」以狀聲音之熱烈，樂聲之熱烈竟使長安冷空氣為之一掃；聲

〔註108〕劉學鍇等：《李商隱資料匯編》，第 827 頁，中華書局，2001。

音之絕妙動聽竟使「石破天驚逗秋雨」。詩人想像之豐富奇特，比喻之精妙絕倫，古今罕有其匹。讀此詩，誰能不為之想像豐富而擊節讚賞？雖然詩人的比喻是精妙絕倫的，但由於喻體或是象徵性的，或是渺冥的幻境中的事物，它儘管可以啟迪讀者的想像，打開讀者的思路，但終究是抽象的含混的。有誰聽過「昆山玉碎鳳凰叫」？又有誰見過「芙蓉泣露香蘭笑」？樂聲的熱烈怎麼會使「十二門前融冷光」？熱烈的氣氛怎能使氣溫上升？因此，李憑彈箜篌聲音之妙，讀者無法體味。比喻的基本要求是用具體的比喻抽象的，用淺顯的比喻深奧的，用人們熟知的比喻不熟知的。總之，喻體貴明確。而李賀之用比喻則反是，因此不能給人以具體真切的感受。而他所表達的情思，也令人莫測高深。李商隱則主要用典故和象徵手法，來表現自己的情思。典故本身就是一層幕布，作者象徵什麼，你又得仔細地考究與探索。因此，詩的旨趣是極不容易弄明白的。譬如《錦瑟》中間兩聯：「莊生曉夢迷蝴蝶，望帝春心託杜鵑。滄海月明珠有淚，藍田日暖玉生煙。」這四句詩用了四個典故，而這四個典故比喻什麼？本體又不明確。詩人用典故作象喻，而象喻又很朦朧，對他抒寫的對象搞不清楚，因此歧解紛出。「一篇《錦瑟》解人難」，〔註 109〕「獨恨無人作鄭箋」，〔註 110〕注家斷言「再拖一千年，也不可能有定讞」。〔註 111〕就是因為中間兩聯用了象徵手法。這種象徵暗示過於隱晦，誰也摸不透作者的本意。

二李的詩歌因其用了比興、象徵、暗示等藝術手法，形成了朦朧的意象，詩歌呈現出不同程度的朦朧美。同樣含有朦朧美，但二人表現的特點卻不同。李商隱的詩通過意象的巧妙組合，非常和諧地組成一個整體的意象。他的《無題》詩（包話以首句前兩字為題的詩），都能組成一個渾然完整的朦朧的意象。這些詩都程度不等地

〔註 109〕 郭紹虞等：《萬首論詩絕句》，第 233 頁，人民文學出版社，1991。

〔註 110〕 劉學鍇等：《李商隱詩歌集解》，第 1423 頁，中華書局，1988。

〔註 111〕 陳永正：《李商隱詩選》，第 1 頁，廣東人民出版社，1984。

表現出重主觀感情的抒發而輕視客觀的描寫，重藝術想像而輕視現實再現，重暗示啓發而輕視正面宣洩的特點。它抒寫的對象不清楚，詩的內容不夠醒豁。它究竟是愛情詩還是含有寄託的政治詩？若有寄託，它寄託什麼？對牛李黨爭的抗爭？對皇帝輸忠款？抑是對令狐綯的諷求？若是愛情詩，他追求的對象是宮女、道士，抑是某權豪的婢女？他鍾情的女子究竟是誰，何以寫得那麼迷惘？李賀雖然也有整首寫得朦朧的，像《聽穎師彈琴歌》對於琴聲的描摹，《雁門太守行》對於戰爭過程的描寫，在詩中表現的意象都是朦朧的，含義是十分模糊的。解說起來，言人人殊。但類似這樣的詩在李賀詩集中畢竟是不多的。其詩朦朧的意象多係個別詩句。譬如「毒蛇濃吁洞堂濕，江魚不食銜沙立」（《羅敷山人與葛篇》），王琦注謂「蛇因濕悶薰蒸而毒氣不散，江魚因水熱沸鬱而靜伏不食。極言暑溽之象，以引起下文命人剪葛製衣之意」，〔註 112〕姚文燮注謂「葛多生於深谷，或垂於江邊，故蛇憑魚依焉」，〔註 113〕方扶南謂「此二句言葛之難得，申上出洞之致」。〔註 114〕這兩句詩，詩人是描寫天熱，還是強調「葛之難得」？又如「十二門前融冷光」（《李憑箜篌引》），「琢作步搖徒好色」，「藍溪之水厭生人，身死千年恨溪水」（《老夫采玉歌》），「長歌破衣襟，短歌悲白髮」（《長歌續短歌》）等，都是歧解紛出的詩句。李賀詩的朦朧主要是個別詩句，然卻影響了對整首詩的理解。與李商隱詩比較，義山的重心在全詩的朦朧，而李賀詩的特點，畢竟主要是個別詩句的朦朧。

　　李賀、李商隱兩人詩歌意象朦朧的重心不同，因而形成不同的藝術水準。李商隱多是全詩意象朦朧，因此意境渾成。李賀往往在同一首詩中，有些詩句意象明朗，有些詩句意象朦朧，因而意境不夠渾成，畫面不很協調。這種語言色調的不協調，給人以雜湊零亂之感。

〔註 112〕王琦等：《李賀詩歌集注》，第 126 頁，上海古籍出版社，1977。
〔註 113〕王琦等：《李賀詩歌集注》，第 426 頁，上海古籍出版社，1977。
〔註 114〕王琦等：《李賀詩歌集注》，第 516 頁，上海古籍出版社，1977。

　　其二，他們寫詩都不是心血來潮，一揮而就，而是經過較長的醞釀，並反覆推敲，反覆錘煉，以期最準確、最完美地表達自己的情思。「咽咽學楚吟，病骨傷幽素」（李賀《傷心行》），「葛衣斷碎趙城秋，吟詩一夜東方白」（李賀《酒罷張大徹索贈詩時張初效潞幕》），「改成人寂寂，寄與路綿綿」（李商隱《謝先輩防記念拙詩甚多異日偶有此寄》）。生動地記錄了他們長夜吟詩苦苦錘煉的情景。

　　二李寫記，雖然都善於推敲，然推敲與錘煉的重心不同。李賀對詩的推敲錘煉主要表現在字句上，如重視詞的色彩，詩句的精警凝煉，想像的奇瑰，尤喜在表現的新異與奇特上下功夫。所謂「辭尚奇瑰，所得皆警邁，絕去翰墨畦徑，當時無能效者」，〔註115〕「李長吉詩，如鏤玉雕瓊，無一字不經百煉，眞嘔心而出者也」，〔註116〕他的詩字字句句都經過千錘百煉。「但他的特別技能不僅在字句的錘煉，實在想像力的錘煉」。〔註117〕因此，在他的詩集中有好多想像豐富、構思奇特、比喻新異的名句。如「石破天驚逗秋雨」（《李憑箜篌引》），「衰蘭送客咸陽道，天若有情天亦老」（《金銅仙人辭漢歌》），「欲剪湘中一尺天，吳娥莫道吳刀澀」（《羅敷山人與葛篇》），「古竹老梢惹碧雲」（《昌谷北園新筍》），「楊花撲帳春雲熱」（《蝴蝶飛》），「大江翻瀾神曳煙」（《巫山高》），等等，其名句可謂俯拾即是，不勝枚舉。然對詩境的錘煉遠沒有對詩句錘煉的用力，因此難免「有句無篇」之譏。李商隱也特別注意詩句的錘煉，譬如「玉璽不緣歸日角，錦帆應是到天涯」（《隋宮》），何焯謂「著玉璽一聯，直說出狂王抵死不悟，方有江都之禍，非出於偶然不幸，後半諷刺更有力」。〔註118〕又如「萬里陰雲覆雪泥，行人只在雪雲西」（《西南行卻寄相送者》），「只」字用得很沉練，王汝弼等謂「下一『只』字，而旅程濡滯，友誼綢繆，俱

〔註115〕陳治國：《李賀研究資料》，第7頁，北京師範大學出版社，1983。
〔註116〕陳治國：《李賀研究資料》，第50頁，北京師範大學出版社，1983。
〔註117〕陳治國：《李賀研究資料》，第101頁，北京師範大學出版社，1983。
〔註118〕劉學鍇等：《李商隱詩歌集解》，第1398頁，中華書局，1988。

在言外。具見推敲冶鍛之功」，〔註119〕然縱觀李商隱全部詩歌，他對詩意境的錘煉比對詩句的錘煉，更爲重視。《錦瑟》、《碧城》、《無題》諸作，無不意境渾成，詩意湊泊，不可句摘字賞。這是因爲詩人不但能全力以赴地精心提煉詩的意境，而且抒情敘事表達情思的手段高超，如神龍無跡。這一點，遠比李賀詩高明。

　　其三，兩人都成功地運用諷刺手法，寫了大量的諷刺現實抨擊時政的詩篇。這些詩都用了較隱蔽的表現手法，從而收到更好的藝術效果。

　　李賀善用樂府諷諭現實。以樂府詩題寫時事，是一種大膽的創造。它雖不自李賀始，但李賀在這方面卻取得了驚人的藝術成就。《屏風曲》、《貴主征行樂》、《宮娃歌》、《猛虎行》、《江樓曲》等，都是成功地干預現實的樂府詩篇。它的特點在於通過鋪敘、描寫或渲染，將現實的黑暗面揭露得痛快淋漓。譬如《貴主征行樂》：

> 奚騎黃銅連鎖甲，羅旗香幹金畫葉。
> 中軍留醉河陽城，嬌嘶紫燕踏花行。
> 春營騎將如紅玉，走馬捎鞭上空綠。
> 女垣素月角咿咿，牙帳未開分錦衣。

此詩寫貴主模仿行軍以爲遊樂，極力描繪貴主的華靡艷麗，渲染其奢侈放縱的行爲，從而對貴主的驕縱作了有力的鞭笞和諷刺。但此詩諷刺的「貴主」指誰，也是歧說紛出。可見，這首詩表面似不難懂，實則意旨朦朧，不易確解。

　　李商隱對現實的揭露與諷刺，主要採用了詠史的形式。他把對朝政黑暗腐朽特別是皇帝的淫昏的滿腔憤懣情緒，借詠歷史上類似事件以表現，對其作了極尖銳的諷刺。《富平少侯》、《詠史》、《漢宮詞》、《賈生》、《陳宮》、《齊宮詞》、《隋宮》、《南朝》、《華清宮》等，都是借古喻今、批判現實之作。他的詠史詩善於使事用典，並能寓精警議

〔註119〕王汝弼等：《玉谿生詩醇》，第 32 頁，齊魯書社，1987。

論於抒情之中，使感情深沉而神韻悠然。所謂「纍績重重，長於諷論」，〔註 120〕「使事尖新，設色濃至」，〔註 121〕「以議論驅駕書卷，而神韻不乏」，〔註 122〕都是的評。如《齊宮詞》：「永壽兵來夜不扃，金蓮無復印中庭。梁臺歌管三更罷，猶自風搖九子鈴。」此詩通過兩三個事件，十分典型地反映了齊、梁兩朝最高統治集團的窳敗腐朽的情景。不言而喻，這首詩並非詩人發古之幽思，而是對當代皇帝腐朽荒淫生活的揭露與批判。李商隱的諷刺詩寫得十分尖刻，譬如《華清宮》詩：「華清恩幸古無倫，猶恐娥眉不勝人。未免被他褒女笑，只教天子暫蒙塵。」詩頗刻薄，因此每每遭到封建文人的攻擊。因為他對統治階級中腐敗現象的鄙視與憤激，他對楊妃的譴責與嘲諷，已超出了封建道德所許可的範疇，表現了詩人的真誠與可貴的勇氣。精警尖刻，正是這首詩的特點，也是李商隱諷刺詩的主要特徵。誠如朱鶴齡所說：「深著色荒之戒，意最警策。」〔註 123〕總之，他對封建統治階級包括對當代皇帝的尖刻諷刺，畢竟不是直接的揭露與批判，而是經過巧妙精心的打扮，給詩包裹了一層華美的歷史外衣，從而使詩意朦朧、詩旨含蘊不露。

其四，李賀與李商隱雖然都詩意朦朧，然風格意趣各別，其詩各自展示著獨特的風姿。賀詩奇崛怪麗，或如牛頭馬面，猙獰怪異；或如妖嬈女鬼，幽氣逼人。義山詩則綺麗蘊深，或如古寺菩薩，面目良善；或如大家閨秀，大方可人。文學史家對他們詩歌的風格，曾經作過一些頗為精當的比較。陳兆奎說：「一以澀煉為奇，一以纖麗為巧。」〔註 124〕繆鉞先生說：「李賀詩造境雖新，而過於詭異，能悅好奇者之心，而不能饜常人之望；義山則去其奇詭而變為淒美芳悱。」〔註 125〕

〔註 120〕 丁福保：《清詩話》，第 541 頁，上海古籍出版社，1963。
〔註 121〕 郭紹虞：《清詩話續編》，第 57 頁，上海古籍出版社，1983。
〔註 122〕 丁福保：《清詩話》，第 998 頁，上海古籍出版社，1963。
〔註 123〕 劉學鍇等：《李商隱詩歌集解》，第 1506 頁，中華書局，1988。
〔註 124〕 陳鐘凡：《中國韻文通論》，第 213 頁，上海書店，1990。
〔註 125〕 繆鉞：《詩詞散論》，第 65 頁，開明書店，民國三十七年。

這些比較，對我們讀二李的詩，是很有啓示的。

　　「李長吉語奇而入怪。」〔註126〕讀其詩，往往給人以特異的刺激。一是他的詩以奇特的想像與奇特的語言，表現出奇特的風格。譬如「我有迷魂招不得，雄雞一唱天下白」（《致酒行》）；「洞庭雨腳來吹笙，酒酣喝月使倒行」（《秦王飲酒》）。這種奇特的想像，令人產生奇異之感；一是意趣幽冷、悲愴，甚至寫出陰森可怖令人毛骨悚然的環境。「百年老鴞成木魅，笑聲碧火巢中起」（《神弦曲》）；「呼星招鬼歆杯盤，山魅食時人森寒」（《神弦》）；「南山何其悲？鬼雨灑空草。……漆炬迎新人，幽塘螢擾擾」（《感諷》五首其三）；「訪古汰瀾收斷鏃，折鋒赤璺曾刲肉」（《長平箭頭歌》）；「毒虬相視振金環，狻猊獰貙吐饞涎」（《公無出門》），不但有鬼氣森森幽氣逼人的描寫，而且也有一些怪誕與醜陋，以醜爲美。

　　李商隱詩綺麗沉鬱，感情內斂，寄託深而措詞婉。所謂義山「學優奧博，性愛風流，往往有正言之不可，而迷離煩亂，掩抑紆回，寄其恨而晦其跡者」，〔註127〕「隱詞詭寄，哀感綿渺，往往假閨襜瑣言，以寓其憂生念亂之恫」，〔註128〕因此詩意隱晦曲折，以致「循誦而莫喻其賦何事耳」。〔註129〕當然，他的詩感情內斂不全是出於對時政的忌諱或懼泄私秘的考慮，更重要的則是他有一種纏綿悱惻的情緒，有一種隱約滯宣的情思，朦朧詩境則是這種情思的表現。因此，詩人寫這類感情內斂的詩，與其說是對政局或個人安危及名節的考慮，毋寧說是對象徵手法與朦朧詩境的喜愛與自覺追求。譬如《無題》四首之一：「來是空言去絕蹤，月斜樓上五更鐘。夢爲遠別啼難喚，書被催成墨未濃。蠟照半籠金翡翠，麝薰微度繡芙蓉。劉郎已恨蓬山遠，更隔蓬山一萬重。」此詩寫一位男子對遠隔天涯所愛女子的深切思念，

〔註126〕吳企明：《李賀資料匯編》，第36頁，中華書局，1994。
〔註127〕劉學鍇等：《李商隱資料匯編》，第763頁，中華書局，2001。
〔註128〕張采田：《玉谿生年譜會箋》，第1頁，上海古籍出版社，1983。
〔註129〕劉學鍇等：《李商隱資料匯編》，第399頁，中華書局，2001。

詩先從夢醒時的情景寫起，然後再將夢中與夢後、實境與幻境糅合在一起描寫，詩人著意渲染夢醒時的迷離恍惚、真幻莫辨、孤寂淒清的境況，從惆悵而失望的情緒中表現出對對方強烈的思念。詩人措詞委婉，感情內斂，又用「無題」以隱寫詩之緣由，詩人的情思隱蔽，無由窺破，因此詩意難明。

　　二李詩獨特風格的形成，除了他們生活經歷、創作道路、藝術趣味不同外，與他們學習前人接受不同的影響也有絕大的關係。他們都曾經努力學習《楚辭》，各得其性情之近。李賀側重學習繼承了《楚辭》瑰奇的特色，使詩中具有濃鬱的浪漫主義色彩。所謂「蓋騷之苗裔，理雖不及，辭或過之」。〔註130〕李商隱則側重學其象徵與寄託。義山詩雖不像《楚辭》那樣引類取譬之廣，然詩中時用象徵，時用寄託，使詩意深蘊。

　　就以唐詩而言，李賀受了李白的深刻影響，所謂「太白幻語為長吉之濫觴」，〔註131〕「瑰奇譎怪則似之，秀逸天拔則不及也。賀有太白之語，而無太白之韻」。〔註132〕劉辰翁評李白《遠別離》曰：「參差曲屈，幽人鬼語，而動盈自然，無長吉之苦。」〔註133〕這都說明李賀瑰奇幽幻的風格導源於李白。李賀的《神弦曲》、《南山田中行》逼肖李白的《過四皓墓》，而李白的《題舒州司空山瀑布》詩，其雕字琢句，苦心經營，喜用怪字眼的做法，對李賀詩風也極有影響。李商隱的七言律詩則得力於老杜，因此其詩歌風格綺麗中含沉鬱之致，沉煉深蘊為李賀所不及。所謂「義山之詩，乃風人之緒音，屈、宋之遺響，蓋得子美之深而變出之也」。〔註134〕

〔註130〕 杜牧：《樊川文集》，第149頁，上海古籍出版社，1978。
〔註131〕 胡應麟：《詩藪》，第49頁，上海古籍出版社，1979。
〔註132〕 吳企明：《李賀資料匯編》，第29頁，中華書局，1994。
〔註133〕 弘曆：《御選唐宋詩醇》，卷之二第1頁，上海鴻文書局石印，光緒乙未年。
〔註134〕 劉學鍇等：《李商隱資料匯編》，第243頁，中華書局，2001。

四

綜上所述，我認為李賀、李商隱詩歌在表現朦朧意象的同時，表現出以下幾個鮮明的特點：

以詩的結構而論，李賀將詩歌創作的注意力放在詩的字句的推敲與錘煉上，然對於詩的整體結構則用力不夠，因此他能寫出大量的驚魂攝魄的詩句，而未能留下較多的意境渾成的詩篇。李商隱的詩雖然也不放過字和句的精心推敲，然其注意力卻集中凝聚在意境的提煉與深化方面，因此留下大量的意境渾成的詩篇。

以詩的表情而論，李賀多自創之語，對語言的色彩情態用力尤勤，詩中較多地用了「通感」、「擬人」、「比喻」等辭格，以修辭手段使詩意人格化、主觀化，並蒙上了一層荒誕虛幻的色彩，五光十色、炫人眼目的詩句，表現出剎那間對客觀事物的強烈印象。李商隱詩語言多有所本，沉博綺麗，尤喜用典，將其豐富的感情融化在客觀描寫之中，並較多地用了比興、象徵等藝術手法，使感情內斂沉潛。因此，李賀詩表現了天才的獨創，李商隱則更多地得力於歷史文化的積澱。

以詩的創作方法而論，李賀詩集雖有若干現實主義的詩篇，然其詩的主調，則是理想與浪漫，詩中放射著奇特與怪誕的色彩。李商隱詩歌，雖然也不乏浪漫與奇想，然其基調是現實的，他是腳踏實地地歌吟著自己的苦悶與牢騷，歌唱著自己的理想與追求。因此在瑰麗奇想中，表現出平實的生活經驗。

李賀積學有素，然他的創作素質是天才的，儘管這天才帶有幾分怪異。李商隱根底深厚，他沉溺於歷史文化的積澱幾乎不能自拔，然也不泛洋溢的詩才。他們在中國詩歌史上，都寫下了極為光輝的一頁。

第四章　晚唐詩歌

　　從文宗開成元年（836），至哀帝天祐四年（907）唐亡，是爲晚唐時期。這一時期詩歌也像唐朝政治形勢一樣：「夕陽無限好，只是近黃昏。」李商隱在詩歌創作上，作了多方面的探索，取得了頗爲輝煌的藝術成就。特別是在表現內心世界與自我情感方面，做出了非常成功的嘗試，表現了詩人豐富而複雜的內心世界。與李商隱齊名的杜牧，其詩歌創作立意高。他在詠史詩中，往往藉翻案以表現自己不凡的政治才華，其詩以拗峭峻拔與風華掩映著稱。另一個與李商隱齊名的詩人溫庭筠，其創作才思敏捷，詩風綺麗。他的七律格高，堪與李商隱媲美。餘如許渾、皮日休、聶夷中、杜荀鶴、羅隱等，在詩歌創作上都取得了一定的成就，但與李、杜、溫相比，終輸一籌。限於篇幅，我們就略去不談了。

第一節　杜牧李商隱的詠史詩

　　杜牧、李商隱都是晚唐著名的詩人，均擅長詠史詩，並冠絕一時。在我國中晚唐時期，許多著名的詩人，都喜歡寫詠史詩，劉禹錫、溫庭筠、許渾、張祜等，都是寫詠史詩的名家，他們借詠史諷諭現實，指摘時弊，抒發其蹇坷不凡的政治抱負，寫了許多傳誦千古的動人詩篇。周曇、胡曾可算是寫詠史詩的專家，他們都把自己的全部藝術精

力，用在詠史詩的創作上。可見當時寫詠史詩，已經蔚然成風。杜、李就是在這種詩歌創作的藝術氛圍中產生的最傑出的詩人。杜牧的詠史詩今存三十餘首，約佔他全部詩歌的十三分之一，李商隱的詠史詩今存七十餘首，約佔其全部詩歌的九分之一強。他們的詠史詩大都是上乘之作，在其詩歌創作中，都佔有很重要的地位，並以鮮明的藝術風姿，矗立在粲若群星的晚唐詩壇。由於杜牧、李商隱的努力，使詠史詩這朵鮮花更加絢麗多姿，嬌艷無比，並以矯健的步伐，走上了光輝燦爛的歷史的峰巔，空前而絕後。小李杜詠史詩在中國詩歌史上的地位及其藝術成就，都是永不磨滅的。

一

　　詠史詩在中國文學史上，是源遠流長的。東漢史學家班固的《詠史》，是中國詠史詩歌的濫觴，它雖然被譏為「質木無文」，除了吟詠史事外，似別無寄託，類似寫史的歌訣。但它畢竟是開了詠史詩的先河，從此詠史詩的創作，逐漸茁壯成長，代不乏人。阮籍、左思、鮑照、陶淵明、李白、杜甫等歷史上的著名詩人，都寫過一些詠史詩。但真正成為我國文學史上第一個詠史詩高潮的，則是晚唐時期。這一高潮的到來，絕不是偶然的，而是由諸多因素促成的。就詠史詩發展本身說，它已有數百年的歷史，特別在中唐時期，就有大量的詠史懷古詩出現，這對晚唐詠史詩的成熟與發展，無疑有著深刻的影響與巨大的推動作用。就詩歌創作的藝術技巧來看，詩到唐代已發展到了高峰，詩歌創作的各種藝術手法，更為純熟精妙。詠史詩是將詩歌傳統的比興手法，用在歷史題材的創作中，詩人因史事而起興，以史實比擬和諷諭現實。詩人通過對史事的詠嘆反映現實，表達真實的感情。因為它披上了歷史的外衣，所以詩人在反映生活表達感情上少所顧忌。現實是歷史的折射和影像，詠史詩在似與不似之間，在歷史與現實的交融上、在史料的遴選和對史事的評價與認知上，都有較大的難度。而有才能的詩人，卻能在難中見巧，難中出奇，充分地發揮藝術

創造力，寫出精妙絕倫的詩篇。詠史詩是以詠嘆歷史的方式，對某一歷史事件做出獨特的評價，而唐代科舉考試的策論，對史才和史識都有很高的要求，策論與詠史詩都要求對史事做出獨特的判斷，這需要卓識，在對史的認識與評價上，二者的要求是一致的，只不過表現的形式不同罷了，策論是邏輯的推理，而詠史詩則是形象的顯現。因此，唐代的科舉考試制度，對詠史詩的發展，無疑也有著一定的影響。自然，詠史詩高潮的出現，有著極豐厚的社會土壤。作為意識形態的詠史詩，與當時政治經濟的發展，有著密切的聯繫。當時藩鎮割據，回鶻、吐蕃入侵，宦官專權，朋黨傾軋，朝政極端混亂，人民處於水深火熱之中，農民暴動有一觸即發之勢。在這嚴重的內憂外患面前，唐王朝政權搖搖欲墜。但面臨如此政治危機，最高統治者不思勵精圖治，卻仍然過著醉生夢死的生活，荒淫腐朽，貪圖佚樂，佞佛信道，妄求長生不老之術。而仁人志士，思欲挽回大唐頹局，重整朝綱，重振國威。杜牧、李商隱都是當時想挽回大唐頹局的傑出人物。杜牧生於豪貴之家，自負經濟之才，極欲施展報國濟世之志。李商隱雖出身寒門，也有高潔的救世之志。「永憶江湖歸白髮，欲回天地入扁舟」（《安定城樓》），這就是他的宿願和素志，可見他有著極不凡的政治抱負。他們都希望施展自己的抱負，以達到挽救大唐危機使天下重新得到大治的政治目的。詠史詩是其報國思想感情的曲折表現，他們把寫詠史詩作為實現政治理想的一種手段。因此，在詠史詩中，傾注了他們飽滿的感情與心血。

二

　　杜牧、李商隱的詠史詩，其藝術構思，有著許多相似的地方。

　　首先，他們在詠史詩中，都表現了卓絕過人的史識。詠史詩是通過對某一歷史事件的吟詠對其做出新的評價與判斷。當然，這種評價與判斷是詩的方式而不是史的方式，是活生生的形象的顯現，而不是乾巴巴的抽象的概念推理，是有情有味有聲有色感人至深的詩篇，而

不是《東萊博議》式的史論。「義山七絕以議論驅駕書卷，而神韻不乏，卓然有以自立，此體於詠史最宜。」〔註1〕這段評語用來評價杜牧、李商隱的詠史詩，都是合適的。他們的詠史詩，雖然有精彩的議論，但卻「神韻不乏，卓然有以自立」，這是他們詠史詩的共同特點，也是其詠史詩感人至深的重要原因。杜牧《題商山四皓廟一絕》云：「呂氏強梁嗣子柔，我與天性豈恩仇。南軍不袒左邊袖，四老安劉是滅劉。」李商隱《賈生》云：「宣室求賢訪逐臣，賈生才調更無倫。可憐夜半虛前席，不問蒼生問鬼神。」這兩首詩，表現了二人超卓的史識。漢文帝在宣室召見賈誼，商山四皓出以固太子儲位，歷來作爲歷史佳話，對其歷史貢獻，前此似無人提出懷疑。杜牧、李商隱則能站在更高的角度看問題，指出賈誼的經邦濟世之才未得其用，四皓固儲位而立惠帝，導致了呂氏的專權，危及劉氏江山社稷，這才是問題的根本所在。他們之所以能夠這樣尖銳地提出問題，表現了他們不同凡俗的政治見解。精警的議論給人以深刻的啓示，詩人在對史事的詠嘆中又帶上了極濃厚的感情色彩。因此，他們的詠史詩警拔凝煉，並有深厚的韻味，富於藝術感染力。

其次，他們在詠史詩中，詠嘆政治庸人未受到現實的教育，俊傑之士驥足未展的遺憾，表現出強烈的懷才不遇之感。在封建社會懷才不遇是個普遍現象，這是由當時的社會制度所決定的。因此表現懷才不遇的這類詩有一定的社會意義，它是對封建制度扼殺人才的批判與抗爭。杜牧《題魏文貞》云：「蟪蛄寧與雪霜期，賢哲難教俗士知。可憐貞觀太平後，天且不留封德彝。」李商隱《題任彥昇碑》云：「任昉當年有美名，可憐才調最縱橫。梁臺初建應惆悵，不得蕭公作騎兵。」從詩的形式看，詩人都遺憾未得歷史驗證，俊傑之士終未能揚眉吐氣。詩人在詠嘆中，都流露出一種頗爲遺憾的感情，在淡淡的惆悵情緒中蘊含著調侃的口吻。但二詩旨趣微有不同：《題魏文貞》是對政

〔註 1〕 丁福保：《清詩話》，第 998 頁，上海古籍出版社，1963。

治庸人的嚴肅批判，以封德彝未受到現實的教育而感到遺憾，流露出個人政治才能未得施展的感喟，《題任彥昇碑》則表現出李商隱的倔強性格，流露出士不遇的強烈感情。

第三，他們都以鮮明對照的特寫鏡頭，展示歷史畫面，形成強烈的對比，給人以清晰而深刻的印象。杜牧《臺城曲二首》其一云：「整整復斜斜，隋旗簇晚沙。門外韓擒虎，樓頭張麗華。誰憐容足地，卻羨井中蛙。」李商隱《北齊二首》其一云：「一笑相傾國便亡，何勞荊棘始堪傷。小憐玉體橫陳夜，已報周師入晉陽。」「門外韓擒虎，樓頭張麗華」，「小憐玉體橫陳夜，已報周師入晉陽」，將敵軍兵臨城下，皇帝仍然淫樂的場面作了鮮明而強烈的對比，奇絕痛絕，嘲諷彌切。李商隱的《馬嵬》也用了對比的描寫：「此日六軍同駐馬，當時七夕笑牽牛。如何四紀為天子，不及盧家有莫愁！」前兩句將唐玄宗平時與危機時刻對愛情的態度做了比較，其與楊玉環情愛之虛僞，昭然若揭。後二句是將天子與平民對愛情的態度做了比較，用「不及」這個斷語，來譏諷貴為天子對愛情的輕率態度。「他生未卜此生休」，則在一句詩中對來世與今世做了比較，這種比較的反差極大，給讀者留下的印象十分深刻。杜牧《題桃花夫人廟》，也是畫面對比鮮明的絕妙詩篇：「細腰宮裏露桃新，脈脈無言度幾春。至竟息亡緣底事？可憐金谷墮樓人。」以綠珠的剛烈殉情反襯息夫人的忍辱求活，苟且偷生。在兩種形象的強烈對比中，表現了他對息夫人的鄙棄與斥責，雖然表現手法委婉含蓄，而詩人的感情卻十分強烈。趙翼評此詩說：「以綠珠之死，形息夫人之死，高下自見；而詞語蘊藉，不顯露譏訕，尤得風人之旨耳！」〔註2〕總之，展示鮮明對比的歷史畫面，能以最省儉的筆墨，將其飽滿豐富的感情，表現得痛快淋漓。

第四，他們的詠史詩，大多筆鋒犀利，語含譏諷，對最高統治者腐化淫靡的生活，作了尖刻的諷刺。杜牧《過華清宮絕句三首》

〔註2〕郭紹虞：《清詩話續編》，第1326頁，上海古籍出版社，1983。

之二云：「新豐綠樹起黃埃，數騎漁陽探使回。霓裳一曲千峰上，舞破中原始下來。」顧隨先生謂「『破』字用得損」。〔註3〕李商隱《華清宮》云：「華清恩幸古無倫，猶恐蛾眉不勝人。未免被他褒女笑，只教天子暫蒙塵。」紀昀以為「刻薄尖酸」，〔註4〕何焯說他「太輕薄」。〔註5〕所謂「損」、「刻薄尖酸」，都是說詩人欠厚道，這是受了溫柔敦厚詩教的影響，「輕薄」，就是對統治者欠莊重，冒犯了他們的尊嚴，揭露諷刺超出了統治者能許可和容忍的範圍，這種對統治階級輕蔑的嘲笑與冷峻的諷刺，正是杜牧、李商隱詠史詩可貴的地方。批評與指責他們的人，屁股不免坐在封建統治者一邊，自覺或不自覺地充當了封建衛道士的角色。

三

　　杜牧、李商隱的詠史詩，雖然都是注目現實，借古諷今，但他們觀察問題的立場、視點、心態，均有較大的差異，因此，其詩的藝術風格與表現手法，各有特色。

　　第一，杜牧、李商隱都想挽回大唐的危局、重振國威，但兩人寫詩時的心態是不同的。「夕陽無限好，只是近黃昏。」（《樂遊原》）「羲和自趁虞泉宿，不放斜陽更向東。」李商隱在這兩首詩中，隱隱約約地透露出他對時局的估計。要挽回時局，他覺得缺乏力量與信心：「從來繫日乏長繩，水去雲回恨不勝。」（《謁山》）這是他當時的心態。怎樣辦呢？他只能把改革現實的希望，寄託在皇帝身上。他以為只要皇帝聖明，朝政就可改觀，時局就會逆轉，「欲回天地」的理想，就會藉以實現。《夢澤》、《北齊二首》、《齊宮詞》、《陳後宮》、《南朝》、《隋宮》等詩，他把攻擊的矛頭指向楚靈王、北齊後主、南齊廢帝、陳後主、隋煬帝等荒淫誤國的昏君。諷刺歷史上的亡國之君，在於警

〔註3〕顧隨：《論「小李杜」》，《河北大學學報》1990年第4期。
〔註4〕劉學鍇等：《李商隱詩歌集解》，第1507頁，中華書局，1988。
〔註5〕劉學鍇等：《李商隱詩歌集解》，第1506頁，中華書局，1988。

告當政的皇帝，不要步歷史上亡國之君的後塵，重蹈歷史的覆轍。

李商隱的政治頭腦是極清醒的，他冷靜地審視客觀世界，嚴肅地思考現實中發生的一切，並將其審視結果與歷史上曾經發生的某些事件作了類比。他發現當時大唐帝國的皇帝，在現實的政治表演中，與歷史上的亡國之君，有著驚人的相似之處。當今的皇帝正沿著歷史上亡國之君走過的道路，一步一步地走下去，其前途是不堪設想的。他寫詠史詩，就是要為正在醉生夢死的皇帝敲起警鐘。他的詠史詩名為詠史，實際則是為當今皇帝畫像，請出歷史上的亡靈，是為了演出世界歷史的新場面。因此他把自己對現實的深刻理解，完全融會在歷史事件的抒寫之中，借歷史以寫現實，用詠史詩以推動改革現實的進程。他寫詠史詩的態度，異常認真嚴肅，詩格冷峻警刻，有如一瓢冷水，要把他的諷刺對象，一下子從昏熱中澆醒過來。之所以他的有些詠史詩有如死灰般的暗淡與冰棱般的冷峻，是因為現實的無比黑暗與他急切地改革現實的願望所致。李商隱是一個清醒的現實主義者，他對現實的觀察準確而沉穩，又能對史實做出正確的分析與判斷，加上他高度的藝術修養，使其詠史詩獨具異彩，卓立千古。然他缺乏杜牧那種對自己政治才能的自信，因此，只能把改革現實的願望寄託在皇帝身上，他也知道晚唐的皇帝一蟹不如一蟹，想讓他們有所作為簡直是不可能的。因此他的詠史詩思想灰暗，缺乏亮色，在藝術上一般都含蓄蘊藉，不像杜牧的有些詠史詩那麼議論激切而鋒芒畢露，形成與杜牧詠史詩迥然有別的個性特徵。

杜牧認為要挽回時局，關鍵在於重用有才能的大臣，他自信自己的政治能力，只要得到皇帝的重用，就會在挽救大唐危機命運中大有作為，就能挽狂瀾於既倒。他以詠史詩諷刺統治階級的無能，藉以發泄其不得志的牢愁。

杜牧的政治抱負，在一些詠史詩中得到充分的表現，並不時流露出懷才不遇的感情。他在《感懷詩一首》中寫道：「關西賤男子，誓肉虜杯羹。請教繫虜事，誰其為我聽。蕩蕩乾坤大，瞳瞳日月明。叱

起文武業，可以豁洪溟。安得封域內，長有扈苗征。……韜舌辱壯心，叫閽無助聲。聊書感懷韻，焚之遺賈生。」在《郡齋獨酌》中說：「平生五色線，願補舜衣裳。弦歌救燕趙，蘭芷浴河湟。腥臊一掃灑，凶狠皆披攘。生人但眠食，壽域富農桑。孤吟志在此，自亦笑荒唐。」又在《洛中送冀處士東遊》中說：「但可感鬼神，安能爲獻酬？好入天子夢，刻像來爾求。」這雖是對冀處士說的，又何嘗不是自己的孜孜以求？他雖有掃清宇內、「願補舜衣裳」之雄心壯志，但卻是「叫閽無助聲」。「安能爲獻酬？好入天子夢，刻像來爾求。」這畢竟是天真的一廂情願，這怎能不使他義憤填膺？通過這些詩我們就可以理解，他在《赤壁》、《題烏江亭》、《題商山四皓廟一絕》中要翻歷史成案的原因。《餘冬詩話》云：「《赤壁》詩說天幸不可恃，《烏江》說人事猶可爲，同意思。」在《赤壁》、《題烏江亭》這兩首詩中，杜牧特別強調了指揮者的決定作用。「東風不與周郎便，銅臺春深鎖二喬。」他譏笑周瑜以偶然的機會在赤壁取勝，如不是天賜與便，則國破家亡，妻妾不保。「勝敗兵家事不期，包羞忍恥是男兒。江東子弟多才俊，捲土重來未可知！」他譏笑項羽缺乏百折不撓的精神和毅力。也就是說，赤壁之戰如果是自己指揮，一定能穩操勝券，萬無一失，絕不靠僥幸以成功；烏江之敗如果指揮者是自己，一定要在江東東山再起，捲土重來，與劉邦周旋到底。杜牧具經濟之才，懷抱利器而不得用，滿腹牢騷，藉詠史詩予以傾吐。他在評價歷史人物、事件，特別在翻歷史的成案中，突出強調了人謀的作用，表現了對自己政治才能的自信與自負。他批判歷史上的政治庸人，正是要顯示自己過人的才智，以取得皇帝的信任與重用，從而在挽救大唐危機中大顯身手。總之，他的詠史詩議論高絕而詩味雋永，設想浪漫而不超越現實的可能性，讀之令人深受啓示與鼓舞。

其二，杜牧的詠史詩，諷詠現實，抒寫懷抱，往往有立意高絕的議論，表現出橫溢的才氣；李商隱的詠史詩，含蓄蘊藉，感情深摯，往往是跌宕起伏的唱嘆。

　　杜牧的詠史詩，有出人意料的議論，又喜做翻案文章，表現出過人的才識。趙翼云：「杜牧之作詩，恐流於平弱，故措詞必拗峭，立意必奇辟。多作翻案語，無一平正者。」〔註6〕他之所以要立意奇辟，多作翻案語，就是在藝術上追求高絕，表現自己的才識。他在《獻人啓》中說：「某苦心爲詩，本求高絕，不務奇麗，不涉習俗，不今不古，處於中間。」他有明確的創作主張，他的許多詠史詩，就是他創作主張的藝術實踐。《赤壁》、《題烏江亭》、《題商山四皓廟一絕》等，在翻案中表現了他非凡的史識。吳景旭云：「牧之數詩，俱用翻案法，跌入一層，正意益醒。」〔註7〕杜牧知軍事，好談兵，然不爲當局所重，握瑾懷瑜而不得一試，心情鬱鬱，產生憤激情緒。《赤壁》譏諷周瑜缺乏必勝的把握，正是慨嘆自己難得立功的機遇。《題烏江亭》通過對項羽兵敗烏江的議論，批判他不能「包羞忍恥」，以屈求伸，缺乏一種堅毅的復仇精神。如果說《過勤政樓》慨嘆唐王朝盛世一去不返，那麼《題烏江亭》則希望挽狂瀾於既倒，他有著倔強的不服輸的精神。《題魏文貞》是有感於當時政治現實及自己遭遇而作，詩人對魏徵的讚揚與對封德彝的鄙視，表達了詩人治國的宏圖與抱負，以及遭受俗士排抑的感慨。他的詠史詩並不追求感情的委婉與文辭的華美，而在立意的高絕與議論的精警上慘淡經營，並將其高絕的議論與過人的史識寓於詩的形象之中，藉以指摘時弊，針砭現實，氣勢豪宕，風格俊爽。其詩既有詩人深長的情味，又飽含政治家銳敏犀利的目光，融政治才能與藝術才情於一爐，才氣橫溢，詩意高絕。

　　杜牧詠史詩中，也很有一些唱嘆有情之作。「看取漢家何事業，五陵無樹起秋風。」（《登樂遊原》）是曲折情深之作，施補華謂這是「加一倍寫法，陵樹秋風，已覺淒慘，況無樹耶？用意用筆甚曲」。〔註8〕《金谷園》是一首情味兼長之作：「繁華事散逐香塵，流水無情

〔註6〕郭紹虞：《清詩話續編》，第1326頁，上海古籍出版社，1983。
〔註7〕富壽蓀等：《千首唐人絕句》，第677頁，上海古籍出版社，1985。
〔註8〕丁福保：《清詩話》，第998頁，上海古籍出版社，1963。

草自春。日暮東風怨啼鳥，落花猶似墮樓人。」詩評家謂「落句意外神妙，悠然不盡」，「筆致空靈蘊藉，使事妙於點化，吊古佳境也」。〔註9〕的確這首詩蒼涼淒迷，有一唱三嘆之妙。然縱觀其詠史詩，筆意豪宕，才氣縱橫，立意高絕，評價史事不受傳統觀念束縛，使歷史、現實與個人思想水乳交融。

李商隱的詠史詩含蓄蘊藉，往往有一唱三嘆之妙。《龍池》詩云：「龍池賜酒敞雲屏，羯鼓聲高眾樂停。夜半宴歸宮漏永，薛王沉醉壽王醒。」此詩揭露大膽，諷刺冷峭，但卻藏鋒不露，委婉含蓄，不下一字針砭，戟刺之意卻得到了充分的表現。吳喬評云：「詩貴有含蓄不盡之意，尤以不著意見、聲色、故事、議論者為上，義山刺楊妃之『夜半宴歸宮漏永，薛王沉醉壽王醒』是也。其詞微而意見，得風人之體。」宋顧樂云：「微而顯，婉而峻，風人之旨也。」〔註 10〕表現手法委婉而意旨顯峻，不僅是《龍池》詩的特點，也是李商隱詠史詩的藝術特色。

李商隱的詠史詩，往往寓諷刺於敘事詠嘆之中，因此既有形象的表現，又有感情的詠嘆，極富藝術感染力。他的詠史詩，往往藉虛詞以詠嘆，如「海外徒聞更九州」（《馬嵬》），「未知歌舞能多少，虛減宮廚為細腰」（《夢澤》）。詩中的「徒」、「虛」等虛詞，不僅表示否定，而且蘊含著詩人極強烈的感情色彩。《賈生》詠漢文帝召見賈誼事，詩中不僅用了「可憐」、「虛前席」等，從根本上否定了這件事的意義與價值，而且用「不問」與「問」，表明漢文帝與賈誼政治觀差距極大。在深含諷刺的意味中，表現出強烈的悲劇色彩。他的詩又能以小見大，如「猶聞風搖九子鈴」（《齊宮詞》），詩中借用九子鈴這樣細小的事物，寄寓一代興亡的感慨，意味深長。詩人並沒有直接站出來議論，只是用了對比的方法，前後相映，十分含蓄地表現出梁為亡齊之續這一深刻的主題，表現手法是很高明的。「妙從小物寄慨，倍覺唱

〔註 9〕 富壽蓀等：《千首唐人絕句》，第 671 頁，上海古籍出版社，1985。
〔註 10〕 富壽蓀等：《千首唐人絕句》，第 762 頁，上海古籍出版社，1985。

嘆有情。」〔註11〕這的確是這首詩的特點。他有時在敘述史事中加以
誇張的描寫，表現其極強烈的感情。「春風舉國裁宮錦，半作障泥半
作帆」、「玉璽不緣歸日角，錦帆應是到天涯。」（《隋宮》）他以誇張
的筆法，對隋煬帝荒淫佚樂作了尖銳的諷刺，對楊廣的鄙棄憎惡之
情，溢於言表。

　　李商隱寫詠史詩，更多地訴諸歷史畫家的想像，他通過精心的構
思與剪裁，非常巧妙地將其思想感情融入暗淡的歷史畫面之中，使人
觀畫而知意，繞梁之音不絕於耳。杜牧寫詠史詩，更多地訴諸邏輯，
他將其經綸絕世之才與報國無路之思，蘊含在警拔的議論之中，在對
歷史事件的議論評析中，飽含了豐富的感情，一唱而三嘆。因此，李
商隱的詠史詩是詩的史，杜牧的詠史詩是論的詩，殊途同歸，都達到
了批判現實、諷諭時政的目的。杜以才氣取勝，李以抒情見長，雙峰
對峙，各有千秋。

第二節　李商隱溫庭筠的七律

　　李商隱、溫庭筠是晚唐時期兩位著名的詩人，因其才情與詩風相
似，而稱溫、李。在詩歌創作上，兩人均擅長七言律詩：李商隱的七
律有一百二十餘首，溫庭筠的七律近一百首，可見兩人都十分重視七
言律詩的創作。同時，他們在七律創作上，都取得了很高的值得稱道
的藝術成就。李商隱是繼杜甫以後出現的傑出的詩人，他的七律上承
杜甫，下啓西崑，在文學史上有其顯赫的地位。溫庭筠的詩則爲詞名
所掩，學者對其詩歌創作往往不夠重視。雖然他的幾首詠史的七律，
受到選家的青睞，照例入選，然對其七言律詩以及整個詩歌創作的研
究卻顯得不夠。近幾年來，溫庭筠的詩歌創作逐漸受到學界的重視，
發表了較多的論文，對他的研究有了很大的進展，然與其創作成就還
不相稱，對其詩歌研究仍有待進一步深入。本節欲通過比較研究，揭

〔註11〕富壽蓀等：《千首唐人絕句》，第 771 頁，上海古籍出版社，1985。

示他們在七律創作上的共同特徵與不同特色，以便對溫李詩作進一步的深入探討。

一

李商隱、溫庭筠生活在同一時代，他們年齡相仿，才情相似，志趣相投，政治態度與生活遭際大致相同，他們對現實的觀察與認識有許多共同點，因此他們七言律詩的內容與題材，有很多相近或相似的地方。

首先，他們都用七言律詩寫了許多深情綿邈傳誦千古的愛情詩，這是中國文學史上十分罕見的一枝鮮艷而美麗的花朵，爲他們整個創作增添了一層絢麗的光彩。

愛情在人類生活中，佔有很重要的地位。因此，在反映現實歌讚人生的文藝作品中，就有許多感人至深震撼心靈的愛情詩篇。我國由於長期受封建禮教的束縛，青年男女間的愛的慾望，往往被壓在心底，不得吐露。描寫與歌頌愛情的詩篇，被視爲輕薄、側艷，受到了蔑視與排抑，不得與其他的優秀詩篇相提並論。在中國文學史上，除了民歌以外，優美動人的愛情詩就寥若晨星而彌足珍貴。李商隱、溫庭筠則同時寫了大量的膾炙人口的愛情詩，千百年來，受到人們的愛戴，至今猶放射著頗爲迷人的光焰。它在中國文學史上，猶如在廣袤無垠的沙漠中出現的一塊綠洲，給人以異常的新鮮感與生命力感。

李商隱寫了許多感情深摯詩意雋永的愛情詩，這些愛情詩大多是以七律無題（含首二字爲題的詩）寫成的。儘管他追求愛慕的對象我們還不十分清楚，歷來研究李詩的人，有許多紛紜的猜測與推斷，然其詩之感情真摯、詩人追求之執著以及藝術表現的高超與完美，都是大家公認並深爲讚佩的。如《無題四首》（其三非七律）、《無題二首》、《無題》、《碧城三首》等，都是極優美的愛情詩，寫得沉鬱深曲、穠麗精工，有一股纏綿回蕩的情韻。這些詩均受到詩論家的特別重視，有著很高的藝術審美價值與社會認識價值。如《無題》

（相見時難別亦難），是寫暮春時節與其所愛女子別離的感傷與別後悠長執著的思念。詩中寫了難堪的離恨、終生不渝的追憶以及重見無期的哀傷，如此等等，都顯得眞切感人。特別是「春蠶到死絲方盡，蠟炬成灰淚始乾」兩句，以生動形象的比喻來表達詩人海枯石爛而矢志不變的愛情，撥動著千千萬萬讀者的心弦。

溫庭筠極有才情，在其詩歌創作中，多有抒寫情愛之作。因此，在他生前，備受封建士大夫的誣蔑與攻擊，說他「仕行塵雜」、「薄於行」，稱其詩「側艷」，故未能考取進士，仕途坎坷，備受艱辛。而他的愛情詩，至今卻很少有人論及，這是很不公正的。以七律而言，他的《博山》、《七夕》、《經舊遊》、《贈知音》、《池塘七夕》、《杏花》、《牡丹二首》其二，都是抒寫愛情的。譬如《博山》：

> 博山香重欲成雲，錦段機絲妒鄂君。
>
> 粉蝶團飛花轉影，彩鴛雙泳水生紋。
>
> 青樓二月春將半，碧瓦千家日未曛。
>
> 見說楊朱無限淚，豈能空爲路歧分。

此詩前半極寫美人居室的香氣氤氳，花團錦簇，襯出美麗的姿質。她穿著令人妒羨的錦緞，錦緞上面有著美麗的圖案：彩色鴛鴦戲水，粉蝶團花而飛，室內香煙繚繞，將其映襯得格外美艷動人。後半寫詩人對美人一見鍾情，從內心產生深深的愛慕，感情摯烈，留戀不捨。

李商隱、溫庭筠雖然都以七律寫了較多的愛情詩，然因二人的經歷、生活態度與追慕的對象不同，其詩有很大的差異。李是重感情的，他執著追求的是他最愛慕的女子，雙方感情都發展到一定階段，因中途受阻而未能繼續往來。但二人早已心心相印，有一股斬不斷的情思，有生死以之的執著，因此感情熱烈而純眞，因戀情發展受阻而心情鬱結沉痛，憤懣憂傷。溫是重姿色的，他追慕的大多是青樓女子，或偶有邂逅，一見鍾情，卻無深厚的感情基礎。有時雖有愛慕，然卻感情游移，有幾分逢場作戲。當然也有眞心傾慕者，但卻缺乏李商隱那種對愛情的認眞。因此，李商隱的愛情詩，表現爲情思的滿足，詩

中流蕩著一片眞情痴意；溫庭筠的愛情詩，表現爲感官的滿足，詩裏充斥著艷冶與駘蕩。所以李詩情眞情深而濃烈，感情纏綿悱惻，寫出了頗爲迷離的藝術境界；溫詩情僞情淺而淡薄，寫出了穠麗艷冶詞句精工的詩篇。顯而易見，兩人在詩中表現的感情眞醇懸殊。雖然如此，溫庭筠寫的愛情詩，仍有著一定的藝術生命力，誰也不能輕輕一筆抹殺的。

其次，李商隱、溫庭筠都寫了許多感情深沉、蒼涼悲慨的詠史詩。其詩以古喻今，抨擊時政，運筆老辣，感情眞摯，自有金聲玉振之音。

詠史詩在我國文學史上源遠流長，自班固寫《詠史》以後，代有佳制。然掀起詠史寫作高潮的，則是我國的晚唐時期，當時出現了一大批詠史詩的作者，寫出了許多膾炙人口傳誦千古的作品，而以杜牧、李商隱、溫庭筠、許渾最爲知名。李商隱的詠史七律有《詠史》、《宋玉》、《茂陵》、《籌筆驛》、《南朝》、《隋宮》、《馬嵬》等，溫庭筠的詠史七律有《過新豐》、《蘇武廟》、《過五丈原》、《過陳琳墓》、《馬嵬驛》、《馬嵬佛寺》等。在詠史詩作中，溫、李在選取題材與表現手法方面，都有許多十分相似的地方。如寫士不遇的《宋玉》、《過陳琳墓》，歌頌諸葛亮的《籌筆驛》、《過五丈原》，寫馬嵬兵變的《馬嵬》、《馬嵬驛》、《馬嵬佛寺》等，兩人都用了同一題材。他們雖然所取題材相同，但都發揮了藝術獨創性，充分展示了自己的創作才華，加上對歷史的審視角度不同，寫法各異，形成各自的特點，寫出了獨特的藝術境界。如李商隱《馬嵬》：「海外徒聞更九州，他生未卜此生休。」溫庭筠的《馬嵬驛》：「返魂無驗青煙滅，埋血空生碧草愁。」都是對李楊之所謂生死不渝的愛情作了深刻的諷刺，用筆之冷峻、尖刻，詞語之精煉、警策，都極爲相似，藝術上旗鼓相當。然李詩空靈灑脫，溫詩則空寂幽冷。又如李商隱《隋宮》：「玉璽不緣歸日角，錦帆應是到天涯。」溫庭筠的《馬嵬佛寺》：「才信傾城是眞語，直教塗地始甘心。」前者言，若不是隋煬帝失掉江山，他駕上異常豪華的龍舟，大概可以走遍海角天涯，是對其淫樂之心的尖刻諷刺。後者謂迷戀傾城

之色者的可傾城，使國家一敗塗地、京都失陷方才甘心。對李隆基迷戀女色冷嘲熱諷。二者都以假設展示君王貪圖淫樂不問國事的後果，並以歸謬法，將其荒淫無恥所導致的後果，表現得淋漓盡致，取得了很好的藝術效果。然李詩誇誕而含蓄，溫詩狠辣而質直，詩味自別。又如李商隱《馬嵬》：「此日六軍同駐馬，當時七夕笑牽牛。」溫庭筠《蘇武廟》：「回日樓臺非甲帳，去時冠劍是丁年。」二者對仗都極爲工整，而又無板滯之弊。誠如沈德潛評《蘇武廟》詩時所云：「五、六與『此日六軍同駐馬』一聯俱屬逆挽法，律詩得此，化板滯爲跳脫矣。」〔註12〕可謂中的之言。

　　溫庭筠的詠史七律，直可與李商隱比肩，其感情之悲慨，用筆之純熟，諷刺之辛辣，都可與李並駕齊驅。然李商隱能夠直面現實，他的詠史詩多爲政治詩，其內容之豐富，思想之深刻，揭露之尖銳，幾乎都達到了無以復加的地步。溫庭筠詠史七律多係感嘆身世之作，他對國事的關心遠不如李商隱的關切，因此，他的詠史詩感人的藝術力量與影響，都是趕不上李商隱的。雖然溫庭筠詠史詩的蒼涼深沉，金聲玉振似與李商隱相侔，然以總體衡量，終是稍遜一籌的。

　　其三，李商隱、溫庭筠都寫過一些詠懷襟抱的詩篇，激盪著報國無路懷才不遇的感情，表現了詩人頗爲高尚的政治情操與個人追求。

　　《安定城樓》是李商隱二十六歲時在王茂元幕中所作，是一首抒寫個人襟抱的著名詩篇。其詩云：

　　　　迢遞高城百尺樓，綠楊枝外盡汀洲。

　　　　賈生年少虛垂涕，王粲春來更遠遊。

　　　　永憶江湖歸白髮，欲回天地入扁舟。

　　　　不知腐鼠成滋味，猜意鵷雛竟未休。

詩的首聯寫登樓所見，蕭條單調的自然景色，引起詩人無限的感慨；頷聯以賈誼、王粲的不得志自比，頸聯寫功成身退的政治抱負，詩人

〔註12〕沈德潛：《唐詩別裁》，第20頁，商務印書館，1958。

抱負宏偉，自視甚高；尾聯引用成典，亦莊亦諧，對猜忌自己的小人作了尖刻的諷刺。這首詩表現了詩人心地高潔、志業遠大的政治抱負與握瑾懷玉而不得用的憤激情緒。他在《寄令狐學士》一詩中寫道：「鈞天雖許人間聽，閶闔門多夢自迷。」抒發了詩人前途受阻的憤慨。如此等等，都表現了詩人的襟抱與情操。

溫庭筠的《過陳琳墓》雖是一首詠史詩，實際卻是借詠史抒寫自己不得志的懷抱。其詩云：

> 曾於青史見遺文，今日飄蓬過古墳。
> 詞客有靈應識我，霸才無主始憐君。
> 石麟埋沒藏春草，銅雀荒涼對暮雲。
> 莫怪臨風倍惆悵，欲將書劍學從軍。

此詩首聯緊扣題目，寫昔讀遺文，今見古墳，而又以飄蓬寓今日之遭際，不免感慨繫之；頷聯寫自己雖與陳琳異代卻同遭不遇，因而產生惺惺惜惺惺之情。「詞客」指陳琳，「霸才」係自指，謂自己雖有王霸之才而不得其用，因此對古時不得志之陳琳倍覺同情；頸聯極寫陳琳墓地的荒涼情景，詩人對此倍感惆悵。尾聯寫自己欲從軍而另謀出路，風雲際會之思，自在言外。溫庭筠的抒懷言志之作較多，如：「自嘆漫懷經濟策，不將心事許煙霞。」（《郊居秋日有懷一二知己》）他在自我調侃中，流露出懷才不遇的不滿與憤懣。餘如：「情為世累詩千首，醉是吾鄉酒一尊。」（《杏花》）「獨有袁宏正憔悴，一尊惆悵落花時。」（《寄岳州李外郎遠》）「誰言有策堪經世，自是無錢可買山。」（《春日訪李十四處士》）「今日逢君倍惆悵，灌嬰韓信盡封侯。」（《贈蜀府將》）都抒發了不得志的惆悵與牢騷。二人同是抒其不得志的懷抱，李商隱詩表現出高潔的政治情操與積極的進取精神；溫庭筠的詩則流露出頹唐索寞的情緒、不得志的憤懣與牢騷以及無可奈何的哀嘆，調子低沉，缺乏昂揚的詩的旋律，似輸李詩一籌。

二

　　李商隱、溫庭筠的七律，風格相似。其風格蓋有二種：一為言志之作，風格剛健，感情悲慨，遒勁蒼涼，詩律嚴整，辭藻豐腴，詩意的邏輯結構明晰清楚，被明清詩人、學者視為唐代律詩的典範。它上承杜甫，下啓宋元，在文學史上極有影響；二為緣情之作，風格柔靡，詩人以此抒寫隱蔽的情思與心底的婉曲：諸如愛情的溫馨，心靈的幽傷，對國事衰微的憂慮等，它滲透著時代的審美觀而又呈現出詩人鮮明的個性特色。這本來是兩種完全對立的藝術風格，但卻同時在他們詩歌創作中得到完美的體現。這表明他們都具有很高的藝術造詣，因而在文學史上創造了神話般的奇跡。

　　溫庭筠、李商隱七言律詩中言志之作，多能直面人生，審視現實，明確地表達自己的政治態度，這主要表現在他們的政治抒情詩中。他們代表著中小地主階級對國事的關注、干預與吶喊，並在一定程度上反映了時代的呼聲。詩的情緒慷慨悲壯、沉鬱憤激，這一特點，在李商隱詩中表現得尤為突出。李商隱用七律寫了大量的政治抒情詩，如《隨師東》、《贈劉司戶》、《哭劉蕡》、《重有感》及詠史諸作，對皇帝的淫昏、宦官的專權、軍隊的腐敗、將領的無能，都作了鋒芒畢露的抨擊，表現了他對改革現實的強烈願望。譬如《重有感》：

　　　　玉帳牙旗得上游，安危須共主君憂。

　　　　竇融表已來關右，陶侃軍宜次石頭。

　　　　豈有蛟龍愁失水？更無鷹隼與高秋！

　　　　晝號夜哭兼幽顯，早晚星關雪涕收。

這是甘露之變以後詩人寫的一首政治抒情詩。甘露之變是唐朝臣與宦官矛盾鬥爭激化的結果，事變後宦官得勢，大殺朝臣，宰相王涯等無辜被害。昭義軍節度使劉從諫因與宦官集團有矛盾，曾先後兩次上表，力辨王涯等無辜被殺，揭露仇士良等罪惡，並聲言「如奸臣難制，誓以死清君側」，仇士良等因惕懼而有所收斂，詩人感此而作。這首詩詩人對劉從諫聲言的興兵勤王，望之殷而責之切，詩中每於對劉祈

望的同時，也流露著不滿、焦急與憤鬱，表明詩人對宦官專權的激切不滿的態度，必欲去之而後快。詩中議論精闢，敘述簡煉，感慨深沉，風格遒勁，表現出很強的力度。又如「誰言瓊樹朝朝見，不及金蓮步步來。敵國軍營漂木柹，前朝神廟鎖煙煤」（《南朝》），對陳後主淫昏的揭露與譏諷，入木三分。「紫泉宮殿鎖煙霞，欲取蕪城作帝家。玉璽不緣歸日角，錦帆應是到天涯。於今腐草無螢火，終古垂楊有暮鴉。地下若逢陳後主，豈宜重問後庭花。」（《隋宮》）對隋煬帝荒淫無度的諷刺，不遺餘力。「不收金彈拋林外，卻惜銀床在井頭。綠樹轉燈珠錯落，繡檀回枕玉雕鎪。當關不報侵晨客，新得佳人字莫愁」（《富平少侯》），諷刺貴寵之憨痴，針針見血。詩人請出歷史的亡靈，自然是為著現實的政治鬥爭的需要，他寫的陳後主、隋煬帝、富平少侯，實則是藉以批判現實中類似陳後主等人行徑的君王。總之，他寫的政治諷刺詩，深刻地揭露了唐王朝政治上的種種腐敗與弊端。筆鋒銳利，諷刺辛辣，寫得尖銳而深刻。

溫庭筠的七律中政治諷刺詩不多，也缺乏銳氣與戰鬥鋒芒，與李義山相比，不免有些遜色。雖然如此，但作為政治抒情詩的詠史七律，悲慨沉鬱，表現出詩人的憤激，其成就仍是不可低估的。如《過五丈原》，就是值得稱道的作品：

> 鐵馬雲雕久絕塵，柳陰高壓漢營春。
>
> 天晴殺氣屯關右，夜半妖星照渭濱。
>
> 下國臥龍空寤主，中原逐鹿不因人。
>
> 象床錦帳無言語，從此譙周是老臣。

此詩是詩人經五丈原時憑吊諸葛亮所作，表達了詩人對一代名相齎志而歿的痛惜心情。寫得慷慨悲壯，以風骨遒勁見長。首聯寫諸葛亮率兵伐魏時蜀軍凌厲的攻勢，突出諸葛亮統一天下的雄心壯志，筆挾風雲；頷聯寫五丈原屯兵，諸葛亮不幸殞命，筆含悲愴；頸聯寫諸葛亮偏遇庸主，治國之才未能施展，不勝惋惜；尾聯寫諸葛亮死後，譙周掌握實權，從此蜀國一蹶不振。「收二句痛煞、憤煞之言，卻含蓄無

窮。」〔註13〕詩人對歷史的回顧、敘述、議論，時而慷慨，時而悲愴，時而惋惜，時而諷刺，感情跌宕起伏，搖曳生姿。餘如「志氣已曾明漢節，功名猶自滯吳鈎。雕邊認箭寒雲重，馬上聽笳塞草愁」（《贈蜀將》），寫蜀將壯志凌雲、功勳卓著而不得重用；「茂陵不見封侯印，空向秋波哭逝川」（《蘇武廟》），感慨深沉；《馬嵬驛》、《奉天西佛寺》、《贈李將軍》，都是悲慨蒼涼之作。還有一些反映衰敗景象的，如「石路荒涼接野蒿，西風吹馬利如刀。小橋連驛楊柳晚，廢寺入門禾黍高。雞犬夕陽喧縣市，鳧鷖秋水曝城壕」（《送客偶作》）；「殘芳荏苒雙飛蝶，曉睡朦朧百囀鶯。舊侶不歸成獨酌，故國雖在有誰耕」（《寒食前有懷》）；「出寺馬嘶秋色裏，向陵鴉亂夕陽中」（《開聖寺》）。詩人以沉鬱頓挫的筆調，抒寫他對大唐國運衰敗的哀痛心情，藝術個性都表現得十分突出。

　　李商隱、溫庭筠的七律，多係柔靡婉轉之作。他們都善於運用朦朧的筆調，寫幽約細微的感情。這類詩約有三個特點：第一，情思幽約朦朧，微含感傷；第二，語言典雅精工，敘事撲朔迷離；第三，詩境迷離恍惚，富於暗示性，由此產生了詩意外延的伸張。溫庭筠《題李處士幽居》云：「濃陰似帳紅薇晚，細雨如煙碧草春。隔竹見籠疑有鶴，捲簾看畫更無人。」誠如此詩所表現的，他們的詩往往抒寫的是暗淡的景色，朦朧的情思，細膩的感情，給人以迷茫模糊的印象，有著悠長的韻味。

　　李商隱是感情豐富的詩人，其感情濃烈而性格內向，這就造成了他特有的感情表達方式：鬱結於心而不易袒露，思慮層深而又欲語還休。如是其強烈之感情活動不能自已，遂造成了他深情綿邈、曲折幽微、朦朧隱約的表現形式。他的詩用了許多典故，為其表達的感情裹上了一層又一層的外衣。而典故的喻意又不大明確，因此情思朦朧，思緒迷離，感情隱約。他的詩表現的是一種令人難以透視的美，在可

解與不可解之間產生了強大的藝術魅力。《錦瑟》一詩，就是這類詩的典範。它是詩人晚年回顧平生遭際、抒寫身世之感的傑作。首聯以錦瑟五十弦起興，寫他接近晚境而思憶華年。中間兩聯用四個典故，對華年所歷所感作了高度的概括。這個概括不是用明晰的敘述語言表現的，而是將自己悲劇身世與悲劇心理，幻化爲四幅各自獨立而又含義朦朧的象徵性圖景。因此，「它既缺乏通常抒情方式所具有的明確性，又具有通常抒情方式所缺乏的豐富的暗示性，能引起讀者多方面的聯想」。〔註14〕這就造成了詩意內涵的豐富與外延的伸張，言人人殊，難以確解。「此情可待成追憶，只是當時已惘然」，可見詩人「追憶」的是「當時已惘然」的思緒，我們怎能對他所表現的思想感情了解得明確呢？

「夕陽無限好，只是近黃昏。」（《樂遊原》）這兩句詩，反映了晚唐知識份子的眞實感情。眼看著統治階級腐朽墮落而不可救藥，令人曾經爲之驕傲的大唐帝國大廈即將傾倒。他們既不想推倒這座大廈重建巍峨的高樓，又無力使之加固。面對這無法挽回的頹勢，只能抒發好景不長的悲嘆。於是花殘日暮，節序轉移，都衝撞著他們脆弱而又敏感的神經，引起詩人的身世之感，他們以幽約細微的聲波，反覆抒發著面臨時代悲劇的哀傷。李商隱在《即日》中寫道：「一歲林花即日休，江間亭下悵淹留。重吟細把眞無奈，已落猶開未放愁。山色正來銜小苑，春陰只欲傍高樓。金鞍忽散銀壺滴，更醉誰家白玉鉤。」花殘日暮引起了詩人的悵望，又逗起傷春傷別之情，感情層層轉進，步步加深，筆致唱嘆，有一種歌與哭俱的強烈的藝術效果。詩人反覆吟唱著這種哀婉憂傷的感情：「不先搖落應爲有，已欲別離休更開。桃綬含情依露井，柳綿相憶隔章臺」（《臨發崇讓宅紫薇》），「回廊簷斷燕飛去，小閣塵凝人語空。幽淚欲乾殘菊露，餘香猶入敗荷風」（《過伊僕射舊宅》）；「苦竹園南椒塢邊，微香冉冉淚涓涓。已悲節物同寒

〔註14〕劉學鍇等：《李商隱詩選》，第 255 頁，人民文學出版社，1986。

雁，忍委芳心與暮蟬」（《野菊》）。花開花落，春去秋來，對這正常的節序變換，詩人若不勝情，情不自禁地發出心中的哀嘆與憂傷，一唱三嘆，心情悲婉。「重衾幽夢他年斷，別樹羈雌昨夜驚。月榭故香因雨發，風簾殘燭隔霜清」（《銀河吹笙》）；「露如微霰下前池，風過回塘萬竹悲。浮世本來多聚散，紅蕖何事亦離披。悠揚歸夢惟燈見，濩落生涯獨酒知」（《七月二十九日崇讓宅宴作》）。時光流失，生命消逝，使詩人悲傷不已！衰敗的景，殘破的美，詩人對之流連顧盼，低迴纏綿。透過這種審美感受，我們不難發現蘊藏在詩人心靈深處的是對於美好生活的熱切嚮往與追求。

　　溫庭筠的七律大部分寫得格調柔靡，色彩穠艷，風韻搖曳，纏綿感人，有著很強的藝術魅力。《偶遊》是頗有代表性的一篇，詩云：

> 曲巷斜臨一水間，小門終日不開關。
>
> 紅珠斗帳櫻桃熟，金尾屏風孔雀閒。
>
> 雲髻幾迷芳草蝶，額黃無限夕陽山。
>
> 與君便是鴛鴦侶，休向人間覓往還。

此詩寫詩人對一位極漂亮的青樓女子一見迷戀不捨的情景。首聯寫其住宅的清幽；頷聯寫其居室的陳設，襯托女主人公的雍容華貴與舉止風度的高雅大方；頸聯用了象徵與暗示的藝術手法，描寫她美麗的姿質；末聯則以仙子比美女並徑直表現其愛慕的心跡。詩似質直而實空靈，雖穠艷而不淫靡，感情幽約，音調諧美，綽約多姿。

　　溫庭筠有時以穠艷的筆調，抒寫真實的感情。如：「窗間桃蕊宿妝在，雨後牡丹春睡濃」（《春暮宴罷寄宋壽先輩》）；「裁成艷思偏應巧，分得春光最數多。欲綻似含雙靨笑，正繁疑有一聲歌」（《牡丹二首》其二），用擬人化把花寫活了。在花笑花歌、花眼惺忪的生動描寫中，滲透著詩人愛花的感情。「紅花初綻雪花繁，重疊高低滿小園。正見盛時猶悵望，豈堪開出已繽翻」（《杏花》），在寫花的盛衰變化中，流露出不勝感傷之情。有時則以清淡的景色，寄託自己的情思。譬如「煙光似帶侵垂柳，露點如珠落捲荷。楚水曉涼催客早，杜陵秋思傍

蟬多」(《遊南塘寄知音》)，借秋景寫自己的思鄉情緒。有時借物的無情，襯托人的感情：「花若有情還悵望，水應無事莫潺湲」(《李羽處士故里》)；「人事轉新花爛漫，客程依舊水潺湲」(《卻經商山寄昔同行友人》)，以花和水的無情，襯托人的情深。有時以細膩的景物描寫，表現詩人生活情趣。如「侵簾片白搖翻影，落鏡愁紅寫倒枝。鸂鶒刷毛花蕩漾，鷺鷥拳足雪離披」(《題友人池亭》)；「野船著岸偎春草，水鳥帶波飛夕陽。蘆葉有聲疑霧雨，浪花無際似瀟湘」(《南湖》)；「雪羽褵褷立倒影，金鱗撥刺跳晴空。風翻荷葉一向白，雨濕蓼花千穗紅」(《溪上行》)，這些寫生活情趣的詩，神似杜甫。如此等等，他的七律詩千姿百態，各顯異彩。

李商隱、溫庭筠緣情之作的七律，風格雖然相近，但卻仍有很大的不同。一言以蔽之，李情深，溫淺露。李商隱有著極豐富的感情，並能將深切的感受與情緒滲入作品，主客觀融爲一體，其詩幽微綿邈，曲折叢深，凝重而渾厚。溫庭筠的詩往往是客觀的描寫，在作品中主觀感情的融注似嫌不足。沈德潛云：「情生於文，文生於情。情不足而文多，晚唐詩所以病也。得此意以去取溫詩，則眞詩出矣。」〔註15〕陸時雍云：「溫飛卿有詞無情，如飛絮飄揚，莫知指適。」〔註16〕沈、陸對溫詩的評斷，似是符合他的詩歌創作實際的。雖然如此，溫庭筠的詩，尤其是他的七律，仍有不可掩抑的藝術光輝，值得我們很好地學習繼承的。

〔註15〕沈德潛：《唐詩別裁》，第 20 頁，商務印書館，1958。
〔註16〕丁福保：《歷代詩話續編》，第 1422 頁，中華書局，1983。

下　編

第五章　承前與啓後

　　唐代詩人在詩歌創作中，曾以認眞的態度向前人學習，既有某些步趨，又有一些新的創造，從而形成自己獨特的詩風。而他們的詩歌創作上的成功，又往往成爲後代詩人學習與繼承的典範。在這承前啓後的過程中，留下了一些明顯的印跡。尋繹這些印跡，將對尋找詩歌發展史的軌跡，會有一些發現或啓示。這對研究中國詩歌史，會有很大的好處。茲事涉及面頗廣，筆者沒有能力將其搞得詳盡明白。只能擇其要者，作一些點的比較研究。唐前僅以屈騷與李賀歌詩、陶潛與李白詩做了比較；唐代以後以李白與郭祥正、杜詩與元詩做了比較。至於盛唐對中晚唐詩人的影響，僅將李白與李賀，杜甫與韓愈、李賀、李商隱（僅及七律）做了比較，企圖從縱的方面，展示唐詩發展的的一絲脈絡。藉以擴展我們的視野，並向融通的方面靠近。

第一節　李白對陶詩的繼承

一

　　李白詩歌與陶詩之關係，很少有人論及，似乎李詩與陶詩沒有繼承關係可言。在人們心目中，陶淵明在文學史上的深遠影響，僅僅在歷代田園詩歌方面，時下流行的文學史，都鮮明地表現出這一傾向。

陶淵明對中國田園詩有著極深遠的影響，這是毋庸置疑的。但將其影響，僅僅局限在田園詩歌方面，則與實際不符。譬如他對大詩人李白的詩歌創作影響，就是多方面的，但卻很少有人對此進行認真的探索。這種不正常的現象，或許是對李白詩歌理論的誤會所致。論及中國詩歌的發展，李白曾說：「自從建安來，綺麗不足珍。」（《古風》其一）這首代表李白詩學觀點的重要詩篇，卻一言以蔽之，將建安迄盛唐歷經數百年的詩歌創作，皆以綺麗視之，且含卑視鄙薄之意，哪兒談得上對它們的學習與繼承呢？既云建安以來，生活在東晉時代的陶淵明，也自然包括在內了。那麼，陶詩也居於「綺麗不足珍」之列，為李白所鄙薄了。然一個人的詩歌理論與他的創作實際並非是完全吻合的，何況李白的詩歌理論是用了詩的語言而非嚴密的邏輯推導與理論概括，絕不能以此說明李白對包括陶淵明在內的六朝詩人的真正態度與真實評價。杜甫稱讚李白詩歌時說：「清新庾開府，俊逸鮑參軍」，〔註1〕「李侯有佳句，往往似陰鏗。」〔註2〕他以鮑照、庾信、陰鏗比擬並讚美李白詩歌，檢李白有關詩篇，這種讚譽是非常符合實際的。李白在自己詩裏，曾多次引用二謝的詩句，化用他們的詩意，讚美他們的詩歌，對其仰望之情往往溢於言表。王士禎說他「一生低首謝宣城」，〔註3〕不是沒有道理的。如此等等，都反映了他對六朝詩人的實際態度。誠如弘曆所云：「白寄人之詩，大致泛濫於元嘉以還，此前諸篇皆是也。白嘗謂建安以來，綺麗非珍，蓋亦大概言之，至其間表表諸人，曷嘗不歷闖入室相與周旋出入乎？特才實邁古，故大而化之，其淵源自有來矣。杜甫亦復如是，詞人落筆，往往過當。甫嘗云：『陶謝不枝梧。』他日則云：『安得思如陶謝手，令渠述作與同遊。』後人過尊二家，或欲盡薄從前，非通論也。」〔註4〕這種鞭闢入裏的

〔註 1〕瞿蛻園等：《李白集校注》，第 1835 頁，上海古籍出版社，1980。
〔註 2〕瞿蛻園等：《李白集校注》，第 1833 頁，上海古籍出版社，1980。
〔註 3〕郭紹虞等：《萬首論詩絕句》，第 232 頁，人民文學出版社，1991。
〔註 4〕弘曆：《御選唐宋詩醇》卷六李白《自金陵泝流過白璧山玩月達天門寄句容王主簿》評語。上海鴻文書局石印，光緒乙未年。

分析，令人折服。實事求是地說，李白對齊梁以來的綺靡詩風深致不滿，然對六朝的優秀詩人陶淵明、鮑照、謝靈運、謝朓、庾信、江淹、陰鏗等都是至爲尊重，對其詩歌是作了批判繼承的。以陶淵明言，他化用陶詩的詩意，運用陶詩的典故，在一些詩中，表現出對陶淵明的無限深情：「何日到栗里，一見平生親。」（《戲贈鄭溧陽》）「何日到彭澤，長歌五柳前。」（《寄書南陵冰余江上乘訪之遇尋顏尚書笑有此贈》）怎麼能說他的詩與陶詩毫無瓜葛呢？然一些學者態度偏執，就是不承認李白接受陶詩的影響，割斷李詩對陶詩的繼承關係。清代的詩論家喬億在談到李白接受傳統的詩歌影響時，他歷數國風、小雅、楚騷、漢魏樂府、古歌謠雜曲、曹植、阮籍、鮑照、謝朓、陰鏗、庾信後，斷然地說：「獨無一篇似陶。」﹝註5﹞說得斬釘截鐵，毫不含糊，簡直沒有一點商量的餘地。陶詩沾漑後世極廣，唐之王維、孟浩然、儲光羲、韋應物、柳宗元、白居易，宋之蘇軾、辛棄疾、陸游、范成大、金之元好問等，他們受陶詩之深刻影響，爲世所公認，但卻很少有人說陶詩對李白詩有所影響，因此，李白詩歌與陶詩似無淵源與繼承關係可言。其實，唐代以陳子昂爲首的詩歌革新，是以反對齊梁詩風、繼承漢魏風骨爲旗幟的。所謂「漢魏風骨，晉宋莫傳」、「僕嘗暇時觀齊、梁間詩，彩麗競繁，而興寄都絕」，﹝註6﹞強調詩歌的風骨與興寄。李白繼承發展了陳子昂的詩歌革新主張，繼續反對齊梁以來的綺靡詩風，打著復古的旗號，以恢復漢魏詩風爲己任。「聖代復元古，垂衣貴清眞。」（《古風》其一）李白的「清眞」與陶詩之「率眞自然」很有些相似之處。陶淵明雖生於晉代，然誠如當代一些學者所說：「很明顯地，陶淵明屬於阮籍、左思等老一輩詩人的行列。」﹝註7﹞「陶詩在當時顯著屬於漢魏一派，與顏謝的漢魏六朝不同。」﹝註8﹞這與

﹝註5﹞郭紹虞：《清詩話續編》，第1081頁，上海古籍出版社，1983。
﹝註6﹞郭紹虞：《中國歷代文論選》第二冊，第55頁，上海古籍出版社，1979。
﹝註7﹞袁行霈：《中國詩歌藝術研究》，第196頁，北京大學出版社，1987。
﹝註8﹞劉持生：《陶淵明及其詩》，《人文雜誌》1959年第2期。

李白力追漢魏詩風為徹底改變六朝以來的柔弱詩風的努力十分合拍，也自然成為李白學習的重要對象。陶淵明反對浮華追求平淡真淳不事雕飾的詩風，自然為李白所看中，向他認真學習自在情理之中。儘管在李白詩集中，沒有一首以擬陶效陶為題的詩篇，其詩的主體風格豪放飄逸與陶詩的自然淡雅大異其趣，然李白詩歌的成就是多方面的，非主體風格的詩也是多種多樣的，其中自然真淳者，也為數不少。細檢李白全集，也不乏近陶或受陶詩的影響者，這是鐵的事實。因此，關於李白詩歌接受陶詩的影響，雖然很少有人進行深入探討，但卻是實際存在並值得重新研究的一個問題，應該引起我們足夠的重視。

二

李白受陶詩的深刻影響，首先表現在《古風》的創作上。《古風》五十九首，是《李太白集》中一組頗為特殊的詩歌。後代編輯《李太白集》的人，將它放在詩集的第一卷，是頗含深意的。這或許就是李白自己的意思，後來替他編集子的人，不過秉承他的意志罷了。《古風》在詩歌發展史上，有其優秀的傳統：它與阮籍《詠懷》、陶淵明《飲酒》、庾信《擬詠懷》、陳子昂《感遇三十八首》、張九齡《感遇十二首》等詩，在創作上是一脈相承的，它們在思想藝術上有著許多共同的特點：首先，這些組詩均係言志抒情之作，詩人鄭重而嚴肅地抒發自己的政治見解，或隱或顯地表明了自己的政治態度。第二，這類詩均反映了詩人深層的感情，決非浮光掠影的泛泛之作。如阮籍的政治苦悶、陶淵明的牢騷不平、庾信的思念故國、陳子昂的感士不遇、張九齡的保持政治節操、李白對黑暗現實的抨擊與處世的彷徨，所有這些，都表現得十分突出。他們在寫作時，沒有率爾操觚，也不作浮泛的酬應語，一字不苟地表達自己內心真實的感情。第三，在詩歌藝術表現上，託物言志，寓意深遠，感情表現得隱蔽而曲折。第四，其體裁均為五言古詩，風格質樸自然，不事雕飾。如此等等，都說明李

白《古風》與陶淵明《飲酒》有著某種繼承關係。然論者每每將李白《古風》與阮籍《詠懷》、陳子昂《感遇》相提並論，卻往往忽視了陶淵明《飲酒》對李白《古風》詩的影響。其實，《飲酒》在上述諸方面對李白《古風》有著極深刻的影響。在《飲酒》二十首詩裏，詩人在表現由出仕到歸隱生活的種種觀感與體驗的同時，也對社會現實齷齪現象以及政治黑暗與險惡表現出強烈的不滿情緒，在藝術表現上也一反他一貫自然率眞的藝術風格，感情隱晦而曲折。誠如蕭統所說：「有疑陶淵明詩，篇篇有酒，吾觀其意不在酒，亦寄酒爲跡者也。」〔註9〕他之所以「寄酒爲跡」，是因身處亂世，政治極端黑暗，詩人恐罹巨禍，不敢直白地表達自己的情感。「晉人多言飲酒，有至於沉醉者，此未必意眞在於酒。蓋時方艱難，人各懼禍，惟託於醉，可以粗遠世故。」〔註10〕「但恨多謬誤，君當恕醉人」，詩人託言醉人以掩飾詩中感慨多諷之旨，婉曲地表露了詩人既對現實強烈的不滿又怕罹禍的心曲。在李白《古風》中，那些直接暴露抨擊社會醜惡現象的詩篇，與陶淵明《飲酒》對現實的強烈批判極爲相似。不過，李白的感情更爲憤激，態度更爲明朗。這是因爲李白所處的時代，相對地說，政治比較開明，文網較疏，詩人尚不至於完全「躑躅不敢言」的緣故。李白《古風》中表現的思想感情與陶淵明《飲酒》有許多相似之處，如寫世路艱難，功成身退：「行行失故路，任道或能通；覺悟當念還，鳥盡廢良弓。」（《飲酒》其十七）「功成身不退，自古多愆尤。黃犬空嘆息，綠珠成釁仇。何如鴟夷子，散髮棹扁舟。」（《古風》其十八）又如詠固窮守節的堅定信念：「竟抱固窮節，飢寒飽所更。」（《飲酒》其十六）「勖君青松心，努力保霜雪。」（《古風》其二十）。《古風》還有相當數量的遊仙詩，感情隱晦曲折，其攻擊矛頭也指向黑暗現實。特別在託物言志上，表現得十分突出，此與陶淵明《飲酒》在藝

〔註 9〕郭紹虞：《中國歷代文論選》第一冊，第 335 頁，上海古籍出版社，1979。
〔註10〕何文煥：《歷代詩話》，第 434 頁，中華書局，1981。

術表現上更爲類似。如此等等，都不難看出李白詩歌學習與繼承陶詩的一些蛛絲馬跡。

三

　　李白與陶淵明處世的態度相去甚遠：陶淵明雖然少時有大濟蒼生之志，然一旦歸隱田園之後，便不復出仕，故詩恬淡自然，毫無躁進之跡。李白一生汲汲於「濟蒼生，安社稷」，常有用世之志，偶或隱居，意在終南捷徑，非眞想巢居野處而離群索居。然偶有隱居之思，或暫棲蓬瀛，則寫了一些歌讚閑適隱逸的詩篇，這些詩在意境、風格、語言上，都與陶詩十分相似，有些詩句，係化用陶詩詩句而成。所有這些，可以看出李白這類詩都明顯地受到陶詩的影響。對此，以前有的詩論家曾作過剴切的論述，不過沒有引起文學史家的注意罷了。譬如乾隆皇帝領銜編選的《唐宋詩醇》，對此就有許多精彩的論述，這些評語異常清晰地表明李白對陶詩學習與繼承的脈絡。現錄《唐宋詩醇》對李白詩的一些評語：

　　　　《獨酌》（三月咸陽城）：置之陶《飲酒》中，眞趣正
　　復相似。

　　　　《酌酒》：閒適諸篇，大概與陶近似，非有意擬古，其
　　自然處合以天耳。

　　　　《望終南山寄紫閣隱者》：淡雅自然處神似淵明，白雲
　　天際，無心舒卷，白詩妙有其意。

　　　　《下終南山過斛斯山人宿置酒》：此篇及《春日獨酌》、
　　《春日醉起言志》等作，逼眞泉明遺韻。

這裏所說的「自然」、「淡雅自然」、「眞趣」、「泉明遺韻」，都言李白這些詩與陶詩極爲相似，確實妙合無垠，達到「神似」、「合以天耳」的地步。質之李白這些詩篇及陶詩，這些評價是恰當的，合乎實際的。這都無可辯駁地說明了李白閑適詩深受陶詩的影響。誠如蕭士贇在評

《春日醉起言志》時說：「太白此詩擬陶之化也。」﹝註11﹞可見，他學習陶詩是如何眞切的了。談到李詩對陶詩的學習與繼承，今人蘇仲翔云：「至於陶詩，李白得他閑適飲酒的一面。」﹝註12﹞胡國瑞先生說：「至於陶淵明放懷自然的那種疏曠情調，及因此形成的淡遠的詩境，也常在李白詩中可以看到。如其《獨酌》、《春日獨酌》、《月下獨酌》、《春日醉起言志》、《下終南山過斛斯山人宿置酒》等篇，其風貌與淵明幾無二致。」﹝註13﹞葛兆光先生說：「李白《月下獨酌》四首、《春日獨酌》二首、《下終南山過斛斯山人宿置酒》全是擬陶，其中『孤雲還空山，眾鳥各已歸。彼物皆有託，吾生獨無依』，簡直就是從陶淵明《詠貧士》中抄出來的。」﹝註14﹞這些評論都是非常符合實際的。清人李調元則乾脆說：「李詩本陶淵明。」﹝註15﹞這話說得未免過分而失實，然也不是完全沒有道理的。如果說李白閑適詩本之陶淵明，大致是不錯的。總之，李白閑適、飲酒時的興致與陶淵明生活情趣十分神似合拍。儘管與陶詩神似的詩篇在李白詩中數量不多，並非他詩歌創作的主流，但也代表了李白詩歌創作的一個方面。李白在這方面的詩歌創作，也是有較高成就的。而這方面成就的取得，是與他認眞學習與繼承陶詩有極大的關係的。

　　李白許多詩句，都是化用陶詩而來的。宋人王圻說：「李白亦多用陶語，陶云：『揮杯勸孤影。』而李云：『獨酌勸孤影。』陶云：『但得琴中趣，何勞弦上聲。』而李云：『但得酒中趣，勿為醒者傳』。」﹝註16﹞其實，李白化用陶語的遠非這些詩句，有跡可尋的如：陶：「結

﹝註11﹞楊齊賢、蕭士贇：《分類補注李太白詩》，第316頁，上海商務印書館，四部叢刊初編縮本。

﹝註12﹞蘇仲翔：《李杜詩選》，第25頁，浙江文藝出版社，1983。

﹝註13﹞胡國瑞：《詩詞賦散論》，第253頁，上海古籍出版社，1992。

﹝註14﹞葛兆光：《中國古典詩歌基礎文庫·唐詩卷》，第141頁，浙江文藝出版社，1994。

﹝註15﹞郭紹虞：《清詩話續編》，第1525頁，上海古籍出版社，1983。

﹝註16﹞北京大學北京師範大學中文系：《陶淵明資料匯編》上冊，第168頁，中華書局，2004。

廬在人境，而無車馬喧。」(《飲酒》其五) 李：「筑室在人境，閉關無世喧。」(《別韋少府》)陶：「一生復能幾，倏如流電驚。」(《飲酒》其三) 李：「浮生速流電，倏忽變光彩。」(《對酒行》)陶：「日入群動息」(《飲酒》其七)，李：「滅見息群動」(《秋夕書懷》)；陶：「杯盡壺自傾」(《飲酒》其七)，李：「對酒還自傾」(《春日醉起言志》)；陶：「草盛豆苗稀」(《歸園田居》其三)，李：「草深苗且稀」(《感興》其八)；陶：「且盡杯中物」(《責子》)，李「更進手中杯」(《送殷淑》其二)。李白化用陶詩的句子，放在全詩中是神妙無跡的，完全符合特定的詩的意境。

李白對陶詩的學習，無論是化用詩句還是整首詩的造境，既逼肖陶詩，又有自己獨特的創作個性，與模擬者不可同日而語。因此，他雖然某些詩學習陶詩，卻都能別開生面。而他早期的一些五律，其自然處似陶淵明，但又有著飄逸的色彩。

四

以詩的風格而論，李白與陶淵明也有許多相像或近似的地方，這表明李白在詩歌風格上，對陶淵明也有著學習與繼承的關係。李白、陶淵明都是大家，他們的詩歌均不止一種風格。因此應該分別地加以研究，而不能籠統地用某一種藝術風格概括。

首先，陶淵明詩的自然真率表現是十分突出的。陶淵明由於歸隱田園，喜愛並接近大自然，而其性格又十分任真，因此他的大部分詩歌，質樸自然，感情真率，沒有絲毫的做作與偽飾，這是生活環境與個性使然。元好問《論詩絕句》云：「一語天然萬古新，豪華落盡見真淳。南陽白日羲皇上，未害淵明是晉人。」用天然真淳概括他的詩歌藝術風格，是相當準確的。劉朝箴評他的詩說：「平淡自得，無事修飾，皆有天然自得之趣，而飢寒困窮，不以累心，但足其酒，百慮皆空矣。及感遇而為文詞，則率意任真，略無斧鑿痕、煙火氣。」〔註17〕他寫

〔註17〕陶澍：《陶靖節集‧諸家評陶匯集》，惜陰書社刊本，道光二十年。

詩不受拘限，「率意任眞」，自然而然地就有「天然自得之趣」，不煩繩削而自合了。陳師道云：「淵明不爲詩，寫其胸中之妙爾。」〔註18〕倒是這位「閉門覓句」的詩人，道出了淵明詩的特色。李白也極力追求明麗天然的藝術風格，他說：「一曲斐然子，雕琢喪天眞」（《古風》其三十五），這表明他對詩歌中自然的藝術風格的追求，他讚揚並提倡「清水出芙蓉，天然去雕飾」（《經亂離後天恩流夜郎憶舊遊書懷贈江夏韋太守良宰》）的藝術風格，他的許多五律、五絕以及短小的樂府詩，都具有這種藝術風格。這種明麗天然的藝術風格，有著詩人自己的藝術個性與盛唐時代風尙的烙印，同時也與學習和繼承陶詩有著密切關係。當然，李白這類詩，沒有陶詩那麼古樸、眞淳、淡遠，卻有著鮮明的飄逸色彩。陶淵明、李白都極力追求詩歌藝術表現的自然，然因他們個性、心境與審美追求的不同，其詩又表現出各自不同的特色。陶淵明蓋因長期隱居，心境淡泊，詩歌追求淡遠的藝術風格；李白性格瀟灑，又時有超然出塵之思，因此他追求一種自然而飄逸的風格。王圻謂：「陶詩淡，不是無繩削，但繩削到自然處，故見其淡之妙，不見其削之跡。李詩逸，不是無雕飾，但雕飾到自然處，故見其逸之趣，不見其飾之痕。」〔註19〕這說明陶淵明、李白追求表現的自然，不僅各具特色，而且流注著適度之美。

其次，李白一生寫了許多雄豪的詩篇，因此有人用「雄豪」二字來概括他的詩的藝術風格。陶淵明也有一部分詩是內剛外柔的勁健之作，有著雄豪的一面。朱熹謂陶詩是雄豪的，他說：「淵明詩，人皆說平淡，余看他自豪放，但豪放得來不覺耳。其露出本相者，是《詠荊軻》一篇。平淡底人，如何說得這樣言語出來。」〔註20〕這種看法

〔註18〕北京大學北京師範大學中文系：《陶淵明資料匯編》上冊，第42頁，中華書局，2004。
〔註19〕北京大學北京師範大學中文系：《陶淵明資料匯編》上冊，第168頁，中華書局，2004。
〔註20〕北京大學北京師範大學中文系：《陶淵明資料匯編》下冊，第283頁，中華書局，2004。

是頗具眼力的。人們都知道陶淵明是有名的隱者,他長期隱居田園,似乎對世情不大關心,其心態是平和而靜穆的,因此其詩自然淡遠。其實在他的詩裏,也有著鬱怒不平的一面。特別是他晚年寫的一些詩,態度就不那麼平和了。如《詠二疏》、《詠三良》、《詠荊軻》、《讀山海經》等詩,其感情的衝動、情緒的憤激、詩風的豪放,表現都是十分突出的。如果說《詠二疏》表面讚揚疏廣叔侄見機歸隱,實則孕含畏懼兔死狗烹悲劇重演的話,那麼《詠三良》對三良與秦伯生死一之的慘劇就不免泫然涕下了。《詠荊軻》對荊軻刺殺秦王未成而無限惋惜。「惜哉劍術疏,奇功遂不成。其人雖已歿,千載有餘情。」其詩「英氣勃發,情見乎辭」。〔註21〕「精衛銜微木,將以填滄海,刑天舞干戚,猛志固常在。」(《讀山海經》其十)對精衛、刑天的復仇精神發出由衷的讚嘆。故李獻吉曰:「淵明,高才豪逸人也,而復善者幾,厥遭靡時,潛龍勿用,然予讀其詩,有俯仰悲慨玩世肆志之心焉。」〔註22〕顧炎武也說:「栗里之征士,淡然若忘於世,而感憤之懷,有時不能自止,而微其情者,真也;其汲汲於自表暴而爲之言者,僞也。」〔註23〕由此可見他的憤世與悲慨。然而他的憤世與悲慨、鬱怒與不平,往往被人所忽略,人們總是看到他的平和、他的靜穆、他的超脫,其憤世不平之心,往往被表面的平和靜穆所遮掩。人們都知道陶淵明的詩風是平淡自然的,實則有著豪放的一面;歷來都視陶淵明爲隱士,長期躬耕隴畝,其實他早年就有大濟蒼生之志,他的歸園田居,實因處於亂世,爲世所迫罷了,並非真正的「性本愛丘山」,心甘情願地默處一世。他處於晉宋易代之際,當時政治腐敗,社會黑暗,統治階級內部鬥爭加劇,他只得將內心情緒遮掩得嚴嚴實實,以免罹禍。他的鬱怒不平寓之於詩,遂表現出悲慨豪放的詩風。誠如茅

〔註21〕沈德潛:《古詩源》,第220頁,中華書局,1957。
〔註22〕北京大學北京師範大學中文系:《陶淵明資料匯編》上冊,第136頁,中華書局,2004。
〔註23〕北京大學北京師範大學中文系:《陶淵明資料匯編》上冊,第176頁,中華書局,2004。

坤所說：「間讀陶先生所著《歸去來辭》並《五柳先生傳》，千年來共謂古之棲逸者流，而以詩酒自放者也。已而予三復之，及讀《詠三良》、《詠荊軻》與《感士不遇賦》，其中多嗚咽感慨之旨。……然則先生豈盼盼歌詠泉石，沈冥曲蘖者而已哉！吾悲其心懸萬里之外，九霄之上，獨憤翮之縶而蹄之躓，故不得以詩酒自溺，躑躅徘徊，待盡丘壑焉耳。」〔註24〕眞德秀謂：「食薇飲水之言，銜木塡海之喻，至深痛切，顧讀者弗之察耳。」〔註25〕陶淵明這種憤慨豪放的詩風，對李白寫的一些豪放的詩歌，有著深切的影響。譬如李白的《秦女休行》、《俠客行》與陶淵明《詠荊軻》、《讀山海經》（精衛銜微木），在風格上很有些相似之處。然同爲豪放風格，陶、李詩卻有著較大的差別：陶詩雖豪放，但這些豪放的詩篇，其內容多係詠史，且寓鬱怒悲慨於形象描寫之中，因此情緒比較隱蔽，「顧讀者弗之察耳」。李白那些豪放的詩篇，往往將感情表現得鋒芒畢露，雄放恣肆，咄咄逼人。如《答王十二寒夜獨酌有懷》，由於詩人感情的極端憤怒，不特感情外露直射，語言也顧不得煉飾，一至肺腑情愫，噴濺而出，簡直是憤怒的呼喊，激烈的抗爭，構成鮮明的自我形象，給人留下深刻的印象。這是因爲李白反抗性更強而當時統治階級又允許說話的緣故。而陶詩之所以「豪放得來不覺耳」，蓋因強抑感情有所諱飾罷了。當然，就詩歌的整體來說，李白還是受陶詩自然淡遠的風格影響爲深。

五

綜上所述，李白的《古風》受陶詩《飲酒》的某些影響，其閑適隱逸的某些詩篇逼肖陶詩，他的五律和短小樂府很有一些風格淡遠的詩篇，也受陶詩的影響。雖然這些詩篇對現存近千首詩的李白來說，

〔註24〕北京大學北京師範大學中文系：《陶淵明資料匯編》上冊，第143頁，中華書局，2004。

〔註25〕北京大學北京師範大學中文系：《陶淵明資料匯編》上冊，第104頁，中華書局，2004。

確實是少數，然畢竟是李白詩歌的組成部分，甚至可以說是較重要的不可或缺的一部分。有了這部分詩歌，使其整個創作更為豐富多彩。因此，陶詩對李詩的良好影響，是絕對不能抹殺的。

　　談到對於優秀詩歌的學習時，賀貽孫有過精闢的論述。他說：「若彭澤悠然有會，率爾成篇，取適己懷而已，何嘗以古詩某篇最佳，而斤斤焉學之，以吾詩某篇可傳，而勤勤焉為之。」〔註26〕李白對陶詩的學習與繼承，亦應作如是觀，庶幾得之。李白對陶詩神髓深有體會，而又能興會屬辭，故能做到大而化之，使神龍無跡焉。

第二節　屈原與李賀

　　中唐傑出的年輕詩人李賀，以其詭奇怪麗的詩作，贏得了韓愈、皇甫湜等人的讚賞，後代詩論家也對其天才的詩作，十分佩服驚嘆，稱之為「鬼才」。李賀詩歌之所以能取得較高的藝術成就，除了他個人的藝術素質以及時代環境的影響外，與他認真地學習古代的文學遺產有極大的關係，而對他詩歌創作影響最大的，當首推《楚辭》。《楚辭》哺育了我國一代又一代的優秀詩人，當然也哺育了李賀，使他在詩歌創作道路上建康地成長。李賀曾經手不釋卷地閱讀《楚辭》，他在許多詩歌中都真實記錄了他酷愛《楚辭》並不時吟誦的動人情景：「《楞伽》堆案前，《楚辭》繫肘後。」（《贈陳商》）「咽咽學楚吟，病骨傷幽素。」（《傷心行》）「鄭公鄉老開酒樽，坐泛楚奏吟《招魂》。」（《南園》）甚至他把自己的詩作也稱作《楚辭》：「斫取青光寫《楚辭》，膩香春粉黑離離。」（《昌谷北園新筍四首》其二）他非常喜歡《楚辭》，《楚辭》對他的詩歌創作有著深刻的難以估量的影響。因此李賀歌詩與屈原楚辭在藝術上頗多相似之處。概而言之，約有五個方面。

〔註26〕郭紹虞：《清詩話續編》，第 159 頁，上海古籍出版社，1983。

一

　　屈原和李賀都是熱烈的愛國主義者，他們都以宗室之親，希望爲
國效力，使國家強大，民族興旺發達。與歷代愛國詩人相比，除了對
國家民族有強烈的責任感以外，還都是宗室，所以他們希望國家強大
民族自立的心情更爲迫切，奉獻更踴躍。然他們政治才能與在國家政
權中的地位十分懸殊，理想抱負也有很大的不同，這決定了他們感情
的素質有著極大的差異。

　　關於屈原早年的政治活動，司馬遷在《史記·屈原賈生列傳》中
作了極簡要的記載：

> 屈原者，名平，楚之同姓也。爲楚懷王左徒。博聞強
> 志，明於治亂，嫻於辭令。入則與王圖議國事，以出號令；
> 出則接遇賓客，應對諸侯。王甚任之。

從這段記載可以看出屈原早年的情況：其一，他在國家政權中有很高
的地位和權力，足以影響或左右楚國的內政外交；其二，他「明於治
亂，嫻於辭令」，具有治國與外交的傑出才能；其三，他與楚懷王君
臣之間曾經有著頗爲融洽的關係，得到楚懷王的信任與重用。因此，
他在國家政治中有著舉足輕重的作用。

　　關於屈原早年與楚懷王君臣相得的情景，他在《惜往日》中作
了眞切的描述：「惜往日之曾信兮，受命詔以昭時。奉先功以照下兮，
明法度之嫌疑。國富強而法立兮，屬貞臣而日娭。秘密事之載心兮，
雖過失獨弗治。」他得到楚懷王的支持，上下一心，變法圖強。他
躊躇滿志地改革政治，爲實現他偉大的理想而努力奮鬥。然當時楚
國的腐朽勢力十分強大，加上楚懷王的昏庸，終於使這場變法圖強
的政治改革失敗了。楚懷王「內惑於鄭袖，外欺於張儀，疏屈平而
信上官大夫、令尹子蘭」。他遭到了疏放的命運。屈原被疏放以後，
到了湘漢一帶，政治地位的變化使他得以深入下層，從而對楚國的
政治形勢有了更明晰的認識。本來楚在列國爭霸中，有著很大的優
勢，而由他親自主持締結的齊楚聯盟，足以抗擊強秦的侵併。由於

楚懷王父子的昏聵敗盟，喪權辱國，致使楚國面臨亡國的危險。儘管楚國最高統治集團是那麼昏聵無能，而楚國廣大人民卻有著強烈的愛國主義精神與頑強不屈的鬥志，所謂「楚雖三戶，亡秦必楚」。屈原親自經歷了楚國由強變衰以致割地求和的屈辱過程，目睹了上層統治集團爭權奪利勾心鬥角終於導致楚國衰亡的嚴峻事實，而楚國人民的愛國熱忱與頑強的鬥爭精神，又給他精神上以極大的鼓舞，他的感情起著歷史性的巨大的變化。他在自己政治浮沉的過程中，始終懷著飽滿的愛國熱情。由於政治地位的變化以及現實的啓示與教育，他把挽救楚國危亡的希望由國王而漸次轉到楚國人民的身上，這種帶有根本性的轉變，曾經歷了一場偉大而艱難的歷程。他的思想感情由此變得那麼深沉，那麼充實，這種深厚的感情注入偉大的抒情詩中，使《離騷》、《九章》、《天問》等，都飽含著豐富而深刻的時代內容，充溢著博大深厚的愛國感情。這一點，李賀是望塵莫及的。

關於李賀，《舊唐書·李賀傳》作了簡要的記載：

> 李賀，字長吉，宗室鄭王之後，父名晉肅，以是不應進士，韓愈爲之作《諱辯》，賀竟不就試。……補太常寺協律郎，卒年二十四。

李賀在國家政權中的地位及影響與屈原懸若天壤：其一，李賀雖爲宗室鄭王之後，然由於家族衰落，卻等於平民，他在詩中哀嘆道：「宗室不調爲誰憐！」（《仁和里雜敘皇甫湜》）他徒有宗室之名，卻未得到一星半點的特殊照顧。其二，「補太常寺協律郎」，應爲奉禮郎。所謂「請歌直請卿相歌，奉禮官卑復何益」（《聽穎師彈琴歌》），此是明證。奉禮郎官的品級是很低的，大概是皇家祭祀時的讚禮官，這是難以施展他的宏偉抱負的，他對此充滿了憤激之情：「臣妾氣態間，惟欲奉箕帚。天眼何時開，古劍庸一吼。」（《贈陳商》）如此芝麻官，怎能承擔挽救大唐危亡命運的重責？其三，卒年二十四歲，

是據李商隱《李長吉小傳》,《小傳》是據長吉姊親言,可信。〔註27〕
今人多稱其二十七歲,不確。李賀抱著封侯報國之志,希望在挽救
大唐帝國衰亡命運中大展宏圖:「憂眠枕劍匣,客劍夢封侯。」(《崇
義里滯雨》)他也曾想:「一朝溝壟出,看去拂雲堆。」(《馬詩二十
三首》其十五)「更容一夜抽千尺,別卻池園數寸泥。」(《昌谷北園
新筍四首》其一)終因仕進滯礙,未能致青雲之上而鵬程萬里,沒
有施展抱負的機會。他熱烈向往貞觀之治:「秦王不可見,且夕成內
熱。」(《長歌續短歌》)並追求清明的政治。為此,他對當時社會上
存在的腐敗勢力深惡痛絕,必欲鏟之而後快。他的詩中燃燒著憤怒
的火焰,對宦官專權,藩鎮割據,皇帝迷信仙道,都作了尖刻的諷
刺和猛烈的抨擊。他雖有報國之志,終因位卑權小,無從施展其挽
狂瀾於既倒之抱負。嚴峻冷酷的現實在他頭上澆了一瓢又一瓢冷
水,他在個人奮鬥中不斷地四處碰壁。他的理想與現實距離也太大
了,他進不能得到朝中執政者的奧援,退不能接近下層人民,取得
深厚的精神力量,因此感情激憤,情緒頹唐,在詩中不時流露出悲
涼的情調。

　　總之,屈原以偉大的愛國胸懷及執著的追求精神,奮鬥一生。因
而,在其詩中表現了深厚沉博的感情,其感情質素是醇美的。李賀雖
然也是一位愛國主義者,然胸襟有些逼窄,在對理想的熱烈追求中,
顯現出幾分急躁情緒。其詩中表現的感情憤激有餘而稍欠深厚,甚至
有些脆弱和頹唐,其感情質素有些暴烈而醇美不足。

二

　　以詩的題材而論,屈原與李賀均善寫巫,因此,他們的詩歌都呈
現出瑰奇神秘、光怪陸離的色彩,表現出典型的浪漫主義特色。

　　戰國時代,楚國之風俗迷信鬼神,宗教性的祭祀和祈禱在民間普

〔註27〕參看拙作《李賀年壽小考》,載《人文雜誌》1988年第1期。

遍流行。《漢書·地理志》:「楚國人信巫鬼,重淫祠。」《漢書·郊祀志》云:谷永對成帝說:「楚懷王隆祭祀,事鬼神,欲以獲福助,卻秦軍,而兵挫地削,身辱國危。」屈原處於巫覡甚盛的楚國,豐富的神話傳說與原始的泛神論給他文學創作以充分的滋養,他在巫覡甚盛的時代氛圍中,展開自己的詩歌創作,《九歌》就是在這種時代氛圍中,所寫的偉大光輝的詩篇。關於《九歌》的創作情況,王逸在《楚辭章句》中作了簡要的論述:

> 昔楚國南郢之邑,沅、湘之間,其俗信鬼而好祠,其祠必作歌樂鼓舞以樂諸神。屈原放逐,竄伏其域,懷憂苦毒,愁見沸鬱,出現俗人祭祀之禮,歌舞之樂,其詞鄙陋,因爲作《九歌》之曲。

王逸的說法,大致符合《九歌》創作的實際情況。《九歌》中十一篇祭祀十位神,這十位包括天神(東皇太一、雲中君、大司命、少司命、東君)、地祇(湘君、湘夫人、河伯、山鬼)、人鬼(國殤)。就詩的內容說,既寫了與人關係極爲密切的神,如東君(太陽神)、雲中君(雲神)、大司命與少司命(壽夭之神);又寫了湘君、湘夫人之間美麗真摯的愛情傳說,曲折地反映了人間的愛情;還有爲國死難的英雄。就表現手法說,或以莊重的筆調,寫神靈的莊嚴偉大;或以婉曲細膩的筆調,寫其複雜的情感;或以悲壯的筆調,寫其爲國捐軀的壯烈精神。他們無不神采飛動,栩栩如生。這些詩都是祭祀用的,神是由巫者扮演的。屈原以豐富的想像力,極生動地描寫了神的活動以及祭祀的場面,寫出了神的典型形象,並通過神反映了極爲豐富的現實生活,充分表達了人間的希望與悲歡。它有著強烈的藝術魅力。

李賀生活在中唐時代,當時皇帝迷信仙道,相信長生不老之術。「上有所好,下必有甚焉!」其時民間巫風極盛,巫者以其騙人的伎倆,欺騙與麻醉人民。然當時學界有許多戰鬥的唯物主義者,如柳宗元、劉禹錫等人,都著論批判唯心主義。韓愈在哲學上雖然是唯心主義者,但他卻以繼道統自居,極力反對麻痺人民的佛教與道教。李賀

在政治上頭腦是清醒的，也是不相信鬼神的，他有《神弦》、《神弦曲》、《神弦別曲》、《湘妃》、《蘇小小墓》、《長平箭頭歌》等詩，或寫巫或寫鬼魂，題材與《九歌》頗類似，情調也神似屈原之作。可以看出，在這些詩中，李賀深受屈原楚辭的影響，特別是《九歌》的影響。有些詩，意趣、神理都逼肖《楚辭》，前人多已指出。劉辰翁評《神弦》時說：「讀此章，使人神意森索，如在古祠幽暗之中，親睹巫覡賽神之狀。」葉蔥奇謂「這首句法真得『楚辭九歌』的神理」。〔註 28〕王琦評《帝子歌》云：「此篇旨趣全仿《楚辭‧九歌》，會其意者，絕無怪處可覓。」〔註 29〕葉蔥奇評《湘妃》時說：「這首詩意境幽冷、縹緲，趣味、格調神似《楚辭》。」〔註 30〕甚至有些詩句的內容都是一樣的。譬如《九歌‧少司命》中云：「乘回風兮載雲旗」，李賀《神弦曲》也寫道：「旋風吹馬馬踏雲。」回風就是旋風，屈原是以回風為馬；李賀不過在回風中乘著馬而已。其境界何其相似！總之，李賀某些詩篇風格、神理、意趣都逼肖屈原，不愧為「騷之苗裔」。〔註 31〕雖然如此，但二者仍有很大的不同。

其一，屈原《九歌》與李賀某些歌詩都有戲劇因素。王國維《宋元戲曲考》中稱《九歌》有「後世戲劇之萌芽」。它的戲劇因素表現在有寫意特徵與角色化。從扮演角色說，有主巫與群巫。而李賀詩中出現的只有巫者一人「表演」，缺乏戲劇應有的角色化，而其寫意與象徵表現得更為突出，更為抽象，「觀眾」則缺乏直感。要之，只能算是獨角戲，而且是滑稽的鬧劇。

其二，屈原《九歌》中所寫情節是由巫者表演展示的，由於情節較複雜生動，感情的描寫頗為細膩，寫出了較豐滿的人物形象。李賀詩中卻談不上有生動的情節，神的驅妖除邪的活動，是由巫者說出

〔註 28〕葉蔥奇編訂：《李賀詩集》，第 276 頁，人民文學出版社，1959。
〔註 29〕王琦等：《李賀詩歌集注》，第 76 頁，上海古籍出版社，1977。
〔註 30〕葉蔥奇編訂：《李賀詩集》，第 62 頁，人民文學出版社，1959。
〔註 31〕杜牧：《樊川文集》，第 149 頁，上海古籍出版社，1978。

的。所謂「神嗔神喜師更顏」，巫師的表演缺乏真實感，感情的表演也欠細膩生動。

其三，屈原是信神的，他把神的活動表現得淋漓盡致，生動傳神，除了要表現真實的感情以外，從主觀上講，確有幾分信仰者的虔誠。李賀是不信神的，他寫巫覡的種種表演，儘管達到了窮形盡相的地步，但目的卻在於揭示巫者的狡獪及騙人伎倆。正因為屈原是信神的，他把神靈寫得莊嚴、肅穆、和善。神是可以為人賜福的，神對人有著豐富的感情。從神的外貌到心靈，都寫得那麼美。讀了《九歌》，使人精神上產生愉悅之感。或者可以說，《九歌》旨在給損傷了心靈的讀者精神以補償，使之愉悅振奮。李賀以浪漫主義筆法，寫了妖魔鬼怪的種種活動，並通過氛圍的渲染與烘托，寫得活靈活現，如在目前。甚至把神靈掃妖除怪福佑人民的活動也寫得有些恐怖。在他詩中，驅妖除怪的仙靈並未出現，但從巫者的演說以及妖怪的悲慘下場，可以想其鎮妖除怪的手段之凌厲。儘管這些描寫旨在揭露巫者騙人的詐術，然過分地渲染陰森恐怖的氣氛，難免給讀者精神上以沉壓之感。

三

如同所有的浪漫主義作家一樣，屈原與李賀寫詩，都喜歡以豐富的想像，華麗的詞采，寫出瑰麗多姿的奇特詩境，從而表現其強烈的思想感情。

屈原楚辭想像最為豐富，詞采十分瑰麗。《離騷》中大量運用神話傳說，把日月風雲、鸞鳳虬龍、奇花異草等自然界中最瑰麗的景物，都調集到詩篇中來，使詞采非常絢爛。他還突出地描寫了三次求女的故事，以表達自己執著追求光明、「雖九死其猶未悔」的精神。詩人飛馳想像，思接千載，視通萬里，乘虬駕雲，上天入地，淋漓盡致地描寫了自己的理想追求與破滅。詩人面對楚王昏庸、奸佞當道、政治黑暗、危機四伏的現實，他反覆寫其追求光明前途而四處碰壁的情

景，展示了愛國遭厄的苦難歷程。他通過對「信而見疑，忠而被謗」
的不幸遭遇的反覆描寫，充分展示了自己的悲劇性格。當時楚國面臨
著重重危機，而當權者又盡是醉生夢死之徒，實在是不堪救藥的。然
他「雖放流，眷顧楚國，繫心懷王，不忘欲返，冀幸君之一悟，俗之
一改也」。〔註32〕故反覆致意，希望能有回天轉日的機會。雖然在朝
秦暮楚的時代氛圍中，他聽了靈氛的勸告，曾有過離開楚國另作他圖
的念頭，但僅一閃念即被愛國心擊碎了。「陟升皇之赫戲兮，忽臨睨
夫舊鄉。僕夫悲余馬懷兮，蜷局顧而不行。」至誠的愛國心志把他從
去國離鄉的道路上拉了回來。在去留矛盾激劇的衝突中，愛國熱誠終
於戰勝了遠走高飛的念頭。他的人格是那麼高潔，他的追求又是那麼
執著。在《離騷》中，詩人把他悲劇性格表現得十分突出，非常感人。
《天問》就宇宙的構造，天地的演變，上古的神話傳說，古史故事，
以至當代歷史等方面，一連提出一百七十多個問題。詩人從自然到人
生，從往古到當世提出這麼多奇特怪異而又發人深思的問題，不能不
令人佩服其想像的豐富、神思的活躍與飛馳的迅疾。他以深沉周嚴的
思考，對傳統觀念提出了大膽的挑戰，同時對現實的政治人生作了種
種質難。

　　詩人李賀，想像力也是特別豐富的。他的歌詩中不是對黑暗現實
採取直接的描寫與揭露，而是用了浪漫主義創作方法，以他豐富而奇
特的想像，展示出虛荒誕幻的詩境，痛快淋漓地寫出現實的黑暗與是
非顛倒的情景。他對腐朽勢力的揭露與鞭笞，給讀者留下了極深的印
象。在《公無出門》中，詩人以沉鬱的感情，描繪了一幅「天迷迷，
地密密」的險惡而黑暗的社會圖景。詩中寫了雄虺、狂犬、遍地凶獸，
橫肆害人。在這樣的景況下，品德高尚的「佩蘭客」隨時都有被吞噬
的危險。因此，在這「毒虬相視振金環，狻猊猰㺄吐饞涎」的時代，
鮑焦的窮困，顏回的早死，實在是不幸中的大幸。其窮困早死，是老

〔註32〕司馬遷：《史記》，第 2485 頁，中華書局，1959。

天爺對人的保護措施。詩人的情緒是何等憤激，對黑暗社會的抨擊又是何等的激烈。在《猛虎行》中，詩人對「舉頭爲城，掉尾爲旌」，「道逢驊驥，牛哀不平」的現實，作了有力的抨擊。

李賀奇特的想像力，在其詩中的表現是很典型的。其怪奇誕幻的境界，確能啓迪讀者的思路，使讀者獲得豐富的藝術享受。譬如：「憶君清淚如鉛水」（《金銅仙人辭漢歌》），既是銅人，流淚亦如鉛水。鉛水比重甚大，詩人以鉛水之沉重，寫其情緒之沉重悲涼，何等巧思。又如：「思牽今夜腸應直，雨冷香魂吊書客。秋墳鬼唱鮑家詩，恨血千年土中碧。」（《秋來》）想像之奇特怪異，感情之沉鬱悲慨，都是異常突出的。又如：「黃塵清水三山下，更變千年如走馬。遙望齊州九點煙，一泓海水杯中瀉。」（《夢天》）「天河夜轉漂回星，銀浦流雲學水聲。」（《天河謠》）「羲和敲日玻璃聲，劫灰飛盡古今平。」（《秦王飲酒》）如此等等，詩人以其豐富奇特的想像，將其詩境寫得奇特而怪異，這不僅給讀者以新奇的藝術感受，而且對他描寫的現實，進行深刻的反省與思索。

李賀與屈原雖然都有著極豐富的想像力，在其詩中塗染了一層瑰奇富麗的色彩，但屈原有著豐富的政治鬥爭的經歷，他以豐富的想像形象地展示了自己理想追求與破滅的過程，抒寫了一位偉大的愛國主義者的悲劇，並突出了他的悲劇性格。深厚的思想內容，巨大的情感力量，這是李賀難以企及的。李賀只是在仕進道路上失意，由此不滿現實而憤世嫉俗。他以豐富的想像力，描繪了鬼氣森森，陰氣逼人，令人戰栗與震恐的世界。他的感情過分憤激不免躁急，未若屈原態度之執著與感情之莊重。在詩歌藝術上，他追求瑰奇怪麗，形成了自己獨特的藝術風格。但他對藝術表現的追求興趣，遠遠超過了對思想內容的追求，且詩歌缺乏堅實的生活基礎，巧匠運斤，雖有奇越，然「辭」過其「理」，露出唯美主義的苗頭。總之，屈原楚辭表現的主要是美的人格，李賀歌詩表現的主要是美的意象。楚辭對人的感染力是其精神的偉大，李賀詩給人更多的則是美的藝術享受。

四

　　運用比興，是我國古典詩歌的一大特點。從《詩經》以來，我國詩人就喜歡運用比興手法，委婉含蓄地表達自己的感情，寫出辭采華茂感情深厚眞摯的詩篇。屈原與李賀都善於運用比興手法，增強了詩歌的藝術表現力，使其詩文情並茂。

　　在屈原詩歌中，大量而成功地運用了比興手法。王逸在《離騷序》中說：「《離騷》之文，依《詩》取興，引類譬喻，故善鳥、香草，以配忠貞；惡禽臭物，以比讒佞；靈修美人，以媲於君；宓妃佚女，以譬賢臣；虬龍鸞鳳，以託君子；飄風雲霓，以爲小人。」〔註33〕劉勰說：「虬龍以喻君子，雲霓以譬讒邪，比興之義也。」〔註34〕又說：「楚襄信讒，而三閭忠烈；依《詩》制騷，諷兼比興。」〔註35〕王逸、劉勰的話或有不準確之處，但都明確地指出屈原的作品發展了《詩經》的比興手法，並作了廣泛的運用。如《離騷》中用培植鮮花、香草，比喻自己品德志行向高尙純潔的境界修養與鍛煉。

　　　　余旣滋蘭之九畹兮，又樹蕙之百畝。

　　　　畦留夷與揭車兮，雜杜衡與芳芷。

　　又用茅草臭物或蕭艾，比喻變節者或小人：

　　　　蘭芷變而不芳兮，荃蕙化而爲茅。

　　　　何昔日之芳草兮，今直爲此蕭艾也。

　　他在《橘頌》中說：

　　　　受命不遷，生南國兮。深固難徙，更壹志兮。

以橘爲喻，表明自己堅貞不貳的立場。總之，屈原在楚辭中喜歡「引類譬諭」，「諷兼比興」，他善於用美人、香草，以喻君子；惡木穢草，以喻小人。通過比興手法把君王信讒、奸佞當道、愛國志士報國無門的情景，寫得淋漓盡致。

〔註33〕汪瑗：《楚辭集解》，第21頁，北京古籍出版社，1994。

〔註34〕范文瀾：《文心雕龍注》，第46頁，人民文學出版社，1958。

〔註35〕范文瀾：《文心雕龍注》，第602頁，人民文學出版社，1958。

　　李賀詩歌善用比興，尤善用比喻。他的一些歌詩，往往圍繞著一個中心，多方設喻、擬物，使感情得到充分的表現。他有時用超現實的事物，反襯現實的事物，使現實的事物顯得奇特而豐富多彩。譬如，他在《李憑箜篌引》中狀李憑善彈的情景，天空的雲彩停下來俯耳傾聽，不再流動；誰在哭？是湘娥，淚染斑竹。善於鼓瑟的素女也在發愁；石破天驚，秋雨淅淅瀝瀝地下個不停；在夢中，李憑走進神山，教神嫗彈奏；老魚在波浪上跳躍，瘦蛟也情不自禁地翩然起舞，如此等等，都因為李憑彈箜篌特別精妙的緣故。通過豐富的想像，絕妙的比喻，充分顯示了李憑彈箜篌的超卓的技藝。餘如《聽穎師彈琴歌》、《蜀國弦》、《羅敷山人與葛篇》等，在運用比喻上也是絕妙的。李賀寫詩時的想像是極其豐富的、奇特的，因而他的比喻也往往是驚世絕俗出乎人的意料的。所謂「長吉鬼才」、「長吉鬼仙之詞耳」，〔註36〕就是對其怪異而絕妙的詩篇的褒讚。

　　屈原、李賀雖然都善用比興，但在運用比興方面卻仍有很大的不同，因而在藝術成就上，有著較大的差異。

　　首先，屈原抒情詩有一個最突出的特點，就是他所抒發的主要是個人的政治熱情。但政治熱情的支撐點是道理、原則、觀點，是變法圖強、聯齊抗秦等挽救秦國的大計，所以在表現上容易變為抽象的說理，流於概念化。屈原在這方面提供的最有價值的藝術創作經驗，就是他巧妙地運用了比興手法，使抽象化的政治熱情，得到生動具體而豐富多彩的表現，具有強烈的藝術感染力。李賀詩中廣泛地運用比興，則不僅試圖把抽象的理念具象化，而且能做到妙筆生花，誘使讀者沉浸在詩人創造的詩的境界中，反覆地欣賞玩味，這在李賀詩歌中，不乏成功的例證。然也有因追求藝術表現的絕妙而反倒生澀，令人不願卒讀的。

　　其次，屈原雖然善用比興，但仍以賦筆為主，故詩意仍然顯豁，

<hr>

〔註36〕葉蔥奇編訂：《李賀詩集》，第361頁，人民文學出版社，1959。

不因運用比興手法而使詩意朦朧並發生歧解。他的《離騷》、《九歌》等，都是把敘事、描寫、抒情結合起來，以敘事爲主，而又適當地運用比興。如此，敘事線索清晰，而又由於用了比興，使詩含蓄、生動。李賀善以比興手法寫縹緲之意象，組成虛荒誕幻之意境。又因詩中比興多而賦筆少，加上喻體比本體更難懂：喻體或是象徵性的，或是用了杳冥的幻境的事物，使其詩意旨朦朧，難以確求。譬如，寫音樂之詩篇《李憑箜篌引》、《聽穎師彈琴歌》等，詩人挖空心思地用了許多比喻，然讀了卻缺乏音樂的實際感受，朦朦朧朧，印象模模糊糊。又如《蜀國弦》究竟是寫音樂還是寫蜀道，都是很有分歧意見的。至於某些詩句的歧解，更是數不勝數了。這種情況的出現，固然有其他原因，但與他過多地使用比興是分不開的。鍾嶸謂：「若專用比興，則患在意深，意深則詞躓。若但用賦體，則患在意浮，意浮則文散，嬉成流移，文無止泊，有蕪漫之累矣。」〔註37〕屈原以賦體爲主，而又能參之以適當的比興，故無「蕪漫之累」。李賀雖非專用比興，然有些詩歌畢竟是比興多而賦筆少，未免意深詞躓、弄巧成拙了。

五

　　李賀歌詩與屈原楚辭的風調、意趣、神理諸方面，都有著極其相似之處。諸如風調的激楚，意趣的幽深，神理的超拔，李賀歌詩都得屈原楚辭之神理。

　　風調激楚，是屈原楚辭風格的特點之一。屈原由於受宵小的排擠陷害，使曾經對他十分信任並依靠他變法圖強的楚懷王，對他產生懷疑以至疏遠放逐；楚襄王當政後，更爲昏庸，朝政日益腐敗，楚國面臨亡國的危機，而對屈原這樣的愛國志士迫害有加。詩人正直的性格，高潔的人格，愛國的行動，反倒都成了罪過。愛國有罪，詩人蒙受了重重不白之冤，眼看楚國廣大人民將受敵國鐵騎的蹂躪，詩人的

〔註37〕曹旭：《詩品集注》，第45頁，上海古籍出版社，1994。

心情是悲憤而沉痛的。他將自己滿腔憤激的情緒，發而爲詩，形成了激楚的情調。這種激楚的情調，在《九章》中表現得十分強烈。

> 吾不能變心而從俗兮，固將愁苦而終窮。
>
> 接輿髡首兮，桑扈臝行。
>
> 忠不必用兮，賢不必以。
>
> 伍子逢殃兮，比干菹醢。
>
> 與前世而皆然兮，吾又何怨乎今之人。
>
> ——《涉江》
>
> 所非忠而言之兮，指蒼天以爲正。
>
> ——《惜誦》

在對黑暗現實、腐朽政治進行揭露鞭撻的時候，詩人憤激之情，溢於言表。尖銳的政治鬥爭，疾惡如仇的剛腸，滿腔憤激的情緒，都化爲激楚的情調。有時詩人呼天搶地，情緒激烈，以見其愛國感情之強烈。如《哀郢》開頭寫道：「皇天之不純命兮，何百姓之震愆。民離散而相失兮，方仲春而東遷。」詩人對國破家亡之痛，民離失散之苦，表現出十分憤慨的情緒。

李賀對現實有著較清醒的認識，並懷著改革現實的強烈願望，但由於在前進道路上的坎坷，雖懷抱利器而未能一試，因此不免憤世嫉俗。他繼承了屈原楚辭的愛國精神，創造出他獨有的奇崛憤激、淒涼幽冷的詩歌。在許多詩中，他對當時社會不重視賢才、自己懷才不遇表示了極大的憤慨：

> 不須浪飲丁都護，世上英雄本無主。
>
> 買絲繡作平原君，有酒惟澆趙州土。
>
> ——《浩歌》

愛士的平原君不復存在，有才之士又有誰重視和愛護呢？詩人在憤激中又流露出淒涼幽怨的情調。這種情緒在詩中有時表現得淒苦而幽冷，甚至有點陰森，譬如《秋來》。

> 桐風驚心壯士苦，衰燈絡緯啼寒素。

誰看青簡一編書，不遣花蟲粉空蠹。

思牽今夜腸應直，雨冷香魂吊書客。

秋墳鬼唱鮑家詩，恨血千年土中碧。

他以低沉的調子，寫出了封建時代有作爲的知識份子在精神上受到的重重壓抑、找不到出路的憤恨心情和對現實的強烈不滿情緒。屈原楚辭雖然情調激楚，然由於胸襟的博大，感情的深沉，因此意趣幽深，讀來毫無浮泛或輕躁之感。這種幽深的意趣，深含在他寫的各類詩中。且不說《離騷》表達的那種深厚的愛國熱情以及詩人對國家民族的眷眷之誠，深深地扣動著讀者的心弦，就是《天問》那種以問句構成的形式奇特的詩歌，在反問中包含著相當深刻的思想，充分表現出他的淵博和睿智，使詩意趣豐富，神理超拔，也給讀者以美的啓示。

　　李賀詩歌雖然也有意趣幽深神理超拔的一面，然由於胸襟的逼窄、感情的狹隘，終遜屈子一籌。屈原愛國愛人民的感情是博大深沉的，他的感情，往往是超脫了狹窄的自我。或者可以說，他把自己個人的感情完全融注在愛國情緒之中，捨愛國之情很少有個人的恩怨；李賀也有偉大的愛國感情，然而他始終未能捨棄或脫離個人的情調。或者可以說，他的愛國熱情是以我爲中心的向外輻射。因此，他的詩表現出奇崛憤激的情調。然或有浮躁情緒的流露，或有艱深苦澀的表現，未若屈子的自然天成。其少數優秀篇章，得其《楚辭》的神理，如《帝子歌》、《巫山高》、《蘇小小墓》等，但其絕大部分詩篇，在追求詭瑰怪奇的情趣中，未免雕琢而留斧痕。比之屈原楚辭，則欠天眞自然之趣。

第三節　李白與李賀

　　李白與李賀，都是唐代最傑出的浪漫主義詩人。他們像彗星一般掠過詩國長空，使當代與後代無數人爲之驚嘆、傾倒。其詩歌千百年來，傳誦不衰；直到現在，那種令人傾服的藝術成就，仍然放射著燦

爛的光輝。他們詩歌震撼人心的藝術力量，不僅因其典型地表現了時代特質的某些方面，而且還在於各自有著不同的生活理想、審美情趣、構思方式與抒情特色，在詩歌藝術上表現了非凡的獨創精神。這是決定他們詩歌具有永久魅力的重要方面之一。本節試圖對其浪漫主義藝術特色的異同作一些比較，並對兩人的藝術個性作一些新的探索。

一

歷史上進步的詩人，都有著自己美好的政治理想與生活理想，並為實現自己的理想奔走呼籲，以期實現。而這種理想總是和人民有著千絲萬縷的聯繫。誠如馬克思所說：「有才智的人們總是通過一條條看不見的線和人民聯繫在一起。」他用自己一支生花的詩筆，或揭露鞭撻社會上的腐朽勢力，或謳歌頌揚進步的力量，從而展示自己美好的理想，並與當代千千萬萬讀者共同努力，推動時代的車輪。

李白在《代壽山答孟少府移文書》中寫道：

> 吾與爾達則兼濟天下，窮則獨善一身⋯⋯申管晏之
> 談，謀帝王之術，奮其智能，願為輔弼。使寰區大定，海
> 縣清一，事君之道成，榮親之義畢。然後與陶朱留侯，浮
> 五湖，戲滄洲，不足為難矣。

此文是他二十六歲時在安陸寫的，這一段話是他政治理想完滿準確的表述。他恪守儒家「達則兼善天下，窮則獨善其身」的信念，要「奮其智能，願為輔弼」，輔佐當代皇帝，使國家大治，人民安居樂業，而後功成身退，以保純潔的政治節操，這是他一生為之奮鬥的政治理想。他經常以呂望、管仲、張良、諸葛亮、謝安等歷史上著名的政治家自喻，希望皇帝能識英雄於草萊，從布衣中擢拔俊傑，使自己一躍而為卿相，從而建立不朽的功勳。無疑的，他這種理想帶有極大的浪漫主義幻想成分，然而他自己卻確認這並非是想入非非，徒託空言，而是可以成功地成為現實的理想。因此在詩中反覆歌頌這些人，藉以

宣達自己的政治抱負。「廣張三千六百釣，風期暗與文王親」（《梁甫吟》）；「風水如見資，投竿佐皇極」（《酬坊州王司馬與閻正字對雪見贈》）；「余亦南陽子，時爲《梁甫吟》」（《贈王司馬嵩》）；「暫因蒼生起，談笑安黎元」（《書情贈蔡舍人雄》）。反覆不已的吟誦，可見他對此追求之執著。

　　他之汲汲於用世，並以治世的能臣自期，顯然不是爲了個人的蝸角名利，也不以攫取顯赫的權勢爲榮，不能以世俗的眼光視之。他著眼於「濟蒼生」、「安社稷」，以天下爲己任，竭誠地對國家對社會做出自己應有的貢獻。

　　詩人李白，他的政治理想是崇高的，明朗的，在他腦海裏經常橫亙著一幅清晰的個人理想的藍圖，並希望通過自己選擇的獨特的方式，力求實現，他不屑於參加當時讀書人所仰慕的進士科考試，雁塔題名；而希望用任俠，隱居，結交道流、名士，干謁政府官員、社會賢達，通過他們的揄揚、推薦，名動京師，得到皇帝的徵召，一鳴驚人，輕而易舉地登上卿相的寶座。因此，他急切盼望著：「漢家天子馳駟馬，赤車蜀道迎相如」（《贈從弟南平太守之遙》）。由於賀知章等人的推薦，他應徵入京，待詔翰林，一時揚眉吐氣。「揄揚九重萬乘主，謔浪赤墀青瑣賢」（《玉壺吟》），這是他得意時的情態。但長安三年，不但理想未能實現，反而遭到權貴的讒毀、排擠、打擊，終於被逐出京；雖然他也曾做過永王璘的座上客，想著「但用東山謝安石，爲君談笑靜胡沙」（《永王東巡歌》），而在肅宗與永王璘的爭權鬥爭中，作了無辜的犧牲者，報國之志換來的是坐牢、流放，詩人竟受到如此不公正的待遇，實現理想的道路是如此坎坷，但他仍欲建功立業。譬如，他年過花甲，仍欲隨軍從征，因半道病還。可見他報國之志何等堅強，對理想的追求又何等執著。總之，他「不求小官，以當世之務自負」，〔註38〕他時刻夢想著「欻起匡社稷」（《冬夜醉宿龍門

〔註38〕《李太白全集》，第715頁，上海書店，1988。

覺起言志》），幹一番驚天動地的事業。

在李白身上，充滿了浪漫主義精神與浪漫主義氣質，他具有囊括宇宙吞吐洪荒的氣概。對統治階級高度藐視，一生傲岸不羈。「黃金白璧買歌笑，一醉累月輕王侯」（《憶舊遊寄譙郡元參軍》），「安能低眉折腰事權貴，使我不得開心顏」（《夢遊天姥吟留別》），這是他的自白。「戲萬乘若僚友，視儔列如草芥」，〔註39〕這是後人對他的評價。「一生傲岸苦不諧，恩疏媒勞志多乖」（《答王十二寒夜獨酌有懷》），這可以說是他一生經歷的寫照。雖然他有激憤、有牢騷，但畢竟做過翰林，做過李璘的座上客，志滿意得一時，「氣岸遙凌豪士前，風流肯落他人後」（《流夜郎贈辛判官》），何況他的詩「簡直像一股狂飆，一陣雷霆，帶著驚天動地的聲威，以一種震懾的力量征服了同代的讀者」。〔註40〕他雖然以崇高的藝術成就贏得了同代人的崇拜，然而在政治上卻看不出有什麼建樹，這恐怕是志大才疏的詩人始料所未及的。

李賀也是一位有理想有抱負的詩人。「看見秋眉換新綠，二十男兒那刺促」（《浩歌》）；「憂眠枕劍匣，客劍夢封侯」（《崇義里滯雨》）。他不甘心默默無聞地過一生，他夢想做大官，有朝一日得志，就可以改革時弊，改變現實。他的政治理想雖然沒有明朗清晰地表述過，但從其詩歌大膽地干預生活、揭露黑暗現實、鞭撻腐朽勢力來看，他是追求一種清明的政治。從他對秦王多次熱烈地歌頌，可以看出他的嚮往與追求，希望唐代再一次出現像貞觀年間那樣的封建盛世。他揭露批判皇帝的迷信仙道、宦官的得勢、藩鎮的割據、貴族的驕奢淫逸，他能夠比較清醒地看到社會上存在的各種弊端，並企圖改革現實。他的詩歌批判的鋒芒涉及現實中的一切弊病，必欲除之而後快。但他的理想，不如李白那樣雄豪自信，也缺乏那種為實現理想而一往無前鍥而不捨的頑強精神。當他二十歲那年考進士受阻後，理想瀕臨幻滅，

〔註39〕《李太白全集》，第749頁，上海書店，1988。
〔註40〕 袁行霈：《中國詩歌藝術研究》，第223頁，北京大學出版社，1987。

一蹶不振。他也曾想「一朝溝隴出，看去拂雲飛」(《馬詩》)，「更容一夜抽千尺，別卻池園數寸泥」(《昌谷北園新筍四首》)，但他在抒寫理想抱負時，往往與自己淒涼的身世聯繫在一起，悲觀沮喪，前景暗淡，缺乏光明與亮色。「自信漢劍當飛去，何事還車載病身」(《出城寄權璩楊敬之》)，「欲雕小說干天官，宗孫不調為誰憐」(《仁和里雜敘皇甫湜》)，「少年心事當拏雲，誰念幽寒坐嗚呃」(《致酒行》)。他雖然有才，也想鵬程萬里，並把自己的前途命運完全押在進士科考試的注上，然而他的競爭者以其父諱晉不宜考進士為口實，斷送了他的前程。他的詩受到韓愈、皇甫湜等人的賞識，由此，燃起了希望之火：「我今垂翅附冥鴻，他日不羞蛇作龍。」(《高軒過》)後賴韓愈等人的推薦，他才做了奉禮郎那樣的小官。「臣妾氣態間，惟欲承箕帚。天眼何時開，古劍庸一吼。」(《贈陳商》)反映了他位卑而不能施展才能的苦悶。雖然他是我國著名的浪漫主義詩人，但卻缺乏昂揚的浪漫主義精神、飽滿的浪漫主義氣質，這是苦難的時代使然。

　　李白所處的時代，社會上雖然已經出現了一些陰影，但畢竟還是太平盛世，有一股生機蓬勃的盛唐氣象，人們的心理情緒氣度自與衰世不同。他的恢宏的氣度自然是時代的產物。李賀所處的時代，皇帝昏聵，宦官專權，藩鎮割據，社會上存在著深刻而尖銳的矛盾。憲宗朝曾一度呈現出中興景象，詩人心中曾有一線光明，然時代陰影太濃厚了。這對他有極深刻的影響。何況憲宗晚年又迷信仙道，重用宦官，這種黑暗的景象必然反映在他的詩中。雖然李賀也有一些豪放的詩篇，如《開愁歌》、《浩歌》等；也有宏大悲壯場面的描寫，如《公莫舞歌》、《雁門太守行》等；他也曾寫出深切同情采玉工和宮女的詩篇，如《老夫采玉歌》、《宮娃歌》等；他希望李世民那樣的英主出現：「秦王不可見，旦夕成內熱。」(《長歌續短歌》)然而畢竟他的大部分詩作反映著灰色的時代。那種鬼氣森森的描寫，不就是時代的投影麼？

　　總之，李白的政治理想是做帝王師，希望世治而身退，充滿了積極的幻相，對其理想鍥而不捨，一直執著地追求；李賀的理想是改革

時弊，但缺乏李白那種執著追求的精神。李白一生是樂觀的，甚至是盲目的樂觀，其詩主旋律是高昂的；李賀一生是悲憤的，其詩主旋律是頹唐沮喪的。他們的詩歌都不愧爲時代的歌聲，他們高唱著呼嘯著同時代一起前進，留下了眞實動人的優秀詩篇。

二

富有藝術個性特徵的詩人，必然有著迥別於他人的審美情趣。這與他所處時代、生活道路，以及在紛紜複雜的現實鬥爭中所持的立場等，都有極密切的關係。而審美情趣反映在詩歌創作上，就形成了自己的藝術特色。處於盛唐時代的李白，他那種雄視百代氣吞宇宙的氣概，那種非凡超人的恢宏氣度，那種以帝王師自期希冀改革現實的崇高理想等，決定了他的審美情趣。他喜歡具有壯美的事物，諸如高山大河、拍天巨浪、萬里長空，並以豪邁奔放的感情，寫出理想的符合於自己審美情趣的詩歌。

對於李白的審美情趣及其詩歌表現的壯美特徵，前人多有讚述。與他同時的詩人任華，就讚揚他的詩文「有奔逸氣，聳高格，清人心神，驚人魂魄」，「振擺超騰，既俊且逸」；[註41] 皮日休稱他「五嶽爲辭鋒，四海作胸臆」；[註42] 歐陽修狀其寫詩時的豪情：「忽然乘興登名山，龍咆虎嘯松風寒。山頭婆娑弄明月，九域塵土悲人寰。」[註43] 這些用韻文寫的讚語，對他審美情趣作了極高的評價，雖然不無誇張與偏愛，但他的詩歌對這種崇高的評價，還是當之無愧的。在他的詩歌中，那種壯美景象的描寫，俯拾即是。「登高壯觀天地間，大江莽莽去不還。黃河萬里動風色，白波九道流雪山」（《廬山謠寄盧侍御虛舟》）；「西嶽崢嶸何壯哉，黃河如絲天際來。黃河萬里觸山動，盤渦轂轉秦地雷」（《西嶽雲臺歌送丹邱子》）；「上有六龍

〔註41〕 《李太白全集》，第 736 頁，上海書店，1988。
〔註42〕 《李太白全集》，第 739 頁，上海書店，1988。
〔註43〕 《李太白全集》，第 740 頁，上海書店，1988。

回日之高際，下有沖波逆折之回川」（《蜀道難》）；「飛流直下三千尺，疑是銀河落九天」（《望廬山瀑布》）；「一風三日吹倒山，白浪高於瓦官閣」，「濤似連山噴雪來」（《橫江詞》）。長江、黃河的滔滔巨浪，聳入雲霄的西嶽，雄偉高大的廬山，險峻異常的蜀道，橫江風浪的險惡，這些高大雄偉氣魄非凡的自然景象，猶如大海納百川，一一納入詩人壯闊的胸懷，於是筆走龍蛇，寫出驚心動魄絢麗壯闊的畫卷。詩人對於人間英勇壯烈之事，也予以熱情的讚揚。譬如，《司馬將軍歌》寫司馬將軍氣吞狂虜的英雄膽氣，《秦女休行》歌頌秦女爲丈夫報仇的壯烈行爲。《送羽林陶將軍》、《贈郭將軍》、《述德兼陳情上哥舒大夫》等詩，寫出陶將軍、郭將軍、哥舒大夫雄豪的氣概等。不論寫自然的壯麗，抑或寫人間的非凡壯舉，都可以看出他有恢宏的氣度，並喜歡以超逸的筆調，寫出氣勢壯闊的詩篇。他也以奔放豪邁的筆調抒寫自己不凡的胸襟與抱負。「卻秦不受賞，救趙寧爲功」（《贈從兄襄陽少府皓》），他以急難解危功成不居的魯仲連自況。「魚水三顧合，風雲四海生」（《讀諸葛武侯傳書懷贈長安崔少府叔封昆季》），他以受劉備三顧的諸葛亮自喻，希望君臣遇合，建立赫赫的不朽功勳。

　　在藝術表現上，李白遏力追求自然本色。自然本色是一種很高的不易達到的審美標準，李白卻敢於向這個高標準邁進。「清水出芙蓉，天然去雕飾」（《經亂離後天恩流夜郎憶舊遊書懷贈江夏韋太守良宰》），可以看做是他竭力追求的藝術審美的標準。他以重振風雅爲己任，極力反對矯揉造作。「大雅思文王，頌聲久崩淪。安得郢中質，一揮成風斤。」（《古風》其三十五）他批判六朝以來卑靡的詩風：「自從建安來，綺麗不足珍。」（《古風》其一）他追求行雲流水般的自然，孤雲野鶴般的飄逸。因此能夠寫出韻味天然、渾然無際、不可句摘字賞的詩篇。《贈孟浩然》、《送友人入蜀》、《靜夜思》、《玉階怨》、《黃鶴樓送孟浩然之廣陵》、《贈汪倫》等都是自然高妙的篇章。《蜀道難》、《夢遊天姥吟留別》、《將進酒》、《行路難》、《梁甫吟》等，不論寫景

抒情，都極為自然本色，他的詩句好像從肺腑裏自然流出，毫無粉飾。他胸中自有丘壑，用不著苦心孤詣地旁求的。

李賀也是很有氣派的詩人，他宣稱「筆補造化天無功」（《高軒過》），他想以揮灑自如的彩筆，回天轉日，改變現實。和李白一樣，他也喜歡壯美的事物，寫出豪邁的詩句。「酒酣喝月使倒行」（《秦王飲酒》），「踢天磨刀割紫雲」（《楊生青花紫石硯歌》），都是雄壯豪邁的詩句。「飛香走紅滿天春」（《上雲樂》），是十分美的景象。它蘊含著詩人辛苦創造的心血，因此成為形象生動傳誦千古的名句。然縱觀他的全部詩作，既缺少盛唐時代那種青春向上的氣息，又缺乏盛唐詩人那種特有的浪漫主義氣質，更沒有李白那種寬廣的胸襟與超逸的心境，氣度狹小，心境逼窄，甚至拘拘於官位的崇卑與俸祿的厚薄：「請歌直請卿相歌，奉禮官卑復何益。」（《聽穎師彈琴歌》）透過這種牢騷，可以看到他的內心世界。在創作上喜歡搜求怪異的題材，往往以虛荒誕幻取勝。譬如：「百年老鴞成木魅，笑聲碧火巢中起」（《神弦曲》）；「左魂右魄啼肌瘦，酪瓶倒盡將羊炙。蟲棲雁病蘆筍紅，迴風送客吹陰火」（《長平箭頭歌》）；「石脈水流泉滴沙，鬼燈如漆點松花」（《南山田中行》），寫得恐怖陰森，令人發悚。餘如《神弦》、《蘇小小墓》、《感諷五首》之三等，都把鬼神之事寫得活靈活現。總之，他渲染極端恐怖的氣氛，追求怪異的表現手法，寫出瑰奇的詩句。朱熹說：「李賀較怪得些子，不如太白自在。」又曰：「賀詩巧。」嚴羽謂「長吉之瑰詭」，〔註44〕周紫芝謂「李長吉語奇而入怪」。〔註45〕他的審美情趣在於追求奇巧瑰怪。這種奇巧瑰怪的風格，在他的詩中得到了成功的表現。《李憑箜篌引》是那麼富於想像力，《屏風曲》將貧富兩種生活作了絕妙的對比，收事半功倍之效。「五四」時期，劉半農寫的那首名噪一時的詩篇《相隔一層紙》，也明顯受了他這首詩的影響。《金銅仙人辭漢歌》寫深沉的亡國之痛，十分感人。《羅浮山父與

〔註44〕葉蔥奇編訂：《李賀詩集》，第361頁，人民文學出版社，1959。
〔註45〕葉蔥奇編訂：《李賀詩集》，第362頁，人民文學出版社，1959。

葛篇》，極盡渲染之能事。然而他缺乏李白那樣飄逸的才情與韻致，因此在鍛煉意境、遣詞造句諸方面，不免慘淡經營，刻意求工，終於留下了斑斑鑿痕。李東陽謂「顧過於劌鉥，無天眞自然之趣」，〔註46〕有些詩句寫得沮喪悲觀而缺乏亮色。如「勸君終日酩酊醉，酒不到劉伶墳上土」（《將進酒》）；「古壁生凝塵，羈魂夢中語」（《傷心行》）；「誰解念勞勞？蒼突惟南山」（《送韋仁實兄弟入關》），這種頹唐凄涼的情調，固然與他所處的時代及其身世經歷有關，但主要是他審美情趣所決定的。

　　李賀曾經認眞地向前代詩人們學習，尤其推崇屈原與李白。他的詩歌，在不同程度上都接受了他們的影響。然而，作爲一個很有抱負的詩人，絕對不願做一個平庸的模仿者，也不以達到一般的藝術水準爲滿足，他以戛戛獨創的精神，在藝術表現上另闢蹊徑，寫出了一些富有個性的名篇。然而由於灰色時代的投影太重，加上他個人的氣度、經歷以及藝術修養的不足等原因，其獨具風格的詩篇還不很成熟，在藝術上存在著許多缺點，「有句無篇」則是較突出的缺點。

　　總的說來，李白喜歡壯美而胸中自有丘壑，他追求本色而語句自然。他以飄逸的筆調繪出壯麗的畫卷，風雲舒卷，浪濤洶湧，展示著時代的風貌。李賀雖喜歡壯美而胸中錦繡不足，也無法滌盡灰暗時代給予他內心的影響與憂傷。筆下往往出現凄涼暗淡的畫面，荒涼殘破的圖景。張戒將李白與李賀詩作比較云：「瑰奇譎怪則似之，秀逸天拔則不及也。賀有太白之語，而無太白之韻。」〔註47〕誠哉斯言，李賀詩歌之不及李白，是爲時代精神與個人的審美情趣所決定的。

三

　　詩人的藝術構思不同，就會產生不同的藝術效果。富有獨創性的

〔註46〕葉蔥奇編訂：《李賀詩集》，第363頁，人民文學出版社，1959。
〔註47〕丁福保：《歷代詩話續編》，第462頁，中華書局，1983。

詩人，他的詩之所以別具一格，不蹈故常，產生迥別於他人的藝術風格與意境，就因為他能夠匠心獨運，採用了獨特的構思方式。李白與李賀在詩歌上能各有其鮮明的藝術特色，與其在詩歌構思上各有突出的特點有著極為密切關係。

李白與李賀在藝術構思上有哪些鮮明的特點呢？

首先，兩人的才思與創作習性不同，因此構思的快慢不同。所謂「人之稟才，遲速異分」。〔註 48〕李白與李賀在構思的遲速上，有著十分明顯的區別。

李白寫詩，往往乘著酒的刺激，腦子興奮異常，遂產生了寫詩的慾望與靈感，於是揮毫落紙，意在筆先，兔起鶻落，猶恐或遲。當別人問他「何開口成文，揮翰霧散」時，他回答說：「觀夫筆走群象，思通神明，龍章炳然，可得而見。」（《冬日於龍門送從弟京兆參軍令問之淮南覲省序》）蓋李白創作靈感的衝動在於酒的刺激，靈感一來，直如大堤開閘，波濤洶湧，有一瀉千里之勢。因此他寫詩往往是率爾操觚，操筆立就，其詩奇巧自然，縱橫恣肆。他那奔騰如注的感情，跳躍在字裏行間，又加上時而議論，時而感嘆，表現了強烈的感情，因此有極強的感染力。關於這一點，歷代詩人都有剴切的讚述。所謂「李白一斗詩百篇」，〔註 49〕「或醉中操紙，或興來走筆。手下忽然片雲飛，眼前劃見孤峰出」，〔註 50〕「醉中草樂府，十幅筆一息」，〔註 51〕「興酣染翰恣狂逸，獨任天機摧格律。筆峰縹緲生雲煙，墨騎縱橫飛霹靂」。〔註 52〕總之，他寫詩不是在腦子沉思後認真地精雕細刻，而是在腦海亢奮狀態下提筆揮灑。於是形成詩歌自然流暢、渾然一體，不可句摘字賞的高渾意境。

李賀處於苦吟的時代，詩人所謂「吟安一個字，撚斷數莖鬚」，

〔註 48〕范文瀾：《文心雕龍注》，第 494 頁，人民文學出版社，1958。
〔註 49〕《李太白全集》，第 730 頁，上海書店，1988。
〔註 50〕《李太白全集》，第 736 頁，上海書店，1988。
〔註 51〕《李太白全集》，第 739 頁，上海書店，1988。
〔註 52〕《李太白全集》，第 748 頁，上海書店，1988。

〔註53〕「二句三年得，一吟雙淚流」，〔註54〕這種苦吟的情境，李賀不免受其影響。他自稱「咽咽學楚吟，病骨傷幽素」（《傷心行》），他母親說：「是兒要嘔出心乃已爾。」〔註55〕他要爭奇鬥艷，不僅喜歡選取虛荒誕幻的題材，採取「離絕凡近，遠去筆墨畦徑」〔註56〕的寫法，而且在寫詩時字斟句酌，嘔心瀝血，經過長時間的反覆的醞釀與構思，從而形成奇巧瑰怪的風格，絢麗多姿的色彩，以及比興多而賦筆少的特點。

　　由於構思的遲速不同，兩人感情在詩中的表現形式有異。李白詩中那種灼熱而奔注的感情外化，其詩如一陣狂飆，感染著左右著裏挾著讀者的感情，讀者不知不覺地做了他詩歌感情的俘虜。李賀那種頗為遲緩的構思方式，使詩的感情滯澀內向，讀者不易受其感染。乍一讀之，往往不知所云。這是因為他把自己強烈的感情隱藏在瑰奇的文字後面，詩人真實的感情，不免為華美奇巧的文字所淹沒。

　　其次，兩人構思的重心與著眼點不同。李白著眼於意境的完美渾成，李賀著眼於詞句的華麗精工。由於二人構思所考慮的重心不同，由此必然導致不同的藝術效果。李白以豪邁的胸懷，寫壯麗的自然景象。他自己說：「黃河落天走東海，萬里寫入胸懷間」（《贈裴十四》）。別人稱讚他「仙筆驅造化」〔註57〕這說明他寫詩能夠駕輕就熟地駕馭題材。從他的氣度與感情說，他有「粃糠萬物，甕盎乾坤。狂呼怒叱，日月為奔」的氣概。〔註58〕而他寫詩時的感情，洶湧澎湃，往外奔注。所謂「又如長河，浩浩奔放。萬里一瀉，末勢猶壯」，〔註59〕當其得

〔註53〕《全唐詩》，第 8212 頁，中華書局，1960。
〔註54〕齊文榜：《賈島集校注》，第 545 頁，人民文學出版社，2001。
〔註55〕葉蔥奇編訂：《李賀詩集》，第 357 頁，人民文學出版社，1959。
〔註56〕葉蔥奇編訂：《李賀詩集》，第 362 頁，人民文學出版社，1959。
〔註57〕《李太白全集》，第 739 頁，上海書店，1988。
〔註58〕《李太白全集》，第 750 頁，上海書店，1988。
〔註59〕《李太白全集》，第 749 頁，上海書店，1988。

意，斗酒百篇，無一語一字不是高華氣象」。〔註 60〕因此，他的詩一
氣貫注，雄直奔放，構成渾然一體的完美篇章。

　　李賀天縱奇才，驚邁時輩。其詩構思獨出心裁，獨步當代。但他
不在篇章的渾成與意境的完美上下功夫，卻汲汲於「爭價一字之奇」，
反倒在字句上狠下功夫。所謂「字字句句欲傳世」、「長吉好以險字作
勢」。〔註 61〕在藝術的錘煉上未免輕重倒置。雖然他詩集中的名句俯
拾即是：「欲剪湘中一尺天」（《羅浮山父與葛篇》），「古竹老梢惹碧雲」
（《昌谷北園新筍四首》之四），「楊花撲帳春雲熱」（《蝴蝶飛》），「桃
花亂落如紅雨」（《將進酒》）等，無不生動絕巧，然求其全璧，則難
免有「有句無篇」之譏。就是詩句，也不免過分刻琢。所謂「字字皆
雕鏤」，〔註 62〕「刻削處不留元氣」。〔註 63〕由於二人構思的重心不同，
藝術成就就有了高下：李白詩意渾然，不可句摘字賞；李賀詩支離，
佳句多而全璧少。以之相比，直有懸壤之感。

　　其三，如同所有的浪漫主義作家一樣，二人在藝術構思上都喜歡
用豐富的想像與聯想，而且以誇張的形式表現，給讀者造成強烈的印
象。然兩人在運用誇張手法時著眼點不同，由此產生的藝術效果也大
不一樣：李白誇張多用賦筆，因此形象鮮明，造成很強的直感，給人
極深的印象。李賀則往往用比興，其詩直感性不強，晦澀難讀，與讀
者造成某種感情的隔膜，嚴重地影響了詩的藝術感染力。現以兩首寫
彈琴的詩為例：

> 蜀僧抱綠綺，西下峨眉峰。
>
> 為我一揮手，如聽萬壑松。
>
> 客心洗流水，遺響入霜鐘。
>
> 不覺碧山暮，秋雲暗幾重。
>
> 　　　　　　——李白《聽蜀僧濬彈琴》

〔註 60〕《李太白全集》，第 779 頁，上海書店，1988。
〔註 61〕葉蔥奇編訂：《李賀詩集》，第 363 頁，人民文學出版社，1959。
〔註 62〕吳企明：《李賀資料匯編》，第 36 頁，中華書局，1994。
〔註 63〕吳企明：《李賀資料匯編》，第 266 頁，中華書局，1994。

別浦雲歸桂花渚，蜀國弦中雙鳳語。

芙蓉葉落秋鸞離，越王夜起遊天姥。

暗佩清臣敲水玉，渡海蛾眉牽白鹿。

誰看挾劍赴長橋，誰看浸髮題春竹。

竺僧前立當吾門，梵宮真相眉稜尊。

古琴大軫長八尺，嶧陽老樹非桐孫。

涼館聞弦驚病客，藥囊暫別龍鬚席。

請歌直請卿相歌，奉禮官卑復何益。

　　　　　　　　　　——李賀《聽穎師彈琴歌》

　　以上兩首詩，同樣是以豐富的想像力，誇張地描寫琴聲的高妙，顯示琴師的技術之高，然其藝術效果卻迥然不同。《聽蜀僧濬彈琴》，詩人寫自己聽蜀僧濬彈琴的真實感受。詩以賦筆為主，參之以絕妙比喻，做到遺像存神，使詩清空自然，凝煉雋永，有極強的藝術感染力，令讀者不知不覺地進入詩人描寫的藝術境界。《聽穎師彈琴歌》，也充分發揮了藝術想像力，通過比興手法，誇張地描寫了穎師彈琴技藝的高妙卓絕，極力形容琴聲的「淒楚、超逸、清泠、縹緲、激昂、酣暢」，〔註64〕用力之勤，構思之巧，可謂無以復加的了。然讀之卻覺得晦澀、隔膜，雖經注家的詳細疏解，終難領略其中的奧妙。這是李賀詩歌藝術構思上的失敗。有人認為「這八句詩，對琴聲的比喻，方法多變（八句指前八句——引者），意境開闊，『聽聲類形』，使人如聞其音，如臨其境，獲得一種新穎的審美情趣」，〔註65〕這種高論，實在不敢苟同。離開讀者實感的「審美情趣」，無論如何新穎，都不能敲開讀者心靈的門窗。如果讀詩如參禪解偈，那還有什麼情趣可言？也難得探驪獲珠了。

　　又如李白的《北風行》與李賀的《北中寒》，兩首詩都誇張地描寫了北方的寒冷。就字句講，也都明白曉暢，然二詩意旨卻有晦顯之

〔註64〕葉蔥奇編訂：《李賀詩集》，第351頁，人民文學出版社，1959。
〔註65〕劉衍：《李賀詩傳》，第133頁，山西人民出版社，1984。

別。李白的《北風行》寫婦女對出征戰死丈夫的懷念與悲悼，一目了然。「燕山雪花大如席，片片吹落軒轅台」，「黃河捧土尙可塞，北風雨雪恨難裁」！這些誇張的名句，加深了主人公的悲痛情感，使形象更爲鮮明。李賀《北中寒》極寫北方的嚴寒，運用強烈厚重的字面，著意刻畫北方的酷寒，似乎爲寫冷而寫冷了。按之李賀寫詩習慣，應有爲而作，當另有寓意。這種寓意，卻不能從詩的形象中找出，詩的意旨實在是隱而不彰了。李白的《蜀道難》與李賀的《蜀國弦》也是極好的例證。《蜀道難》的主題，從古至今，眾說紛紜，莫衷一是。然爭論的焦點在有無寓意，如有寓意寓意又是什麼？至於描寫對象，則沒有什麼分歧。而《蜀國弦》究竟是寫音樂抑或狀蜀道崎嶇，對詩的描寫主體爭論不休。對描寫的對象都不甚了了，更談不上對詩的主題的探求了。

　　李白、李賀都善於通過豐富的想像，誇張地表現自己強烈的感情。但在構思時，李白始終緊扣形象本身的描寫，使詩的形象鮮明。讀者通過直感，得到深刻的印象。李賀則用比興手法，拐彎抹角地表達自己的意旨，而又喜歡從側面著筆，渲染濃烈的藝術氛圍，詩人的意緒在詩中表現得不很明朗，遂入晦澀一途了。

　　總之，由於兩人構思方式的不同，形成迥然不同的藝術風格，產生了不同的藝術效果。李白的藝術構思是相當成功的，其詩或豪邁奔放，或清新俊逸，其意境渾成自然，毫無斧痕；李賀詩的藝術構思用力甚勤，也不乏天驚石破的精警之作。但從整個詩歌創作來看，則不免失敗多而成功少。其詩或「有句無篇」，或意旨晦澀，這就大大地降低了藝術水準，嚴重地影響了詩的藝術感染力。

四

　　藝術上有著卓異成就的詩人，由於他們各有自己獨特的審美情趣與構思方式，因此都以自己獨有的抒情方式，寫出別有風姿獨具一格的優秀詩篇。

　　李白大部分詩作，都是痛快淋漓的直抒胸臆。嚴羽評李白《將進酒》時說：「一往豪情，使人不能句字賞摘。蓋他人作詩用筆想，太白但用胸口一噴即是，此其所長。」這雖則是一首詩的評語，卻可以看做是對李白詩的抒情特點的準確概括。李白寫詩前，胸中的感情已達到最飽和的程度。猶如水庫之水，早已達到貯量的最高點，一旦開閘，浪濤滾滾，自有一瀉千里之勢。因此，一提起筆，那種洶湧澎湃的感情噴薄而出，形成奔騰的氣勢。又加上時而議論，時而感嘆，把他那「驅山走石」的彩筆隨意揮灑，寫出一首首驚風雨泣鬼神的詩篇。這種抒情特點，在他的七言歌行中表現得最為突出。《襄陽歌》、《江上吟》、《玉壺吟》、《行路難》、《梁甫吟》、《梁園吟》、《單父東樓秋夜送族弟沈之秦》、《醉後贈從甥高鎮》、《答王十二寒夜獨酌有懷》等，無不感情淋漓，直抒胸臆。他那憤激的情緒，對黑暗腐朽的勢力抨擊的力量，對清明政治追求的熱情，以及個人不得志的牢騷，如火山爆發一般，沖湧而出。詩中那種灼人的感情，激勵著讀者一道去鞭笞不合理的社會現象，追求理想的未來。

　　李賀的抒情詩，則往往通過層層的比喻，將其強烈的感情掩藏在十分迂曲的文字後面，形成外冷內熱旨寓篇外的特點。如是，其詩不是以表面強烈的感情感染讀者，打開讀者心靈的門窗，而是處處設卡，一徑一曲，故意將感情藏於曲徑幽深之處。他是喜歡也是善於布迷魂陣的。你要讀他的詩，必須克服詩人設置的重重阻力——諸如文字的、比喻的、構思的等等，去搜尋詩人感情的意緒。譬如《洛姝眞珠》以市南曲陌之家，冶容艷態，歌聲徹天，能使陸郎留意，何其歡好，反襯洛陽美人眞珠之寂寥不樂，「以明所遇之不偶」，〔註66〕感情十分曲折。《羅浮山父與葛篇》，表現詩人對羅浮山父贈葛布的無限感激之情，但卻通過層層比喻極力描寫葛布的漂亮、輕柔、製作之不易等，十分婉曲地表現自己對羅浮山父的感激之情。這類詩雖經詩人慘

〔註66〕王琦等：《李賀詩歌集注》，第 407 頁，上海古籍出版社，1977。

淡經營，直有巧奪天工之妙，然感情表現過分迂曲，終不免有意旨晦澀之嫌。

由於獨特的抒情方式，兩人的許多詩篇都產生了不連貫的畫面。例如李白的《江上吟》、《遠別離》，李賀的《春蠶》、《屏風曲》都是。對此批評家或謂語言跳躍，或謂結構跳躍，或謂意象跳躍。總之，兩人的某些詩歌形象的畫面與畫面之間，形成或疏或密的間隔，讀者必須用生活經驗去補充，才能使詩情一貫到底而無滯礙。然而這種不連貫的詩情，由於形成的原因不同，因而效果也就不同。李白寫詩時由於感情的過分充沛，致使詩緒迅疾以致跳躍而形成了一些間隔。因此詩的意象跳躍，增加了詩的氣勢，加大了詩的容量。既能做到以簡馭繁，尺幅萬里，又使詩感情充沛，形象鮮明。《宣州謝朓樓餞別校書叔雲》、《夢遊天姥吟留別》都是極好的例證。李賀詩歌意象跳躍的形成，則是由於過分地梳理思路，過濾感情，字斟句酌，著意修飾；或由於一首詩在不同的時間、不同的情境下寫成，或因其時過境遷，情緒非一；或因其境有所變，意難融洽。於是造成畫面的不協調或雖渾然一體而意有間隔，則其意象跳躍，破壞了詩的意境的完美。譬如《秦王飲酒》，前四句對其英武作了熱烈的歌頌，而後十一句對其通宵達旦的飲酒宴樂場面作了淋漓盡致的描寫。詩的主旨對秦王是美是刺？是批判還是歌頌？令人不甚了了。一般地說，我們不能把詩人抒寫的形象分成兩個對立的形象來理解，然此詩畢竟給我們造成了這種印象。

但值得注意的是，李賀詩意象跳躍的形式多樣，畫面變幻交錯，似乎更富於創造性。這種多樣性的表現手法，比李白詩意象跳躍而意脈一貫的單一形式似略勝一籌。

李賀詩往往由一個意象跳到另一意象，在同一首詩中出現不同的色調與畫面，使色調與色調畫面之間形成強烈的對比，給讀者以深刻的印象。譬如《洛姝眞珠》由描摹珍珠幽雅秀靜和滿懷愁思跳到寫曲陌歌妓，以其門庭若市反襯眞珠的寂寞無聊。《屏風曲》前六句極力

描摹新婚貴婦的奢華、驕縱，末兩句則跳到另一畫面：屏外月下，風寒露冷，貧女冷清地獨枕孤眠。詩冷冷作收，苦樂判若天淵。《春畫》一詩，寫了宮中的春畫，富貴人家的春畫，農村婦女的春畫，三幅畫面並列，含義昭著，一目了然。

李賀詩意象跳躍，有時出現交錯的畫面，綠葉紅花，相互輝映；有時人稱變換，筆姿新穎。這種獨具一格的詩篇，形象十分鮮明。譬如《湖中曲》，前五句寫長眉少女的幽靜閑適，六七句寫越王嬌郎對她一見鍾情，即寫書約會，第八句暗示約會時間。在交錯的畫面上，表現了長眉少女逗人喜愛的性格。《老夫采玉歌》開頭老夫直抒情懷，表現采玉工人的滿腔悲憤，後四句則採用客觀描寫，表現老夫矛盾痛苦的心情。這種以第一人稱爲主輔之以第三人稱的描敘與詠嘆，把感情表現得淋漓盡致。

李白與李賀在詩歌史上都做出了傑出的貢獻，有著崇高的地位。但李賀缺乏李白那種胸襟氣質與才氣，在藝術錘煉上也未臻完美而使爐火純青。雖然如此，但其獨闢蹊徑的藝術勇氣以及詩歌所達到的藝術成就，都是值得欽佩和讚賞的。

第四節　韓愈對杜詩的繼承與發展

古典詩歌到盛唐，已發展到極盛時期：各種詩體已經完備，各種題材已得到了充分的描寫，各種風格也得到了淋漓盡致的表現。杜甫是盛唐詩歌的集大成者，他寫近體、古體與歌行，都是行家裏手。杜詩的韻律、結構、意境，無一不達到完美的地步。詩到杜甫以後，已經難乎爲繼了。如果古典詩歌繼續沿著盛唐的路子走下去，是不會越出王、孟、李、杜的藩籬，而寫出真正有藝術價值的作品，只會出現更多的毫無藝術生氣的優孟衣冠。如果另闢新徑，不但要有極大的藝術實踐的勇氣，要有超越前賢、凌轢今古的魄力，而且更重要的要有實實在在的藝術創新的本領。詩歌發展史表明，詩人只有不斷的藝術

創新，詩歌才會有新的發展。有出息的文學家，總是要在披荊斬棘開闢新的道路中，充分展示自己的藝術才華，而絕不甘心步人後塵的。在詩歌革新的道路上，杜甫早已作了許多有益的嘗試。韓愈的詩歌，則是在杜詩革新的基礎上，作了許多艱苦的探索與創造，使古典詩歌走上了一條「以文爲詩」的新路。

一

盛唐詩歌繼續發展，盛唐詩風向中唐詩風的轉變，是從杜甫開始的。羅宗強先生在《唐詩小史》中，將杜甫從盛唐詩壇劃出而列入轉折時期，不僅切合杜詩創作的實際，而且較清晰地勾畫出唐詩發展的歷史軌跡。雖然歷代詩論家幾乎無一例外地把杜詩劃到盛唐時期，然細檢杜集，盛唐詩人的詩中所極力表現的盛唐氣象，在杜甫詩中，已大大地淡化；盛唐詩人在詩歌上追求創造興象玲瓏的意境，在杜甫詩中已大大地減少；盛唐詩人在詩中表現的那種浪漫氣質，在杜詩中也幾乎泯滅殆盡。如果說盛唐詩歌充滿了青春的活力，顯現著活潑美麗的姿態，那麼杜詩則已有幾分蒼涼的氣息與老成持重的表現。這是因爲杜甫現存十分之九的詩歌，都是在安史之亂以後寫成的。而在安史之亂前的天寶年間，唐王朝已潛伏著種種令人不安的危機與矛盾。感覺銳敏的詩人，早已察覺到唐王朝出現由頂峰向下跌落的趨勢。因此，他心中不再是樂觀或盲目樂觀，他筆下不再是熱情的讚歌或悠揚的牧歌，而開始直面現實，作認真的冷靜的思索，其詩歌更多的是用史筆，對社會矛盾做出真實的描寫與揭露。與詩歌表現的內容相適應，在藝術上不再追求興象玲瓏的意境，而更側重於敘述描寫與議論，並與抒情緊密地結合起來，以期對複雜的現實做出真實而深刻的反映。於是詩風開始變化，這突出地表現在詩的賦筆的運用與散文化的表現。在杜詩中開始出現了散文句式、拗句以及詞序顛倒的現象，絕句的風格也在變化。在改變盛唐詩風上，已經邁出了新的一步。尋溯宋詩發展的源頭，杜詩是爲濫觴。韓愈以古文運動領袖的身份，在

大張旗鼓地革新散文的同時，也著意詩歌的革新，他在杜甫革新詩歌的基礎上，把詩歌的革新繼續向前推進，使其詩成爲唐詩到宋詩過渡的橋樑。在中國詩歌發展史上，寫下了頗爲重要的一頁。

古代詩論家，往往將韓詩與杜詩相提並論，稱爲杜、韓，這是因爲韓愈曾經向杜詩認眞學習並將杜詩藝術的某些方面作了發展的緣故。韓愈詩歌深受杜詩的影響，許多詩話裏都談過。其中要數趙翼的《甌北詩話》，談得最爲切要。他說：

> 韓昌黎生平，所心摹力追者，惟李杜二公。顧李、杜之前，未有李、杜；故二公才氣橫恣，別開生面，遂獨有千古。至昌黎時，李、杜已在前，縱極力變化，終不能再闢一徑。惟少陵奇險處，尚有可推擴，故一眼覷定，欲從此闢山開道，自成一家。此昌黎注意所在也。

他一針見血地挑明了韓愈向杜詩學習的訣竅。當然，奇險處只是韓愈向杜詩學習的最重要的一面，但卻不能說這是概括了全部。其實韓愈對杜詩的繼承與發展，至少應含以下三個方面：

其一，杜詩的奇險；

其二，杜詩的賦化傾向——詩的敘述描寫與議論；

其三，杜詩句式的創新與創格。

這三方面，杜甫或者涉筆成趣，偶一爲之；或在盛唐詩風的基礎上，略有改變；或雖爲創新探路，但卻僅僅是起步。其主觀上往往是自發的，在客觀上表現了詩的表現形式自然因革的趨勢。因此他的詩在略顯新奇中仍覺凝重渾融，自然協和。而韓詩在這幾方面不僅是有意爲之，而且在大刀闊斧地開闢一條新的「以文爲詩」的道路。這雖然令人佩服勇氣之可嘉，然終不免過於生澀奇險，甚至某些篇章令人不忍卒讀。雖然如此，韓愈畢竟是才氣橫溢的詩人，在他的大力提倡與實踐之下，險怪詩曾經風靡一時，而他也成爲詩歌史上別樹一幟影響深遠的大家。

二

　　奇險而至於怪誕，是韓愈詩的一大特點。今人稱之爲險怪詩派的領袖，是很有道理的。「險語破鬼膽，高詞媲皇墳」（《醉贈張秘書》），這是他作詩的重要信條之一。他稱讚孟郊說：「及其爲詩，劌目鉥心，刃迎縷解。鉤章棘句，掐擢胃腎。神施鬼設，間見層出。」（《貞曜先生墓誌銘》）這也可以看做他寫詩時的夫子自道。他寫詩時，總要搜腸刮肚，極力誇張形容，出現種種怪異之狀，令人骨悚神驚。其實，這是從杜詩那兒學來的。杜公云：「爲人性僻耽佳句，語不驚人死不休。」（《江上值水如海勢聊短述》）詩人爲了追求驚人之語，難免銘心刻骨，將其描寫對象，誇張形容到極致，做到令人驚心動魄的地步。形容慈恩寺塔之高，則云「七星在北戶，河漢聲西流」（《同諸公登慈恩寺塔》）。你看北斗七星就在北邊的窗口，而天河星不僅在流，而且發出水流的聲音。這就令人想到李賀著名的詩句：「天河夜轉漂回星，銀浦流雲學水聲。」（《天上謠》）這兩句詩，無疑是受到了杜詩的啓發。又如寫水漲之勢：「聲吹鬼神下，勢閱人代速」（《三川觀水漲二十韻》）；狀安史叛軍之暴橫慘烈：「川谷血橫流，豺狼沸相噬」（《送樊二十三侍御赴漢中判官》）；寫羌地猝遇戰爭之慌亂：「鳥驚出死樹，龍怒拔老湫。」（《送韋十六評事充同谷防禦判官》）杜甫詩集中這種驚險的詩句，比比皆是，不一而足。譬如：「盪胸生層雲，決眥入歸鳥」（《望嶽》）；「白摧朽骨龍虎死，黑入太陰雷雨垂」（《戲韋偃爲雙松圖歌》）；「仰干塞大明，俯入裂厚坤」（《木皮嶺》）；「徑摩穹蒼蟠，石與厚地裂」（《鐵堂峽》）；「扶桑西枝對斷石，弱水東影隨長流」（《白帝城最高樓》）；「反思前夜風雨急，乃是蒲城鬼神入。元氣淋漓障猶濕，眞宰上訴天應泣」（《奉先劉少府新畫山水障歌》）。總之，杜詩對客體的描寫，往往是寧過無不及的。他不是誇張到十二三分，而是誇張到極致；不是用常人的想像力，而是以超常人的藝術家的想像，遂成此格外驚險之奇句。這些詩句，或怪奇森立，出人意外；或冥思玄構，氣象聳絕。詩人

通過豐富的想像，很巧妙地把讀者導入一個超現實的藝術境界，再回頭反思現實生活中奇絕的景象，這樣看起來格外清晰，印象也更爲深刻。

對杜詩的奇險處，韓愈則緊緊盯住，鍥而不捨地追求。他企圖通過奇險景象的描寫，創造出超凡的詩的意境。所謂「搜奇抉怪，雕鏤文字」（《荊潭唱和詩序》），「不專一能，怪怪奇奇」（《送窮文》），「橫空盤硬語，妥帖力排奡」（《薦士》），雖然這些話大部分是讚揚朋友們的詩歌創作的，但確實表現了他審美觀點和對詩的藝術風格的追求。他一方面「象外逐幽好」（《薦士》），通過自己深刻的觀察力，發現自然和生活中的美；同時「文字覷天巧」（《答孟郊》），通過奇巧的文字表現，充分展示自然與生活中的美，並淋漓盡致地表現出來。他在《調張籍》中說：「我願生兩翅，捕逐出八荒。精誠忽交通，百怪入我腸。刺手拔鯨牙，舉瓢酌天漿。騰身跨汗漫，不著織女襄。」他在出八荒、跨汗漫的逐捕奇險怪特的事物中，使其詩歌完全以嶄新的面目與雄姿出現在讀者面前。這如同追逐時潮的小伙子，穿上了特製的奇裝異服，顯得格外精神，格外耀眼，以此引起人們的注目。他不但喜用誇張，喜歡把事物說到極致，使人震驚，而且想像之怪誕、思路之奇絕，不禁令人瞠目結舌。如寫天氣之炎熱則說：「自從五月困暑濕，如坐深甑遭烝炊。……倒身甘寢百疾愈，卻願天日恒炎曦」（《鄭群贈簟》）；狀寒酷則云：「啾啾窗間雀，不知已微纖；舉頭仰天鳴，所願晷刻淹。不如彈射死，卻得親炰燀」（《苦寒》）。前者形容天熱，想像之奇特已令人吃驚；後者寫檐前小雀受凍不堪，卻願被彈死湯煮火炙，狀天氣之酷寒，翻新見奇。寫遭遇風險，則云：「湖波翻日車，嶺石坼天罅」（《縣齋有懷》），波浪之大可以掀翻太陽神之車；嶺石之硬，直使青天坼裂有隙。狀詩力之豪健，則云：「鯨鵬相摩窣，兩舉快一啖」（《送無本師歸范陽》）；爲安慰孟郊失子之痛，則云：「鴟梟啄母腦，母死子始翻；蝮蛇生子時，坼裂腸與肝」（《孟東野失子》），他把動物生子繁衍說得如此可怕，

似乎朋友喪子反倒可慶；寫藤杖顏色之赤紅可愛，則云：「共傳滇神出水獻，赤龍拔鬚血淋漓；又云羲和操火鞭，暝到西極睡所遺」（《和虞部盧四汀酬翰林錢七徽赤藤杖歌》），說這根藤杖根本不是藤條做的，而是滇水之神從赤龍頷下拔下的一根血淋淋的鬍鬚；或是日御羲和遺下的一根火鞭。道士給他寄了點木耳，他表示感謝：「煩君自入華陽洞，直割乖龍左耳來」（《答道士寄樹雞》），想像是何等奇特。餘如「今朝蹋作瓊瑤跡，為有詩從鳳沼來」（《酬王十二舍人雪中見寄》）；「天昏地黑蚊龍移，雷驚電激雄雌隨。清泉百丈化為土，魚鱉枯死吁可悲」（《龍移》）；「男寒澀詩書，妻瘦剩腰襻」（《答孟郊》）；「浩態狂香昔未逢」（《芍藥》），都是刳腸掏腎之作。他有時一反常情，居然能把蝎子這種可憎可怕的毒蟲，寫得可喜：「昨來得京官，照壁喜見蝎」（《送文暢師北遊》）；寫與摯友久別重逢時回首華年相驚老大的深情厚誼，卻說：「我齒豁可鄙，君顏老可憎」（《送侯參謀赴河中幕》），用「可鄙」、「可憎」，愈見其親密無間。誠如歐陽修說的：「退之筆力，無施不可。……其資談笑，助諧謔，敘人情，狀物態，一寓於詩，而曲盡其妙。」〔註67〕

　　總之，韓愈曾極力向杜詩奇險處學習，並在杜詩寫怪奇現象的基礎上大大地拓展。從表現怪奇現象的數量之多、方面之廣，以及窮形盡相的描寫與形容方面，都大大地超越了杜甫。其描寫手段之工巧，表現手法之奇特，也是有過之而無不及的。他的詩歌可謂別有洞天，在詩歌領域內開闢了一個新的天地。韓愈不僅自己創造了一種險怪的風格，而且在他與友人孟郊的帶領下，形成了以他為首的險怪詩派，這派詩人還有盧仝、馬異、劉叉等，陣容較大，聲勢甚盛，在中國文學史上頗有影響。如果說這派詩人源遠流長的話，杜甫詩不過是源頭上的涓涓細流，而韓愈則推波助瀾，蔚為大觀，成為洶湧澎湃、波浪拍天的長河了。

〔註67〕何文煥輯：《歷代詩話》，第 272 頁，中華書局，1981。

三

　　詩歌的賦化傾向，是韓愈詩的另一突出特點。他「以文爲詩」，
鋪張揚厲地描寫，恣肆縱橫地議論，逞才縱筆地敘寫，使本來玲瓏剔
透凝煉和諧的詩歌幾成爲押韻的大賦，在聯句中表現尤爲突出。詩歌
的散文化現象，早在杜詩中已肇其端，而爲韓愈發揚光大，以致徹底
改變了盛唐詩風。

　　盛唐詩人，寫詩善用比興，詩歌興象玲瓏，感情率眞。讀其詩，
如飲美酒，醇美芳香，令人陶醉於極濃鬱的詩情畫意之中，不能自已。
然這種詩風，已被盛唐諸公發展到極致。猶如攀登高山已達頂峰，再
向前走，只好走下坡路了。而有作爲的詩人，在峰迴路轉的迷惘中，
自能審時度勢，認清前途，找出一條通達的康莊大道。在唐詩發展史
上，杜甫就是這樣有作爲的詩人，他堪當繼往開來的重任，以自己艱
辛的創作實踐，在詩歌史上留下濃墨重彩的一筆。當興象玲瓏的詩歌
發展到高潮的時候，杜甫則敏銳地抓住賦化這一特點，用賦化來改造
興象玲瓏的詩歌，給詩歌的表現手法，注入新的因素。賦化是詩歌表
現方法上一個大的轉折，它大大拓寬了詩的創作道路。眞可謂「山重
水複疑無路，柳暗花明又一村」了。

　　杜甫一反盛唐詩人只重抒情詩的觀點，開始寫較多以敘事爲主的
詩篇，著名的如「三吏」、「三別」、《羌村三首》、《兵車行》、《麗人行》
等，在敘事中又往往有生動眞實的描寫，譬如「態濃意遠淑且眞，肌
理細膩骨肉勻。繡羅衣裳照暮春，蹙金孔雀銀麒麟。頭上何所有？翠
微盍葉垂鬢唇；背後何所見？珠壓腰裉穩稱身」（《麗人行》），眞實地
表現了楊氏姊妹的奢華。在他的詩中，還較多地出現了相當精警的議
論。譬如：「君不見才士汲引難，恐懼棄捐忍羈旅」（《白絲行》）；「儒
術於我何有哉？孔丘盜跖俱塵埃。不須聞此意慘愴，生前相遇且銜杯」
（《醉時歌》）；「少壯幾時奈老何，向來哀樂何其多」（《渼陂行》），議
論中含慨嘆，感染著讀者的情緒。餘如《醉爲馬墜諸公攜酒來看》、《縛
雞行》、《貧交行》、《今夕行》等，都含有哲理性的議論。而其名篇《自

京赴奉先縣詠懷五百字》、《北征》、《壯遊》、《遣懷》等，則很典型地
融敘事、抒情、描寫、議論於一爐。既有脈絡清晰、層次井然的敘事，
又有感情沉鬱的抒情，且有畫龍點睛的議論，還有極爲生動的生活場
景的描寫，種種藝術表現手法薈萃，泱泱大觀，渾然一體。這不特大
大地增強了詩的藝術表現力，而且增加了詩的容量。杜甫還用散文體
寫詩，吳齊賢云：「有以文體作詩者，如劍南紀行《龍門閣》、《水會
渡》諸詩，湖南紀行《空靈峽》諸詩，用遊記體。如《贈王評事》『我
之曾老姑』一首，用傳體。如《八哀詩》八首，用銘碑墓誌體。如《北
征》、《壯遊》諸詩，用記體。」〔註68〕詩歌與散文的寫法，本來是分
道揚鑣的，然作爲文學創作，卻是互相影響滲透的，故二者都不免有
對方的因子存在。杜甫則有意識地在詩中吸取散文的某些表現手法，
如敘事、描寫、議論等，或以文體作詩，力圖在詩歌藝術表現上，創
出新的路子，這給韓愈的詩歌創作以極大的啓示，是韓愈「以文爲詩」
的先河。

　　韓愈沿著杜甫開創的詩的賦化道路向前邁進，他善於以古文章法
爲詩，把古文謀篇、布局、結構的方法，以及起承轉合的氣脈，貫徹
到詩歌創作裏。這與其說是對詩歌特點的大張旗鼓的破壞，毋寧說是
想對詩歌創作作一些改革和推進，從而增強詩的藝術表現力。如《八
月十五夜贈張功曹》就是「一篇古文章法。前敘，中間以正意、苦語、
重語作賓，避實法也。收應起，筆力轉換」。〔註69〕此詩用韻變化多
端，聲情配合極好，有一唱三嘆之妙，是韓愈「以文爲詩」成功的範
例。《山石》、《謁衡嶽廟遂宿嶽寺題門樓》、《石鼓歌》、《雉帶箭》等，
都用了散文的結構、章法與句式，寫得明白曉暢而又極有氣勢，也頗
有詩意。《南山》詩對終南山作了鋪張揚厲的描寫，一連用了五十一
個「或」字，狀山之形態可謂窮形盡相；《謝自然詩》中，竟有長達
三十六句的議論；《忽忽》、《嗟哉董生行》等，用散文的句式寫詩，

〔註68〕仇兆鰲：《杜詩詳注》，第2343頁，中華書局，1979。
〔註69〕錢仲聯：《韓昌黎詩繫年集釋》，第263頁，上海古籍出版社，1984。

特別是後者，散文化尤爲突出。對此，歷代詩論家有種種議論。陳師
道說：「退之以文爲詩。……雖極天下之工，要非本色。」〔註70〕潘
德輿說：「韓昌黎、蘇眉山皆以文爲詩，故詩筆健崛駿爽，而終非本
色。」〔註71〕沈括說：「退之詩，押韻之文耳。雖健美富贍，然終不
是詩。」〔註72〕他們站在盛唐詩的立場上，對韓愈詩的有意革新，作
了指斥與非難。葉燮則謂：「愈嘗自謂『陳言之務去』，想其時陳言之
爲禍，必有出於目不忍見、耳不堪聞者，使天下之人心思智慧，日腐
爛埋沒於陳言中，排之者比於救焚拯溺，可不力乎。」〔註73〕對韓詩
革新的文化背景，作了初步的探求。有的詩論家對韓愈的詩給予極高
的評價。彭邦疇云：「即太白之奇境別開，少陵之中峰獨峙，然皆有
門戶之可倚，涯徑之可尋。惟韓詩如高山喬嶽，無不包孕；洪波巨浸，
莫可端倪。局聲調者病其艱澀，蹈空虛者厭其精詳，故學詩難，讀韓
詩亦不易。」〔註74〕范獻之曰：「韓愈七言，氣勢盤空生硬，渾灝流
轉，貌似杜工部，而典麗矞皇，有清廟明堂氣象，當時詩人已奉之如
泰山北斗。」〔註75〕這樣吹捧，失之過當。平心而論，韓詩的賦化
傾向，有得有失。其得在於能發揮散文筆法的某些特長，對抒寫對
象作窮形盡相痛快淋漓的描寫，「情必極貌以寫物，辭必窮力而追
新」，〔註76〕使當時詩風爲之一變，開出宋詩一派。誠如葉燮所云：「唐
詩爲八代以來一大變，韓愈爲唐詩之一大變，其力大，其思雄，崛起
特爲鼻祖。宋之蘇、梅、歐、蘇、王、黃，皆愈爲之發其端，可謂極
盛。」〔註77〕其失在於很大程度上破壞了詩的含蓄、精警、凝煉的特

〔註70〕錢仲聯：《韓昌黎詩繫年集釋》，第 1326 頁，上海古籍出版社，1984。
〔註71〕郭紹虞：《清詩話續編》，第 2035 頁，上海古籍出版社，1983。
〔註72〕錢仲聯：《韓昌黎詩繫年集釋》，第 192 頁，上海古籍出版社，1984。
〔註73〕錢仲聯：《韓昌黎詩繫年集釋》，第 940 頁，上海古籍出版社，1984。
〔註74〕錢仲聯：《韓昌黎詩繫年集釋》，第 1350 頁，上海古籍出版社，1984。
〔註75〕吳文治：《韓愈資料匯編》，第 1643 頁，中華書局，1983。
〔註76〕范文瀾：《文心雕龍注》，第 67 頁，人民文學出版社，1958。
〔註77〕吳文治：《韓愈資料匯編》，第 940 頁，中華書局，1983。

點，使其意與語盡，文散意浮，詩的韻味也大大地減弱。誠如鍾嶸所云：「若但用賦體，則患在意浮。意浮則文散，嬉成流移，文無止泊，有蕪漫之累矣。」〔註78〕

四

詩格創新與句法創新，是韓愈詩的又一特色。這些創新，在杜詩中早肇其端而爲韓愈發揚並光大之。

所謂句法革新，包含兩方面的內容：一是顛倒詞的排列次序，二是句式結構有所變化，即改變句子停頓的位置。前者如杜詩《秋興八首》之八：「香稻啄餘鸚鵡粒，碧梧棲老鳳凰枝。」按其詩意詞序應爲：「鸚鵡啄餘香稻粒，鳳凰棲老碧梧枝。」其詞序顛倒是爲了突出香稻與碧梧。又如《陪鄭廣文遊何將軍山林十首》之五：「綠垂風折筍，紅綻雨肥梅。」詞序應爲：「風折筍垂綠，雨肥梅綻紅。」其詞序顛倒是爲了強調風雨中筍綠梅紅，給人以突出的印象。餘如「翠乾危棧竹，紅膩小湖蓮」（《寄岳州賈司馬六丈巴州嚴八使君兩閣老五十韻》）；「野流行地日，江入度山雲」（《江閣對雨有懷行營裴二端公》）；「人名江上草，隨意嶺頭雲」（《南楚》）等，都顛倒了詞的順序，從而使作者著意表現的事物得到了強調，並給讀者留下極深刻的印象。關於句式結構的變化，吳齊賢在《論杜》中有較詳的論述。他說：

> 文章句法參差，隨意易於見工。詩則束於五字七字中，而各有段落轉折，工巧之極，遂成自然，而非纂組雕繪之謂也。亦舉一二以概其餘。五字句，有五字一句者：「美名人不及，佳句法如何。」有上一字下四字者：「青惜峰巒過，黃知橘柚來。」有上二字下三字者：「晚涼看洗馬，森木亂鳴蟬。」有上三字下二字者：「夜郎溪日暖，白帝峽風寒。」有上四字下一字者：「風連西極動，月過北庭寒。」……七

〔註78〕曹旭：《詩品集注》，第45頁，上海古籍出版社，1994。

字句，有七字一句者：「豈有文章驚海內，漫勞車馬駐江干。」
有上一字下六字者：「松浮欲盡不盡雲，江動將崩未崩石。」
有上二字下五字者：「朝罷香煙攜滿袖，詩成珠雨在揮毫。」
有上三下四者：「漁人網集寒潭下，估客舟隨反照來。」有
上四字下三字者：「香飄合殿春風轉，花覆千官淑景移。」
有上五字下二字者：「五更鼓角聲悲壯，三峽星河影動搖。」
〔註79〕

　　五言詩常見的句式是上二字下三字，七言詩常見的句式是上四字
下三字，這是句式的正格，其餘則爲變格。上引吳齊賢《論杜》的舉
例，杜詩句式變格之繁多，的爲罕見。他努力打破句式的定格，這些
大大地增強了詩的藝術表現力。

　　杜甫還以虛字入詩，在他的詩中還出現了較多散文化的句式。譬
如：「重爲告曰：杖兮杖兮，爾之生也甚正直，愼勿見水蹴躍學變化
爲龍！使我不得爾之扶持，滅跡於君山湖上之青峰」（《桃竹杖引贈章
留後》）；「觀乎舂陵作，欻見俊哲情。復覽賊退篇，結也實國楨」（《同
元使君舂陵行》）；「杖藜嘆世者誰子」（《白帝城最高樓》）；「去矣英雄
事，荒哉割據心」（《峽口兩首》）；「古人稱逝矣，吾道卜終焉」（《寄
岳州賈司馬六丈巴州嚴八使君兩閣老五十韻》）；「梓中豪俊大者誰」
（《相從行贈嚴二別駕》），都是典型的散文句式。這些散文句式的出
現，促進了詩的散文化。

　　另外，杜甫在有些詩中有意重複，藉以渲染氛圍，遂產生了一種
特殊的藝術效果。譬如：「熊羆咆我東，虎豹號我西。我後鬼長嘯，
我前狨又啼」（《石龕》）；「西川有杜鵑，東川無杜鵑。涪萬無杜鵑，
雲安有杜鵑」（《杜鵑》）。前者一再重覆「我」字，極力突現我的危險
處境；後者重覆地描寫，詩人拙中示巧。這種有意識的重覆，使詩的
格調發生了變化。

〔註79〕仇兆鰲：《杜詩詳注》，第2344頁，中華書局，1979。

　　杜甫在詩的句法創新方面，貢獻是很突出的。其形式之新穎、花樣之繁多，都是空前的。這對有志於詩的革新、主張務去陳言、善於戛戛獨創的韓愈，又是一大啓示。他緊步杜公的後塵，在詩的句法方面，向杜甫學習，努力打破詩句的定式。譬如《春雪》：「入鏡鸞窺沼，行天馬度橋！」其詞序應爲：「鸞窺沼入鏡，馬度橋行天。」意謂鸞窺沼如入鏡，馬度橋則如行天！這兩句狀景奇確，巧於裝點，的是名句。五言詩有上一字下四字者，如：「千以高山遮，萬以遠水隔」（《路傍堠》），趙翼讚揚說：「此創句之佳者」。〔註 80〕又如「時天晦大雪」（《南山》），「事不待說委」（《瀧吏》），均是。有上三字下二字句式：「官隨名共美，花與思俱新」（《和席八十二韻》）。七言詩有上三字下四字的：「雖欲悔舌不可捫」（《陸渾山火一首和皇甫湜用其韻》）；「子去矣時若發機」（《送區弘南歸》）。還有一三三句式：「命黑魖偵焚其元」（《陸渾山火一首和皇甫湜用其韻》）；「或采於薄漁於磯」（《送區弘南歸》）。韓愈詩中還有許多散文句式，如：「乃一龍一豬」（《符讀書城南》）；「顧未知之耳」（《嘲魯連》）；「無日既蹙矣」（《古風》）；「溺厥邑囚之昆侖」（《陸渾山火一首和皇甫湜用其韻》）。可見他在打破古典詩句的定式方面，作了很大的努力。如果韓愈僅僅在句式上要點花樣，那也未跳出杜詩的藩籬，充其量也不過是杜甫第二，就不成其爲韓愈了。才氣恢宏的韓愈，要鬥險出奇，大量的虛詞入詩，大量的散文句式，押險韻，以虛字入韻，無怪不生，無奇不有，氣勢恢張，語句杈枒。如《城南聯句》、《贈崔立之評事》、《贈張籍》等，都是鬥險出奇之作。誠如趙翼所云：「至昌黎又斬新開闢，務爲前人所未有。如《南山》詩內鋪列春夏秋冬四時之景；《月蝕詩》鋪列東西南北四方之神；《譴瘧鬼》詩內歷數醫師灸師詛師符師是也。又如《南山》詩連用數十『或』字；《雙鳥詩》連用『不停兩鳥鳴』四句；《雜詩》四首內一首連用五『鳴』字；《贈別元十八》詩連用四『何』

〔註 80〕吳文治：《韓愈資料匯編》，第 1317 頁，中華書局，1983。

字；皆有意出奇，另增一格。《答張徹》五律一首，自起至結，句句對偶，又全用拗體，轉覺生峭，此則創體之最佳者。」〔註81〕他在詩的創格創體方面，有著突出的貢獻。他的創格創體以及以才學爲詩，對宋詩有極深的影響。

五

綜上所述，我們可以得出以下結論：

首先，杜甫詩中的賦化現象與某些怪奇的表現以及句式的創新，在扭轉與改變盛唐詩風上，邁出了新的一步。儘管步子很小，步履蹣跚，甚至在很大程度上可以說還處於自發階段，這卻給有志於詩歌革新的韓愈以極大的啓示，並開宋詩的先河。宋之梅堯臣、歐陽修、王安石、蘇軾、黃庭堅等著名詩人，都是遠紹杜甫而近承韓愈的。而他在句式的創新方面，對宋詩尤其是江西詩派，影響是超過韓愈的。與杜甫並稱在創作成就上和他旗鼓相當的李白，在詩歌史上的影響遠不及杜甫那樣深遠，雖然其原因是多方面的，然杜詩是宋詩的源頭，這不能說不是其中的重要原因之一，而這一點往往爲唐詩研究者所忽略。韓愈是中唐大力改變詩風的一位偉大詩人，他學習並繼承了杜詩中賦化現象與怪奇的表現，又從而光大之，擴張之，大張旗鼓，雷厲風行，終於闖出了「以文爲詩」的詩歌創作的新路子。在唐詩轉向宋詩中，起了極關鍵的作用，使中國古典詩歌繼續健康地向前發展。唐詩宋詩，雙峰對峙，二水分流。宋以後之詩歌創作，或崇唐，或尊宋，均未超越唐宋詩的藩籬。可見宋詩衣被之廣、影響之大，而杜、韓對宋詩形成上影響深遠，其功績難以抹殺。雖然作爲詩歌革新的某些試驗品，韓愈的一些詩，如《南山》、《嗟哉董生行》、《謝自然詩》、《齪齪》等，我是不敢恭維的，讀者也是不大喜歡的。因爲他在破壞舊的詩歌體制中，尚未建立起成功的令人仰止的新的詩歌體，因此難免出

〔註81〕吳文治：《韓愈資料匯編》，第 1316 頁，中華書局，1983。

現一些失敗之作，但其開創之功不可泯滅，他大刀闊斧的革新精神與勇氣，是很值得我們欽佩的。而像《山石》、《石鼓歌》、《八月十五夜贈張功曹》、《雉帶箭》、《謁衡嶽廟遂宿嶽寺題門樓》等，這些明白曉暢、痛快淋漓的詩歌，也無疑對宋詩起了某種示範作用，其影響確實是十分深遠的。

其次，韓詩之奇崛與「以文為詩」是別開生面的，以他為首的險怪詩派，曾以摧枯拉朽之勢糾正了大曆平弱詩風，在百花爭艷的中唐詩壇，別樹一幟，格外耀眼。晚唐著名的詩論家司空圖是盛唐詩風的擁護者與崇拜者，他主張寫詩要有詩味，推崇「不著一字，盡得風流」〔註82〕的詩歌意境，然對與盛唐詩風背道而馳的韓詩卻不勝欽佩。他說：「嘗觀韓吏部歌詩累百首，其驅駕氣勢，如掀雷揭電，奔騰於天地之間，物狀奇變，不得不鼓舞而徇其呼吸也。」〔註83〕這固然表現了司空圖理論家的風度，能以客觀事實為依據，而不以個人審美情趣的好惡作準繩，然也說明了韓愈氣魄之大，影響之深遠。杜甫詩的詩意是十分濃鬱的，其詩中出現的怪奇現象與賦化現象，是為了更好地表現客觀事物，表現詩人對客觀事物的濃烈感情。換句話說，他是為了寫好詩而出現了某些怪奇現象，而非有意識地追求怪奇以炫人耳目；他詩中雖然有較嚴重的賦化現象出現，然其語言、節奏、韻律仍然是詩的，他寫詩的基調是遵循詩的規律而不是散文的，故說到底仍是詩人之詩。韓愈詩中的怪奇現象，大部分是有意識的追求，有意識的創造，有意識的標新立異，並以散文的句式、章法、結構寫詩，以此闖出一條非詩之詩的路子，也就是「以文為詩」了。如果以哲學上的量變質變為喻，在改變盛唐詩風上，杜甫詩只是在發生著量變作用，而韓愈的某些詩篇，已起了質的飛躍了。因此，韓愈詩的創作成

〔註82〕郭紹虞：《中國歷代文論選》第二冊，第205頁，上海古籍出版社，1979。
〔註83〕郭紹虞：《中國歷代文論選》第二冊，第217頁，上海古籍出版社，1979。

就，雖然遠遜杜甫，但在扭轉與改變詩風上的作用，卻是遠遠超過了杜甫的。宋人器重韓詩，並以杜、韓並提，其奧秘或即在此。

第五節 杜詩對李賀詩風的影響

詩人李賀在中國文學史上堪稱奇才，其詩幽麗詭譎、虛荒誕幻，也是絕無僅有的。論者在驚嘆這位早熟的天才詩人詩歌奇特幽渺之餘，不免要探究其詩歌的淵源所自。其詩遠紹屈騷，中承齊梁，近學李杜，對前代文學遺產與自己性情之近者，兼收並蓄，熔鑄創造，形成並世無雙、古今罕見的獨特詩風。關於他受《楚辭》與齊梁詩風的影響，學者每有論述，茲不贅述。而其詩與杜甫之淵源關係，則很少有人論及。要之，只提《感諷五首》其一、《老夫採玉歌》、《黃家洞》等深刻揭露現實的詩篇受杜詩「三吏」、「三別」、《兵車行》、《麗人行》諸詩寫實的影響。誠然，李賀這幾首詩，的確受了杜甫詩歌的深刻影響，但這僅僅是一個極小的表層問題，是可一眼看穿的，根本用不著研究者探幽索隱、尋求其詩歌的淵源與發展軌跡。就創作方法而言，這類詩也非李賀詩歌的主流。而李賀受杜詩的影響，絕非一端。其主導風格的形成，受杜詩影響甚深，這是可以斷言的。

談到李賀受杜詩的影響，早在宋代，洪邁在《容齋續筆》中就曾經指出：

> 李長吉有《羅浮山人》詩云：「欲剪湘中一尺天，吳娥莫道吳刀澀。」正用杜老《題王宰畫山川圖歌》：「焉得并州快剪刀，剪取吳淞半江水」之句。長吉非蹈襲人後者，疑亦偶同，不失自爲好語也。〔註84〕

洪邁所論李賀兩句詩與杜甫兩句詩的意象、修辭都十分相似，蹈襲也罷，偶同也罷，卻的確是好詩。李賀這兩句詩是《羅浮山父與葛篇》中的警句，置於全詩中也是渾成的，若謂仿效學習，也可算取神遺貌

〔註84〕吳企明：《李賀資料匯編》，第 34 頁，中華書局，1994。

的了。然這一成功，只是個枝節問題，並未影響到李賀的整個詩風，可以置而不論。

　　竊以爲杜詩對李賀詩風形成的影響，不在人們常說的杜甫的現實主義詩歌對李賀詩歌創作的某些啓示，也不在個別詩句的脫胎或承襲，而在於杜甫部分詩歌濃鬱的浪漫主義色彩與情調，對李賀詩風的形成有著直接而深刻的影響，這個影響對李賀詩歌帶有整體的根本的性質，這才是問題的關鍵。而這一要害問題，恰恰被當代詩論家所忽視。因此，有必要就這一問題作些探討。其實，古代有眼光的詩論家，早就注意到這一點，並且作過一些剴切的論述，只是沒有引起今人的注意罷了。在論及李賀對杜詩的繼承時，清人錢謙益云：「盤空排奡，橫縱潏詭，非得杜之一枝乎」，〔註85〕這才抓住了李賀詩歌受杜詩影響的要害，揭示了問題的實質，對我們研究李賀詩的淵源，有著深刻的啓示。「盤空排奡，橫縱潏詭」的詩篇，在杜甫詩集中時或有之，然僅爲其詩歌創作的一枝一葉，不足以概括其創作的整個風貌，只有到了李賀手中，這種詩風才蔚爲大觀，並成爲其詩的主幹與基石，其「橫縱潏詭」，尤爲特出。可以說「橫縱潏詭」是打在李賀詩歌風格上的一個明顯的印章，是其詩千年不朽的重要因。而這一風格的形成，卻受杜詩的影響甚深。杜甫詩集中那些帶有詭譎色調的詩篇，是李賀整個詩風的先導。眾所周知，詩家變化，盛唐已極，盛唐以後，我國的古典詩歌已發展到難以爲繼的局面。如果後來的詩人繼續沿著盛唐詩人的創作路子走下去，則很難有生氣勃勃的創新，只能是優孟衣冠，所寫詩歌或剪彩爲花，徒有其表罷了，哪裏還會出現香氣撲鼻的詩的鮮艷花朵呢？然而有出息的文學家，絕不願拜倒在前人的腳下，也不甘襲前人的成規而裹足不前，他們總是以大無畏的精神，鼓足獨創的勇氣，別出心裁，另闢蹊徑，走出藝術創作的新路子，前無古人而自成一家的。然藝術創新並非憑空創造，而要有所憑借，其於

〔註85〕吳企明：《李賀資料匯編》，第 224 頁，中華書局，1994。

藝術境界的創新，則往往將前代文學家偶一爲之而又富於藝術活力並有開拓餘裕的東西，推而廣之，擴而大之，突出地發展這一特點，使涓涓細流，成巨大波瀾，從而打開一個全新的局面，並形成自己獨特的詩風，這種情況，在中國文學史上是不乏其例的。趙翼評韓愈詩云：「至昌黎時，李杜已在前，縱極力變化，終不能再闢一徑。惟少陵奇險處，尚有可推擴，故一眼覷定，欲從此闢山開道，自成一家。此昌黎注意所在也。」〔註86〕這一段話，相當精闢地指出中唐詩人在詩歌創作上的苦衷，也挑明他們對盛唐詩歌發展的訣竅與秘密，故雖評韓詩，卻有著普遍的意義。因此，若將「奇險」換成「詭譎」，將昌黎換成李賀，以之論李賀對杜詩的繼承與發展，也是十分確切的。這是因爲杜甫是古典詩歌的集大成者，後代的詩人很難跳出其詩歌創作的藩籬，只能就其某一特點突出、擴大，以至發展到極致，從而形成新的可稱一家的詩風。李賀一眼覷定杜詩中偶然出現的怪奇之象、詭譎之境，發展擴大，熔鑄創造，從而自成一家的。對此，茲分兩層論述。

　　第一，杜甫詩中多次出現的鬼的意象，對李賀詩歌有很大的影響。談到李賀詩的譎詭，人們首先想到李賀詩中出現了眾多的頗爲生動的鬼的形象。對鬼的形象與意象的突出描寫，使李賀詩歌蒙上了一層頗爲濃鬱的誕幻譎詭的色調。前人評李賀詩，往往喜歡與李白比較。宋祁說：「太白仙才，長吉鬼才。」〔註87〕嚴羽謂：「人言太白仙才，長吉鬼才，不然；太白天仙之詞，長吉鬼仙之詞耳。」〔註88〕宋祁與嚴羽的立論點有所不同，他就詩人的創作才能而言，嚴羽則就詩而言。合而論之，所謂「鬼才」、「鬼仙之詞」是對「仙才」、「天仙之詞」相較而言的，言李白、李賀寫詩的構思鍛意以及詩的境界都非常人所及，所不同者仙才飄逸而鬼才詭譎，白詩超凡而賀詩幽深。也可以說，「鬼才」是形容李賀寫詩構思奇特、雲譎波詭、變幻無常，而

〔註86〕錢仲聯：《韓昌黎詩繫年集釋》，第1313頁，上海古籍出版社，1984。
〔註87〕葉蔥奇編訂：《李賀詩集》，第361頁，人民文學出版社，1959。
〔註88〕葉蔥奇編訂：《李賀詩集》，第361頁，人民文學出版社，1959。

詩意虛荒誕幻、愛寫陰森恐怖的境界，尤喜談鬼，在詩裏出現了眾多的鬼的形象，這是詩論家稱其「鬼才」、「鬼仙之詞」的重要原因。因此，李賀詩藝術境界誕幻之一，是對鬼蜮形象的描寫。

打開李賀詩集，其中談鬼者比比皆是。如「海神山鬼來座中」（《神弦》）、「耕人牛做征人鬼」（《白虎行》）、「願攜漢戟招書鬼」（《綠章封事》）、「千歲石牀啼鬼工」（《羅浮山父與葛篇》）、「呼星召鬼歃杯盤」（《神弦》）。就鬼來說，這裏有山鬼、征人鬼、書鬼、鬼工。不特有鬼，還可以「呼星召鬼」。在人世間不僅有鬼的存在，而且還活靈活現，生動異常。「嗷嗷鬼母秋郊哭」（《春坊正字劍子歌》）、「鬼哭復何益」（《漢唐姬飲酒歌》）、「秋墳鬼唱鮑家詩」（《秋來》）、「鬼雨灑空草」（《感諷五首》其三）、「鬼燈如漆點松花」（《南山田中行》）。李賀筆下的鬼，不特可哭、可唱，有著極豐富的感情世界，而且還有「鬼雨」、「鬼燈」，事事物物都帶有鬼的色彩，簡直是一個鬼蜮橫行的世界。「百年老鴞成木魅，笑聲碧火巢中起」（《神弦曲》），妖魔鬼怪是何等的猖獗！對於鬼的形象的描寫，在中國古代浪漫主義詩歌中，有其優秀的傳統。屈原《九歌》中的《山鬼》、《國殤》等篇，都是寫鬼的形象的，這對李賀的詩歌創作，無疑有著深刻的影響。施補華謂：「李長吉七古，雖幽僻多鬼氣，其源實自《楚辭》來，哀艷荒怪之語，殊不可廢。」〔註89〕因此，杜牧稱之爲「騷之苗裔」。而在唐代，作爲李賀父執的杜甫，在詩中多次寫鬼，這對李賀的詩歌創作，有著直接的影響。杜甫與李賀的父親李晉肅曾有過親密的交往，他有《公安送李二十九弟晉肅入蜀余下沔鄂》，詩云：「正解柴桑纜，仍看蜀道行。樯烏相背發，寒雁一行鳴。南紀連銅柱，西江接錦城。憑將百錢卜，飄泊問君平。」李晉肅別杜甫二十年後始生賀，則晉肅當在三十歲左右。又杜稱弟，可見杜甫與李晉肅關係密邇。雖然杜甫死後二十年始生賀，然甫爲李賀父執，他寫的有關鬼的形象的詩，對李賀肯定是有影響的。杜甫寫

〔註89〕吳企明：《李賀資料匯編》，第374頁，中華書局，1994。

鬼的形象的詩有「山鬼迷春行」(《祠南夕望》)、「山鬼吹燈滅」(《移居長安山館》)、「臥病識山鬼」(《奉酬薛十二丈判官見贈》)、「山鬼獨一腳」(《有懷台州鄭十八司戶》)、「戰哭多新鬼」(《對雪》)」、「鬼妾與鬼母」(《草堂》)、「魑魅喜人過」(《天末懷李白》)、「轉石驚魑魅」(《自閬領妻子卻赴蜀山行三首》之三，這裏有山鬼、鬼妾、鬼母、魑魅等，可見杜甫和李賀都喜歡寫鬼。在他們的詩中，出現了眾多的鬼的形象，由此形成譎詭誕幻的詩境，造成了陰森恐怖的氣氛。如此等等，李賀都受了杜甫深刻的影響，而在寫鬼的形象方面，李賀與杜甫相較，卻大有青出於藍而勝於藍之勢，然同樣是寫鬼，卻有很大的不同，甚而有質的區別。同是寫鬼，杜甫以敘事的筆法往往一筆帶過，其實是爲了寫一種淒清冷幽的環境，抒發心中的鬱悶與不平，並非相信眞的有鬼存在，讀者也不以眞鬼視之，因此，詩的境界淒涼陰暗而不恐怖。李賀是唯物主義者，從他的心底壓根兒是不相信有鬼的。他寫鬼，實際是對現實中鬼蜮橫行的嚴肅批判。他以浪漫主義的筆法，寫了妖魔鬼怪的種種活動，並通過氛圍的渲染與烘托，將鬼寫得活靈活現，直可呼之欲出，鬼的形象更加鮮明生動，甚而把神靈掃妖除怪、福佑人民的活動也寫得有些恐怖，詩境更加陰森幽冷，給讀者精神上以沉壓之感。如《感諷五首》其三、《南山田中行》、《蘇小小墓》等，都寫得冷幽淒清，陰氣逼人。第二，就以寫鬼的形象而言，杜甫寫鬼的詩篇中僅有一句或數句寫鬼，未嘗有通篇寫鬼者，因此，詩中的寫鬼部分，只是增加了詩的悲涼陰冷的氣氛，而不在於塑造完整的鬼的形象。甚至，他筆下的山鬼、魑魅等，只是鬼怪的別名或抽象的概念與意象。李賀寫鬼的詩，則往往是通篇寫鬼的活動，如《神弦》、《神弦曲》、《蘇小小墓》，鬼的形象十分生動，因而也更爲陰森恐怖。也可以說，杜甫詩中偶然有鬼的意象出現，而李賀詩中出現的則是經過特意描寫的生動的鬼的形象。因此，我們認爲李賀詩雖然受到了杜詩寫鬼的啓發，但經過他創造性的學習，已發生了質的飛躍，並有了本質的區別。無論是鬼的意象與形象，都是現實生活的折射與反照。因此，這種鬼的

龍伯國人罷釣鰲，芮公回首顏色勞，

分閒救世用賢豪！

　　　　　　——《荊南兵馬使太常卿趙公大食刀歌》

此時驪龍亦吐珠，馮夷擊鼓群龍趨。

湘妃漢女出歌舞，金枝翠旗光有無。

咫尺但愁雷雨至，蒼茫不曉神靈意。

　　　　　　　　　　　　——《渼陂行》

　　讀了以上諸詩，我們再讀李賀《綠章封事》、《秋來》、《帝子歌》、《李夫人》、《湘妃》等詩，其神情風調、譎詭多變，何其相似乃爾！如果我們事先不知道《後苦寒行》等詩是杜甫所作，我們就可能誤以爲是李賀或其追隨者所作，因爲這些詩太像李賀的詩了。不言而喻，李賀曾經認眞地學習過杜甫這類詩歌，並受其深刻的影響。餘如《玄都壇歌》的「屋前太古玄都壇，青石漠漠常風寒。子規夜啼山竹裂，王母晝下雲旗翻」，《虎牙行》的「秋風欻吸吹南國，天地慘慘無顏色。洞庭揚波江河回，虎牙銅柱皆傾側。巫峽陰岑朔漠氣，峰巒窈窕溪谷黑。杜鵑不來猿狖寒，山鬼幽陰霜雪逼。」《送孔巢父謝病歸遊江東兼呈李白》的「深山大澤龍蛇遠，春寒野陰風景暮。蓬萊織女回雲車，指點虛無是征路」，都有神似李賀詩歌之處。可見李賀詩歌受杜詩影響之深。以上所舉諸例，杜甫詩只是某些歌行詩中的摘句，而李賀諸詩的全篇情調都是這樣，這是李賀詩不同於杜甫某些詩的地方。惟其如此，李賀詩才有不同於杜詩的獨立品格，獨特的風貌，而絕非杜詩的附庸。李賀學習杜詩，並非依葫蘆畫瓢，而是得其神髓並有所發展。比起杜詩來，李賀詩境似更爲幽淒、陰冷，讀來更多幽渺之感。可以說，李賀將杜詩中可以發展並茁壯成長的枝葉，經過辛勤的培植，形成自己詩的主導風格，誠如前人所云：「其創作之體，亦不外就李、杜之一體而擴充之耳！」〔註91〕「長吉、義山，亦致力於杜詩者甚深，

────────────

〔註91〕陳治國：《李賀研究資料》，第113頁，北京師範大學出版社，1983。

而後變體。其集俱在，可考也。」〔註92〕杜詩博大精深，地負海涵，其影響於李賀詩者，絕非一端。而李賀詩風格之譎詭，則是重要的一點。當然，李賀詩自成一體，所謂「於李、杜後別開一境爲李賀」，〔註93〕他不爲集大成的杜詩所範圍，卓然有以自立，這是他詩歌的偉大之處，也是他的成功之處。

詩是語言的藝術，古今中外的詩人，對於詩的語言的推敲錘煉，都是下過一番功夫的。詩聖杜甫在詩的語言上精思殫慮，其追求之認真執著是十分驚人的。他說：「爲人性僻耽佳句，語不驚人死不休」（《江上值水如海勢聊短述》）；「晚節漸於詩律細」（《遣悶戲呈路十九曹長》）；「新詩改罷自長吟」（《解悶十二首》其七）。他爲了詩律的諧和與意境的醇美，對於詩句反覆地推敲錘煉，這種在詩的語言與藝術技巧上精益求精的態度，爲後代詩人樹立了光輝的典範。李賀也是以錘煉詩句著稱的，他讚揚韓愈「筆補造化天無功」（《高軒過》），「筆補造化」又何嘗不是他的藝術追求呢？他經常尋章琢句，辛苦吟哦，夜深不寐。「尋章摘句老雕蟲，曉月當簾掛玉弓」（《南國十三首》其六），這是他苦吟的寫照。「咽咽學楚吟，病骨傷幽素」（《傷心行》），他刻苦學習詩藝，以致百病纏身，體格孱弱。李賀詩的研究者對他錘煉詩的語言作了許多精闢的論述。王琦云：「長吉下筆，務爲勁拔，不屑作經人道過語。」〔註94〕黎簡稱讚說：「從來琢句之妙無有過於長吉者。」〔註95〕葉衍蘭謂：「李長吉詩如鏤玉雕瓊，無一字不經百煉，眞嘔心而出者也。」〔註96〕方拱乾謂：「直欲窮人以所不能言，並欲窮人以所不能解。」〔註97〕在詩意精警的苦心追求上，在嘔心瀝血的錘字煉句上，李賀都受到杜甫的深刻影響，而且在認真程度上比

〔註92〕吳企明：《李賀資料匯編》，第289頁，中華書局，1994。
〔註93〕陳治國：《李賀研究資料》，第113頁，北京師範大學出版社，1983。
〔註94〕王琦等：《李賀詩歌集注》，第1頁，上海古籍出版社，1977。
〔註95〕葉蔥奇編訂：《李賀詩集》，第368頁，人民文學出版社，1959。
〔註96〕葉蔥奇編訂：《李賀詩集》，第368頁，人民文學出版社，1959。
〔註97〕葉蔥奇編訂：《李賀詩集》，第366頁，人民文學出版社，1959。

起杜甫有過之而無不及。然而同樣是對詩句的錘煉，李賀與杜甫卻有很大的差異：杜甫對詩句的錘煉，其孜孜以求的是對現實生活的細緻描寫、對客觀境界的精確表達，從而使主觀感情得到眞實的表現。「細雨魚兒出，微風燕子斜」（《水檻遣興》）、「曉看紅濕處，花重錦官城」（《春夜喜雨》），詩人觀察細緻入微，詩裏顯示了體物之妙。「劍外忽傳收薊北，初聞啼淚滿衣裳。卻看妻子愁何在？漫卷詩書喜欲狂」（《聞官軍收復河南河北》），表達了詩人當時眞實的感情。《北征》中對子女衣著、感情的細緻生動的細節描寫，《贈衛八處士》寫在老友家一宿的情景，都在於表現情境的眞實。如此等等，都說明杜甫對詩句的精心推敲與錘煉，是以對現實生活的準確表現爲鵠的的。李賀對詩句的錘煉，不在於對現實生活的精細表現，而在於表現的奇特新異。因此，他寫詩時「思接千載」、「神遊萬里」，神魂馳騁於天地宇宙之間，發揮了極豐富的想像力。「羲和敲日玻璃聲」（《秦王飲酒》），太陽可敲，而且敲時發出像玻璃碰撞的聲音，簡直不可思議！「憶君清淚如鉛水」（《金銅仙人辭漢歌》），銅人不僅可以「憶君」，而且因憶君流出鉛水般的眼淚，想像力何等豐富、奇特！又如「天河夜轉漂回星，銀浦流雲學水聲」（《天上謠》），「山頭老桂吹古香，雌龍怨吟寒水光」（《帝子歌》），如此等等，眞虧他想得出。《李憑箜篌引》對於李憑絕技的形容，《聽穎師彈琴歌》對穎師彈琴時聲音的描摹，都發揮了海闊天空般的想像力。故梁啓超云：「浪漫派文學，總是想像力愈豐富奇詭便愈見精彩……李長吉也稱浪漫派的別動隊。他的詩字字句句都經過千錘百煉。但他的特別技能不僅在字句的錘煉，實在想像力的錘煉。」〔註98〕「想像力的錘煉」，是李賀詩歌創作的重要特色。當然，作爲詩歌創作，如沒有想像力，就不可能寫出好詩。同是要求想像力，浪漫主義詩人與現實主義詩人卻有很大的不同，浪漫主義詩人想像力直如天馬行空，縱收無常，不受拘檢，似無規律可循。李賀詩那種鑿

〔註98〕陳治國：《李賀研究資料》，第 101 頁，北京師範大學出版社，1983。

險追幽、「筆補造化」的詩篇，想像奇特而語多獨造，典型地表現出浪漫主義詩人想像力的特色。他又善用比興，使「詞旨多寓篇外」。〔註99〕現實主義詩人的想像，則依循一定的規律，要求做到曲盡物理而淋漓盡致。杜甫在詩中曾經談過詩人的想像力：「思飄雲物外，律中鬼神驚。毫髮無遺憾，波瀾獨老成」（《敬贈鄭諫議十韻》），這不特強調了藝術想像力，而且要求藝術想像力能「律中」，應遵循詩的創作規律，字斟句酌結構謀篇都能窮形盡相而委曲盡致，從而做到「毫髮無遺憾」。杜甫正是這樣做的，因而其詩才得到「冥思玄構，矯如飛龍」的讚譽。〔註100〕總之，杜甫對詩的字句的推敲錘煉，是遵循現實主義創作原則的；李賀對詩的字句的錘煉推敲，是以浪漫主義創作方法爲準繩的。方法雖異，然對詩的精確、生動、絕妙表現的執著追求，對詩歌創作的極爲嚴肅認眞的態度，卻是一致的。然李賀對詩句的錘煉未免過甚，因此受到詩論家尖銳的批評：「老杜詩，凡一篇皆工拙相半，古人文章類如此……使其皆工，則峭急無古氣，如李賀之流是也。」〔註101〕「李長吉詩字字句句欲傳世，顧過於劌鉥，無天眞自然之趣。」〔註102〕可謂中的之言。

綜上所述，杜甫詩中對於鬼的意象的描寫，對於譎詭情調的追求以及對詩句的精心錘煉，對李賀詩的主導風格的形成，都有著深刻的影響。當然，李賀也廣泛地學習並繼承了中國優秀的文學遺產，學《離騷》，學李白，學韓愈，博采眾長，兼收並蓄，師出多門而非專師杜甫。然杜甫是著李賀詩歌最有影響的詩人之一，這是可以斷言的。

第六節　杜甫與李商隱的七言律詩

在異常燦爛的中國詩歌史上，如果說杜甫第一個完成了七言律

〔註99〕吳企明：《李賀資料匯編》，第 266 頁，中華書局，1994。
〔註100〕仇兆鰲：《杜詩詳注》，第 2341 頁，中華書局，1979。
〔註101〕仇兆鰲：《杜詩詳注》，第 2321 頁，中華書局，1979。
〔註102〕葉蔥奇編訂：《李賀詩集》，第 363 頁，人民文學出版社，1959。

詩的定式，並把它推向巍峨的高峰，那麼，李商隱的七言律詩，則
是充分繼承與發展了杜甫在七言律詩上的藝術成就，達到了另一個
光輝的峰巔。兩人的七言律詩前後相映，光焰萬丈，輝照千秋，共
同顯現著有唐一代七言律詩高度的藝術水平。然而對於李商隱的七
言律詩的評價，文學史家往往強調其受杜甫影響的一面，而對他在
七言律詩上的發展與創新，則估價不足。杜甫被歷代文人尊爲「詩
聖」，其詩號爲「詩史」，他的七言律詩，尤其精絕，達到了難以企
及的高度，成爲歷代詩人學習的範本。因此，文學史家對李商隱的
七律強調其受杜詩的深刻影響，似乎要抬高李商隱，或者說想給予
較高的評價。其實，恰恰相反，這樣的評價實際是把李商隱的七律
創作，完全置於杜詩屬國的地位，這就有意或無意地抹殺了李商隱
在七言律詩這個領域的開拓與創新，降低了他在文學史上的崇高地
位。固然，李商隱的七言律詩，確實有受杜甫深刻影響的一面，他
也曾認真地學習杜詩，這是毋庸置疑的。但若僅僅如此，他那他能
算是杜詩的模擬者，充其量是杜甫第二，而不會有較大的突破和進
展，這是不符合李商隱七言律詩的創作實際的。他的七律之所以受
到歷代讀者的喜愛，有無限的藝術生命力，不是因爲他的七律與杜
詩的相似或神似，而是因爲脫穎而出的創新，從而形成了自己的個
性風格，取得了獨立存在的藝術價值。所以，他的七律不是因其得
杜詩的藩籬而自豪，而是因其出杜詩的藩籬而驕傲。我們只要對
杜、李二公的七律仔細地閱讀品味，就會發現他們各有千秋的藝術
特色。

一

　　杜甫、李商隱的七言律詩，其所以受到文學史家的高度重視，首
先是因爲他們用這一詩歌形式，深刻地反映了現實，在其詩中，顯現
著時代的真實風貌。
　　杜甫被視爲盛唐詩人，其實，他現在存留的十分之九的詩篇，

都寫於安史之亂以後。八年的安史之亂，以及他漂泊西南時期，叛軍的鐵蹄，軍閥之間的混戰，使他經常處於避亂和逃難之中，詩人受到戰亂的衝擊與戰爭的洗禮，使他睜亮了眼睛，銳敏地觀察社會和人生，因此，對皇帝、官宦、平民、軍閥、叛軍，都有充分的體察和了解，對盛唐面目與安史之亂以後的「中興」的現實，有著深切的感受與認識。對國家民族命運的無限關注，對人民的深切同情，這是他詩歌能夠深刻反映現實的原因所在，他的詩與其說是反映盛世的盛唐之音，毋寧說是戰亂生活的回音與寫照。杜甫又是一位富於同情心並有著豐富感情的人，他的詩大有國事家事天下事事事關心之概。梁啟超曾譽之為「情聖」，這是十分恰切的。的確，在他的每一首詩中，都滲透了深厚的感情。國家的衰敗，民族的危難，個人的遭際，人民的痛苦，所有這一切，都一一湧上詩人的心頭，激起他無限的憂鬱與感慨，並處處流露筆端。就七言律詩而言，在他的一百五十一首七律中，就有一百三十首寫於安史之亂以後。有影響的作品，大都寫於這一時期。如《諸將五首》、《詠懷古跡五首》、《秋興八首》、《登高》、《聞官軍收復河南河北》、《又呈吳郎》等，在他詩集中，幾乎每一首七律，都傾吐了他對時局的憂慮與關注。譬如《晝夢》：

> 二月饒睡昏昏然，不獨夜短晝分眠。
>
> 桃花氣暖眼自醉，春渚日落夢相牽。
>
> 故鄉門巷荊棘底，中原君臣豺虎邊。
>
> 安得務農息戰鬥，普天無吏橫索錢。

詩人之所以「饒睡」與「晝夢」，顯然是因為對時世的焦慮。苦難的現實使他肝腸鬱結，愁緒紛至，他的「昏昏然」實在是對現實的關注所致，他的頭腦是異常清醒的。此詩的後兩聯，是活生生的現實生活的寫照，也是他「饒睡」的原因所在。金聖嘆評此詩說：「私則故鄉荊棘，公則中原豺虎，農務不修，橫征日甚，寫世界昏昏極矣！獨是橫吏索錢，乃正在故鄉荊棘，中原豺虎之日，其為橫也，比盜賊更劇！

先生於醉夢中不覺身毛直豎，此所以眼盯之必拔也。」〔註103〕浦起龍云：「世亂民貧之思，除夢即已，夢醒即來，此自其性情所結。奈昏昏未幾，旋復昭昭，轉恨不得長遊夢境耳。」〔註104〕金、浦二氏，正確地揭示了詩人當時的心境，豺虎當道，國事不寧；漂泊西南，身居異鄉，詩人寧無感慨！家國之痛，故鄉之念，時刻縈懷。這種憂時傷懷的情緒，在許多詩中，都有充分的表現。

　　　江草日日喚愁生，春峽泠泠非世情。
　　　盤渦鷺浴底心性，獨樹花發自分明。
　　　十年戎馬暗南國，異域賓客老孤城。
　　　渭水秦山得見否，人今罷病虎縱橫。

　　　　　　　　　　　　　　　——《愁》

　　　吹笛秋山風月清，誰家巧作斷腸聲。
　　　風飄律呂相和切，月傍關山幾處明。
　　　胡騎中宵堪北走，武陵一曲想南征。
　　　故園楊柳今搖落，何得愁中卻盡生。

　　　　　　　　　　　　　　　——《吹笛》

無論是在花草美麗的春日，還是在月光皎潔的秋夜，詩人都因國事維艱的愁悶。美麗的風光，悠揚的笛聲，都沒有引起愉悅的情懷，反激起他心底的無限憂思，他將一腔憂國憂民的情懷，一寓之於詩。誰將大唐錦繡河山搞律如此破碎不堪呢？詩人心中是透明的。因此，他對皇帝的昏聵、將帥的無能，都極為不滿。這種不滿情緒，在詩中時有流露。

　　　胡來不覺潼關隘，龍起猶聞晉水清。
　　　猶使至尊憂社稷，諸君何以答昇平。

　　　　　　　　　　　　　——《諸將五首》之二

〔註103〕金聖嘆：《杜詩解》，第223頁，上海古籍出版社，1984。
〔註104〕浦起龍：《讀杜心解》，第665頁，中華書局，1961。

　　　　可憐後主還祠廟，日暮聊爲《梁父吟》。

　　　　　　　　　　　　　　　　　　　——《登樓》

在慨嘆中飽含著詩人的不滿情緒，並蘊含著頗爲濃厚的諷刺意味。如果說《諸將五首》之二，僅僅是批評將帥、對皇帝表面仍有回護的話，那麼《登樓》則通過對庸主劉禪仍有祠廟的感嘆，隱含著對當朝皇帝昏瞶無能的譏諷。詩人的感情的昇華，使其詩思想性大大地提高了一步。

　　　李商隱生活在日落西山的晚唐時期，他的《樂遊原》詩：「夕陽無限好，只是近黃昏」，可謂時代的眞實寫照。當時皇帝昏庸，黨爭劇烈，宦官專權，藩鎮割據，李商隱雖然懷著「欲回天地」的宏願，但適逢如此衰頹的時勢，「欲回天地」又談何容易！他一生不預黨局反而受到牛李黨徒的猜忌，在黨爭的夾縫中艱難地生活，終身不得其用，在幕僚中無可奈何地度過了自己的一生。「青袍似草年年定，白髮如絲日日新。」（《春日寄懷》）這飽和著血淚的感慨，含有多少痛苦與辛酸。他一生非常關心政治，關心時局的發展，並寫了大量的政治詩。在他現存的近一百三十首七律中，有好多詩篇都對黑暗腐朽的政治，給予尖銳的諷刺。由於當時的政局令他太失望了，所以他對統治階級的諷刺，已不是委婉、含蓄、渾厚，而變得嚴峻、冷峭，甚至有些刻薄了。

　　　　玉璽不緣歸日角，錦帆應是到天涯。
　　　　……
　　　　地下若逢陳後主，豈宜重問後庭花。

　　　　　　　　　　　　　　　　　　　——《隋宮》

　　　　不知腐鼠成滋味，猜意鵷雛竟未休。

　　　　　　　　　　　　　　　　　　　——《安定城樓》

　　　　海外徒聞更九州，他生未卜此生休。
　　　　空聞虎旅傳宵柝，無復雞人報曉籌。

此日六軍同駐馬，當時七夕笑牽牛。

如何四紀為天子，不及盧家有莫愁。

——《馬嵬》

他以無比憤怒的情緒，揭露、鞭笞統治階級的腐敗、衰頹以及卑污的心理，用筆尖刻而鋒利，充分表明了詩人傑出的諷刺才能。

就七律而言，李商隱詩反映現實的廣度與深度，似超過杜甫的水平，達到了一個新的難以企及的高峰。杜甫入川後雖掛名工部員外郎，並入嚴武幕，實則已脫離政府，無意於繼續任職，因此對於統治階級之間的微妙關係，已不大關心注意了。然出於知識份子對國事的關注與敏感，他寫了許多關心時政反映現實的七言律詩，大都從個人的際遇與實際感受出發。雖然十分感人，但詩人的視野，畢竟受到了很大的限制，對現實政治的認識與理解，終隔一層。李商隱則一生大部分時間作幕僚，又處在黨爭的夾縫中，對朝廷的腐敗與官僚之間的傾軋，感同身受，對政治的實際理解與認識，似比杜公深了一層，因此，他的七律詩反映的政治更為廣泛和深刻。概而言之，李商隱的七律反映現實集中在兩點：一是借詠史以諷刺現實，《詠史》、《南朝》、《隋宮》、《馬嵬》、《富平少侯》、《覽古》、《茂陵》，都是這樣的詩篇，他把攻擊的矛頭，集中在皇帝身上，這些皇帝，或荒淫，或奢侈，或愚憨，或迷信，他生動地描繪了亡國之君的畫像，這既是歷史的前車之鑑，又飽含著時代的影像。如此等等，對皇帝作了大膽的揭露與諷刺。這種揭露諷刺，遠比杜甫大膽而深刻。一是對時局的關注，《贈劉司戶》、《哭劉蕡》、《重有感》、《贈別前蔚州契苾使君》等，都是直接干預現實的偉大詩篇。如《重有感》云：

玉帳牙旗得上遊，安危須共主君憂。

竇融表已來關右，陶侃軍宜次石頭。

豈有蛟龍愁失水，更無鷹隼與高秋。

晝號夜哭兼幽顯，早晚星關雪涕收。

詩寫於甘露事變發生後，開成元年一月，昭義節度使劉從諫上表，要

求弄清楚王涯等人的「罪名」。三月，復上表暴揚仇士良等人的罪惡，朝野人心大快。仇士良等因此惕懼而有所收斂，詩人有感於此而寫了這一首詩，他對劉從諫等人望之殷而責之切，詩中每於祈望的同時，微露不滿、焦急與憂慮，充分表現了青年詩人的正義感與愛國熱誠。此詩顯然受了杜詩《諸將》「獨使至尊憂社稷，諸君何以答昇平」的影響，但其情緒則更爲憤激而急切。

杜甫的七律，緊緊扣住自己的生活經歷，寫自己的親身感受。由於他時刻憂念時局，因此在詩中洋溢著政治熱情。他的政治詩，幾乎都是從自己的遭遇寫起的。譬如：「支離東北風塵際，漂泊西南天地間。」（《詠懷古跡五首》之一）「叢菊兩開他日淚，孤舟一繫故國心。」（《秋興八首》之一）「彩筆昔曾干氣象，白頭吟望苦低垂。」（《秋興八首》之八）如此，把國家的興衰、民族的危難，融於個人詠懷的抒情之中，讀起來異常親切，具有深厚感人的藝術力量。李商隱七律中的政治詩，無論是議論時事，抒寫感慨，抑或是借古喻今的詠史，都是客觀的敘述與描寫，並有著飽含感情的評論和詠嘆。譬如：「上帝深宮閉九閽，巫咸不下問銜冤。」（《哭劉蕡》）「紫泉宮殿鎖煙霞，欲取蕪城作帝家。」（《隋宮》）「玄武湖中玉漏催，雞鳴埭口繡襦回。」（《南朝》）都是客觀的顯現，詩人把自己的愛憎，融會在敘事與描寫之中，在異常鮮明的形象中，給人以深切的印象。總之，杜甫的七律，在於感情的深厚；李商隱的七律，在於揭示的深刻。兩人的七律雖然寫法不同，特點各異，但卻都有很強的批判現實的力量。杜甫把七言律詩從奉和應制內容狹窄的宮廷詩中解放出來，以之感嘆時事，批判現實，廣泛而深刻地反映了現實生活；李商隱的七律，則在杜詩基礎上，繼續拓寬了反映現實生活的路子，特別是以詠史的形式諷論現實，在詠史外衣的掩護下，對皇帝作了尖銳的諷刺，從而把七律的內容，引向更廣泛的現實與人生。在反映現實生活上，達到了一個新的高度。杜甫、李商隱在七律創作上，完成了時代的使命。在詩歌發展史上，都矗起了巍峨高大的里程碑。

二

　　李商隱曾經認眞地學習杜詩，並受到杜甫的深刻影響，因此，他的七言律詩的風格，有近似杜甫之處。歷來論李商隱七律者，總喜與杜甫七律相較。宋人蔡居厚曰：「王荆公晚年亦喜稱義山詩，以爲唐人知學老杜而得其藩籬者，惟義山一人而已。」〔註105〕清人朱庭珍云：「李義山『永憶江湖歸白髮，欲回天地入扁舟』，高唱入雲，氣魄雄厚，亦名句之堪嗣響工部者也。」〔註106〕清人施補華云：「義山七律，得於少陵者深，故穠麗之中，時帶沉鬱。如《重有感》、《籌筆驛》等篇，氣足神完，直登其堂、入其室矣。」〔註107〕他們以「得其藩籬」、「嗣響工部」、《登堂入室》評價李商隱的七律；高步瀛在評《曲江》時說：「悲憤深曲，得老杜之神髓。」又在評。《重有感》時說：「沉鬱悲壯，得老杜之神髓。」〔註108〕以風格的神似杜甫，評價李商隱的七律。如此等等，都正確地指出了李商隱的七律對杜甫的學習與繼承，風格上神似杜甫，而對其七律的個性特徵則強調不夠，或有所忽略。誠然，李商隱確有好多七律，其表現手法、藝術風格，都有極肖杜詩處。如《曲江》、《杜工部蜀中離席》、《即日》、《潭州》、《哭劉蕡》、《重有感》、《籌筆驛》等，但這些詩在逼肖杜甫七律的同時，也顯示出自己獨特的面貌，表現出自己的個性特色。如《哭劉蕡》表現出非常悲憤的情緒，《即日》詠嘆味更濃，使唱嘆有致，這都表現出不同於杜公七律的一面。有些詩論家在論其與杜詩相似一面的同時，還指出其不同與創新的一面，則比較符合李商隱七律創作的實際。宋人葉夢得云：「唐人學老杜，惟商隱一人而已。雖未盡造其妙，然精密華麗亦自得其彷彿。」〔註109〕清人管世銘云：「善學少陵七言

〔註105〕劉學鍇等：《李商隱資料匯編》，第25頁，中華書局，2001。
〔註106〕劉學鍇等：《李商隱資料匯編》，第834頁，中華書局，2001。
〔註107〕劉學鍇等：《李商隱資料匯編》，第846頁，中華書局，2001。
〔註108〕劉學鍇等：《李商隱資料匯編》，第902頁，中華書局，2001。
〔註109〕馮浩：《玉谿生詩集箋注》，第827頁，上海古籍出版社，1979。

律者，終唐之世，惟義山一人而已。胎息在神骨之間，不在形貌，《蜀中離席》一篇，轉非其至也。義山當朋黨傾危之際，獨能乃心王室，便是作詩根源。其《哭劉蕡》、《重有感》、《曲江》等詩，不減老杜憂時之作。組織太工，或爲摭扯家藉口，然意理完足，神韻悠長，異時西崑諸公，未有能學而至者也。」〔註110〕「精密華麗」、「組織太工」是李商隱七律創作的特點之一，也是不同於杜甫七律的一個重要方面。清代著名的注家馮浩云：「論義山詩，每云善學老杜，固已。然以杜學杜，必不善學杜也。義山遠追漢魏，近仿六朝，而後詣力所成，直於浣花翁可稱具體，細玩全體自見，毋專以七律爲言。其終不如杜者，十之三學爲之，十之七時爲之也。」〔註111〕他正確地指出了李商隱詩不傳一家、廣採博取的繼承關係，然將李詩不如杜詩歸之爲「時爲之」，這個結論卻是值得商確的。正因爲李商隱的詩不僅局限於「學爲之」，而能在廣採前人的基礎上，發揮自己的藝術創造力，寫出十之七的「時爲之」的詩篇，才使自己的詩歌具有個性特徵，獲得了無限的藝術生命力。清人金武祥說得極有意思：「李義山極不似杜，然善學杜者無過義山。」〔註112〕這話倒是很符合藝術辯證法的，正確地說明了繼承與創新的關係。李調元說得好：「學杜而處處規橅，此笨伯也，終身不得昇其堂，況入其室。唐人昇堂，惟李義山一人而已。……蓋義山自立門戶，絕去依傍，乃能成家。」〔註113〕「自立門戶，絕去依傍，乃能成家」，這是李商隱學習杜詩成功的訣竅，是符合文學創作規律的。今人陳永正等在注李詩時說得精確而具體。他說《二月二日》「詩的風神逼肖杜甫在成都寫的七律，而輕倩流美似過之」。〔註114〕劉學鍇、余恕誠在注《曲江》時，既肯定了「有接近杜詩處」，又強調其「哀感纏綿，情詞深婉，又有李商隱詩歌自身的

〔註110〕劉學鍇等：《李商隱資料匯編》，第699頁，中華書局，2001。
〔註111〕劉學鍇等：《李商隱資料匯編》，第764頁，中華書局，2001。
〔註112〕劉學鍇等：《李商隱資料匯編》，第846頁，中華書局，2001。
〔註113〕葉蔥奇：《李商隱詩集疏注》，第770頁，人民文學出版社，1985。
〔註114〕陳永正：《李商隱詩選》，第26頁，廣東人民出版社，1994。

特色」。〔註115〕他們既指出了李商隱詩有學習繼承杜詩的一面，又指出其獨有的個性特色，這才是符合李商隱七律創作實際的。李商隱學習杜詩，絕不是邯鄲學步的亦步亦趨，而是在學習繼承杜詩的基礎上，發揮了自己的藝術創造性，形成了自己獨特的藝術風格。

　　杜甫詩的風格沉鬱頓挫，其七律尤爲典型。他的七律除了少數詩表現出輕快的特點以外，絕大部分都是沉鬱頓挫之作。如《登高》、《諸將五首》、《詠懷古跡五首》、《秋興八首》等，都是憂憤深廣、波瀾老成之作。這些詩見得深，寫得透，表現出杜甫憂國憂民的廣闊胸懷和力透紙背的藝術功力。此已成爲定論，古今似無異義，而對其風格之闡釋也已詳矣，不必贅言了。而李商隱詩的藝術風格，雖有古今專家的論述，然仍有進一步探討的必要。我以爲李商隱的七律，不專一體，風格多樣，這是其突出的特色。其詩有沉鬱頓挫之作，如《籌筆驛》等；有輕倩流麗之作，如《二月二日》；有慷慨悲壯之作，如《行次昭應縣道上送戶部郎中充昭義攻討》等；有清新俊逸之作，如《贈司勳杜十三員外》；有直抒胸臆、眞切動人之作，如《七月二十九日崇讓宅宴作》；有凄婉哀傷之作，如《王十二兄與畏之員外相訪見招小飲時予以悼亡日近不去因寄》；更有那些詩旨朦朧感情迷惘之作。如此等等，這表明他在七言律詩的創作上，取得很高的藝術成就，能夠異常熟練地運用這一體裁，表現各種意緒，而其主調則有兩種：一爲近似杜甫之沉鬱而稍穠麗，一爲含蓄朦朧而眞意莫測。茲論之如次：

　　杜甫在《滕王亭子二首》中云：「清江錦石傷心麗，嫩蕊麗花滿目斑。」如果用這兩句詩來形容李商隱的部分七律，倒是十分貼切的。李商隱詩的風格在穠麗之中帶有沉鬱，在頓挫之中又含委婉，他的一些七律，眞是嫩蕊麗花，滿目斑爛。而在迷人的景色中，卻蘊含著詩人的淚水。如《曲江》：

　　　　日下繁香不自持，月中流艷與誰期。

〔註115〕劉學鍇等：《李商隱詩選》，第32頁，人民文學出版社，1978。

迎憂急鼓疏鐘斷，分隔休燈滅燭時。

張蓋欲判江灩灩，回頭更望柳絲絲。

從來此地黃昏散，未信河梁是別離。

望斷平時翠輦過，空聞子夜鬼悲歌。

金輿不返傾城色，玉殿猶分下苑波。

死憶華亭聞唳鶴，老憂王室泣銅駝。

天荒地變心雖折，若比傷春意未多。

前者寫淒婉哀傷的別離，後者抒發吊古傷今的感情，這兩首詩，都以穠豔的外衣遮蓋著幽約細微的感傷情緒，以密緻纏綿的筆調，表現出憂鬱的時代氣氛，有著典型的晚唐的審美特徵。

李商隱在《聖女祠》中寫道：「無質易迷三里霧，不寒長著五銖衣。」本意是寫聖女的飄忽不定，不易見真。如果用這兩句詩概括他寫的那部分含蓄朦朧的詩篇，也是十分恰切的。在他七律中的《無題》詩（包括以首句二字為題實則無題的詩），都是詩旨朦朧真意莫測的詩篇。譬如《錦瑟》，儘管它是一首千古傳誦的名篇，但它寫的是什麼？誰也說不清楚。元好問云：「望帝春心託杜鵑，佳人錦瑟怨華年。詩家總愛西崑好，獨恨無人作鄭箋。」〔註116〕舉出《錦瑟》，深概義山詩的難懂。後來的注家對此詩解釋眾說紛紜，殆若聚訟。倒是梁啓超先生高明，他說：「義山的《錦瑟》、《碧城》、《聖女祠》等詩，講的什麼事，我理會不著。拆開一句一句叫我解釋，我連文義也解不出。但我覺得他美，讀起來令我精神上得一種新鮮的愉快。」〔註117〕他老老實實地承認自己沒有讀懂，但卻得到了深切的美的感受。只要得魚，何必問筌？讀義山這類意旨朦朧的詩篇，只能用這個態度。因為他最喜歡婉轉曲折地表現情意，寫詩追求朦朧的情思與朦朧的

〔註116〕劉學鍇等：《李商隱資料匯編》，第116頁，中華書局，2001。

〔註117〕劉學鍇等：《李商隱詩歌集解》，第1432頁，中華書局，1988。

意境。他用一系列有象徵與暗示性的意象，組成重疊的象喻。喻體隱約含糊，本體更不清楚，加上思緒的跳躍，使之朦朧，令人迷惘，難得確解。故錢良擇有「以句求之，十得八九；以篇求之，終難了了」〔註118〕之嘆。如果我們不去追求公認的準確的解釋，而把視線移到審美的體驗方面來，則如楊億所云：「味無窮而炙愈出，鑽彌堅而酌不竭，使學者少窺其一斑，若滌腸而洗骨。」〔註119〕這類意旨朦朧的詩，是李商隱七律的一大特點，也是一大優點，在詩歌發展史上，有其不可磨滅的貢獻。林昌彝云：「余極喜義山詩，非愛其用事繁縟，蓋其詩外有詩，寓意深而託興遠，其隱奧幽絕，於詩家別開一洞天，非時賢所能摸索也。」〔註120〕「於詩家別開一洞天」，就是這類詩的歷史價值所在。

　　如上所論，李商隱的七律與杜詩在風格上有較大的差別，這與他們所處的時代、生活環境、審美追求有絕大的關係。寫法上的不同，也是形成風格不同的重要原因之一。杜詩以賦為主而兼用比興，他將自己深厚沉摯的感情，蘊含在典型的敘事之中，一般地是以前六句敘事而以尾聯唱嘆，因此，詩的感情深沉而不浮泛，詩旨明晰而不朦朧。故陸時雍評論杜甫的七律云：「蘊藉最深，有餘地，有餘情。情中有景，景外含情，一詠三諷，詠之不盡。」〔註121〕李商隱七律中的敘事，本來就很婉曲，又用了很多典故與比喻，將其真實感情掩藏在重重帷幕之後，使意緒包蘊密致，幾不透風，誠如馮浩所云：「總因不肯吐一平直之語，幽咽迷離，或彼或此，忽斷忽續，所謂善於埋沒意緒者。」〔註122〕因此詩旨模糊，作意莫測，而意境縹緲，極富象外之致。總之，義山與少陵七律，風格不同，情韻異趣而各有千秋。我們只可因自己情之所近，去尋幽探勝，諷詠賞析。輕此軒彼之舉，則

〔註118〕馮浩：《玉谿生詩集箋注》，第639頁，上海古籍出版社，1979。
〔註119〕劉學鍇等：《李商隱資料匯編》，第46頁，中華書局，2001。
〔註120〕劉學鍇等：《李商隱資料匯編》，第827頁，中華書局，2001。
〔註121〕丁福保：《歷代詩話續編》，第1416頁，中華書局，1983。
〔註122〕馮浩：《玉谿生詩集箋注》，第639頁，上海古籍出版社，1979。

則大可不必的。

三

　　不斷地追求新的表現方法與藝術技巧，在藝術上精益求精，從而使七律創作達到更高的藝術水準，這是杜甫與李商隱在詩歌創作上終生孜孜以求的。他們對當時的七律都有較大的突破與創新，從而使七律的表現手法更為豐富、藝術表現更臻於完美的境界。

　　杜甫對七律的完成與創新，做出了巨大的不可磨滅的貢獻。因此，受到歷代詩論家的高度讚揚。施補華稱他：「無才不有，無法不備。」〔註123〕王世貞云：「七言律，聖矣。」〔註124〕杜甫自己說：「為人性僻耽佳句，語不驚人死不休。」（《江上值水如海勢聊短述》）又說：「晚節漸於詩律細」（《遣悶戲呈路十九曹長》）。這說明他創作七律的甘苦。在七言律詩的藝術表現上，他不斷追求，多有創獲。要而言之，有以下諸點。

　　一曰句式多樣，特別在頓節的變化上，豐富多彩，花樣翻新。一般律詩為上四下三的句式，如：「江間波浪兼天湧，塞上風雲接地陰。」（《秋興八首》之一）他除了用這些常見的句式外，還有較多的特殊句式，如上一下六的句式：「魚知丙穴由來美，酒憶郫筒不用酤。」（《將赴成都草堂途中有作先寄嚴鄭公五首》之一）「盤剝白鴉谷口栗，飯煮青泥坊底芹。」（《崔氏東山草堂》）有上二下五的句式：「一聲何處送書雁，百丈誰家上水船。」（《十二月一日三首》之一）「盤殮市遠無兼味，樽酒家貧只舊醅。」（《客至》）有上三下四的句式：「漁人網集澄潭下，估客船隨返照來。」（《野老》）「春水船如天上坐，老年花似霧中看。」（《小寒食舟中作》）如此，詩句有一字、二字或三字一頓，然後一氣而下，在音節上促節與曼聲配合，節奏絕妙而和諧，讀來覺提頓中頗有氣勢。另外，他還有上五下二組成的句式：「且看

〔註123〕丁福保：《清詩話》，第991頁，上海古籍出版社，1963。
〔註124〕丁福保：《歷代詩話續編》，第1006頁，中華書局，1983。

欲盡花經眼，莫厭傷多酒入唇。」（《曲江》）「永夜角聲悲自語，中天月色好誰看。」（《宿府》）這是先用曼聲，然後徒然收煞，使巨響雖止，而餘音縈繞於腦海，裊裊不絕。句式的變動，使詩在生澀中含圓潤，流暢中有頓挫，急奏中有曼聲，情味兼擅，別有韻味。

　　杜甫七律句式的多樣，不僅表現在節頓字數的變化上，而且表現在散文句式、重複、疊字、詞序顛倒等方面，具有靈活多變、豐富多彩的特色。詩的語言是精煉而富於節奏感的，尤其是律詩，對語言的精純程度，要求很高，真如精金粹玉，要經過千錘百煉，然杜甫七律中，卻有一些散文句式，如「鄭縣亭子澗之濱」（《題鄭縣亭子》），「獨立縹緲之飛樓……杖藜嘆世者誰子？」（《白帝城最高樓》）這些散文句式的運用，使律詩在整飭中有蕭散之致，別是一番風味。律詩中每一個字都如一尊羅漢，位置不同，神態各異，誠如王世貞所云：「五十六字，如魏明帝凌雲臺材木，銖兩悉配，乃可耳。」〔註125〕杜律卻有有意重複而效果絕佳者：「白帝城中雲出門，白帝城下雨翻盆。……戎馬不如歸馬逸，千家今有百家存。」（《白帝》）前者「一氣滾出」，〔註126〕「因驟雨而寫一時難狀之景妙」，〔註127〕絕妙；後者寫戰亂給人民造成的痛苦，情緒憤激。《白帝》這首詩，正是在重複中加強語氣，表現感情，提高了詩的藝術表現力。杜甫在七言律詩中，還喜歡運用疊字，在他現存一百五十一首七律中，有疊字的句子有六十多個，平均每兩首半就有一個疊字句。在七律中運用疊字次數之多，表達之妙，在有唐一代是絕無僅有的。有單句疊字，如：「伐木丁丁山更幽。」（《題張氏隱居二首》）「哀哀寡婦誅求盡」（《白帝》），「冥冥氛祲未全銷」（《諸將五首》），有聯句疊字，如「短短桃花臨水岸，輕輕柳絮點人衣。」（《十二月一日三首》）「信宿漁人還泛泛，清秋燕子故飛飛。」（《秋興八首》其三）「客子入門月皎皎，誰家搗練

〔註125〕丁福保：《歷代詩話續編》，第961頁，中華書局，1983。
〔註126〕仇兆鰲：《杜詩詳注》，第1351頁，中華書局，1979。
〔註127〕王嗣奭：《杜臆》，第257頁，上海古籍出版社，1983。

風淒淒。」（《暮歸》）「娟娟戲蝶過閒幔，片片輕鷗下急湍。」（《小寒
食舟中作》）這些疊字，幾乎全是日常口語，自然和諧而韻味悠長，
讀起來感到十分親切，氣氛濃鬱，使人得到深切的感受。還有詞序顛
倒，如：「香稻啄餘鸚鵡粒，碧梧棲老鳳凰枝。」（《秋興八首》其八）
其實詞序應爲「鸚鵡啄餘香稻粒，鳳凰棲老碧梧枝」。之所以顛倒，
是爲了強調「香稻」與「碧梧」，「所重不在『鸚鵡』、『鳳凰』，非故
顛倒其語，文勢自應如此」。〔註128〕如上所述，杜甫七律句法變化多
姿，從而大大增強了詩的藝術活力。

二曰謀篇創新。七律在結構上，一般的是首尾四句用單筆，中間
兩聯用複筆。而杜甫則有八句全對者，如《登高》、《玉臺觀二首》之
一、《黃草》等，這是杜甫對七律在結構上創造性的發展之一。今人
蘇仲翔對杜甫在七律上的變格創格，多有精湛的論述。在評《聞官軍
收復河南河北》時說：「此詩律中帶古，縱橫跌宕，一氣流注，不見
句法字法之跡，自是杜甫七律創格。」評《登高》云：「此詩八句皆
對，起二句對舉之中，仍復用韻，格奇而變。」評《白帝城最高樓》
云：「此杜甫七律中變格，以文爲詩，全用誇張格。登臨縱目，極言
高遠。一結悲壯。」〔註129〕蘇先生所謂「變格」、「創格」，實際是破
格，是杜甫對七言律詩固定格式的有意破壞，在破壞中求新求異，追
求新的表現手法，在不合律中建設新的格律，使原來固定的律體，增
加新的樣式，注入新的活力，從審美角度講，詩人則是力圖在不和諧
中追求和諧。這種審美追求，使七言律詩出現了新的生機。

三曰聯章組詩。由於篇幅的限制，律詩在表現現實生活上頗有局
限。於是有人用了組詩，分開來單獨成篇，合起來意若貫珠。然限於
才力，七言律詩的組詩數量少，組詩小，杜甫的七律中則有較多的大
型組詩，如《將赴成都草堂途中有作先寄嚴鄭公五首》、《諸將五首》、

〔註128〕王嗣奭：《杜臆》，第 277 頁，上海古籍出版社，1983。
〔註129〕蘇仲翔：《李杜詩選》，第 103 頁、422 頁、410 頁，浙江文藝出版
　　　　社，1983。

《詠懷古跡五首》、《秋興八首》等，在反映生活的深度與廣度方面，不僅在杜甫時代是空前的，而且終唐之世，也是無人逾越的。大型七律的寫作，是杜甫在詩歌史上的創舉，對七律反映廣闊的現實生活，是一次很大的開拓。

　　杜甫的七律，在藝術技巧表現方法上，已爐火純青的登峰造極，直使英雄卻步，哲匠斂手，誰敢與之爭鋒？李商隱卻以大無畏的精神，健步前進，在七律創作上，滿懷信心與勇氣，要在前人已達到的很高的水平上，再上一層樓。他在創造性地學習杜甫的七律中，形成了自己的特色，朱鶴齡云：「義山之詩……蓋得子美之深而變出之者也。」紀昀批語：「『變出之』三字，爲千古揭出正法眼藏，知李之所以學杜，知所以學李矣。若捃扯字句，株守格律，皆屬淺嘗。至於拾一二淺薄語以自快，則下劣詩魔，不可藥救矣。」〔註130〕「變出之」三字，確是李商隱學習杜律的訣竅。他不是：「捃扯字句，株守格律」，更不是「拾一二淺薄語以自快」。而是在杜甫七律的基礎上，繼續發展，有所創新，從而使其七律以獨特的面貌出現。他對七律的創新與建設，約有三點：

　　其一，散文句式和疊字句的運用。散文句如：「求之流輩豈易得，行矣關山方獨吟。」（《復至裴明府所居》）「昨日紫姑神去也，今朝青鳥使來賒。」（《昨日》）雖用散文句式卻仍對仗工整。「縱使有花兼有月，可堪無酒更無人。」（《春日寄懷》）詩人以退讓句深切地表現了自己的情懷。疊字句如：「張蓋欲判江灩灩，回頭想望柳絲絲。」（《曲江》）「諸生個個王恭柳，從事人人庾杲蓮。」（《行至金牛驛寄興元渤海尚書》）「暮雨自歸山悄悄，秋河不動夜厭厭。」（《楚宮》）都工整而自然。他學習杜甫用散文句式和疊字句，大有青出於藍之勢。然從藝術創新角度講，畢竟沒有較大的突破。

　　其二，層遞辭格的運用。層遞辭格一般只在小說散文中出現，而

〔註130〕劉學鍇等：《李商隱資料匯編》，第243頁，中華書局，2001。

李商隱卻成功地運用在七言律詩中，大大增強了詩的藝術表現力。如「三年已制思鄉淚，更入新年恐不禁！」(《寫意》)眞是「黯然神傷，情味獨絕！」〔註131〕把遊子思鄉的情緒，寫得更深更濃。「劉郎已恨蓬山遠，更隔蓬山一萬重！」(《無題》)表現情人思念之苦，何等深切！又如：「已斷雁鴻初起勢，更驚騷客後歸魂。」(《贈劉司戶》)「已叩鄒馬聲華末，更共劉盧族望通。」「不堪歲暮相逢地，我欲西征君又東。」(俱見《贈趙協律皙》)如此等等，在內容上「上下相接，若繼踵然」。〔註132〕使詩脈絡清晰，層層緊扣，不僅給人以深刻明確的印象，也給人以緊湊和諧的感覺。

其三，章法結構的獨創。義山七律在結構章法上多有創新和獨特之處，茲舉數例，以見其苦心孤詣戛戛獨創之功。

(一)當句有對。律詩要求中間兩聯對仗，李商隱《當句有對》一詩，除了依律詩中間兩聯對仗外，又每句前後自成對仗，在表現上獨具一格，其詩云：

> 密邇平陽接上蘭，秦樓鴛瓦漢宮盤。
> 池光不定花光亂，日氣初涵露氣乾。
> 但覺遊蜂饒舞蝶，豈知孤鳳憶離鸞。
> 三星自轉三山遠，紫府程遙碧落寬。

此詩首聯的「平陽」、「上蘭」，「秦樓瓦」、「漢宮盤」；頸聯的「遊蜂」、「舞蝶」，「孤鳳」、「離鸞」，都是當句成對而對仗極工。頷聯的「池光」、「花光」，「日氣」、「露氣」；尾聯的「三星」、「三山」，「紫府」、「碧落」，內容對仗而字面重覆。如此一、三聯嚴而二、四聯寬，由於寬嚴間隔而節奏疏緩不同，錯落有致。此詩頓挫中顯流暢，整飭中含蕭散，詩旨朦朧含蓄，詩味醇美深厚，讀來別有韻致。

「當句有對」是就詩的形式而言的，按舊體詩以內容為題的慣例，仍屬無題詩。此詩是創格，這種詩格在我國詩歌史上僅見。儘管

〔註131〕馮浩：《李義山詩集箋注》，第 506 頁，上海古籍出版社，1979。
〔註132〕陳騤：《文則》，第 17 頁，人民文學出版社，1960。

杜甫、李商隱還有許多詩其中有一句或一聯當句有對的，然像這首律詩全詩都當句有對、且對仗如此嚴整者，卻是絕無僅有的。我們不能不承認它是詩人一次成功的試驗，給眾多的詩格增添了新的樣式。

　　（二）內容重心轉移。律詩一般前六句敘事，尾聯寄慨，重心在前。李義山的《淚》以前三聯作陪襯，尾聯揭示意旨。如此，將其表達的感情，寫得深切而有力。詩云：

> 永巷長年怨綺羅，離情終日思風波。
>
> 湘江竹上痕無限，峴首碑前灑幾多。
>
> 人去紫臺秋入塞，兵殘楚帳夜聞歌。
>
> 朝來灞水橋邊問，未抵青袍送玉珂。

前六句每句各寫一個悲苦落淚的故事：深宮之怨，離別之思，湘江泣血之悲，峴首墮淚之傷，明妃出塞之懷，項羽天亡之痛，這是典型的悲傷故事，以此六事襯托寒士不得志之悲，沉痛而深刻。

　　以結構言，全詩平敘悲淚，並無關係，然不散而仍覺緊湊者，一爲同是傷心的淚，二是以前六種淚作陪襯，用「未抵」二字，既聯結上下文，又在比較中寫出寒士不得志之傷痛，感情十分深沉。前人稱爲「律詩變體」（馮班語），譽其「運格絕奇」（紀昀語），都是切當的。

　　（三）不拘一格。章法靈活多變，處處可見匠心獨運之作。《南朝》前四句概寫南朝君主奢侈淫靡，後四句專詠陳亡事，以冷嘲作結，耐人品味。詩的結構錯綜新穎，構思取材，頗見匠心。《茂陵》前六句對漢武帝遊獵、求仙和重色，作了含蓄的諷刺，緊接以「誰料蘇卿老歸國，茂陵松柏雨蕭蕭」兩句，冷冷作收，以武帝當年的好大喜功與當前的魂歸九泉形成強烈對比，詩雖戛然而止而餘味無窮。紀昀云：「前六句一氣，七八轉折，集中多此格。此首尤一氣鼓蕩，神完氣足。」《牡丹》從表層意思看，是借艷色以寫牡丹，以麗姝狀牡丹之美；從深層寓意說，則是借牡丹以喻艷姝，寫意中如花之麗人，並見喜愛之深，思念之切。構思巧妙，不露痕跡。從藝術表現上看，誠

如紀昀所讚：「八句八事，一氣湧出，不見用事之跡。」〔註133〕以上諸例，說明詩人能熔鑄諸家之長，寫出富有獨創性的詩篇。

總之，杜甫與李商隱，都能在廣泛學習的基礎上，進行創新；在繼承前人的基礎上，大力發展，把七言律詩創作的藝術水平，推到了當代的最高峰。在中國詩歌史上，寫下了極爲光輝的一頁。

第七節　李白與郭祥正

一

李白的詩歌，使後世多少人都爲之仰慕傾倒。而仰止之高，企慕之情深，學習之認眞與執著，莫過於北宋詩人郭祥正了。

郭祥正（1035～1113），字功父，宋代當塗人。母親夢李白而生，這似乎是一種特別吉祥的預兆。這種與生俱來的祥瑞，在他幼小的心靈中就產生了一種強大的精神力量。他自幼又生活在李白的墳塋所在地當塗青山腳下，常聽老年人講述關於李白浪漫生活的種種美麗而奇特的傳說，這在他心裏留下了很深的印跡。他立志做李白那樣偉大的詩人，像李白那樣名揚千秋萬代。於是，處處以李白爲榜樣，刻苦學習。因此，他年輕時就在詩歌創作上嶄露頭角，其詩有如李白詩歌之俊逸雄放。當時著名的詩人梅堯臣見了他就稱讚說：「天才如此，眞太白後身也。」〔註134〕亦莊亦諧，一語雙關，既含有釋家輪回說，說他是李白轉世再生；又含有對他詩歌的讚揚與褒美，說他詩歌風格頗似李白，在創作上眞正繼承了李白的衣缽。有趣的是，老詩人賀知章一見李白，就驚呼「謫仙人」，李白對此一生都念念不忘，行爲飄然若仙；前輩詩人梅堯臣一見郭祥正，視他爲李白後身，且有「採石月下聞謫仙」〔註135〕之語，直把他看做李白了。爲此，他一生都感

〔註133〕劉學鍇等：《李商隱詩歌集解》，第 556 頁、1553 頁，中華書局，1988。
〔註134〕孔凡禮點校：《郭祥正集》，第 671 頁，黃山書社，1995。
〔註135〕傅璇琮等：《全宋詩》，第 3120 頁，北京大學出版社，1991。

到自豪、榮光、驕傲，並經常藉以自炫。他對梅堯臣的獎譽提攜非常
感激。梅堯臣去世後，他寫了一篇感情眞摯深厚的詩篇《哭梅直講聖
俞》，以紀念這位生平知己。

> 生事念死隔，欻如過鳥飛。
>
> 長空不留跡，清叫竟何之。
>
> 死者固已矣，生者漫相思。

他對梅聖俞的感情是何等的深摯懇惻，沒有一絲一毫的應酬習氣，而
是內心眞情的自然傾瀉。接著他以飽蘸感情的筆鋒，敘述了他們之間
親密的交往，寫出了最爲感人的一頁：

> 昭亭雪塞山，相遇忘寒飢。
>
> 解劍貰濁酒，果餚躬自攜。
>
> 掃除長少分，曠蕩文章期。
>
> 贈蒙以太白，自謂無復疑。
>
> 及將起草芓，謹禮還相馳。
>
> 邀我採石渡，爛醉霜蟹肥。
>
> 沉吟望夫曲，朗詠天門詩。
>
> 險絕必使和，凡魚豈龍追。
>
> 篇篇被許可，當友不當師。

他娓娓敘述著他們在昭亭初次晤面的眞實情景：一見如故，親密無
間，遊覽勝蹟，傾吐珠璣，表達了他對這位生平知己的最眞摯的憶念。
他對梅堯臣始終懷有深厚的情意，後來，他在憑吊梅堯臣墓園的時
候，還寫了一首《吊聖俞墳》：

> 生平懷抱只君知，想見音容涕四垂。
>
> 宅舍已荒兒女散，孤墳秋草自離離。

這是出自肺腑的最誠摯的感情，表達了他對友人的眞切悼念。人生貴
有知己，詩人郭祥正的知己是梅堯臣。是他發現並準確地評價了郭祥
正才華橫溢的詩歌以及詩風絕類他一生最崇拜的詩人李白。郭祥正對
他怎能不終生憶念呢？

二

　　郭祥正在詩歌創作上，的確是崇拜詩人李白並以之自期的。他在《同陳公彥推官登峨眉亭》中寫道：「欲尋太白墳，草間迷斷碣。神交無古今，清氣來飄忽。」詩中確有股清新俊逸之氣，似太白風格，可見他受李白詩的影響甚深。在他的詩歌集中，有和李白的詩歌四十二首，並且在一些詩中，每每提到李白。據統計，他在自己所寫的一千四百多首詩歌中，有近五十處提到李白，可見他對李白仰止之情深。

　　他每每和李白相比：

　　　　謝公風味君能似，李白篇章我到難。

　　　　　　　　　　　　　　　——《明叔致酒疊嶂樓》

　　　　玄暉比公固不足，我攀太白慚非才。

　　　　　　　　　　——《遊陵陽謁王左丞代先書寄獻和父》

對李白詩，雖然說「我到難」、「慚非才」，心底卻是想以自期並與之比並的。正因為他經常把李白詩歌作為自己學習的楷模，他的個性為人也有接近李白的地方，因此在他的詩中，亦有似李白那樣的雄豪俊逸之氣，尤其是他的歌行，確實像李白的詩歌，其氣魄之宏大，想像力之豐富奇特，感情之變換飄忽，行文之縱橫恣肆，意象組合之跳躍，都與李白的詩十分相像；他那些和李白的詩，和其神而不和其詞，很有著李詩的神采；他寫的一些七言絕句和五言古詩，也有神似李白者。總之，他的詩在學習與規模李白上，是下過一番苦功並取得了較高的藝術成就的。譬如，《懷平雲閣兼簡明惠大師仙公》一詩，真像李白詩的格調。

　　　　跨空起高閣，北望敬亭山。

　　　　白雲無根蒂，舒卷隨風還。

　　　　或墮溪水上，卻縈松石間。

　　　　就之既明滅，了然不可攀。

　　　　謝公賽雨詩，千秋瀉潺潺。

李白弄月處，寒光湛清灣。

神交自冥合，彷彿眉睫間。

使我戀此境，每來終日閒。

如何一揮手，失勢落塵寰。

功業復未就，但驚鬚鬢斑。

滄浪不得濯，執熱長汗顏。

緬懷大道師，焚香坐玄關。

悲心度群苦，振錫鳴金鐶。

行當稟慈誨，惠照開昏頑。

如果把這首詩放在李白詩集中，簡直是可以亂眞的。「神交無冥合，彷彿眉睫間。」他與李白的感情相通，詩歌格調也就十分合拍了。因此，同時代的詩人，不特梅聖俞稱讚他，也還有其他人讚揚他學習李白詩並取得了一定成績的。他在《寄獻荊州鄭紫微毅夫》一詩中，傳遞了這個訊息。詩云：「李白不愛萬戶侯，但願一識韓荊州。……公嘗愛我似李白，恨不即往從公遊。」這說明他的詩風逼肖李白，受到鄭毅夫的讚賞和喜愛。

他對自己推崇的詩人，也往往與李白比較：

牧之吟齊山，太白詠秋浦。

至今三百年，光焰不埋土。

⋯⋯

牧之何足論，白也眞爾汝。

——《酬富仲容朝散見贈因以送之》

李杜縮光焰，王謝慚風流。

——《和敦復留題池州弄水亭》

如此等等，都可見李白詩歌在他心目中所佔據的重要地位，也可見他的詩歌藝術成就的主要方面。「才氣縱橫，吐言天拔」，〔註 136〕的確

〔註 136〕孔凡禮點校：《郭祥正集》，第 677 頁，黃山書社，1995。

是他的詩歌特點。然其詩「或偶傷拉雜」，也缺乏李白詩中貫注的那種悲憤深沉的感情，讀來似有浮囂叫噪之感。當然，他的詩並非全是步趨和規模李白的，也有自己的個性、風格與獨特創造，在詩史上留下了頗爲顯著的一頁。然而這一點卻未能引起當代文學史家足夠的重視，這是十分遺憾的。

三

　　郭祥正的詩，也受到當時政治改革家、著名詩人王安石的激賞。王安石受知於神宗，銳意改革，被列寧譽爲中國 11 世紀時的改革家，他同時又是詩人，在中國詩歌史上有著突出的地位。他的絕句，獨具一格，受到文學史家普遍的好評。他以詩人的慧眼，獨賞郭祥正。在文學史上，留下了許多佳話。

　　《遁齋閒覽》云：

　　　　功父曾《題人山居》一聯云：「謝家莊上無多景，只有黃鸝三兩聲。」荊公命工繪爲圖，自題其上云：「此是功父題山居詩處。」即遣人以金酒鍾並圖遺之。

　　《王直方詩話》云：

　　　　功甫《金山行》「鳥飛不盡暮天碧，漁歌忽斷蘆花飛」之句，大爲荊公稱賞。

　　蔡正孫《詩林廣記》云：

　　　　《餘話》云：郭功甫嘗與王荊公登金陵鳳凰臺，追次李太白韻，援筆立成，一座盡傾。」

　　從以上所引材料可以看出，王安石對郭祥正的詩歌十分賞識。郭祥正對王安石也有極深的感情，他們是關係密切的詩友。當王安石退居金陵時，他寫了《寄王丞相荊公》一詩，表達了對王安石的深情。

　　　　謝公投老宅鍾山，門外江湖去復還。

　　　　欲買扁舟都載月，一身和影伴公閒。

　　王安石讀了他的詩後，隨即寫了《和郭功甫》一詩答云：

　　　　且欲相邀臥看山，扁舟自可送君還。

　　　　留連城郭今如此，知復何時伴我閒？

　　郭功甫詩表現出他對王安石的一往情深，而王安石對他也是感情純眞，毫不客套。他們是深情至交，彼唱此和，一片眞心，絕無浮泛酬應之意。

　　王安石去世後，郭功甫非常懷念這位已故的老詩人。他在《西山看山懷荊公》一詩中寫道：

　　　　長憶金陵數往還，誦公佳句伴公閒。

　　　　如今不復憶公語，獨自西軒臥看山。

詩中蘊含著孤獨感傷的情韻，表達了他追念荊公的一片深情。

　　　　平生偏蒙愛小詩，如今吟就復誰知？

　　　　籃中不忍開遺卷，矯矯龍蛇彼一時。

這首《奠謁王荊公墳》的詩，飽含鍾期過世、知音難逢之感。

　　郭祥正與荊公以詩會友，感情深摯，似無介蒂。然在荊公當政的時日，他曾經致仕；在漳州任事期間，又遭陷害，其間曲折情況，因史料缺乏，未能盡知詳情。要之，總因詩人性格質直坦蕩，正直不容於時罷了。他在《浪士歌序》中說：「仰愧於天，俯愧於人，內愧於心，此可憂矣！反是，夫何憂之有？」雖然他仕途坎坷，卻是無愧於心的。《宋史》本傳以爲他上書諛頌荊公，荊公薄其爲人，反爲所擠；封建文人也視他爲操持無行的小人，這似乎都缺乏根據，至少在他的《青山集》和王安石的《臨川集》裏，是找不到一點蛛絲馬跡的。

第八節　杜甫與元詩

　　杜甫對元詩的影響較大，不止一端。本節僅以薩都剌的個別詩篇，元代賀體詩人喜用「髑髏」一詞，與杜詩做了比較。這對於整體的研究，或有啓迪。

一

　　薩都剌，字天錫，號直齋，回族。祖父因軍功留鎮雲、代，遂爲雁門人。他是我國一位傑出的少數民族詩人，也是有元一代卓有影響的作家。他一生很認眞地學習漢族文化，是著名的漢語詩的作者。唐宋詩人李白、李賀、李商隱、溫庭筠、蘇軾、黃庭堅的詩對他的詩歌創作，都有深刻的影響。三李對他的影響，尤爲突出。所謂「掇錦囊之逸藻，嗣玉谿之芳韻」，[註137]這說明他的詩歌創作受李賀、李商隱影響爲深，詩集中神似李白詩者，也有十之一二。他說「險語山鬼走」（《會杜清碧二首》之一），自然也受韓愈險怪詩的影響。在他師法的眾多詩人中，卻很少有人提到偉大的詩人杜甫。其實杜詩對薩都剌詩歌創作以至風格的形成，都有著深刻的影響。杜詩的風範、體制、格調，籠罩百代，後代詩人如孫悟空之於如來佛，縱有鑽天入地的本領，幾無出其掌心者。作爲廣益多師、認眞學習漢文化的詩人薩都剌，更不例外。有的學者業已指出，薩都剌的《醉歌行》所表現的思想「與杜甫『紈袴不餓死，儒冠多誤身』的感嘆，可以說是封建社會中千古一致的」，[註138]這個說法自然是不錯的，然僅就一首詩表現的思想內容而言，這還不足以證明薩都剌詩歌創作受到杜甫的影響，因爲古今不同風格、流派的詩人的詩作，思想內容與主題，都有可能重覆的。薩都剌《題龔翠巖中山出遊圖》一首，則極似杜甫的題畫詩，可謂深受杜詩影響者。其詩云：

　　　　酆都山黑陰雨秋，群鬼聚哭寒啾啾。

　　　　老魈豐髯古幞頭，耳聞鬼聲鑱涎流。

　　　　鬼奴輿魈夜出游，兩魈劍笠逐輿後。

　　　　槁原蓬首枯骸瘦，妹也黔面被裳繡。

　　　　老魈回觀四目鬪，料亦不嫌魈醜陋。

〔註137〕張景星等：《元詩別裁集》，第 1 頁，上海古籍出版社，1979。
〔註138〕呂慧鵑等：《中國歷代著名文學家評傳》第四卷，第 73 頁，山東教育出版社，1985。

後驅鬼雌荷衾枕，想馗倦行欲安寢。

挑壺抱甕寒凜凜，毋乃榨鬼作酒飲，

令我能言口爲噤。

執縛魍魎血灑髀，毋乃剁鬼作鬼鮓，

令我有手不能把。

神閒意定原是假，始信吟翁筆揮洒。

翠巖道人心事平，胡爲識此鬼物情？

看來下筆眾鬼驚，詩成應聞鬼泣聲，

至今卷上陰風生。

老馗氏族何處人？托言唐宮曾見身。

當時身色相沉淪，阿瞞夢寐何曾眞，

宮妖已殘馬嵬塵。

倏忽青天飛霹靂，千妖萬怪遭誅擊，

酆都山摧見白日。

老馗忍飢無鬼喫，冷落人間守門壁。

此詩乍一讀，似乎格調奇特，鬼氣森森，頗像李賀詩歌。但仔細揣摩研讀，卻沒有李賀詩的幽冷氣息與怪奇特色，情調、韻致卻像杜甫的。因此，這首詩與其說是受李賀詩的影響，毋寧說是受杜詩影響爲深。

首先，這首絕妙的題畫詩，誠如詩題所示，是題龔翠巖的《山中出遊圖》的。題畫詩首先要做到眞實而藝術地展示畫的風采，令人讀詩而知畫之精妙所在。換言之，詩人要以語言藝術的詩翻譯線條藝術的畫，做到毫不走樣。這就要求對畫的構圖要有藝術的說明，在準確的鋪敘與生動的描寫之中，將讀者引入畫家所展示的優美的畫境，由詩的審美而想像畫的豐姿。其次，既然是題畫詩，那就必然含有詩人對畫的審美判斷與評價。當然這個判斷與評價，不是冷靜的邏輯的說明，而是熱情洋溢的讚嘆，品題之中，充滿了詩人的感情，具有強烈的感發讀者的藝術魅力。杜甫一生寫了許多絕妙的題畫詩，如《韋諷錄事宅觀曹將軍畫馬圖》、《丹青引贈曹將軍霸》等，這些題畫詩寫得

生動逼眞，精妙絕倫，堪謂題畫詩的典範，對後代詩人題畫詩，有著示範與啓示。薩都剌的這首題畫詩，其筆法之簡潔，敘述之安詳，描寫刻畫之精確與生動，以及善於遺貌取神與畫龍點睛，都有著杜甫的遺範，而詩之情韻氣格，均有杜詩之風範。因此，薩都剌這首題畫詩，顯然是受了杜詩的深刻影響。

其次，這首詩的一些詩句，是化杜甫詩意或者明顯受到杜詩的影響。如「酆都山黑陰雨秋，群鬼聚哭寒啾啾」，極似杜甫《兵車行》的「新鬼煩冤舊鬼哭，天陰雨濕聲啾啾」。所不同的只是薩都剌把杜甫對廣大人民反戰氛圍的渲染用到圖畫氛圍的描寫中罷了。又如：「看來下筆眾鬼驚，詩成應聞鬼泣聲，至今卷上陰風生。」分明是點化老杜「筆落驚風雨，詩成泣鬼神」(《寄李十二白二十韻》)二句詩而來。「執縛魍魎血灑骻，毋乃剝鬼作鬼鱠，令我有手不能把」三句，也分明有著「子璋髑髏血模糊，手提擲還崔大夫」(《戲作花卿歌》)的陰冷與怪奇。如此等等，都不難看出薩都剌學習杜詩的蛛絲馬跡。

從以上簡單的分析來看，薩都剌的《題龔翠巖中山出遊圖》，確實受了杜詩的影響。蓋薩氏受漢文化影響頗深，故其詩頗能博采眾家之長。他的許多詩逼肖李白、李賀，師法二李，蓋爲性之所近，成就顯然。然學習漢詩，對詩聖杜甫的學習是不能或缺的。因此，他對杜詩也必然有過認眞的學習，經過揣摩研煉，有一定的根底；且杜甫也有「盤空排戛，橫縱滉詭」﹝註 139﹞之詩，對李賀詩風的形成有一定的影響。薩都剌學習李賀詩，也必然溯源杜甫這類「橫空排戛，縱橫滉詭」之詩。因此，薩都剌受杜詩影響，也是情理中的事了。因而在薩都剌《雁門集》中偶然出現類似杜甫的詩，就不覺得奇怪了。

二

元代的詩歌創作，模唐之風甚盛。到了後期，有許多詩人學習並

────────────

﹝註 139﹞吳企明：《李賀資料匯編》，第 224 頁，中華書局，1994。

仿效李賀詩歌，形成所謂「賀體」詩。薩都剌、楊維楨以及浙東詩派的詩人，都努力學習李賀詩，「賀體」詩遂風行一時。然楊維楨的有些詩，與其說是受李賀詩的影響，毋寧說是受杜甫詩的影響為切。文學史家往往為舊說所囿，均歸之李賀，似有未當之處。

楊維楨《五湖遊》云：「精衛填海成甌窶，海蕩邙山漂髑髏，直為不飲成春愁！」其弟子吳復稱讚說：「使長吉復生，不能過也。」其實，我們稍加翻檢，就會發現楊維楨在詩中是很喜歡用「髑髏」二字的。比如：「自由一信南風起，千載髑髏夜生齒」（《夕陽亭》）、「君不見銅駝關外鐵饔堆，中填白骨外塗血，髑髏作聲鬼穿穴」（《鐵城謠》）、「明朝使君在何處？澦中人溺白骷髏。君不見東山琵琶骨，夜夜鬼哭啼箜篌」（《金盤美人》）、「嗚呼周鐵星，十抽一推百萬釘，誓刳子髏作溺器」（《周鐵星》）、「二十四考前無儔，黃金無方鑄髑髏」（《大數謠》）。《金盤美人》中的「骷髏」、《周鐵星》中的「髏」均可作「髑髏」解。這些詩幽冷誕幻、陰氣逼人，特別是「千載髑髏夜生齒」、「中填白骨外塗血，髑髏作聲鬼穿穴」諸語，實在是鬼氣森森。因此，吳復將楊維楨與李賀拉上關係，不無道理。後人把楊維楨創作的一些詩歌，視為「賀體」，自然有諸多因素，喜用「髑髏」使詩詭譎怪誕，也是重要因素之一。無獨有偶，浙東派詩人項炯的代表作《吳宮怨》，其末聯云：「髑髏已無淚，古恨埋石局。」楊維楨評云：「十字慘過牛鬼。髑髏無淚，尤勝無語。」牛鬼，代指李賀。楊維楨是說他這兩句詩，慘痛超過了李賀。他又評項炯的《公莫舞》說：「錦囊子有奇語，無此奇氣。」〔註 140〕都是拿李賀來抬高項炯的，以為他「青出於藍而勝於藍」了。如果說楊維楨、項炯的詩集中有許多「賀體」詩，這無疑是對的。但若因其詩中喜用「髑髏」二字，就認定是向李賀學習，則值得重新探討。李賀詩雖稱「虛荒誕幻」，並帶有濃鬱的幽冷氣息，但遍檢李賀詩集，卻從未用「髑髏」二字，而杜甫的

〔註 140〕顧嗣立：《元詩選》三集，第 236 頁，中華書局，1987。

「子璋髑髏血模糊,手提擲還崔大夫」(《戲作花卿歌》),這兩句詩,往往為論者所稱道,甚至傳得神之又神。《古今詩話》謂:

> 杜少陵因見病瘧者,謂之曰:「誦是詩可療。」病者曰:
> 「何?」杜曰:「夜闌更秉燭,相對如夢寐。」其人誦之,
> 瘧猶是也。又曰:「更誦吾手提髑髏血模糊。」其人如其言,
> 誦之果愈。

對這段話,《藝苑雌黃》作了這樣的解釋:「世傳杜詩能除瘧,此未必然。蓋其辭意典雅,讀之者脫然不覺沉疴之去體也。」說這首詩很典雅,瘧者沉浸於藝術享受而忘記沉疴在身。若說「讀之者脫然不覺沉疴之去體也」,蓋亦有之;然以典雅評杜甫這兩句詩,似有未當。當易之以詭譎或險怪。這兩句詩,一直受到杜詩研究者的好評。浦起龍說:「通體粗辣,『髑髏』二句精彩。」〔註 141〕邵子誦云:「子璋二語,至今讀之凜凜然有生氣,當時愈瘧不虛耳。」〔註 142〕愈瘧之說自然是頗為神奇的誇張,但「精彩」、「凜凜然有生氣」諸語,可謂的評。

　　縱觀杜少陵詩,其主導風格自然是沉鬱頓挫,無可爭議。但也有少數詭譎怪奇之作,寫得精彩而有生氣,這對李賀詩風有著深切的影響。因此,也可以說杜詩影響了李賀,同時對元代後期風行一時的「賀體」詩的形成,有著很深的影響。上述楊維楨、項炯之詩,就是明顯的例證。關於楊維楨受杜詩影響,元代詩人張雨早有剴切的論述。他說:「廉夫(楊維楨)又縱橫其間,上法漢魏而出入少陵、二李(李白、李賀)之間,故其所作古樂府,隱然有曠世金石聲。」〔註 143〕應該提到元代詩人王逢,他的詩歌雖不算「賀體」,然《帖侯歌》中,「髑髏擲地血飛雨,短兵來接寇偓鼓」兩句,像杜甫詩,也逼肖李賀的詩。這說明杜甫詩歌對王逢以至元詩,有著深刻的影響。杜甫應是元代後期「賀體」詩的不祧之祖。

〔註 141〕浦起龍:《讀杜心解》,第 273 頁,中華書局,1961。
〔註 142〕楊倫:《杜詩鏡銓》,第 368 頁,上海古籍出版社,1962。
〔註 143〕鄔志方點校:《楊維楨詩集》,第 495 頁,浙江古籍出版社,1994。

　　當然，詩中用髑髏者，未必就「虛荒誕幻」。因此，也不能說都是受了杜甫、李賀詩的影響。與杜甫同時的詩人常建，就有「髑髏皆是長城卒，日暮沙場飛作灰」（《塞下曲》四首之二）的名句，以後，宋代的蘇舜欽有「髑髏今成堆，皆昔燕趙面」〔註144〕、「時思莊生言，所樂惟髑髏」〔註145〕等；元好問有「富貴何曾潤髑髏，直須淅米向茅頭」，〔註146〕都不失爲發人深思的警句。這些詩雖用髑髏，風格卻不詭譎，只說明戰爭的慘烈或對人生處世態度的嚴肅思考。與李賀同時而在創作上師法李白的張碧，其《野田行》有名句云：「風昏晝色飛斜雨，冤骨千堆髑髏語」，詩風卻極像李賀。杜甫、張碧、楊維楨、項炯、王逢筆下的髑髏，卻能語、有血、有淚、可生齒、可作聲穿穴，它已不是一塊乾枯的頭蓋骨，而是令人毛骨悚然的鬼怪了。前者是死的，後者是活的；前者給人以人生無常的悲涼之感，後者則令人驚心動魄、感情爲之一變。這是因詩人在寫詩時，充滿了強烈的感情，而詩句又顯出十分怪異的色彩。《元康中京洛童謠》「南風起兮吹白沙，遙望魯國郁嵯峨，千歲髑髏生齒牙」，〔註147〕對這種怪奇的寫法，也有一定的影響。

　　通過以上分析，似可得出結論：杜甫寫了一些譎詭的詩，這類詩對元代後期「賀體」詩的形成，有著深刻的影響。可以說，由杜甫到李賀再到元代後期的「賀體」詩，他們在詩歌創作的某些方面，是一脈相承的。同時，也進一步證明，杜甫詩歌對李賀幽冷詭譎詩風的形成，的確有著不容忽視的影響，值得我們進一步探討。

〔註144〕　傅璇琮等：《全宋詩》，第3893頁，北京大學出版社，1992。
〔註145〕　傅璇琮等：《全宋詩》，第3917頁，北京大學出版社，1991。
〔註146〕　顧嗣立：《元詩選》初集，第73頁，中華書局，1987。
〔註147〕　房玄齡等：《晉書》，第1460頁，中華書局，1974。

主要參考文獻

1. 《全唐詩》，彭定求等編，中華書局，1960 年版。

2. 《唐詩百家全集》，鍾叔何編，海南出版社，1992 年版。

3. 《楚辭王逸注》，王逸注，民國元年上海文瑞樓石印。

4. 《屈賦新編》，譚介甫著，中華書局，1978 年版。

5. 《楚辭新注》，聶石樵注，上海古籍出版社，1980 年版。

6. 《楚辭選注與考證》，胡念貽著，嶽麓書社，1984 年版。

7. 《楚辭集注》，朱熹注，上海古籍出版社，1979 年版。

8. 《陶淵明集》，逯欽立校注，中華書局，1979 年版。

9. 《沈佺期宋之問集校注》，陶敏、易淑瓊校注，中華書局，2001 年版。

10. 《盧照鄰集編年箋注》，任國緒箋注，黑龍江人民出版社，1989 年版。

11. 《駱臨海集箋注》，陳熙晉箋注，上海古籍出版社，1985 年版。

12. 《楊炯集盧照鄰集》，徐明霞點校，中華書局，1980 年版。

13. 《陳子昂詩注》，彭慶生注，四川人民出版社，1981 年版。

14. 《孟浩然詩集校注》，李景白校注，巴蜀書社，1988 年版。

15. 《孟浩然集校注》，徐鵬校注，人民文學出版社，1989 年版。

16. 《王右丞集箋注》，趙殿成箋注，上海古籍出版社，1961 年版。

17. 《高適集校注》，孫欽善校注，上海古籍出版社，1984 年版。

18. 《高適詩集編年箋注》，劉開揚著，中華書局，1981 年版。

19. 《岑參集校注》，陳鐵民、侯忠義校注，上海古籍出版社，1991 年

版。

20. 《王昌齡詩注》，李雲逸校注，上海古籍出版社，1984 年版。

21. 《李太白文集》，宋敏求、曾鞏等編，巴蜀書社，1986 年版。

22. 《分類補注李太白詩》，楊齊賢、蕭士贇注，四部叢刊本。

23. 《李太白文集》，上海書店，1998 年版。

24. 《李白集校注》，瞿蛻園、朱金城校注，上海古籍出版社，1980 年版。

25. 《李白全集編年注釋》，安旗主編，巴蜀書社，1990 年版。

26. 《李白選集》，郁賢皓選注，上海古籍出版社，1990 年版。

27. 《李杜詩選》，蘇仲翔選注，浙江文藝出版社，1983 年版。

28. 《杜詩詳注》，仇兆鰲注，中華書局，1979 年版。

29. 《錢注杜詩》，錢謙益箋注，上海古籍出版社，1958 年版。

30. 《讀杜心解》，浦起龍著，中華書局，1961 年版。

31. 《杜詩鏡銓》，楊倫著，著易堂仿聚珍版印。

32. 《杜臆》，王嗣奭著，上海古籍出版社，1983 年版。

33. 《杜詩解》，金聖嘆著，上海古籍出版社，1984 年版。

34. 《杜甫卷》，華文軒編，中華書局，1964 年版。

35. 《韓昌黎詩繫年集釋》，錢仲聯集釋，上海古籍出版社，1984 年版。

36. 《韓愈詩選》，陳邇冬選注，人民文學出版社，1984 年版。

37. 《韓愈資料匯編》，吳文治編，中華書局，1983 年版。

38. 《孟東野詩集》，華忱之校訂，人民文學出版社，1989 年版。

39. 《長江集新校》，李嘉言校，上海古籍出版社，1983 年版。

40. 《柳宗元集》，柳宗元集校點組，中華書局，1979 年版。

41. 《柳宗元詩箋釋》，王安國箋釋，上海古籍出版社，1993 年版。

42. 《柳宗元選集》，高文、屈光選注，上海古籍出版社，1992 年版。

43. 《李賀選歌集注》，王琦等注，上海古籍出版社，1977 年版。

44. 《李賀詩集》，葉蔥奇編訂，人民文學出版社，1959 年版。

45. 《李賀資料匯編》，吳企明編，中華書局，1994 年版。

46. 《李賀研究資料》，陳治國編，北京師範大學出版社，1983 年版。

47. 《李長吉評傳》，王禮錫著，神州國光社，1930 年版。

48. 《樊川詩集注》，馮集梧注，上海古籍出版社，1978 年版。

49. 《玉谿生詩箋注》，馮集梧注，上海古籍出版社，1978 年版。

50. 《李商隱詩集疏注》，葉蔥奇疏注，人民文學出版社，1985 年版。

51. 《李商隱詩歌集解》，劉學鍇、余恕誠著，中華書局，1988 年版。

52. 《李商隱資料匯編》，劉學鍇、余恕誠、黃世中編，中華書局，2001 年版。

53. 《李商隱詩選》，劉學鍇、余恕誠選注，人民文學出版社，1986 年版。

54. 《李商隱詩選》，周振甫選注，上海古籍出版社，1986 年版。

55. 《玉谿生詩醇》，王汝弼、聶石樵箋注，齊魯書社，1987 年版。

56. 《選玉谿生詩補說》，姜炳璋選釋，郝世峰輯，南開大學出版社，1985 年版。

57. 《溫飛卿詩集箋注》，曾益箋注，上海古籍出版社，1980 年版。

58. 《郭祥正集》，孔凡禮點校，黃山書社，1995 年版。

59. 《楊維楨詩集》，鄒志方點校，浙江古籍出版社，1994 年版。

60. 《雁門集》，薩都剌撰，殷孟倫、朱廣祁點校，上海古籍出版社，1982 年版。

61. 《元詩選初集》，顧嗣立編，中華書局，1987 年版。

62. 《元詩選二集》，顧嗣立編，中華書局，1987 年版。

63. 《元詩選三集》，顧嗣立編，中華書局，1987 年版。

64. 《元詩選癸集》，顧嗣立、席世臣編，吳申楊點校，中華書局，2001 年版。

65. 《元詩選補遺》，錢熙彥編次，中華書局，2002 年版。

66. 《唐詩論評類編》，陳伯海主編，山東教育出版社，1993 年版。

67. 《唐詩匯評》，陳伯海主編，浙江教育出版社，1995 年版。

68. 《唐詩雜論》，聞一多著，古籍出版社，1956 年版。

69. 《歷代詩話》，何文煥輯，中華書局，1981 年版。

70. 《歷代詩話續編》，丁福保輯，中華書局，1983 年版。

71. 《清詩話》，王夫之等著，上海古籍出版社，1963 年版。

72. 《清詩話續編》，郭紹虞選編，上海古籍出版社，1983 年版。

73. 《萬首論詩絕句》，郭紹虞等編，人民文學出版社，1991 年版。

74. 《杜甫戲爲六絕句集解元好問詩論三十首小箋》，郭紹虞箋，人民文學出版社，1978 年版。

75. 《文鏡秘府論》，〔日本〕，遍照金剛著，人民文學出版社，1980 年版。

76. 《唐摭言》，王定保撰，上海古籍出版社，1978 年版。

77. 《唐詩紀事》，計有功撰，上海古籍出版社，1955 年版。

78. 《唐才子傳校箋》，傅玄琮主編，中華書局，1987 年版。

79. 《六一詩話白石詩說滹南詩話》，歐陽修等著，人民文學出版社，1983 年版。

80. 《滄浪詩話校釋》，郭紹虞校釋，人民文學出版社，1958 年版。

81. 《唐音癸籤》，胡震亨著，上海古籍出版社，1981 年版。

82. 《詩藪》，胡應麟著，上海古籍出版社，1978 年版。

83. 《昭昧詹言》，方東樹著，人民文學出版社，1984 年版。

84. 《帶經堂詩話》，王士禎著，人民文學出版社，1982 年版。

85. 《談龍錄石洲詩話》，趙執信、翁方綱著，人民文學出版社，1981 年版。

86. 《談龍錄注釋》，趙蔚芝、劉隸鑫注釋，齊魯書社，1987 年版。

87. 《甌北詩話》，趙翼著，人民文學出版社，1986 年版。

88. 《碧溪詩話》，黃徹著，人民文學出版社，1986 年版。

89. 《詩品集解續詩品注》，郭紹虞注解，人民文學出版社，1981 年版。

90. 《北江詩話》，洪亮吉著，人民文學出版社，1983 年版。

91. 《文藝學方法概論》，陳鳴樹著，上海文藝出版社，1991 年版。

92. 《古代文學研究導論》，潘樹廣、黃振偉、包禮祥著，安徽文藝出版社，1998 年版。

93. 文藝解讀學導論，曹明海著，人民文學出版社，1997 年版。